河出文庫

あの夏が飽和する。

カンザキイオリ

河出書房新社

目次

あの夏が飽和する。

プロローグ

『ここが、あの子の部屋よ』

そう小さくつぶやく紀恵子《きえこ》さんをよそに、僕は一歩、彼女の部屋に足を踏み入れる。ベッド、勉強机、本棚、どれを取っても特色のない、清潔感のある普通の部屋。おそらくここ数ヶ月流花《るか》が居なかった間に、紀恵子さんが掃除したのかもしれない。居なかった、はもうおかしいか。今でも、流花はどこにも居ない。

『本当にここでいいの？』

紀恵子さんが僕の肩に手を置き、心配そうに僕を見る。彼女の顔は疲れが溜まっているせいか、隈《くま》ができていた。

『……大丈夫です』

『本当？　辛くない？　ここじゃなくても、私の弟の部屋とかにしてもいいんだよ？　弟はもう全然帰ってこないから。そっちのほうがこの部屋より広いし、陽射しだって——』

『い、嫌だ。この部屋がいい……です』

紀恵子さんの言葉を遮るように、僕は彼女の目を見てはっきりと言った。

するとΚ紀恵子さんは溜息をついて、肩に置いていた手を僕の頭に移動させる。

『そう。分かった。千尋《ちひろ》くん、何か食べたい物ある？』

『食べたい物……』

『なんでもいいのよ。鍋でも、すき焼きでも、たこ焼きでも……』

『……じゃあ、すき焼きが、いいです』

『うん、分かった。少し待っててね』

紀恵子さんはそう言って僕の頭から手を離す。

もう行ってしまうの？　と、少しだけ寂《さび》しいと感じてしまった。

紀恵子さんはうつむいて部屋を出ようとする。

僕はすかさず彼女の近くに寄って呼び止めた。

『呼び捨てでいいよ』

聞こえるか聞こえないかの音量でつぶやくと、紀恵子さんは振り向いて意外そうな顔をした。そしてすぐにフフッと鼻で笑う。

そのとき初めて紀恵子さんの笑顔を見た。なんとなく僕は恥ずかしくなってうつむいてしまう。

『千尋、待っててね』

さっきよりも明るい口調で言うと、彼女は今度こそ流花の部屋を出ていった。

あっ……と、何か返答すべきだったろうかと考え込んでしまう。だけど先ほどの笑顔は、打ち解けた証拠、だと思う。

僕は振り向いて流花の部屋を見渡す。陽の当たらない、薄暗い部屋。

真正面の窓に手を掛けるが、錆びているのか開けづらい。少し力を入れてスライドすると、ゆっくりと窓が開いて外の景色が見えた。

今は十七時。流花と旅をしていたときは、この時間は全然明るかったのにな。窓の外は夕陽で赤く染まっていた。

流花が居なくなって数ヶ月経った。夏が終わり、冬が来て、春が来て、僕は中学三年生になった。

紀恵子さんが里親になってくれて良かった。

流花との繋がりがこれからだんだん薄れてしまうのかと思うと、虚無感《きよむかん》で何もできなかった。

だけど僕は紀恵子さんのおかげで、正式に流花と姉弟になった。

窓から心地よい春風が舞い込んできて、僕はその風に誘われるようにすぐ傍《そば》のベッドに倒れ込む。僕が来る日のために干していてくれたのか、フワフワの感触が心地よかった。

大きく息を吸い込んで、毒素を放出するかのようにゆっくりと吐いた。かすかに流花の匂いがする。ああ、なるほど。これって洗剤の匂いだったのか。安心、するなぁ。流花が傍に居るような気がする。

僕は今でも彼女が死んだなんて信じない。大人たちはみんな僕にそう言ってきたけれど、僕は絶対信じない。流花は生きてる。僕は信じてる。蜃気楼《しんきろう》みたいに、ぼやけてどこかに行っちゃっただけだ。きっとまた夏が来たらひょっこり現れるさ。だから僕は絶対に君を忘れないよ。

君は僕の中で膨らんで、溢れて、僕の人生をこれから染めていくんだろう。それってなんて素敵なことなんだ。あの夏の日々は、君の笑顔と、無邪気さとともに、僕の中で飽和していくんだ。

君と会える日を、ずっと待ってる。絶対、戻ってきてくれよ。流花。

……と、あれから十三年。

当然のことながら大人になった現在の僕は、質素な味のポップコーンを食べながら映画を観ていた。

人気のないインディーズ映画。上映ルームに僕しか居ないのが人気のない証拠だ。別に観たかったわけじゃない。ど、れ、に、し、よ、う、か、な、か、み、さ、ま、の、い、う、と、お、り。そうやって適当に決めたのがこれだったっていうだけ。

長い年月を経て僕は、友達のいない休日を適当に選んだ映画を観て過ごすつまらない大人に成長したのだ。

僕が選んだのは、少年と少女の逃避行を描いた映画だった。

しょっぱな、少女が階段からクラスメイトを突き落として殺してしまうという血腥《ちなまぐさ》いシーンから始まり、なんとも暗い音楽とともに物語は展開していく。

少女はイジメられていた。靴を隠されたり給食にゴミを入れられたり。あるとき耐えきれなくなって抵抗するが、誤って階段からイジメっ子を突き落としてしまい、打ちどころが悪くてその子を死なせてしまう。自暴自棄《じぼうじき》になった少女はその場から逃げ出し、恋人である少年とともに途方もない逃避行をする。中学生くらいの二人は、店員の目を盗んで万引きをしたり、人の財布を盗みながら、当てもなく、ひたすらに逃げていく。そんな物語だ。

こんな暗い映画、よっぽど暇なときでなければ好き好んで観る人はいないだろう。友達も、恋人もいない、休日にすることのない僕以外。

ポップコーンも食べ終わり、次第に物語は終盤に差し掛かる。鬼ごっこを楽しむかのように走る少年少女と警官たち。捕まりそうになりながらも、二人は山中の拓《ひら》けた草原にたどり着く。劇伴《げきばん》が止まり、ゆっくりと蝉《せみ》の鳴き声が大きくなり、クライマックスが近いことを感じた。

突然少女は、少年の背負っていたリュックサックを強引に奪い取り、中にあったナイフを取り出して、そのまま少年を後ろから抱き締め人質に取った。

『来るな！』

妙にクリアに聞こえる少女の叫びに、思わず身震いする。

最初は立ち止まった警官たちだが、叫びも虚しくジリジリと近づいてくる。

人質に取られた少年は、少女にだけ聞こえるように小さな声で言った。

『もう諦めよう』

大きなスクリーンを通して、少年の一言が響き渡る。汗が垂れる。夏草の匂いに混じって、少女の、汗と、泥の匂いが鼻を掠《かす》める。まるで自分が映画の中の少年になっているようだ。

別れが近い。なぜか分からないが全身でそう感じた。

少年の言葉に『うるさい!』とつぶやき、顔を歪ませ、身体を震わせて、少女は諦めず警官たちにナイフを向けて叫んだ。

『誰も救ってくれない。誰も私の声を聞いてない。誰も、誰も私のことなんか見てなかった! 嫌い。全部嫌い。何もかも嫌い! みんな死ね! みんな死んじゃえ!』

少女は片腕で少年の首を抱え、もう片方の手でナイフを持ち、警官たちに向かって叫ぶ。

少年は、力を込めれば少女なんて簡単にねじ伏せることができるだろう。ナイフだって、今さら何も怖くなかった。

今さら、何も怖くなかった?

過去形で思考してしまう自分の脳に、違和感を覚える。

ああ、そうだ。映画じゃない。これは、これは僕だ。僕自身だ。僕の物語だ。

そう気づいて瞬《まばた》きをする。

映画館で大きなスクリーンを観ていた僕は、瞬間移動したかのように一瞬で草原に居た。先の映画のように、少女に人質に取られながら。

太陽がジリジリと肌を攻め立てて、汗が流れ出る。風に紛《まぎ》れて夏草の匂いがする。警官たちが草を踏み歩く音。蟬の鳴き声。少女と、そして僕自身の吐息《といき》。

全てが蜃気楼のように残響してぼやけた。

僕は荒ぶる少女に、説得するわけでもなく、ただ淡々と言う。

『なあ、もう終わりだ。僕たちはもう捕まってしまう。体力も、盗んだ金も、ずいぶん前から限界になってた。それは君も分かってただろ。もう終わりなんだ。君も、僕も弱いんだ。だから、頼む。お願いだ。僕を、そのナイフで、刺し殺してくれ。君があの日々に戻りたくないように、僕も、家族もいない、友達もいない、あんな日々に戻りたくはないんだ。だから、頼む』

その言葉に、少女は応じることはなかった。我儘《わがまま》だもんな。いつだって自己中心的で、それを分かっていたはずなのに。

突然僕は突き飛ばされ、地面に倒れ込み、それをすかさず警官たちが取り押さえる。

僕は地面に這いつくばって叫んだ。言葉にならない叫びだ。咆哮《ほうこう》と言ってもいい。獣のように、遠吠えをするかのように、強く、そして必死に、声が嗄《か》れるほど叫んだ。涙と鼻水が溢れて、呼吸ができなくなっても、力の限り何度も何度も叫んだ。

『ありがとう千尋。千尋が居てくれたから、こんなに楽しい旅ができた。だからもういい、もういいんだよ。死ぬのは私独りで。千尋。あんただけは生きて。生きて、生きて、そして死ね』

突き飛ばす直前、彼女が僕に耳元で囁《ささや》いた。

強がりのような言葉を、僕は今でも覚えていた。

一章　大人

東千尋　七月十八日　木曜日　七時

寒い。思わず毛布に包《くる》まった。

部屋が乾燥している。喉の渇きを感じ、目を瞑ったまま手を伸ばしてペットボトルを摑む。ああ、この水昨日開けてなかったのか。蓋《ふた》を開けて横たわったまま飲む。うぉえ。水の流れる速さに寝起きの喉が対応できなくて、口から大量に溢れてベッドに零《こぼ》れる。クソッと頭の中でつぶやきながら、蓋を閉めて適当に投げた。

怠《だる》い。眠い。仕事行きたくない。帰りたい。あ、ここ家か。

時計を見ると、七時を指していた。部屋の温度は夏とは思えないほど涼しくて、むしろ寒いくらいだ。寝相《ねぞう》が悪かったために、枕元に置いていたリモコンを誤って押してしまったらしい。リモコンの液晶画面は『二十度』を表示していた。ワンルーム五・五畳の小さな部屋だ。風邪を引いてしまうではないか。社会人は簡単に休めないんだぞと悪《あく》態《たい》をつきながら、いつもの設定である『二十五度』に戻した。

気づけばテレビが点《つ》けっ放しだ。いったい何時に寝たんだろう。昨日は仕事が終わって、確か十九時には帰ってきて……。何時に寝て、何時間眠ることができたのか分からない。

異様に腹が減っていることに気づき、重い身体を持ち上げる。よろめきながらベッドから起き上がり、コンパクトサイズの冷蔵庫を開けた。中にあるカロリーメイトを適当に貪《むさぼ》る。

口の中の物を咀嚼《そしゃく》しながら、そのゴミを床に放り投げて浴室に移動し、お湯ではなく水を出す。心臓がキュッとなり、全身が引き締まるのを感じた。

だんだんと頭が冴えてきたのと同時に、さっきの夢のことを思い出す。

どこか分からない寂れた映画館で、独り面白くもない映画を観ていた。

映画の内容は……忘れた。よく覚えていない。

覚えているのは妙に息が詰まりそうな印象を受けたこと。無性に叫びたくなったこと。ポップコーンが美味《おい》しくなかったこと。それから。それから……

ックシュン。くしゃみで思考が元に戻る。水を浴び過ぎると身体に悪い。寝癖もだいたい直ったし、そろそろ出よう。

水を止め、浴室を出て、洗面所にあるカラーボックスを開く。いつもここに入れてあるバスタオルが今は一枚もない。やっちまった。昨日全部使い切ってた。洗濯するのを忘れてた。

しょうがないから身体が濡《ぬ》れた状態のまま洗面所を出る。玄関横のクローゼットを開けて、適当なTシャツをバスタオル代わりに使って身体を拭く。当然床はビシャビシャになる。身体を拭き終わったTシャツをそのまま床に落とし、足で器用に操《あやつ》って床を拭いた。

ある程度拭き終わると、洗面所にある洗濯機にTシャツをぶち込み、髪を乾かすために鏡の前に立つ。おはよう、千尋。と、目の前の自分に挨拶《あいさつ》をした。最近皺《しわ》が増えて肌のハリも衰えた。全体的に顔が弛《たる》んでくすんでいる。それに二十五歳を過ぎたあたりから、夜更《よふ》かしをし過ぎると具合が悪くなった。加えて自主的に運動をするほうではないから、痩せているとはいえ腹はプヨプヨ。筋肉なんてない弱そうな身体。たぶん、実際弱い。ドライヤーで髪を乾かしながら、ああ、もう自分は若くないんだなと感じた。

これからどうなるんだろう。独りでこのまま生きていくのか。老後も独りぼっちなのか。死んだときの葬式は誰が出してくれるのか。

そんなことを考えてしまう自分自身に、へっ上等だよと鼻で笑って、まだ生乾きのままドライヤーのスイッチを切り目を瞑る。洗面所の明かりが目蓋《まぶた》の裏を均等に照らした。死んだら彼女に会える。いいじゃないか。死ぬときに死ねば。

朝は、いつも彼女のことを考える。

中学生の頃、彼女がいた。流花。流れる花と書いて、流花。名前も、笑顔も、何もかも美しかった。

でも、彼女はもう居ない。

十四歳のときに彼女を亡くしてからずっと、誰とも交際はしなかった。親しくなった子はいたけど、それ以上発展することはなかった。流花に失礼な気がしたんだ。だって、彼女は死んだっていうのに、僕だけ呑気《のんき》に生きて、幸せになったら、卑怯者《ひきょうもの》だろ。自分だけ幸せになるのは、正しくないよ。正しくない。そうだろ?

東千尋　七月十八日　木曜日　十二時

「東《あずま》さん。あの、これなんですけど……」

後ろから少し低姿勢の女性の声がした。振り向くと、後輩の楠田《くすだ》さんが作業指示書を持って申し訳なさそうな顔をしていた。かすかに香水の香りが鼻を掠める。

「どうかしましたか?」

「何度もごめんなさい。ちょっと自分では判断しづらくて……。不定形のパネルカット機なんですけど、このデザインなら太いほうの刃でカットしても大丈夫ですか?」

「ん、これは……。この部分、細かいカットラインのところあるから、細い刃のほうがいいですよ。太いやつだとカットラインが汚くなるので」

「あ、ホントだ。ありがとうございます。何回も訊いちゃってすみません」

「いえ、いつでも訊いてください」

そう言うと、楠田さんははにかみながらパソコンの前に戻った。

しつこい確認癖はあるけれど、おかげで彼女はほとんどミスをしない。彼女は他店舗から、ここルーチェ印刷三号店に今年の四月に異動してきた。まだ間もないというのに優秀な仕事ぶりだ。

感心しながらも、楠田さんに質問されたため途中になっていた作業に戻る。ラミネート加工したA４のメニュー表の角《かど》全てを丸くし、検品しながら数を数える地味な作業だ。有名な居酒屋のチェーン店が、八月に向けて大規模なリニューアルを行うらしい。ラミネートされたメニュー表には旨《うま》そうなビールの写真が載っていた。

「前にその店行ったぜ、俺」

突然、隣の作業場から佐田《さだ》さんがこちらを覗《のぞ》き込んで言った。

佐田さんは同い年の同期だ。楠田さんと同じく、四月に他店舗から異動してきた。彼は作業場で大量のチラシの梱包《こんぽう》をしていたが、面倒臭くなったのか、はたまた若干疲れたのか、世間話を始めた。

「ここ、漬けアボカドが死ぬほど旨い。絶妙な醤油《しょうゆ》加減がマジでビールに合う」

「へえ、そうなんですか」

「あと店員の女の子がメチャクチャ可愛くてさ、試しに、ラインやってる？　って訊いたら、やってるけど彼氏いますって言われちゃったよ」

「それは残念ですね」

「そうなんだよ。まあでも料理旨かったからな。意外と安いし、それでもう満足って感じ。東は酒飲めるの？」

「いや、そんなには。人並みです」

「やっぱり。身体弱そうだし、あんまり強くなさそうだよな。酒と言えば、ずっと前に店長と飲みにいったけどさ、店長メチャクチャ強くてスゲかったよ。ほら、あの人元営業だったっぽいし、営業って酒飲みの場とかもメッチャあるから」

話が長いな。正直、誰にでも話しかけてくるこういう人はちょっと苦手だ。面倒臭いのだ。学生時代友達ができず、人と長時間話すことにそんなに慣れてない。そういうことば次に何を話せばいいかとか、何を言えば相手は機嫌を損ねないかとか、そういうことばかり気にしてしまう。

なので基本的に、あまり話しかけないでオーラを出しているつもりなのに、佐田さんはそういう雰囲気をまったく無視して話しかけてくる。どんな返答をしても、嫌な顔せず話を盛り上げてくれるから良い奴ではあるのだけれど、作業に集中しているときでも構わず話しかけてくるからたまったもんじゃない。

ああもう、いま商品が何枚あるか分からなくなった。適当に受け流しても意識が散漫《さんまん》になってしまう。今日中に梱包まで終わらせたいのに。

と思っていると、様子を見にきた江原《えはら》店長が佐田さんの後ろに立っているのに気づいた。

「佐田！　早くやって！　それ納品まであと一時間じゃないっけ？」

江原店長の厳しい声に思わずビクッと身体が震える。いつも怒鳴り散らしている嫌な上司。

会話を終わらせたかったからナイスタイミングではあるのだが、こいつは嫌いだ。佐田さんは「す、すみません」と謝罪しながらも、ニヘラ笑いで調子良さそうだ。

「ったく、ちゃんとやれよ。東、佐田のこと監視しといてくれよ」

「あ、はい」

なんで僕が？　と思いながら適当に応えると、江原店長は気が済んだのか、楠田さんの様子を見にいった。

「ひー、怖いわ江原店長」

佐田さんはようやく作業に戻りつつも、フゥと軽い溜息をつく。自分もいい加減ラミネートの検品を終わらせて梱包に移りたいのだけれど、佐田さんは僕にしか聞こえないような小声でさらに話し始めた。

「そういや明日じゃん、飲み会。東来るだろ？」

一瞬なんのことか分からなくて目線を逸《そ》らしたが、そういえば明日、会社の納涼会《のうりょうかい》と称した飲み会があるのを思い出す。会社の掲示板で知らせがあった。

「いや、僕は行かないです」

「は？　なんでだよ」

「お酒あまり飲めませんし、大人数も苦手ですし」

僕の応えに佐田さんが若干不機嫌そうな顔をする。そんな顔をされても困る。

「いいじゃねえか。お前、俺とくーちゃんの歓迎会も来てくれなかったじゃん」

「くーちゃん?」

「楠田ちゃんのことだよ。くーちゃんも明日お前が来ると思って楽しみにしてんぞ?」

ああ、くすだ、だからくーちゃんね……

楠田さんのほうを見ると、等身大パネルを一人で器用に畳んで段ボールで梱包している。一瞬目が合うとニコリと笑ってきた。なんだか恥ずかしくなって、何も返さずにうつむいて作業に集中しているフリをする。

「お前、くーちゃんのこと好きっしょ」

「は? 何言ってんですか」

「いま目逸らしたやん」

ニヤけた顔で佐田さんが僕を見る。バカにしてるような顔にも見える。若干イラッと来て彼を見ると、佐田さんの作業はさっきからほとんど進んでいなかった。全然梱包できてないじゃないか。僕に構わないで自分の仕事をしてくれよ。

「そんなことないです」

「ふーん」

「なんですか?」

「いやぁ、別に? まあともかくさ。くーちゃんだけじゃなく、俺もお前に来てほしいんだよ。だってこの店舗で同期は東だけだぜ？　正直お前が居なかったら心細いんだけど！」

グイッと肩を抱き、顔を近づけて囁いてくる。暑い。

「来てくれよ。な？　頼むって。これを機に仲良くなろうぜ？　頼むよ。くーちゃんも来るんだよ」

わざとらしく目を細めて泣きそうな表情をする。かなりうっとうしくなってきた。さっきからラミネートの検品が一向に進まない。早く終わらせたい。

ふと、もう一度楠田さんのほうを見る。江原店長と話をしていた楠田さんとまた目が合ったが、今度は江原店長の前だからか笑ってはくれなかった。

僕は商品を置いて溜息をつき、顔だけではなく身体ごと佐田さんのほうを向いて言った。

「分かりました。行きます」

するとようやく佐田さんは満足したのか、「サンキュー東！　愛してる」と言って真面目に働き出した。

東千尋　七月十八日　木曜日　十八時

三十分ほど電車に揺られ、自宅から最寄りの熊越駅《くまえつ》に到着した。家に向かう前に、途中のコンビニでやる気のない大学生のアルバイトのレジを通してカロリーメイトと水を買う。

暑さで熱が籠《こも》る長い前髪をうっとうしく思いながら帰宅する。道すがら、至る所で蝉が鳴いていた。

もう蝉が鳴く時期か。夏は好きだ。流花が近くに居る気がするから。

そんなことを考えながらアパートの二階に上がる。自分の部屋の前に来ると、家のドアノブに蝉が引っ付いていた。手で軽く払いのけるとジジッと鳴いてどこかへ飛んでいった。

それと同時にポケットから着信音が鳴った。スマホを確認すると、紀恵子さんからの電話だった。部屋に入り玄関のドアにもたれかかって通話ボタンを押す。

「もしもし、千尋です」

『紀恵子です。ごめんなさい、いま大丈夫だったかしら？』

「ええ、大丈夫です」

『ありがとう。久しぶりね、元気？　ちゃんとご飯は食べてるの？』

「元気ですよ。コンビニ弁当だけどちゃんと食べてます」

『コンビニ？　あら、ちゃんと栄養のある物を食べなきゃダメよ。あなた、放っといたらカロリーメイトしか食べないでしょう。あれは補助食であって、一日に必要な栄養があれだけで摂《と》れるわけじゃないんだから』

「分かってますよ。ちゃんと食べるようにしてます」

『ところで、そろそろ八月よ。また今年も帰ってくるのよね？』

「ああ……」

『去年は仕事忙しかったでしょ？　だからまた二日前になっていきなり行きますって言われても、家の掃除もできてないから、今のうちに訊いておかなきゃと思って』

「すみません。そういえば去年はそうでしたね。この時期の印刷業界はいろいろ忙しいんです。夏のキャンペーンチラシとか、夏祭りのポスターとか、メチャクチャ仕事が増えてきちゃうのでなかなか連絡できなくて……」

『いいのよ。去年もどうせ絶対来るだろうなって思ってたから。掃除してなかったのは私の怠慢《たいまん》よ。今年も来るんでしょう？』

「行きます。具体的にいつになるかは会社のシフトを見て調整するので、また連絡します」

『良かった。じゃあ、来たときに何か食べたい物あるかしら？』

「いえ、別にそんなお構いなく。むしろ何かお土産《みやげ》持っていきます」

『あら、こっちは気にしないで。あなたに会えるだけで嬉しいわ。もう毎日暇だから、遊びにきてくれるのが待ち遠しいのよ。一年に一回と言わず、何度も帰ってきてほしいくらい』

「ありがとう。お言葉に甘えて、機会があれば」

『ええ。じゃあ、今年も待ってるから。何日頃来るか決まったら連絡ちょうだいね。暑くなってきたから身体に気をつけなさいよ』

「分かりました、気をつけます」

『あと野菜はちゃんと摂ること。水もちゃんと飲むのよ。あなたは身体が細くていつ倒れてもおかしくないんだから』

「そうですね。分かってます」

『この時期は食べ物が腐《くさ》りやすいから、消費期限もちゃんと見なさいね。あと、家賃は払えてるのかしら？　使い過ぎてお金が足りなくなったらいつでも言うのよ？』

「紀恵子さん、気にし過ぎです。僕は大丈夫。大丈夫ですから」

『あ、あらそう？　まあ、何かあったらいつでも連絡してちょうだいね。じゃあ、待ってるから』

「ええ、ありがとう」

『あの子も、きっとあなたのことを待ってるわ』

その言葉を最後に、紀恵子さんとの通話は切れた。

少し思考が止まり、息を呑む。靴を脱いで部屋に上がり、壁に掛けてあるカレンダーを見る。八月二十一日のところに、歪《いびつ》な形の二重丸がしてあった。

東千尋　七月十九日　金曜日　二十時

「俺！　いつかは店長になってぇ！　いっぱい部下を持ってぇ！　江原さんみたいに優しい人になりたいっす！　愛してる江原さん！　大好き！」

うるさい。帰りたい。

顔を真っ赤にして叫ぶ佐田さん。それに対して江原店長は「そうだな」と動じることなく自分の生ビールを飲んでいた。

「ねえ、佐田くんのあれ、皮肉よね？」

僕の隣に座ってる篠原《しのはら》さんがモヒートを一口飲んだあと、僕にだけ聞こえるよう小声で言う。

「江原さんを尊敬してる人っていたんだね」

「どうでしょうね。佐田さんは、僕が飲み会に行くって言ったら、愛してるって返答してました。たぶん愛を軽く考えてますよ」

「それは言えてるかも」

苦笑いしながら、篠原さんは明太子入りの厚焼き卵を摘《つま》み、モヒートを味わっていた。

腕時計を見ると時刻はすでに二十時。飲み会が始まって一時間が経っていた。

今日は営業の人やアルバイトの夜勤の子たちも集まっている。シフトがよく被る篠原さん、佐田さん、楠田さんと同じテーブル。隣は営業や夜勤。江原店長は二つの卓を行き来して一人ひとりと会話していた。

篠原さんはすでに十年もこの印刷会社に勤めている。全ての機械に詳しいため、僕も時々彼女を頼っている。いつもピリピリしている店長とは対照的に、明るく面倒見も良い。世話焼きお姉さんみたいな人だ。

佐田さんはしょっぱなから浴びるほど酒を飲み、いつもより三倍おちゃらけた調子で、最近行った飲み屋、流行《はや》りの音楽、最近の案件、他店での嫌いな上司について延々と喋っていた。それを楠田さん、篠原さん、僕の三人が、それぞれなんとなくうなずきながら聞き流し、酒とつまみを味わう。

そこにたまたま江原さんがこっちのテーブルに来たので、佐田さんの標的が江原店長に変わったのだ。

「店長、いつも俺のこと気に掛けてくれるじゃないですかぁ！　それホント嬉しくて、俺いつも失敗ばかりするから、誰かに見てもらえてないと不安でしょうがないんすよ。でも江原さんがいつも俺のことちゃんと気にしてくれるって思うと、毎日仕事頑張れるっす！」

「そうだな。サボらなくなったらもう一人前だな」

「サボってないっす！　コミュニケーション取ってるだけっすよ！」

「分かってるよ。いつも場を盛り上げてくれてありがとうな。でも口と手を一緒に動かしてくれ。せっかく仕事は早いんだから。あと楠田も、呑み込みが早い。入社二年目だったよな？　ミスもそれほどないし、臨機応変に動けるから、かなり頼りにしてるぞ」

佐田さんのテンションについていけず、静かにハイボールを飲んでいた楠田さんは、突然話しかけられて慌てている。急いでジョッキから口を離して口元を舌で舐《な》めると、いつもより高いトーンで応えた。

「あ、えと、ありがとうございます。でもまだまだ、分からない機械たくさんあって勉強中です。それにすぐに確認しちゃうから、別の作業をしてる皆さんに迷惑を掛けちゃって……」

「ああ、そんなことないわよ。すごく頼りにしてるわ。ねえ江原さん。楠田ちゃんね、最近長尺三つ折りの機械、一人で動かせるようになったんですよ」

「本当か？　あの機械は篠原くらいしか分かる奴がいなかったから、すごく助かるぞ」

「さ、最近ですよ！　本当に最近です。それに、事前に一通り篠原さんと流れを確認してからだったので。篠原さんが傍に居ないとまだ怖いです。初めてやったときは変な音して止まっちゃったし」

「最初はいいのよ。いっぱい失敗して。最終的にできればそれでいいんだから。ゆくゆくは楠田ちゃんにフォトブックもやってもらいたいなぁ」

「え、それは嬉しいです！　ずっとやってみたかったんです！　すごい楽しそうだし！」

楠田さんが今日一の音量で歓喜の声を上げる。大きな声を出したのが恥ずかしかったのか、言ったあとに僕のほうを向いて微笑《ほほえ》んだ。

とりあえず笑い返しておく。江原さんも部下の意欲的な姿勢に嬉しそうで、珍しく笑顔だった。

「ところで東――」

「あ、え。んっ、え」

突然自分の名前を呼ばれ、枝豆を食べていた手が止まる。

面倒臭いからできるだけ会話に交ざらないように静かに食事していたのに、とうとう自分に話が回ってきた。一応姿勢を正して手を膝に置く。

「お前はこの店舗で働いて六年くらいだ。俺は入社以来ずっと三号店で働いてるけど、東ほど呑み込みも仕事も早い奴はいなかった。器用さや丁寧さも俺はかなり評価してる」

「はぁ……、ありがとうございます」

「そこでだ。最近できた九号店があるだろう？　あそこは周りに会社も多いし、かなり繁盛してるらしい。スタッフの人数が今のままだときついらしくて、一人どこかから異動させようかって話があるんだ。東、あそこで副店長やってみないか？」

江原さん、佐田さん、篠原さん、そして楠田さん、四人の視線が自分に集まる。

篠原さんは「いいじゃない東くん」と楽しそうに言う。佐田さんは若干笑みを浮かべて僕を見ている。そして楠田さんは、さっきまでの微笑みはどこに行ったのか、真顔になっていた。

僕は「ええっと」と言って溜息をつき、膝に手を置いて姿勢を正した。

「嬉しいですけど、僕はまだキャリアアップは望んでないです」

元より気持ちは固まっていたから、すぐに答えが出た。

江原店長が予想より驚いた顔をする。

「どうしてだ？」

「僕は、佐田さんみたいにコミュニケーション力に長《た》けてないし、篠原さんみたいにフォローもできないし、楠田さんみたいに臨機応変に対応もできません。江原さんの言葉を借りて言うなら、ただ器用で丁寧なだけです。上に立つ人は全部兼ね備えてなきゃいけない。僕は上に立てるほど立派な人間じゃないんです」

自分の意見をこれほど長く言うのは、社会に出て初めてのような気がした。酒で酔っているのもあるかもしれない。自分でも内心驚いた。

小さな沈黙が流れ、隣の篠原さんが肩をポンポンと叩いて僕を励ましてくれる。

「あら、そんなことないわよ、東くん。私よりしっかりしてるなって思うところたくさんあるわよ？」

「ありがとうございます、篠原さん。でもそれだけじゃないです。上に立つ人間は責任を負わなきゃいけないじゃないですか」

「そうだな。それが店長として、副店長としての務めだ。だがそれは、みんな通る道なんだぞ」

江原店長はやんわりとそう言いながらも、苦い顔をしている。

僕はうつむくことなくしっかりと江原店長の目を見て続けた。

「そうですけど、正直今は自分のことで精いっぱいです。余計なことを考えたくないっていうか、余計な重荷を背負いたくないっていうか。今はまだ自分のことだけを考えていたい。責任って重いですから」

生ビールで仄《ほの》かに酔って朗らかになっていた江原店長の顔が、だんだんと真顔になっていく。若干ピリリとした空気を感じた。

だけど、たくさんの人に囲まれてちょっぴりイラついていたせいか、言葉が止まらなかった。

「江原店長、僕、自分の価値を決めるのは、キャリアとかじゃなくて、お金だと思ってるんです。今はそのお金がそこそこ貯まってきて、生活が苦しいわけじゃない。だからこれ以上別に、上を目指す気はないんです」

沈黙が走る。江原店長の表情が強張《こわば》っている。それを見て、佐田さんと篠原さんは目線を下げた。

しかし楠田さんだけは違った。

「分かりますよ、東さん！　お金が一番大事ですもんね」

彼女がさっきの佐田さん並みに大きな声で言った。その顔には満面の笑みが浮かんでいる。フォローのつもりだったんだろうけど空気は読めていない。

楠田さんのその一言で江原店長は「分かった、残念だ」と真顔で言い、隣のテーブルに移っていった。

篠原さんと佐田さんが少し濁った表情をしている中で、なぜか楠田さんだけが嬉しそうだった。


飲み会も終わりの時間に近づき、会計をする前にトイレに行く。すると佐田さんも催したらしく、連れションをすることになった。

「東、お前最高」

隣の小便器に立たれて突然話しかけられる。

「最高？　何がですか？」

「あんなにがっつり言えるタイプだって知らなかったぜ」

「ああ、昇進のことですか？」

「そう。俺正直、お前のこともっと大人しくて、意見とかあんま言わないで、周りに合わせるだけの奴かと思ってたんだよね」

すごい失礼なことを言われていないか？

小便を終えて手を洗う。

「はは、何言ってんですか。佐田さんだっていつも空気読まずに騒がしいじゃないですか」

「本当？　そう見える？　実はけっこうキャラ作ってんだよね。明るめキャラ。俺嫌われるの怖くてさ」

「そうなんですか？」

意外だ。佐田さんがそんなことを思ってたなんて。陽気に喋ってたり常に笑顔でいるのは、もしかして疲れるのだろうか。半分くらいは本来の明るさだと思うけど、あとの半分くらいは作りものの明るさなのだろうか。

「いや、別に根暗ってわけじゃねえけどさ。みんな普通に、本当の顔、本性、みたいなのあんだろ。俺は本当は臆病なんだよ。明るいキャラ作ってれば嫌われることはないからさ」

「本当の顔……、ていうかキャラ作ってるのに、今は僕に本当の気持ち言ってるじゃないですか」

「いや、東と友達になりたくて」

「友達？」

口から出た言葉が頭の中にもそのまま浮かび上がる。友達ってあの友達？　学生時代は友達と呼べるような仲の人は誰もいなかった。おかげで卒業して連絡を取っている人は一人もいない。

そんな僕に友達？

佐田さんは僕の返答を待たずに自分のスマホを取り出した。

「ライン交換しようぜ」

「え、あ、はい」

言われるがまま、僕もスマホでラインを開く。

「あの、どうやるんでしたっけ」

「はあ？　ボケた？　貸してくれよ。やってやる」

「はい」

僕は言われるがまま佐田さんにスマホを渡す。

「え、お前、友達一人しかいねえの？　え？　嘘でしょ」

すると佐田さんは僕のスマホを弄《いじ》りながら、驚いた表情でそう言った。

ラインは紀恵子さんしか登録していない。だって、別に職場は友達を作る場じゃないと思っていたし、ラインを交換する理由も特になかったし。

若干反抗的な気持ちになり無言で待っていると、少しして佐田さんがスマホを返してきた。

「これでオッケー」

「あ、ありがとうございます」

佐田智洋《ともひろ》。これで二人目。佐田さんのアカウントがラインに追加されていた。正直ちょっと嬉しい。ライン の友達登録が一人増えるだけで、こんなに陽気な気分になれるとは。いや、酔っているからかもしれないけど。

早速佐田さんとのトーク画面に行く。鳥の可愛いキャラクターのスタンプ。それと、何かのURLが送られていた。

「なんですかこれ?」

「友達の証として教えといてやるよ」

妙にニヤニヤしている。なんだろうと思いながらそのURLをタップすると、掲示板サイトに移動した。

地域別にページがある。なんのページか分からず、適当に自分の住んでる地域の書き込みを見てみた。

驚いて、佐田さんにスマホの画面を見せる。

「なんですかこれ!」

若干怒鳴り声になりながら佐田さんに訊く。

そこには出会いを求める女性たちの書き込みが溢れていた。

僕が焦る様子を見て佐田さんは笑っている。

「俺がよく使ってる出会い系サイト！　楽しめよ！」

そう言って荒々しくズボンで手を拭きながら、佐田さんはトイレを出ていった。

最低。

東千尋　七月十九日　金曜日　二十二時

「好きです。東さん」

それは、突然訪れた。

飲み会が終わり二次会へ続く流れになったのだが、江原店長に気まずく感じてそのまま帰宅しようとした。

すると楠田さんが「じゃあ私も」と言うので二人きりで駅に向かう。

そして、当たり障《さわ》りのない会話を続けながら、途中の長い信号を待っているとき、彼女は僕の腕をギュッと摑んで顔を赤らめ静かに言ったのだ。

告白されている。

明日何をしようとか、溜まっているゲームを消化しなくちゃとか、まったく関係のないことを考えていたせいで、告白されていることに気づくのに五秒くらい掛かった。す、き、で、す、あ、ず、ま、さ、ん。言葉遊びのように頭の中で単語が蠢《うごめ》き、ようやく楠田さんが言っていることを理解した。

しばらく僕の目を見ていた楠田さんが、とたんに耳を赤くさせて下を向く。顔もかなり赤くなっていた。これは酔っているからじゃないだろう。

好き？　楠田さんが、僕のことを好き？

信号が青になり、ゆっくりと人が流れていく。明日が土曜日だからか、こんな時間でもそれなりに人が居た。沈黙のまま向かい合う僕たちを、通りすがりの人たちは不思議そうに見るが、すぐに興味を失《な》くして過ぎ去っていく。

「楠田さん、僕のこと好きなの？」

沈黙に耐えきれず訊くと、楠田さんは目を背《そむ》けながら小さく口を開く。

「好きです」

「それって、その、どういう」

「どういうって……」

「えっと、えーっと、ライクか、ラブか」

何を訊いているんだ自分は。アホか。

楠田さんは少しだけ緊張が解けたのか、かすかに笑って言った。

「ラブです」

その笑顔が頭の中を駆け巡る。

仕事中分からないことをよく確認しにきた。目が合うと時々笑いかけてくれた。それにさっきの飲み会のとき、僕が江原店長に失礼な態度を取ったあとでフォローしてくれた。

そうか、好きだったのか。僕のことが。

その瞬間、流花のことが頭に浮かんだ。昔、僕を残して死んでしまった、中学時代の恋人。

そう、死んだんだ。流花はもう死んでる。でも、僕だけが幸せになったら、流花に申し訳ないじゃないか。だって流花は、独りで悲しい結末を迎えてしまったわけで。流花とは付き合っていたまま死別してしまったわけで。

そのとき突然耳鳴りがした。思考が鮮明になる。

そうだ。僕がこの前見た夢の内容。思い出した。映画館で観ていたのは、あの日の光景だったじゃないか。流花との別れの瞬間の光景だ。誰も居ない映画館で独り寂しく、流花が死んだ日の出来事を観ていた。

頭の中の彼女が囁く。『生きて、生きて、そして死ね』。彼女はそう言っていた。僕を置いて先に死んだ彼女。

彼女を大切に想う気持ちは変わらない。僕が死ぬまで、きっと彼女のことを忘れることはないだろう。

でもあれから十年以上経つ。十年以上だぞ？　断ち切るわけじゃない。自分の心から切り離すわけじゃない。でも、一度くらい、彼女を裏切ってもいいじゃないか。だって流花、君は僕を裏切って、独りで死んでしまったんだから。仕返しだ。

「楠田さん、ありがとう。嬉しいよ」

楠田さんは目を見開き、息を大きく吸い込むと、どんどんと笑顔になる。

「え、あ！　それじゃあ……、えっと、付き合ってください」

「うん、いいよ。付き合おう」

ブワァッと楠田さんの顔中の筋肉が上がるのが分かる。若干涙目になっていた。

僕は彼女の手を掴んで無言で歩き出す。

「あ、東さん？」

手を引いて飲み屋街を歩く。もしかしたら会社の人に会うかもしれなかったけど、どうでもよかった。後ろからもたつく足取りで楠田さんがついてくる。何度か僕の名前を呼んでいたが無視をした。

歩く。歩く。歩く。歩く。彼女の手を引いてただひたすら道を歩いた。

歩き疲れた流花は何度も『疲れた』とつぶやいていていた。

堂々としていれば、たとえ服に泥がついてひどく汚れていても、他人は案外気にしないものだ。なおかつ田舎で人がほとんどいない。日中に歩いてるのはお爺《じい》さんお婆《ばあ》さんぐらいだ。彼らは話しかけてくることもあるけど、それは怪しんでいるからじゃない。構ってほしいからだ。のらりくらりと適当に理由を付けてかわせば、案外僕たちが犯罪者ということはバレない。

しかしもう夜だ。流花と僕は、地下横断歩道の入口に寄りかかって座る。

大丈夫、さすがにこんな夜になると人っ子一人通らない。それに、遠くを見る限りこの先数十メートルは店らしきものは見当たらない。明かりもない長い道路を、こんな真夜中に歩いているのなんて、それこそ僕らみたいな複雑な事情がある奴だけだろう。

都合良く地下横断歩道の入口の脇は草が生い茂っていて、虫がたくさん居そうだけれど悪くない寝床になりそうだ。隣り合って、座る。

『お腹減ったね』

彼女がか細く言う。

僕は汚れたリュックサックの中からペットボトルの水を取り出す。途中に寄った公園で汲んだ物だ。流花に差し出すと、彼女は『ありがとう』と微笑んだ。

流花はそれを一口飲み、蓋を閉めずに僕に返す。僕も少しだけ飲んで、蓋を閉めてリュックサックに仕舞った。

『今日はここで寝よう』

『そうだね。懐中電灯消すよ？』

『分かった』

流花が懐中電灯のボタンを押すと、辺りは暗闇に包まれる。それでも、目が慣れてくると月明かりで周囲が見渡せた。見上げると夜空は星で溢れ、その真ん中に浮かぶ巨大な月が僕らを見守っている。

今日食べたのはそれぞれ菓子パン一個だけだったけど、そろそろどうにかしてまともな食料を手に入れなければ。一度カエルを食べようかという話になったが、毒を持っている危険性があるため迂闊《うかつ》に手は出せない。またどこかで万引きするか、気が進まないけど適当な家へ泥棒に入るしかないか。

しかしそれほど不安はなかった。食べようが食べまいが、僕たちは結局死に場所を探す旅をしているわけで。餓死したらそのときはそのときだ。

流花が溜息をついて僕の肩に頭を載せる。

『どうしたの？』

『シャワー浴びたい』

乾いた声で流花が言う。

確かにそれは僕も思う。ちゃんと身体を洗えたのなんて、二人で衝動的に川にダイブして水遊びしたときくらいだ。いや、洗うとは言わないか。ただの水浴びだ。お互い髪もベトベトだし、身体中汗で湿って気持ち悪い。

『どこかの家で勝手にシャワー浴びない？』

『どうかな。安全とは言えないよ』

『そうだけど、もう耐えられないよ。冷たい水に飛び込みたい』

月明かりでかすかに見える流花は、気怠そうに眉根を寄せて目を瞑る。

旅を始めてから、彼女は実にいろんな表情を見せるようになった。笑ったり怒ったり、前よりよっぽど表情豊かだ。

突然彼女は立ち上がり、草を搔《か》き分け、少し離れた場所で服を脱ぎ始めた。履いていたサンダルまで脱いで、全部まとめて勢い良く地面に叩きつける。真っ裸になって戻ってきた。

『じゃーん』

『風邪引くよ』

平静を装って軽く彼女にそう言うと、流花はなんとなくつまらなそうな顔をした。

『千尋も脱ごうよ。涼しいし、気持ち良いよ』

流花は座っている僕の服を強引に引っ張った。痛い。

抵抗して手を払いのけ、しばし見つめ合い、しょうがなく自分も服を脱ぐ。

ああ、確かに涼しいや。そう思ってしまった。誰も居ないし楽しい。解放感が半端ない。普通じゃ体験できないことをしてる。

流花はまた座り込み、僕も隣に座る。裸。寄りかかる壁はザラザラしていてちょっと痛かったけど、お尻に当たる草の感触はくすぐったくて気持ち良かった。

裸のまま眠ってしまおうかなと思って目を瞑るけれど、全然眠れなかった。

『ねえ、流花』

『何？』

『チューしよ』

とたんに流花が笑い始める。お腹を抱えてヒィヒィと長らく笑ってから息を整えている。

僕は無性に恥ずかしくなった。

『なんだよ』

『チューって。普通にキスって言いなよ』

だって、キスって言うの緊張しちゃって、と言おうと思ったけど、寸前口を塞《ふさ》がれて言葉が出なかった。

キスされた。ドキドキした。

思わず彼女の頭と肩に手を置き、身体を密着させた。肌と肌が重なってくっつく感覚が心地よくて、ああ、幸せだなあと思った。

抵抗されないまま彼女のほうに倒れ込む。流花が下に、僕が上に覆い被さるように倒れた。

身体が汚いとか、お風呂に入っていないから臭いとか、もうどうでもよかった。どうせ身体も心も小汚いんだから、この際二人でドロドロになろうと思った。

僕はまた彼女にキスをする。舌を強引に入れたら、彼女も入れてきた。そのまま長く、長く、キスをする。

そして顔を上げて、もう一度彼女の顔を見た。

誰だ、お前。

目の前の女は流花ではない。ショートヘアの大人びた女。

おい、やめろ。キスするな。誰だよお前。お前は違う。近寄んな。

気づけば自分の身体も、身長が高くなり、大人の姿になっているではないか。どうなってる。

やめろ。あの頃を返せ。返してくれ。やめてくれ。

息が乱れる。吐き気にも似た具合の悪さが頭に響く。気色《きしょく》悪い。

「千尋さん？」

ふと女の声が聞こえて、ゆっくりと横を見る。裸の、大人の女。視界が揺れて目眩《めまい》がする。

その女はもう一度心配そうに僕の名前を呼び、背中を擦《さす》る。

その手を思いっきり振り払う。

不安そうな女を再び観察して確信する。お前は、流花じゃない。自分の身体も、もう子どもじゃない。何もかも違う。全部、全部違う。

「お前は、違う」

口から自然と出たその言葉が沈黙を撒《ま》き散らした。

耐えきれなくなり、服を着て、財布から札を出し、近くのテーブルに乱暴に置く。

そのまま逃げるようにラブホテルをあとにした。

逃げる僕を、その女は引き止めもせずただ黙っていた。

東千尋　七月二十日　土曜日　十九時

「あぁ！」

水の冷たさに反射的に身体が跳ね上がる。それでも水を止めず、むしろさらに蛇口を捻《ひね》り、勢い良く放出される水に打たれて唇が震えた。

流花。流花。流花。ごめん、ごめんよ流花。やっぱり君に会いたい。

ホテルを出てから今日一日、ずっとそのことを考えていた。流花の肌を、声を、息を、笑顔を、死を、思い出さないようにしてきた。過去をずっと気にしないようにしていたけれど、そんなのムリなわけで、やっぱり思い出してしまう。

それでもある程度は耐えることができていた。

なのにクソッ！　間違いだった。勢いに任せて身体の関係を持つんじゃなかった。あぁ！

正直舞い上がった。楠田さんの身体に触れた瞬間、記憶の奥底に眠っていた女の、流花の肌の感触を思い出してしまって頭が混乱した。

それからはもう、流花のことしか頭になかった。流花のことだけが頭を巡るのに、目の前に居るのは会社の後輩。何がなんだか分からなかった。自分で選んだことなのに、いったいいま自分が何をしているのか分からない。でも頭の中で流花が巡る感覚は本当に最高だった。

事後、麻薬を吸ったかのように混乱した頭を落ち着かせて、今まさに自分が抱いた女を見ると、そこに居たのは流花ではなく楠田さんだった。気持ち悪くてすぐに服を着て、ホテルの宿泊代とは別に多めにお金を置いて帰った。

帰宅してすぐ、妙に腹が減って、異様に喉も渇いていた。家にあるカロリーメイトを賞味期限関係なく食い漁《あさ》り、喉に詰まって牛乳を飲みまくり、空になると蛇口から水を目いっぱい飲んだ。腹がタプンタプンに満たされ、少しだけ吐いてしまい、同時に何度も流花の思い出を反芻《はんすう》した。

あまり食べることに慣れていない胃に、突然膨大な量のカロリーメイトを入れ込んだからか、胃もたれして少し気分が悪い。

それに反して、先ほどまで散々吐き出した陰部がまた盛り上がってきた。また、あの感覚を味わいたい。もうどこにも居ない流花をダイレクトに感じることができるのは、きっと誰かと肌を重ね合わせているときだけなのだ。

生身の人間を流花に重ね合わせる。そんな僕を流花が見たらなんて思うだろうか。最低、とか言われてしまうだろうか。そうだよな。年下の、ましてや会社の後輩を傷つけてしまったんだもんな。

うるせー。はっ、知るかよ。流花、君に僕をとやかく言う権利はないからな。君のことは大好きだけど、自殺を選択した君は大嫌いだ。君は言っていたじゃないか。『生きて』と。それならどう生きようが、僕の勝手だよな。僕の好きなように生きて、死んでやる。

まるであの頃に戻ったようだ。無邪気で、怖いものは何もなくて、なんでも挑戦したくて、がむしゃらだった中学生の頃の自分。

あのときから、何年も抑えていた欲求を今こそ吐き出したい。抑えていたのは性欲だけじゃない。いつも散々うるさく言ってくる江原店長への怒り、昔自分をイジメた奴らへの殺意、憎しみの感情が沸々《ふつふつ》と溢れ出してくる。全部殺したい。死ね。死ね。死ね！

近くにあった通勤用鞄《かばん》を壁に思いっきり叩きつける。壁に小さな傷ができて中の書類が周りに散らばっても、まだ怒りは収まらない。牛乳パックのゴミ、カロリーメイトのゴミ、読んでいない小説、脱ぎっぱなしの衣服、枕。何でもかんでも壁に叩きつけ、ようやく投げる物がなくなったところで落ち着いた。

　はあ、そうだ。これからはしたいことをしよう。僕の人生の起点にいつだって流花の面影がある。生き方を変えるきっかけはずっと君だ。

　ラインを開き、佐田さんのアカウントをタップし、あいつが送ってくれたURLを開く。『ラブラブパートナー掲示板』。掲示板タイプの出会い系サイトのようだ。

　何がラブラブだよバーカ。そう思いながらも、早速自分が住んでる地域をタップして書き込みを見る。そこには様々な女たちの欲望が生々しく記されていた。

『みーこ　二十五歳　割り切ったお付き合い希望です』

『あんな　四十二歳　誰でもいい。熊越駅前の多目的トイレで危ないことがしたい』

『じゅんじゅん　二十七歳　恋人募集中』

『りょーこ　二十三歳　神様いる？　優しい人とメールしたいな！』

『はるか　三十一歳　飲食店で働いてます。まずは友達から』

　凄まじい。求めていることは人それぞれ。援交目的の人もいれば、正式にお付き合いを求めている人。中には、レズビアンと思《おぼ》しき女性の書き込みや、キャバクラの勧誘もあった。多種多様な女性の姿。案外、佐田さんの言うとおりだ。どこにでも当たり前に、いろんな世界がある。

　まあいい。とりあえずは選ぼう。まずは、流花を生身の人間と重ね合わせて快感が倍増する現象がどんな女でも当てはまるのか、サンプルを得る必要がある。だから年齢は気にせず決めよう。

募集書き込みの一番上に目線を持っていく。じゃあ神様、頼みます。僕もずいぶん都合がいいんで。

ど、れ、に、し、よ、う、か、な、か、み、さ、ま、の、い、う、と、お、り。

水原瑠花　七月二十一日　日曜日　十八時

「瑠花《るか》ちゃん！　賄《まかな》い食べてく？」

アルバイトが終わり、折り畳みの椅子があるだけの小さな休憩室で着替えている途中、聡明《そうめい》さんが大きな声で言った。

谷藤《たにふじ》聡明さん。奥さんの佐知子《さちこ》さんと一緒に、このラーメン屋・鳳仙《ほうせん》を経営してる。

「今日は大丈夫です！　ありがとう！」

叫ぶようにそう言うと、威勢良く「はいよ！」と言う聡明さんの声が聞こえた。

エプロンがニンニク臭いな。そろそろ洗わなきゃ。リュックに自分用のエプロンを詰める。それと引き換えに、予《あらかじ》め書いておいたシフト表を取り出して休憩室を出た。

「聡明さん、これ、来月のシフト希望です」

厨房で仕込みをする手を止めて、着ているエプロンで雑に手を拭きながら、聡明さんは私の渡したシフト表を受け取った。

「ああ、ありがとう！　お、たくさん入ってくれるんだねえ！」

「ほら、学校が夏休みに入るでしょ？　せっかくだからがっぽり稼がせてもらおうかな！」

「いいねえ！　お盆の時期も入ってくれるのか。ボーナス付けてあげたいくらいだ！」

「何言ってるの、あなた。声大きいわよ。ほら、ラーメン、塩、炙《あぶ》り味噌、一人前ずつ。あと餃子二人前お願い！」

横から佐知子さんが新たなオーダーを入れる。「はいよ！」と返事をして、聡明さんは厨房の棚へ全粒粉《ぜんりゅうふん》の中華麺を取りにいく。佐知子さんがオーダーを取り、聡明さんがラーメンを作る。長年このフォーメーションでやっていて、立場を交換することはないらしい。

「おー疲れ様でーす」

そこに、呑気な声が店の裏口から聞こえてきた。武命《たける》くんだ。

私と同じ亀谷《かめたに》高校の二年生。石田《いしだ》武命くん。同学年だけどクラスは違い、去年鳳仙でアルバイトを始めるまで知らなかった。でも一年経った今ではかなり仲良しだ。友達を通り越してまるで姉弟のよう。

「おう、武命！　元気か？」

「元気！　おっちゃん元気⁉」

「元気だ！」

武命くんも、聡明さんに負けないくらい大きな声で挨拶をして手を挙げた。

「いいね！　ばっちゃんお疲れ！　瑠花さんも！」

私と佐知子さんが挨拶を返すと、武命くんは満足そうに休憩室へ着替えにいく。

クラスは違うから、鳳仙でしか関わることはないけど、武命くんは本当に元気な子だ。いつもニコニコしてお調子者。ムードメーカーである。常に落ち着かない子で、学年集会なんかじゃ、よく隣の男子と会話して先生に怒られてる。だから、店ではあくまで私が姉で武命くんが弟役だ。

だけど鳳仙では誰も怒ることはない。武命くんの元気さはみんなを安心させる。それに、聡明さんが二人居るような気がして店も活気づく。

「あれ、瑠花さんシフト上がり？」

武命くんが休憩室で着替えながら私に言う。私も壁越しに、休憩室で着替えているであろう彼のほうに身体を向けて言った。

「うん、今日は十八時までだから」

「いいねえ！　遊びにいくの？」

「どうしよっかな。でも疲れたから家でゴロゴロ？」

「そうなの？　若いのに。遊ばなきゃ！」

「武命くん同い年でしょ。君も若いよ」

「俺もうお爺ちゃんだから。今日もフラフラするよ」

「夜遅くまでゲームしてたんでしょ？」

「なぜ気づいた」

　着替え終わり、武命くんは動きやすい学校指定のジャージに店の緑のエプロンをして現れた。ちょっと汚れてる。ちゃんと洗濯してないな？

「武命くんいつもそうじゃん！　この前もバイト遅刻しそうだったし。ちゃんと寝て！」

「お、怒らないで！　ばっちゃん、瑠花さんが怒る！」

「私もちゃんと寝てほしいわ。寝る子は育つのよ。店長見なさい。若い頃ずっと寝て過ごしてたから、こんなに身長高くなったのよ」

「店長百九十センチ近くあるじゃん！　そこまで要らないよ！」

　私たちの会話を聞いて、「ガハハ！」と聡明さんは笑いながら、出来上がった塩ラーメンと炙り味噌ラーメンを出す。佐知子さんも笑いながらお客様のほうに持っていった。

　聡明さんと佐知子さんはもう出会ってから三十年ほどになるらしい。いつでも息がぴったりで、何も言わずともお互いが求めていることを感じ取って動くことができる。

　二人に子どもがいないからか、もしくは特に私と武命くんが、誰よりも多くシフトを入れてるからか、まるで娘と息子のように可愛がってもらっている。

「武命くん、明日からまた学校なんだから、家帰ったらすぐ寝てよね」

「へいへい。はー、早く夏休みにならねえかな。そしたら毎日ゲームできるのに」

「あと一週間くらいの辛抱だよ。じゃあ、私そろそろ帰るね」

「おっす、じゃあね瑠花さん」

私が言うと、みんな威勢良く挨拶してくれた。

私は裏口から外に出て、すぐ右側の茂みにある自分の自転車のハンドルを握った。スタンドを上げるとガシャンと音を立てる。そのまま自転車にまたがって、家の方向へと漕《こ》いでいった。


十八時だというのに辺りはまだ明るかった。蟬が鳴いてる。夏も本格的になってきたな。ガリガリ、ガリガリ、と自転車のペダルを漕ぐたびに身体から汗が滲《にじ》み出る。

自分の家から近い場所をアルバイトに選んで良かった。ふと、アルバイトの面接を受けたときを思い出す。

去年の夏休み、親友の美希《みき》と海に遊びにいく話になった。美希はアルバイトをしてたから金銭に余裕があったけど、私は元よりお小遣いなんてものは貰ってなかったから、交通費も、もともと持ってるスクール水着以外の水着を買うお金もなかった。

どうしようか悩んでいるとき、通学路で鳳仙の貼り紙を見かけて、アルバイトすればいいじゃないと思い立った。

早速面接を受けて聡明さんや佐知子さんと出会う。近くの亀谷高校だということを話すと、ちょうどそのときシフトに入っていた武命くんも亀谷高校ということで盛り上がった。意気投合して話していると一時間も経っていて、私の面接中一人で厨房とホールをこなしていた武命くんが悲鳴を上げていた。

あれから一年も経つ。最初は臭くなるから嫌だなぁと思っていたニンニクの皮剝《む》きも早くなった。一本ずつしか切れなかったネギも、今では一気に四本切れるようになったし。仕事に慣れれば慣れるほど楽しくなっていった。

できれば卒業したあともずっと働きたいな。鳳仙は居心地が良い。もう高校二年生の夏だ。周りには、すでに卒業後の進路について考えている子もいる。私もそろそろ考えなければいけない。大学進学か、はたまた短大、専門学校。

パパは、お金のことは気にせず卒業したらやりたいことをなんでもやりなさいと言ってくれる。けれどこれ以上パパに甘えちゃいけないという考えが私を縛っていた。

父子家庭のため、家賃や学費などを考えると余裕がないらしく、パパは日中の会社勤めにプラスして土日は副業でアルバイトもしている。実際にパパがどのくらいの給与を貰っているのかは分からないけど、ムリして土日に働いているのを見るとそれほど多くないのだろう。

だから進学なんて選んだら、さらにパパの負担になってしまう。

そうだ、鳳仙にフルタイムで入れないかな。卒業したら鳳仙で正式な店員として働きたい。私が家を出ていったらパパの負担は減って自由な時間が増える。

私が居なくなったあと、パパに新しい再婚相手ができて、私に年の離れた妹ができて、その頃には私も自分のアパートで猫を飼っていて、時々綺麗な義理のママと一緒にお買い物に行ったりして……

そこまで妄想して、やっと自宅マンションに着いた。

自転車を駐輪所に置いてから、マンションの中に入る。エレベーターで三階に。そしてそのまま角部屋の三〇四号室の鍵を開ける。家には誰も居なかった。期待はしてない。いつものことだ。

リュックの中にある鳳仙のエプロンを取り出して、洗濯籠の中へ放り込む。キッチンに向かい、冷蔵庫の中の作り置きのサラダと、切り分けて保存しておいた野菜と、豚肉を取り出す。明日のパパのお弁当は野菜炒めでいいか。

聡明さんに野菜の切り方や料理のコツをたくさん教えてもらってから、野菜炒めを作るのにハマっている。〝油通し〟という、一度たっぷりの熱した油に野菜を潜《くぐ》らせてから炒める方法を使うと、火が早く通って、しかも冷めても美味しい野菜炒めができる。鳳仙で初めて知った調理方法だ。実践って素晴らしい。

中学生のときに初めて家の手伝いとして料理を始めた頃はメチャクチャ火傷《やけど》してたっけ。上手《うま》くできるようになったのも高校に入ってからかもしれない。油の扱いに慣れてなくて、親友の美希に火傷の痕《あと》を何回も心配された。

醤油ベースの味付けで野菜炒めをチャチャッと作り、次は卵と出汁《だし》を混ぜて卵焼きを作る。ご飯をお弁当箱によそって野菜炒めと卵焼きをおかずに入れる。まあ、シンプルだけどこれでいいでしょ。最後にご飯の上に、桜でんぶで大きなハートマークを描く。明日開けたときが楽しみだ。

お弁当の粗熱を取っている間に自分の食事をとる。先ほどの野菜炒めの残りとご飯を並べ、インスタントの味噌汁にお湯を入れてリビングのテーブルに座った。二人用の小さなテーブルに、私独りだけ。

「いただきます」

乾いた自分の声だけが家の中に響く。野菜炒めを一口。うん大丈夫。美味しい。塩気が少し薄いけど、パパも私もこれくらいがベスト。やっぱり私は料理の天才かもしれない。早くパパに褒めてほしい。

そう思いながら顔を上げても、当然向かいの席にパパは居ない。薄味の野菜炒めの味がより一層薄くなった気がして、考えるのをやめた。

そこで、ブブッとスマホが振動した。メールだ。開くと、いま連絡を取り合っている人からだ。ハンドルネーム、あーちん。二十七歳。

『よろしくお願いします』

なんだか堅いなあ、この人。ビジネスマンなのかな？　パパみたいにカッコ良いといいな。

呑気に考え、『こちらこそよろしくお願いしますね』と打ち込みメールを送信する。

出会い系の人にだけ明かしているメールアドレスには、あと三件ほど未読のメールがあった。全て、一度会ったことのある人からのメールだ。基本的に〝単発〟と決めているから、三件の未読メールは中身を見ずに削除した。

その後、YouTubeで猫の動画をボケーッと眺めながらゆっくり食事をとっていたら、もう二十時になっていた。ヤバい、そろそろ準備しなくちゃ。

ごちそうさまも言わずに立ち上がり、食器を流しに置いて水に浸《つ》けておく。洗うのは明日でいい。急いでシャワーと化粧を済ませなければ。

粗熱が十分取れたお弁当を冷蔵庫に入れ、食べたあとのテーブルを拭いて、油が撥《は》ねた服を脱ぐ。あ、シャワーを浴びる前に書き置きをしなきゃ。

書き置き用に常に置いてある紙とペンを取ってパパへの手紙を書いた。

『パパへ
遅くまでお疲れ様。今日は友達の家に泊まって、そのまま学校に行きます。

明日のぶんのお弁当を冷蔵庫に入れておきました。

パパの大好きな甘い卵焼きです。お仕事頑張ってください。愛してます。

瑠花より』

最後にハートマークを書く。うむ、我ながら可愛い。そしてキモい。美希は私のことを『ファザコン』と言う。自分もそう思う。

私はパパのことを愛している。パパへの感情は美希にだけは教えている。自分だってちょっとヤバい子だなって思ってる。

でも本当にヤバいのは、甘えられない寂しさを夜遊びで満たしてるってことなんだよな。

全部、自分で分かってる。でもこっちだって限界ってものがある。

誰に言うでもない言い訳を頭の中で繰り広げながら、脱いだ服を浴室の洗濯籠に荒々しく投げ入れた。

水原瑠花　七月二十一日　日曜日　二十二時

『いるか：こんばんは。』

『あーちん：こんばんは。』

『いるか：あーちんさんのメールアドレスで合ってますか？』

『あーちん：そうですよ。』

『いるか：はじめまして、いるかです！』

『あーちん：はじめまして、あーちんです。』

『あーちん：ありがとうございます！』

『いるか：どういたしまして。』

『あーちん：「甘えさせてほしい」なんて、ちょっとキモかったですよね。』

『いるか：そんなことないですよ。僕が甘えさせてあげます。』

『あーちん：ｗｗ 嬉しいです。ありがとう。あ、これ、私の写真です。【画像ファイル】』

『いるか：可愛いですね。』

『あーちん：ありがとうございます。あーちんさんはどんな人ですか？』

『いるか：僕ですか。ちょっと待ってください。【画像ファイル】』

『あーちん：ありがとうございます。あーちんさんもカッコ良い。』

『いるか：ありがとうございます。』

『あーちん：あーちんさんはおいくつなんですか？』

『いるか：二十七歳です。』

『あーちん：年上ですね、私年上の人が好きなんです。』

『いるか：そうですか。』

『あーちん：住まいは熊越市のどちら辺りですか？』

『いるか：僕は熊越駅近くです。いるかさんは？』

『あーちん：私は、ちょっと離れたとこにあるボウリング場の辺りです。そこまで遠くないですね。』

『いるか：会いたいです。抱き締めてほしい。抱き締めさせてほしい。』

『あーちん：僕の家に来ますか？』

『いるか：本当ですか？』

『あーちん：ええ。いつがいいですか？』

『いるか：遅いですが、明日の二十二時はどうですか？』

『あーちん：二十二時、了解です。いや、迎えにいきますよ。ボウリング場の向かいにコンビニがありますよね。そこで待っててください。』

『いるか：ありがとうございます。もしよければ、そのまま泊まってもいいですか？一晩中、一緒に居たい。寂しくて。』

『あーちん：いいですよ。』

『いるか：ありがとうございます！　楽しみにしてます。いろんなことしてほしい。』

『あーちん：僕も楽しみにしてます。よろしくお願いします。』

『いるか：こちらこそよろしくお願いしますね。』


そんなメールのやり取りをしたのがつい昨日のことだ。

ＳＮＳが普及してるこのご時世にメールを使って会話をするのは、ＳＮＳ経由で個人情報が深いとこまでバレてしまうのを防ぐためだ。手間が掛かるけど、安全を考えるとこのほうがいい。お互いのためでもある。

数日前にふとまた心にポッカリ穴が空いたように寂しくなり、出会い系サイトに書き込みをした。

そこから日にちが経ってあーちんさんから連絡が来て、ラッキーと思いながらバイトのあとに会う約束をした。

そしていま約束のコンビニにやって来た。ここで合ってるよなと不安になり、メールの内容を確かめる。ボウリング場の向かい。大丈夫、合ってるはず。

あーちんさんは若干無愛想な気がしたけど、写真を見る限りブサイクではなかったからまあよしとしよう。それに、鼻筋が若干パパに似ているのも高得点だ。ちゃんとご飯食べてなさそうな色白な肌も一緒。

でも、来るのが遅い。二十二時十分になったけど来る気配はない。

もしかして途中で怖気《おじけ》づいた？　返答も少し素っ気なかったしな。何人かキープがいて弄《もてあそ》ばれたのかもしれない。

あり得る。これまでもすっぽかしはよくあった。前まで使っていた、年齢制限フリーの掲示板で実年齢である十七歳で書き込んでいたときは、たびたびそういうことがあった。未成年といけないことをする、ということに怖気づいた相手が直前で逃げ出すのだ。

こっちとしてはイライラマックスではあるけど、まあそれが賢明な判断だろう。自分も相手も、キス一つした時点で危ない橋を渡ることになる。

だから今では、自分は十八歳という設定で男の人と会うようにしている。一歳の違いだけど、この差は大きい。ハンドルネームは『いるか』ちゃん。十八歳。熊越駅から二つ隣の駅の大学に通っていて、最近は友達とカフェ巡りが好きな、ちょっとオテンバな女の子。そのために若干厚めのメイクも覚えた。しっかりメイクするだけで案外未成年だとバレないものだ。いつもは三十代や四十代の人と会っていたりするけれど、あーちんさんは二十七。比較的若いほうだ。偏見だけれど、こっちのほうが親しみやすいかなと思い、今日は遊んでる風のファッション。髪もちょっと巻いてみた。

明日は学校だから、そのまま通学できるようにリュックの中に制服、ローファーも一緒に入れて、メイクもバッチリ決めたというのに、まさかドタキャン？

思わず溜息をつく。時間がない中で、どれだけ準備を急いだか分かってるのか。せっかく新しい香水を試してきたのに、なんだっていうんだ。社会人としてあるまじき行為。ジワジワと汗が流れてきてさすがに待ちきれなくなり、コンビニでアイスを買うことにした。

ピンポーンと入店音が鳴って、いらっしゃいませも言わないやる気のない店員が奥のスタッフルームから出てくる。

店員と二人きりという状況が気まずくなり、とっととアイスを選んでレジに並ぶ。お金を払い、店を出て入口近くのゴミ箱に袋を捨てていると、車の音が聞こえてきた。

駐車場に一台のミニワゴン。きっとこれだ。来ないと思ってた。とたんに胸が高鳴り緊張が身体を走る。

一応メールを送って確認する。

『白い車ですか?』

『そうです。おいで』

『おいで』だって。最高。ふふ。顔がニヤける。

店を出て車に近づき窓を二回コンコンとノックすると、ガチャッと音を立ててロックが外れた。期待に溢れて助手席側のドアを開ける。

「はじめまして、いるかです」

そう言うと、男の人は小さく笑いながらこっちを向いた。

「はじめまして、あーちんです」

東千尋　七月二十一日　日曜日　二十二時

「はじめまして、いるかです」

「はじめまして、あーちんです。よろしく」

上品で、振る舞いが丁寧で、可愛い女だな。そう思った。お互いハンドルネームで名乗りあって、彼女は助手席に乗った。『いるか』と名乗る女性は、十八歳の大学生ということだったけど、もう少し若く見える。

いるかがシートベルトをしたのを確認して車のエンジンを掛ける。ゆっくりとコンビニを出て夜の街道を走りだした。

「遅くなってすみません」

しばしの沈黙のあと何か喋らなくてはと思い、ひとまず十分ほど遅くなったことを謝罪する。ミラー越しにいるかがにっこりと笑ったのが分かった。

「大丈夫ですよ。お仕事だったんですか？」

「あ、いや、今日は休日です。遅れたのはちょっと、家を掃除していて」

「そうだったんですね。でも会えて嬉しいです」

そう言って軽く会釈をしてくる。行儀が良い子だ。

部屋の掃除に加えて、一応車内の掃除もした。就職一年目に格安で購入した中古のミニワゴン。駅の近くに引っ越してからは、電車通勤になったから時々しか使わないけど、売るのも面倒でそのまま持ち続けている。彼女の負担にならないように、彼女の家の近くで落ち合うことにしたため、その車で迎えにきたのだ。

「あ、アイスが溶けちゃう」

いるかは小さくつぶやき、持っているアイスに齧《かじ》りつく。

信号が赤になり、車を止めるとまた沈黙が流れる。エンジンの音だけが妙に意識を掠める。

チラリと横を見ると、いるかはボーッと窓の外を眺めながらアイスを食べていた。

「何味ですか？」

耐えきれず、彼女のほうを向いて話しかける。

すると、無表情をやめて可愛いエクボを見せてきた。ちょっとだけ興奮する。

「えと、なんか新発売のやつです。ヨーグルト味？」

「へえ、美味しいですか？」

「美味しいですよ。ごめんなさい、待ちきれなくて買っちゃって」

「そうでしたか、すみません。家の掃除に手間取っていて」

「あ、そんな、気にしなくてよかったのに。ありがとうございます」

「人を招くの、久しぶりで」

会話を途切らせないようにと、頭をフル回転させて言葉を選んでいるそのときだった。突然グイッと身体を引っ張られる。抵抗する暇もなく少女の顔が近づき、鼻同士がコツンとぶつかり、彼女がすぐにずれて口と口が重なる。ヨーグルト、味。

目を見開いたままお互いゆっくりと口を離す。顔全体が見える位置まで離れたとき、いるかは悪戯《いたずら》っぽく口角を上げて、「信号青ですよ」と言って笑った。

ああと軽く返事をして、慌てて前を向き車を発進させる。

キスをして、意識の奥底で眠っていた感情が生々しく溢れ出す。そうだよ。今からこの女とセックスするんだから、別に軽い感じでいいんじゃないか。普通だったら出会って数分でキスはしないだろ。彼女も弁《わきま》えている。きっと僕より。

「こういうこと――」

「え？」

「こういうこと、どのくらいやったことあるの？」

「こういうことって、口移しのことですか？」

「あ、いや違くて。こう、ネットで知らない人に会ったりすること」

「ああ……。んー、どうだろう」

いるかはしばらく考えたあと、指を折って数え始めた。右の手、左の手、また戻って右の手、と数えてこっちを向く。

「だいたい十五、六人くらいです」

「え、そ、それはすごいね」

「そうかな？」

「うん。すごいね」

平常心を装って返したが、本当はかなり動揺した。だって自分は、流花と、あと先日の楠田さんの、二回だけ。対して彼女は、十八歳だというのに十五、六人。最近の若い子ってみんなこうなのか？　それとも僕が少な過ぎるだけ？

「普通じゃない？　出会った数はそのくらいだけど、全部が全部、身体の関係があったわけじゃないよ。ドライブだけだったり、ご飯だけだったり」

「そうなんだ」

「あーちんさんは何してくれますか？」

いるかは誘惑するかのように、右手を僕の左膝に載せてゆっくりと擦る。

「ん、そうだな……」

一瞬取り繕《つくろ》って、クールな感じで言おうかと思ったけど、そもそも事前に連絡を取り合ったときに直接言っているわけで、今さら何を隠す必要もない。

「エロいことはしたい」

率直に言うと、いるかはふふっと大きく吐息を漏らして笑った。

「いいですよ」

「いるかさんは、いるかさんは何してほしい？」

「私？　私は、そうだな――」

いるかは笑ったまま窓の外を見る。駅近くの僕の家までもう少しだ。問いかけになかなか答えが来ない。

横目で彼女を見ると視線が合う。直後、彼女が外を見ながら言った。

「抱き締めてほしい」

そして続けざまに小さくつぶやいた。

「骨が折れるくらいに」

意識にディレイしたその言葉に対して、僕は何も言わなかった。

東千尋　七月二十一日　日曜日　二十三時

「本当ごめん」

「謝らないでください。私もストック切らしてて」

「ストックしてるんだ……」

「そりゃ、まあ」

呆れ顔で小さく溜息をつきながら、いるかは微笑んだ。

いるかが自宅に来て、さあ早速エロいことをしようと思って服を脱がし、ブラジャーを外すのに手間取っているとき、コンドームがないことに気づいた。

楠田さんとラブホテルでセックスをしたときは、ベッドの脇のテーブルに準備されていたから問題なかった。なるほど、家でするとなるとこういう事態になるのか。学習した。

情けなくて横を見れない。用意悪過ぎだろ。家を掃除する前にもっと考えるべきだった。

そこで、それほど会話が弾まないまま近くのコンビニにコンドームを買いに二人でやって来たのだ。

「ごめん、お詫びに何か奢《おご》るよ」

「本当ですか？」

いるかは嬉しそうにこっちを見てにっこり笑う。

その笑顔を見て、かすかに彼女に似てると思った。

「いいよ、なんでも持ってきて」

そう言うと、いるかはムフフと鼻で笑ってジュースのコーナーに向かった。自分はコンドームの棚を探す。

初めてコンドームを買う。最初、薬のコーナーのどこにあるのか分からなかったけど、ウロウロして観察すると、やっとそれらしき物を見つけた。コンドームって箱で売ってるのか。単体でしか見たことなかったから意外だ。蝶のイラストが入っていたり、象の写真が印刷されていたりと、ムダにオシャレだ。

とりあえず一つひとつ手に取って、たくさん入っているやつを選んでレジに並ぶ。

駅前のコンビニだからか少し客が多い。大人しく自分の番を待っていると、後ろから背中を突《つつ》かれる。振り向くと、そこにはたくさんの品物を持っているかが立っていた。

「一箱でいいんですか？」

僕が持っているコンドームの箱を見て彼女が言う。

「え、何回やる気？」

「違いますよ。今後の補充のためですよ」

「ああ、まあ、とりあえずはいいよ」

今後のためというのは言えてるけど、今は早く二人で家に帰りたかった。

「今後またこういうことになっても知りませんよ、あーちんさん。あとジュースに追加でこれも一緒にお会計してもらってもいいですか？　ご飯のぶんのお金は払います」

悪戯っぽく笑いながら、いるかが自分の財布から千円を取り出す。僕はそれを受け取らずに首を振った。

「いいよ、別に。それも払う」

「本当ですか？」

「大丈夫、社会人だから」

それにこのあと、使い捨てのようにヤらせてもらうのだから、これくらい払ってやってもいいだろう。

「嬉しい、ありがとうございます。じゃあ、出口で待ってますね」

そう言って、いるかは振り向いて外に向かおうとする。

そのときだ。背後に太った女性が立っていて、いるかがぶつかった。

あっという間にいるかが持っていた財布が落ちる。僕に千円を渡そうとしたところだったので、財布のジッパーが開きっぱなしだ。中から小銭やカードが大量に零れた。

おお、大変だ。自分の持っている品物を抱えたまましゃがむ。

「ごめんなさい！　ありがとうございます」

いるかとぶつかった女性が心配して、財布の中身を拾うのを手伝う。

「あら、大丈夫？」

それに焦りながら返答するいるか。

「いいのよ。はいどうぞ」

「ありがとうございます！」

いくつかの小銭を女性に拾ってもらい、続いて僕も届く範囲のカードを手に取る。Tカード、ケーキ店のスタンプカード、プリクラ、家電量販店のポイントカード。

……ん？　プリクラに目をやったときだ。いるかはまだ、散らばった小銭を拾っている。僕はそっと、彼女に気づかれないようにプリクラを観察する。

それを見た瞬間、まるで時が止まったような感覚を覚えた。

友達と思しき子と一緒に撮ったプリクラらしい。しかし着ているのは制服だ。これには見覚えがある。近くの亀谷高校の指定制服だったはず。彼女は高校生だったのか？

いや、そこじゃない。重要なのはそこじゃないんだ。プリクラの中の、いるかの頭の上に可愛く『るか』と書かれてあったのだ。

るか。名前がるか、だから、いるか。彼女の名前は、るか。

「流花？」

二章　少女

水原瑠花　七月二十一日　日曜日　二十三時

「瑠花？」

それは私の名前。思わず目を大きく開く。

ゆっくりと後ろを向くと、彼はコンドームと、おにぎりと、サラダチキンと、ジュースと、私の財布から落ちた数枚のカード、そしてプリクラを持って立ち尽くしていた。

ヤバい。バレた。終わった。

「あの、並ばないなら、先にいいかしら？」

「あ、ごめんなさい！　どうぞ……」

後ろの女性があーちんさんも通り越してレジに並ぶ。

彼との間に沈黙が流れた。

「その……」

「瑠花？」

あーちんさんはプリクラに記された私の名前をつぶやく。

彼が手に持っているのは、放課後、家事をサボって美希と撮ったプリクラだ。私の本名がバッチリ、可愛いフォントで書かれてる。私だけじゃなく、美希の名前も。決定的なのは制服を着てること。亀谷高校の指定制服だ。ここら辺は亀谷高校くらいしかないからすぐに分かる。今すぐプリクラを奪い取って誤魔化《ごまか》してもよかったけどやめた。プリクラは明らかに最近撮った物だ。しかももうはっきりと私の名前を呼ばれている。それに二回も。

「瑠花」

「は、はい」

「君は瑠花？」

「そうです……」

名前を何度も呼ばれる。これで今日はもうお別れか。

嘘をついたのだ。自分が未成年だということを隠して大人の人とキスをした。私のほうから誘ったとしても、相手が罪に問われてしまう。あーちんさんの顔を見ると、唖然としているようで上手く感情が読み取れなかった。

「ごめんなさい。あの、それに写ってるとおり、私高校生で、あーちんさんのこと騙《だま》してて……」

「瑠花」

「は、はい」

「瑠花、なんだね」

様子がおかしい。どうやら私の年齢より、私の名前に反応しているようだ。

「そ、そうですけど……」

「字は？」

「えっと……、瑠璃《るり》の瑠に花──」

あーちんさんはとたんに悲しそうな目をして、大きく深呼吸する。身体をかすかに震わせながら息を吸い込み、手に持っていたプリクラを返してきた。

「あ、ありがとうございます……。その、ごめんなさい、バレちゃったので帰ります」

「いや、いい。帰らないで。行こう」

突然彼は私の手を取り、コンドームとおにぎりとサラダチキンとジュースを床に放って、コンビニを出た。え、私の朝ご飯！

「あーちんさん？」

「ちひろ」

「え？」

「東千尋っていうんだ。僕の名前」

チヒロ？　なんで今？　私の本名が瑠花ということを知ったから申し訳なくて？　フェアじゃないから？

彼はさらに名前の漢字を教えてくれる。そして、私の手を引きながら早足にアパートへ向かった。その間、一度もこっちを向くことはない。

怖い。なんなの。ヤバい人だった？

数分歩いて千尋さんのアパートに着く。彼は私の肩を抱いて優しく部屋に招き入れ、鍵を閉めた。

そのまま一気に強く抱き締められる。そしてゆっくりと後ろに倒れていく。千尋さんが上、私が下。千尋さんの長い腕に自分の身体はすっぽり嵌《はま》って、そのまま重力に従い、後ろに倒れた。玄関の廊下《ろうか》に頭をぶつけ、鈍痛がする。嘘でしょ。犯される？　コンドーム持ってないのに。

「やめて！」

強く叫ぶと、千尋さんは動きを止めて顔を上げる。

「ご、ごめん、なさい」

千尋さんはか細い声ながらも案外素直に応じた。私は怯えながら彼の顔を見る。

「え？　いや、こっちこそ……」

言葉を続けようとして、ギョッとした。

千尋さんは泣いていた。さっきと違い突然目に大粒の涙を浮かべ、何度も何度も謝りながら泣き出した。大の大人が、しかもおそらく自分のことで泣き出すのを見るのは初めてだ。

どうしていいか分からず、自由になった腕をそっと千尋さんの背中に置く。涙が、私の頰《ほほ》に零れ落ちる。ポタリ、ポタリと落ちるたびに、連動するように何度も謝ってきた。

「瑠花、今夜はずっと、傍に居てくれ」

子どものように、泣きながら言う。

何、この状況。

そう思いながらも、熱の籠った玄関で、千尋さんのことを優しく抱き締めた。

水原瑠花　七月二十二日　月曜日　八時

「ここまでで大丈夫です。送ってくれてありがとう」

そう言うと、千尋さんの運転する車は学校近くの薬局前で停まった。

しばしの沈黙が流れ、私は溜息をつく。

「いいの？　もうちょっと先に行ってもだいじょ――」

「もう私のことは忘れてください。私も昨日のことは忘れます」

千尋さんの言葉を打ち消すように、強引に言った。

千尋さんは突然固まってしまい、子犬のような目で私を見つめてくる。なんだその目。

「忘れたいの？」

「私たち、結局エッチしなかったけど、キスしました。もうその時点で犯罪なので。だから、もう連絡してこないでください。家が近いみたいですけど、会っても話しかけないで」

「瑠花、僕はまた会いたい」

「ダメですってば！」

私は強く言いながら車を降りる。車のドアを閉める前に振り返り千尋さんを睨《にら》んだ。

あくまで真剣な顔で。

「抱き締めてくれて嬉しかったです。正直、それだけで嬉しかったたし、昨日は疲れてたのでエッチしないでくれて助かりました」

「ああ、だって、瑠花が傷つくと思って」

それは、矛盾してない？　私たちが会う目的って、エロいことするためだったんじゃなかったっけ？　傷つくってなんだ？　この人、会って一日で彼氏面《づら》するつもりじゃなかろうか。

「そんなことまで考えてくれてありがとうございます。でもこれでお別れです」

「なんでだよ、瑠花」

「さよなら」

強引に会話を切り上げて、急ぎ足でその場を去る。

背後から彼の車が出発する音は聞こえてこない。学校の校門前までつけてくることはないだろう。

万が一のことも考えて、ポッケに入れた護身用の携帯ナイフを握り締めながら、数十メートル先の学校へ向かった。

ホームルームギリギリになり駆け足で教室に入る。まだ担任の後藤《ごとう》先生は来ていないみたいで、教室は騒がしかった。

教室に入るタイミングでチャイムが鳴った。良かった、間に合った。胸を撫で下ろし、自分の席に座る。

「おはよ瑠花、ギリセーフ」

美希が笑顔で出迎えてくれた。

岸本《きしもと》美希。中学生の頃から仲の良い親友だ。同じクラスで同中の子は美希しかおらず、いつも一緒に居る。

見れば、先週の金曜日に会ったときと髪の長さが違う。オン眉になってる。

「おはよ美希。あれ、髪切った？　失恋？」

「うん、美容院行った。失恋ではないけどさ、聞いてよ。あっきーと喧嘩《けんか》した」

「マジ？　照史《あきと》くんと？　また？」

「またって、失礼な。そう、あっきーの奴。私がSNSで同じ部活の男子と絡《から》んでるのに嫉妬《しっと》してさ」

「嫉妬？」

「土曜日に一緒に映画を観にいったんだけど、いつも絡んでるよなとか、リプライ送り過ぎじゃねえの？　とか言われちゃって！　とうとう喧嘩して、映画も観ないで途中でそのまま帰ってやったよ」

「うっわ、それは辛いね」

「でしょ？　本当にムカつく。で、別れたあと暇になったから、衝動的にちょっと美容院に行ってきた」

「アグレッシブ過ぎでしょ。でもまあ、照史くん可愛いじゃん。嫉妬なんて」

「んまぁ、可愛いっちゃ可愛いけど……。でも私だって自由に好きな人と喋りたいし、好きな人と遊びたいし。それを注意するなんてただの束縛《そくばく》だよ！」

美希は朝から怒りが収まらないけど、とりあえず元気そうだ。

照史くんとは別のクラスだけど、美希は中学生の頃にＳＮＳで出会ったらしく、それ以来の付き合いだ。傍で何度も相談を受けてきたけれど、喧嘩して仲直りしてを繰り返している。

喧嘩の原因はしょうもないものばかりで、つい先日は、麦茶とほうじ茶のペットボトルを間違えて買ってしまったという理由で喧嘩していた。くっっっっだらない。

美希の話の途中で後藤先生が教室にやって来た。

「おはようございます。みんな、ホームルーム始めるわよ」

先生の合図で全員席に戻り静かになる。私と美希も話をやめた。

退屈な朝のホームルームの時間が始まる。先生の話は聞き流して窓の外に視線を向けると、窓枠に小さな蟬が貼り付いていた。はは、夏だなぁ。

その場から動かない蝉をジッと眺めながら、昨日のことを思い出していた。

昨日コンビニから家に連れられて、千尋さんが突然訳も分からず泣き出したあと、『添い寝してほしい』と言われた。コンビニに行く前は一緒に入る予定だったお風呂も、『恥ずかしいから、別々に入ろうよ』と子どものような口調で言われ、ラッキースケベもなく言うとおりにした。

完全に拍子抜けする。エロいことが始まるんだと若干意気込んでいただけあって、唖然としてしまった。

まあ、ガンガンとエアコンが効いた部屋で、あったかい布団に潜《もぐ》って後ろから抱き締められたのは、すごくドキドキしたし心地よかったけど、それだけ。本当にそれだけ。胸も触られなかった。もう、面白いことはなんもなかった。添い寝しただけ。

彼はなんで泣いていたんだろう。瑠花。私の名前に何かを感じていた。だけど、あそこまで泣く理由は何？

泣いていた彼はまるで小さな子どものようだった。身体だけが勝手に大人になってしまった子ども。泣いたあともどこか口調が子どもっぽかった。それまではかすかに無愛想な感じの人だったのに。いったいどっちが本当の彼だったのだろう。

まあ、いい。考えたところで、正直そんなことはもうどうでもいい。

十分抱き締めてもらえた。十分甘えられた。十分寂しくなくなった。十分満たされた。これでまた数日は心も健康でいられるだろう。

「じゃあそろそろホームルーム終わりますね。あ、水原《みずはら》さん、ちょっとこのあと来てくれる？」

「え？　あ、はい」

突然後藤先生に呼ばれて我に返る。数名の同級生が私に注目し、隣の美希が「何したの？」と囁いてきたけど、特に思い当たることはなかった。

学級委員長が号令をして、それぞれ一時間目の準備に取りかかる。後藤先生に声を掛けると、彼女は可愛くエクボを見せた。

年齢の割に童顔で、美人で人気者の後藤先生。私に向けられた笑顔に思わずときめいてしまう。

「おはよう水原さん。あのね、夏休みの三者面談のことなんだけど、お父さん、いつ頃来てくれそうかな？　水原さんだけ希望用紙が未提出だから、どうかなって」

ああ、そういや、三者面談があった。

「あ、ごめんなさい……。お父さんに訊いたんですけど、やっぱり毎日忙しそうで、三者面談には来れそうにないんです」

「そうなの……分かった。でも面談は必ず行わなければいけないの。だからひとまずあなたと二者面談をして、そのときあなたと話した内容を踏まえて、後日あなたのお父さんにお電話する、という形になるけどそれで良いかしら？」

「はい、大丈夫です。すみません」

「いいのよ、忙しいものね。じゃあ、この紙に希望日時を書いて提出してくれる?」

そう言って後藤先生は、新しい三者面談の日時希望用紙を渡してきた。

「一応あなたが最後だから、希望の日時が埋まってるかもしれないのは念頭に置いてね。悪いんだけど明日明後日には出せるかな?」

「分かりました」

「ありがとう水原さん。何か家で困ったことがあったらなんでも言ってね。小さなことでもなんでもいいからね。分かった?」

「はい、ありがとうございます」

そう言って後藤先生から離れた。

後藤先生はすごく心配性で、いつも生徒のことを考えてくれる。私自身、大事にされているのが分かる。先生は私が父子家庭だということをもちろん知っている。そのこともあって常日頃から、妙に私のことを気に掛けてくれていた。

三者面談か。パパはいつも忙しいし、小学生のときも中学生のときも高校に入ってからも、一度も来てくれなかった。まあ当然来ないよねと思って、実は三者面談があることと自体パパには喋ってない。パパの負担になることはこれ以上増やせないから。

溜息をついて席に戻り、適当に美希とお喋りして、机の中に置き勉している教科書を取り出そうとする。すると、カサッという音を立てて何かが落ちた。床を見ると、ピンクの可愛らしいメモ用紙が折り畳まれていた。

え？　私こんなの持ってない。恐る恐るメモ用紙を広げて見ると、これまたなんとも可愛らしい文字で私への手紙が書かれていた。

『突然すみません。お話があります。放課後、小林薬局の裏にあるカフェ・ムーンで会えませんか。一人で来てください』

私は深呼吸して、美希にバレないようにメモ用紙をポッケに入れると、一時間目の準備に取りかかった。

水原瑠花　七月二十二日　月曜日　十六時

「水原さん、援交してますよね」

「え？」

真剣な眼差しで言う彼女の言葉を、私はすぐに理解できなかった。

目の前に座る同学年の安西《あんざい》さんを不安な気持ちで見つめると、彼女は怯えた様子で視線を下ろした。

私の机にメモ用紙を入れたのは彼女だ。カフェで安西さんと出会い、正直驚いた。私と安西さんはまったく接点がない。私が彼女について知っていることといえば、合同体育の授業で見かけるくらい。よく独りでいる気がする。

そんな彼女がいったい私に何の用？　と思いながら話を聞くと、彼女は周りには聞こえない小さな声で私に言った。

「気を悪くしないで、どうか聞いてください。お願いします」

「ちょっと待って、何それ？　援交って、あの援交だよね。お金貰って、その、身体を売るやつ。やってないよ」

私は強く否定する。だって本当だからだ。本当に援交なんてやってない。私がやっているのはただ、ただ寂しさを埋めてもらってるだけ。お金なんか一度も貰ったことはない。

いや待て、考えるのはそこじゃない。なんで彼女がそんなこと言うの。

安西さんはゆっくりとスカートのポッケからスマホを取り出し、少し弄ってから私に渡してきた。

「こ、これ……」

なんなの？　恐る恐るスマホの画面を見る。ポルノサイトだ。少しだけ音が聞こえる状態で動画が流れている。

題名は『japan girl student virgin』。アップロードされたのは去年の四月だ。少女を犯している男目線の動画。乱暴に身体を揺さぶられて、だけど画面の奥の少女は笑顔で嬉しそうだ。少女はしきりに『抱き締めて』と言っている。しかし男は一向に少女を抱き締めることはない。散々に貫《つらぬ》かれた挙げ句、男は満足するとようやく少女を抱き締めた。画面のアングルは彼女の背中になり動画が終わる。

「み、水原さんですよね。これ……」

喉が渇き冷や汗が出る。カコンと氷が溶けて落ちる音が、頭の中で広がった。

寂しい。抱き締めてほしい。甘えさせてほしい。私はほぼ毎日、そんなことを考えて過ごしている。

ママは居ない。私が生まれたときに死んだ。パパ曰《いわ》く、私はママの生まれ変わりだそうだ。体つきも、目も、鼻も口も、全部ママと同じらしい。パパが嬉しそうに私に言ったことを覚えてる。

でも私はちっとも嬉しくなんてなかった。私を産んだせいでママは死んだ。私が殺したようなものだ。

写真でしかママの姿は見たことがない。一度だけ妊娠してお腹が膨らんだママの写真を見た。もうすぐ生まれるであろう娘に期待を抱く笑顔の写真。だけどその数週間後に亡くなったかと思うと、とたんにその写真が不気味に思えた。

そのお腹に居る子はあなたを殺す。ダメ、その子を殺して。産んじゃいけない。それは悪性の腫瘍《しゅよう》だ。すぐに取り除かないと、ダメ、ダメだよママ。

私を産む前の彼女に会えるなら、そう言ってあげたい。兎にも角にもママは死に、私は生まれた。

亡くなったママの両親やパパの両親は、私を引き取る話を持ち込んできたらしいけど、パパはそれを頑《かたく》なに拒否して自分独りで育てると決めた。

そのとき両親に頼っていれば、今よりも楽な暮らしになれたかもしれないのに。本当にバカ。

だけど、そんなバカなパパのことを私は心底愛してる。

自分の家庭環境を理解したのは小学生のときだ。

小学校を卒業するときまでパパはお手伝いさんを雇っていた。四十代くらいの、少し太めの女性だった。週五日ほど、夕方の家事をしてくれてご飯も作ってくれる。ほぼ毎日来てくれるお手伝いさんの、大きなお膝で寝るのが好きだった。私も彼女のことを信用していたし、彼女も私のことを大事に思ってくれていたと思う。

だけど心のどこかでは、お手伝いさんなのだから一定の距離を置かなければ、という気持ちがあった。この人と私たち家族はお金の関係なのだからと、幼いながらも気にしていた。

だから、小学校の卒業式に、パパではなくお手伝いさんが来たときは啞然とした。他のみんなはパパやママが居て、泣いてくれているのに、抱き締めてくれているのに、私はなんでお手伝いさんに祝われてるの？　なんで私のパパは来てくれないの？

そのとき思い出した。パパは今まで授業参観も運動会も来てくれなかった。ずっと、ずっとお手伝いさんしか見にきてくれなかった。誕生日だってプレゼントと一緒に書き置きがあるだけ。

忙しい？　そりゃあそうだ。パパは私のために必死に働いている。その上お手伝いさんを雇うお金も必要なんだ。そのためにパパは、警備員や飲食店のアルバイトを土日に入れてる。

パパの寄生虫だと気づいた私は、卒業式を終えたあとすぐにパパに訴えた。

『これから私は中学生になる。一人で洗濯もできるし掃除もできる。料理だって作れる。これから必要なお金もたくさん出てくるはず。そしたらパパがまたたくさん働かなきゃいけなくなる。パパの負担になるのは嫌だ！　私が家事を代わりにやるから、お願い、お手伝いさんを雇うのはやめて』

何度も泣きながらパパを説得し、ようやく私の気持ちを理解してくれたのか、パパはお手伝いさんを雇うのをやめた。

お手伝いさんとの別れの日、私の人生の半分以上に関わってきた人との別れだったのに、何も悲しくなかった。むしろ、これでパパの負担が減ると内心喜んでいた。

そして中学時代、私はパパのために必死に家事をした。

料理に洗濯に掃除、パパのスーツの手入れもした。最初は嫌だったトイレ掃除も頑張って慣れた。土日は自分の自由な時間はあったけど、平日はまだ家事全般に慣れていなかったから、友達と遊ばずにすぐに家に帰って家事をこなした。

正直、二人家族なんだから毎日するような家事の量ではなかった。だからもちろん普通に遊ぶ時間だって確保できたのだけれど、亡くなったママの代わりということを考えると、休んだり遊んだりすることに抵抗があった。罪悪感と責任感に押し潰されて、家事を完璧にしなければと思い、前日と同じ場所をまた掃除したり、料理の勉強をしたりした。

中学一年生の誕生日、どうせ書き置きだけだろうと思いつつ、今年はなんだろうと思って帰宅すると、テーブルの上には最新型のスマホがあった。クラスメイトのほとんども持っていたけど、喜んでいいのか分からなかった。スマホを持ったら毎月スマホ代を払わなければいけない。お手伝いさんを雇うお金よりは安いが、それでも継続的な負担じゃないか。

書き置きには『お誕生日おめでとう。愛してるよ』というメッセージが。そんなこと書かれたら返品してなんて言えない。とたんに申し訳なくなった。

パパに優しくされるたび、惨めになってしまう。ああ、自分なんて生まれてこなければよかった。ママ、なんで私が生きて、あなたが死んだの。

そして訪れた中学の卒業式。

当日、いろんな所で喜びあう家族たち。すれ違う人の中には、このあとの卒業祝いのご馳走の会話も聞こえてきた。

親友の美希は、もしよければこのあと一緒にご飯に行こうかと誘ってくれた。だけど私は笑顔で断った。今日はパパが家で待ってくれてるの。そう嘘をついてその場から離れた。

結局私のパパは来なかった。

すれ違う人の笑顔、嬉し涙。それを見るたびに湧き上がる嫉妬。

私はこんなに頑張った。外で遊んだりもしなかった。部活もしなかった。お金が掛かるから修学旅行も行かなかった。みんなが楽しく遊んでる中、私は家事をしていた。その理由は、私がママを殺したから。私のせいなんだ。でも、でも神様、私は殺したくて殺したんじゃない。

呼吸が苦しくて、何度も立ち止まって深呼吸した。泣いてたまるかと身体を震わせながら歩いた。

こんな気持ちになること自体、パパに失礼な気がして考えるのをやめようとしたけれど、学校を出たあとも、何もかもが私を卑屈にさせて、やるせなかった。

帰宅したってパパは仕事で居ない。

ダメだ。寂しい。やりきれない。パパ、私はパパのために頑張ってるのに、どうして抱き締めてくれないの。スマホなんか要らない。お金なんか要らない。ただ抱き締めてほしい。なのにどうして分かってくれないの。

散々に泣き崩れて、泣き疲れて、そのままベッドで寝てしまったが、夕方美希からラインがあった。確か『パパとラブラブしてる？』とかって内容だったと思う。そんなメッセージとともに、みんなでご飯を食べている写真を送ってきた。

それを見てスマホを全力でぶん投げる。美希が嫌いになりそうだった。すごく心が荒《すさ》んでいる。

そのとき、ふと思った。寂しいのなら、パパの代わりを探せばいい。パパの代わりに私を抱き締めてくれて、私を一番に考えてくれる男の人。

簡単だ。ネットで探せばいい。この心の穴を、誰かに埋めてもらおう。パパに会えなくて寂しいなら、誰かに抱き締めてもらえばいいじゃないか。

投げ捨てたスマホを拾うと、幸いどこも壊れていない。ただ、SNSのアカウントは持っていない。SNSはあまり好きじゃなかった。なんとかそういう類《たぐい》を使わずにできないものか。そう思い『ネット　彼氏　募集』で検索した。

すると、出てくる出てくる。いろんなマッチングサイトが現れた。検索を進めると、掲示板形式の出会い系サイトを見つけた。自分が住んでる場所で掲示板のページが分かれているタイプだ。これだったら出会いやすいだろう。

適当にハンドルネームを『いるか』にして、掲示板に書き込む。『彼氏募集中　誰でも絡んでね　熊越市』。それが初めての書き込みだった。

このときに正気に戻って考え直せばよかったのかもしれない。だけど私の心は、嫉妬と悲しさの入り混じった不確かな感情でいっぱいで、冷静な判断ができなかった。ただただ、誰かに抱き締めてほしかった。

「何か言ってください。沈黙苦手なんです」

安西さんの言葉でハッと我に返る。スマホの画面を見て固まっていた。

「この動画を見て、私すぐ、水原さんが援交してるんだって思いました。〝パパ活〟とか、そういうのかなって。あ、あの、いま私のお母さんが病気で入院してて、医療費を稼がなくちゃいけないんです。どうにか良い方法がないかなってずっと考えてたときに、水原さんの動画を見つけて……。お願いです、水原さん、援交のやり方を教えてください」

そこまで聞いて、私はようやく安西さんのほうを見る。パパ活なんて、そんな。お金なんて。お金なんて、今まで一円たりとも貰ってない。

そう訴えようとする前に、彼女は続けて口を開いた。

「どのくらい、稼げるものなんでしょうか。私こういうことに知識がなくて……。でも普通のアルバイトよりは稼げますよね。お願いです。教えてください。水原さん、経験豊富なんでしょう?」

「いい加減にして」

思わず私は立ち上がり、はっきりとした口調で彼女に言った。立ち上がったときに椅子がぶつかり、ガタンという音を立てる。

彼女が怯えて肩を震わせた。

「ご、ごめんなさい！　怒らないでください。すみません」

「経験豊富って何？　私のこと、誰彼構わず股を開くビッチだって思ってるんでしょ？」

「そ、そんなこと……」

　怒鳴る私と怯える彼女の様子は、ハタから見たら私が悪く見えるだろう。だけど怒りは収まらない。

「私は援交なんてしてない。安西さんひどいよ。私がそんな汚い女だって思って話しかけたの？　もう二度と話しかけないで！」

　そう言って財布から千円札を取り出し、机に荒々しく叩きつけた。その様子にビクつく彼女にまたイライラする。

「それじゃあね。これ私のドリンク代。一口も飲んでないから私のぶん飲んでいいよ。ドリンクに七百円も掛かるなんて本当バカみたい。動画のこと、誰かに喋ったら許さないから！」

　そう言い放って、私は安西さんの顔も見ずにカフェを出た。

水原瑠花　七月二十二日　月曜日　十九時

「瑠花、今日家はいいの？　平日なのに遊んでくれるの珍しいね」

カラオケで自分の曲を歌い終わった美希が、満足そうな顔をしながら私に訊いてきた。

安西さんに見せられた動画を自分でも見つけて何とか対処したかったのだけれど、一向に見つからない。怒りに任せて帰らずに、あの場でもっと問いただせばよかった。

美希にバレるわけにはいかないと思い、すぐにスマホの画面を消してテーブルに置く。ついでに、その横に置かれたお皿からポテトを一つ摘み取った。

「大丈夫。料理は作り置きしたし、洗濯も掃除も昨日メッチャした。たまには私も遊ばなきゃ」

「ふーん、なおさら珍しい」

少しだけ怪しんでいる。それもそうだよなと思い、焦って話を変えた。

「私のことはいいよ。美希、あっきーとはなんで喧嘩したんだっけ？　束縛だっけか？」

「お、話聞いてくれるのかい。私もとっても話したかったぞ。なーんか最近、嫉妬激しくてさ。メチャクチャ監視してんの。なんであいつと喋ってたーとか、なんであいつと腕組んでたんだーとか」

「あー、でも美希はスキンシップ激しいから。嫉妬されてもしょうがない気はする。この前はうちのクラスの男の子とハグしてなかった？」

「うん、してた。失くしたお気にのシャーペン見つけてくれたから。ムダに高いやつ。三千円くらいの、あっきーに買ってもらったやつ」

「それは確かに感謝したくなるけど、ハグは表現し過ぎだよ。美希ってよくハグするでしょう？　きっと照史くんの目の前でも、所構わずいろんな人に抱きついてたんじゃない？」

そう言うと美希は、うーんとポテトを口に咥《くわ》えて、タバコのように弄ぶ。

「ねえ美希？」

「待って、いま頭で数えてる。あー、二桁《ふたけた》は超したわ。抱きついた人の数」

「ほら！　なんなの？　人里離れた場所に住む、人の温《ぬく》もりに飢えたモンスターか何かなの？　そりゃあ照史くんも嫉妬するよ。いい？　やり過ぎるとただのセクハラ！　控えなよ」

「何言ってるの、女のハグは武器だよ。あっきーもハグで手に入れたようなもんだよ。押し付けたんだよ胸を、この小さい胸を」

「赤裸々《せきらら》過ぎ！」

自虐発言に思わず笑ってしまう。美希と一緒に居ると楽しい。

安西さんと別れたあと、いつもは家事をするために真っ直ぐ家に帰るようにしているけれど、この怒りをどうにか発散したくて、同じく照史くんと喧嘩して一人カラオケでストレスを発散している美希と合流して、しこたま歌った。

歌って、踊って、また歌って、暴れて、ようやく落ち着いて、二人で注文したポテトを摘みながら談笑。理性を外して付き合える親友がいて本当に良かったと思う。安西さんからの誘いなんか無視して、最初から美希と一緒に居れば良かった。

でも、現在進行形で家事をサボっていることを思うと、本当に心から気持ち良くなれない。

それに、安西さんから見せられた動画も気がかりだった。

いったい誰が。映像は男の目線だったから顔は見えなかった。今まで会ってきた男の人のうちの誰かだろう。家に帰ったらメールの履歴《りれき》を確認しよう。そうすれば、誰があの動画をアップしたか分かるはず。大丈夫。その人にちゃんとお願いすれば動画も消してくれる、でしょ。みんな優しい人だったから。きっと何かの間違いだろう。

不安は消えないけどウジウジしててもしょうがない。もうすでに家事をサボってしまっているのだ。もっと遊んで気を紛らわせよう。五十歩百歩だ。

「美希、ゲーセン行こ。私もっと遊びたい」

そう言うと美希は、さらに笑顔になって立ち上がる。

「え、まだ遊んでくれるの！　本当めっずらしい！　なんかあった？」

「別に何もないよ！　悲しんでる美希のために私が構ってあげる」

「愛してる！」

そう言って美希は私に抱きついてきた。ハグし過ぎってさっき注意したのに。

悲しんでる美希のために。もちろんそう思っている。だけど私自身のためでもあった。

私は逃げている。パパからも、現実からも。

水原瑠花　七月二十二日　月曜日　二十時

「うっわ、すごい！　美希！　カッコ良い！」

滑り落ちるように、すぐ横の穴へ落ちていったライオンのぬいぐるみを見ながら、美希はドヤ顔をする。受け取り口からぬいぐるみを手にして、私のほうにピースサインをした。

「ハッハー。だてに中学の頃から補導されるほどゲーセン通いしてないからね！　はい、あげる」

「え、いいの？　美希が取ったのに」

「瑠花が欲しそうにしてたから取っただけだよ」

美希からぬいぐるみを受け取り抱き締める。リュックに入るほど小さなサイズの、アニメキャラクターのぬいぐるみだ。どんな名前かは知らないけれど一目惚れした。

「美希大好き。ありがとう！　大切にする！　またコレクション増えた。ねえ、これ持ってプリクラ撮ろう？」

「いいね、行こ！」

ぬいぐるみを持って二人でプリクラのほうへ。可愛い女の子の声が流れてプリクラの設定を訊かれる。ぬいぐるみを抱えながら二人でポーズを決めて数枚のプリクラを撮り、そのままお絵描きコーナーへ。

『両想い！』『ぬいぐるみゲット！』『最強カップル　ルカ&ミキ』。二人で好きなように落書きをする。美希は照史くんのこと、私は動画のことや家事のことをすっかり忘れて、二人の時間を楽しんだ。

プリ機から私たちだけのプリクラが出てくる。全力で変顔をしたやつに真っ先に目が行って二人で笑った。

美希は近くの台に備え付けてあるハサミでプリクラを分ける。QRコードを読み込めばスマホに写真データを保存できるけど、私たちはお互い実物でシェアするのが好きだ。缶の筆箱に貼ったりスマホに貼ったりして、思い出をすぐ身近で感じられるから。

「あ、美希。ちょっとトイレ行ってもいい？　カラオケでジュース飲み過ぎた」

「はいよ。切り分けとく！　ねえ、このあと音ゲーやろうよ」

「かしこま！」

笑いながら手を振って美希と一度別れ、ぬいぐるみをリュックに入れながら二階のトイレのほうへ向かった。

楽しいなあ。久しぶりに青春してる。こういう時間がもっと続けばいいのに。

用を済まして洗面台で手を洗い、前方の鏡に映る自分の顔を見る。その瞬間、カフェで安西さんから見せられた動画の自分を思い出した。

ムダに広い女子トイレの中で一人、自分の顔をじっくりと眺める。私はたくさんの顔を持っている。寂しそうな顔、楽しそうな顔、泣いている顔、喘《あえ》ぐ顔。

再び、安西さんに見せられた動画の自分の顔がフラッシュバックした。

やめろ。ダメだ。考えるな。今は考えちゃダメだ。昨日満たされただろう？　だから我慢しろ。寂しくない。寂しくない。寂しくない。今日は美希が私の傍に居てくれる。何も悲観的になることはない。自分が今までやったことを悲観する必要はない。そうでしょ。ねえ。

そこでふと我に返る。私はいったい、誰に問いかけているんだろう。息が詰まる。どれもこれも全部安西さんのせいだ。早く下に戻ろう。

そう思いながらポッケから出したハンカチで手を拭いて、駆け足でトイレから出た。

そのときだ。

「うおっ」

男子トイレから出てきた男の人にぶつかった。身体はよろけたけれど、すぐに持ち直して謝罪する。

「す、すみません」

男の人は不機嫌そうにしていたが、そのあと私の顔を覗き込むなり言った。

「あ？　お前、いるかちゃんじゃーん。元気かぁ？」

ビクッと身体が震える。いるか。その名前は私の夜遊び用のハンドルネーム。

ぶつかった男の人を観察する。私より大人びていて、にんまりとした笑顔の口元から黄色い歯が見える。かすかにタバコの臭いを感じた。

この顔は見たことがある。思い出せ。名前はとうに頭に浮かんでいる。思い出したいのはこの人に対する対応の仕方。どうすれば感じが良いか。どうすれば優しくされるか。そうだ。清楚で、人当たりが良くて、ハキハキ喋る女の子。

「コッコさん！　久しぶりですね！　お元気でした？」

その言葉でコッコさんはさらにニヤリと口角を上げ、まるで男友達に対して振る舞うように乱暴に私の肩を抱いた。

「元気元気、いるかちゃんは？」

コッコさんに肩を触れられて少しだけ嬉しくなる。年上の人に触られるだけで満たされた気分になる。

「元気ですよ。奇遇ですね！　一人で遊びにきたんですか？」

「いーや違《ちげ》え。同僚と遊んでんだ」

「そうなんですか。お仕事大変ですか？」

「あ？　別に。チョロいよ」

「へえ！　すごいです！　カッコ良いです！」

少し興奮気味に言うと、コッコさんは「ははは」と乾いた笑い声を上げた。

大丈夫、嫌われてはなさそうだ。

「どした？」

そこに、男子トイレから三人の男の人がゾロゾロと出てきた。おそらくコッコさんの同僚だろう。と思いきや、一人だけ見たことのある顔があった。

あれ？　あの人、別のクラスの二宮《にのみや》くんじゃないの？　顔に少し痣《あざ》を作っているのが特徴的な彼は、制服をだらしなく着崩して群れに同化していた。

二宮くんも私に気づいたのか、バツが悪そうに私のことを睨みつけている。

え、何？　私悪いことした？

なぜこの群れに居るのか、どう切り出していいかも分からず、私は視線を逸らす。

「誰？　こいつ」

「懐かしい奴と会ったんだよ」

男の一人が私のことを訊いてきた。

挨拶しなければと、少し足を踏み出して笑顔を見せる。

「はい！　いるかです。はじめまして」

「どーも。本名？」

「いえ、ハンドルネームです」

ハンドルネーム？　と不思議そうな顔で同僚の人はコッコさんのほうを見る。

「ああ。こいつ、俺が昔使ったオナホ」

音が止まった。いや、厳密には、音が止まったような気がした。触れられている肩に意識が集中する。今なんて？

私は固まった笑顔のまま、コッコさんのほうを見る。瞬間、思わずゾッとしてしまった。ニチャァと音を立てて笑い、目は吊り上がっている。さっきまでは普通の笑顔のように見えたのに、この笑顔はすごく、すごく怖い。

「な、何を言ってるんですか？」

「あ？」

「コッコさん、私のこと、大事に思ってますよね」

「何言ってんの？　まさかお前、一回ヤっただけで彼女面すんの？　俺もお前もヤりたかったからヤったんだろ？　需要と供給を楽しんだだけじゃねえか？」

男たちの笑い声が響く。

「なあ、いるかちゃん。お前まだ募集してんの？　まだ彼氏いねえんだったら、また俺とヤろうぜ？　そうだ、今日はメンツがたくさんいるし、輪姦《まわ》してやろうか？」

「マ、マワすって……、なんですか？」

「みんなでお前のこと犯すんだよ。いいだろ？　お前何でもかんでも、イイ！　キモチイイ！　って叫んでたじゃねえか。豚みてえによ。ああそうだ。お前ら、あとでこいつの動画見せてやるよ」

「動画？　何？　お前ハメ撮りしたの？　この女と」

「そうそう、こいつも乗り気だったからな。二宮には一回見せたことあったよな？」

動画？　動画って、動画？　安西さんが見せてくれた、あの？

思い出した。この人、スマホで私のことを撮っていた。

コッコさんはゆっくりと私の頭に手を移動して髪を撫でる。

その仕草に身震いして身体が動かない。

「俺、時々それ見てシコってたわ。はー懐かし。なあいいだろ？　ヤろうぜ。言ってたよなお前、寂しいって。抱き締めてほしいって。だから満たしてやるよ。今日は俺含めて四人居るんだ。四回分満たしてやるよ。はは、はは、はは」

笑い声が耳を埋める。私はまるで他人事《ひとごと》のように、傍観者のように、目の前の景色を見ていた。まるで映画館の席で映画を観ているように。

私は、私は寂しいって、確かに言いました。キモチイイって言いました。需要と、供給を、楽しみました。でも、それは、愛を感じたかったからで。パパを、感じたかったからで。パパに、抱き締めてほしかったからで。

頭の中で言葉が上手くまとまらない。強く、強く目を瞑る。そしてゆっくりと目を開けた。

音が、視界が、明確になる。男たちの笑い声が、ゲームセンターの音と混ざって不協和音を奏でている。

うつむいていた顔を、錆びてガタついたロボットのように、ぎこちなく横に向けた。

そこに居るのは、パパじゃない。

私は、リュックに忍ばせていた携帯ナイフを手に取った。

三章　再来

水原瑠花　七月二十二日　月曜日　二十二時

もたつく手つきで鍵を回して勢い良く玄関のドアを開け、中に身体を滑り込ませてから力任せに閉める。

身体中汗でベトベトだ。気持ち悪い。すぐにドアスコープから外の様子を眺めた。

大丈夫、あいつらは居ない。ゲームセンターから家まで距離があるから、さすがにここまでついてはこないだろうと思いつつ、確認せずにはいられなかった。


『いってえええええええええ！！！！！』

私が携帯ナイフをコッコの太腿《ふともも》に刺すと、辺りに響き渡る大声でコッコは叫んだ。

直後、同僚と、二宮くんも含めた全員がポカンとした隙に、私はコッコを強く突き飛ばす。

コッコは壁に身体をぶつけ、太腿にナイフが刺さったまま転げる。そこまで大ぶりではないものの、護身用の太めのナイフだ。すぐに血が溢れ、床に流れ落ちる。

『おい、大丈夫か！』

同僚の一人が心配そうに、コッコに向かって一歩踏み出した瞬間、私は何も考えず全力で逃げた。壁にぶつかり、階段を駆け下り、美希のこともそのまま置いて走る。

『いでぇ、いでぇ！　クッソ、ぶっ殺してやる！　ぶっ殺してやる！』

無残にもトイレの入口で喚《わめ》くコッコの咆哮は、二階中に響いていた。

途中美希に『いきなり体調が悪くなったから先に帰るね、ごめん』とラインを送った。もちろん心配するラインが返ってきたけど、逃げることに必死で返信していないままだ。

ゲームセンターを出た時点で、すでに誰も追いかけてこなかったけど、無性に走らずにはいられなかった。


ヘナヘナと玄関の壁にもたれかかりながら座り込む。

「瑠花？　お帰り、どうしたんだい？」

ドクンと一気に血液が身体中を巡る。全速力で走って興奮していたこともあってか、心臓が大きく鼓動する。

リビングに続く廊下の明かりが点き、そこにパパが立っていた。

「パパ！」

私は勢い良く立ち上がり、ローファーを乱暴に脱ぎ捨て、そのままパパに抱きつく。

毎日働き詰めで、栄養不足気味の細い身体。

「汗ビッショリじゃないか。風邪を引いてしまうよ」

ハッと恥ずかしくなり、身体を引き離す。

「ご、ごめんなさい。えっと、美希と一緒に帰ってきたんだけど、途中まで美希と追いかけっこしてて」

適当に言い訳をしながら、すぐ横の洗面所の引き出しからタオルを取って汗を拭く。本当は全然違う。だけど言えるわけがない。そのままタオルで汗を拭くフリをしながら顔を隠し、言葉を続けた。

「パパ、今日は早いね。いつ帰ってきたの？」

「一時間ほど前に、会社にムリを言って帰ってきたんだよ。瑠花に話があってね」

「話？」

私に話？　少し嬉しい。タオルの隙間からパパのことを見ると、洗面所の入口の壁にもたれかかりながら、いつもの優しい笑顔を浮かべていた。

「うん。少し話せるかい？」

「わ、分かった。ちょっと着替えてくる」

心が落ち着かないまま、駆け足で廊下を進んで自室で適当な服に着替える。スマホを持ってリビングに向かった。

リビングに入っていつものテーブルに座ると、パパが淹《い》れたての紅茶を置いてくれた。

「お疲れ様。今日は遅かったんだね？」

言葉に詰まる。そういえば今日、家事をサボってたんだ。

「ごめんなさい」

「なんで謝るんだ」

「今日、ちょっとハメを外そうと思って遊んできたの。洗濯とか、やってなくて」

怒られると思ったけど、パパは優しく笑いながら自分のぶんの紅茶を飲んで言った。

「何も謝ることはないよ。瑠花、いつも言ってるけど、そんなに毎日家のことをやらなくたっていいんだ。もっと遊んでいいんだよ」

向かい側から手を伸ばし、優しく私の頭を撫でる。良かった。怒ってない。汗ちゃんと引いてるかな。心配と同時に恥ずかしくなる。

「でも、それも全部パパの責任なんだよな。いつも苦労を掛けて本当に申し訳ないよ」

そんな気にしないで。私が好きでやってるんだから。

そう言おうとする前に、パパは一言つぶやいた。

「だけど、もうこれからは気負う必要はないからね」

「え?」

出かけた言葉を思わず引っ込める。何? 気負う必要ないって。

「そろそろ夏休みだろう? 去年の瑠花は、アルバイトと家事ばかりして、お友達の美希ちゃんともほとんど遊べなかったじゃないか。僕はそれが気がかりでね」

「そんな、何も辛くないよ。ちゃんと息抜きだってしてる。何も辛くないよ。パパに家事をやらせるのは申し訳ないよ。だって、毎日ずっと、朝早くから遅くまで仕事してるし……」

「そうだな。正直僕も、仕事が大変で家事をするのは少しだけ大変だ。だから、お手伝いの人をまた雇おうと思ってるんだ」

お手伝いさん。半ばトラウマのような、嫌な過去が蘇《よみがえ》る。小学校の卒業式。みんなが家族に祝ってもらっているというのに、私を祝福してくれたのはお金で雇われたお手伝いさん。

「なんで……、私が、居るよ」

少しだけ唇を震わせながら精いっぱい言う。それを感じ取ったのか、パパは態度を改め、真剣な眼差しを私に向けてゆっくりと言った。

「瑠花、君にはもっと、今を大切にしてほしいんだ。家事や料理を覚えることはもちろん大切なことだろうけど、友達と遊んだり、彼氏を作ったり、今できる楽しいことをしてほしいんだ」

「何言ってるの？　私パパが居れば何も要らないよ。大丈夫だよ」

「だけどな、瑠花。僕は君が中学に入ってから今までずっと頼ってきてしまったことを、すごく気にしてたんだ。だから夏休みを機に、お手伝いさんを雇って君の負担を減らそうと思ってる。週三から週四くらい。料理も洗濯も、お手伝いさんに任せよう。瑠花、もう家のことに縛られる必要はないんだ」

「大丈夫だってば！」

耐えきれなくなって、思わず叫んだ。

パパは驚いた様子で何も言わなくなり、沈黙が流れる。

「私が居るじゃない。私が家事をすればいいじゃない。何を、何を今さら。どうしてお金が掛かることをしちゃうの？」

「お金？　瑠花、君がそんなことを気にしな――」

「パパが毎日、土日までアルバイトを入れてまで働いてるのって、お金が足りないからでしょ？　お手伝いさんなんて雇わなくても私が居るってば！」

パパの言葉を遮り、私は早口で捲《まく》し立てる。

するとパパは立ち上がり、私の傍に来て、同じ目線になるようにしゃがんだ。

「瑠花、落ち着いて。ただ僕は、君に自分の時間をもっと大切に使ってほしいんだ」

「使ってるよ。パパのために。パパのためになることが、私のためでもあるんだよ？私たちは家族でしょう？　助け合って支え合うのが当たり前でしょう⁉　私は何も辛くな――」

ブブブ。ブブブ。

机のスマホが数回振動する。その動きで冷静になる。言い過ぎてしまった。

だけど、だけど私にだって、自分の気持ちがあって、今までやってきた生活が全部ムダだったなんて思いたくない。

なんて言えばいいか分からず、話が終わらないまま紅茶を置いて自室に戻ろうとする。

「瑠花」

後ろから聞こえてきた優しく心配そうなパパの口調に、思わず立ち止まって振り返った。

「瑠花、すまない。だけど愛してるんだ。だから君には、もっと今できることを大事にしてほしい」

愛してる。愛してるって。それ本当？

じゃあ、私が何してるか知ってる？　私が何をしてもらいたいか、知ってる？　分からないでしょう？

「そう、パパ、私も愛してる」

乾いた言葉を口にして、私は自室へ足早に戻ると、そのまま電気も点けずにベッドに倒れ込んだ。

水原瑠花　七月二十三日　火曜日　十五時

死んじゃいたい。死んじゃいたい。死んじゃいたい。死んじゃいたい。死んじゃいたい。

お風呂に入りながら、リズムの良い洋楽で耳を埋めても、思い浮かぶのはその言葉ばかりだった。

昨晩、パパと気まずい雰囲気になりながら、散々な目に遭った身体が限界に達し、お風呂に入らずベッドで死んだように眠った。

口の中が乾いて目が覚めて、スマホを見るとすでに翌朝の九時。やってしまった。学校は遅刻だ。昨日いろいろあったから本当に疲れていたんだ。

そういえば昨日ゲームセンターに行って以降、スマホをチェックしていなかった。ラインと、メール一件。メール？

不審に思いながら、先にラインのほうを見ると、心配する美希からだった。昨日先に帰ったことと、心配させたことの謝罪の文章を彼女に送る。

そしてメールのほう。通知が来たのはメインのメールアドレスではなく、男の人とやり取りをするサブのメールアドレスのほうだ。そこには、久しく連絡を取っていなかったコッコからの受信があった。心臓が止まるかと思った。そうだ。かつて一度連絡しあったのだから、あっちも私のメールアドレスを知っているのは当然だ。

メールの題名は『覚えとけ』だった。開いてみると、中にはＵＲＬが貼られているのみ。

恐る恐るタップすると、ポルノ動画のサイトに飛んだ。私の動画だ。同学年の安西さんが私に相談するときに見せてきたのと同じもの。しかし安西さんから見せられたときと違い、新たに動画説明文が付け加えられていた。『誰でもヤらせてくれる女。亀谷高校二年生』

スマホを思いっきり投げた。壁にぶつかり、数回跳ねて床に転がる。私の喘ぎ声だけが部屋を支配した。

呼吸を整えて、スマホのページを閉じてから、すぐにお風呂にお湯を溜めて入った。それからはずっとお風呂に入っていた。浴室の小さな時計に目をやると、もうすでに十五時半を指している。

とにかく早く身体を綺麗にしたかった。身体の中も外も、何もかもが汚い気がして、たくさん水を飲んだ。人生で初めて、水を飲むのに疲れるという状態に達し、力なくお風呂で横たわる。途中から沈黙が怖くなって、美希が教えてくれた洋楽をスマホで爆音で流していた。

目を瞑り、顔を天井に向けて考える。あの動画は、コッコとの性行為のときにスマホで撮影されたものだ。コッコに、そういうプレイが好きだからと言われて。

そのときは何も考えなかった。言うことを聞けば抱き締めてもらえるとしか思わなかった。むろん、性行為を迫られたことも、そのときは汚いとは思わなかった。ただただ、これをすれば満たされる、ということばかりを考えた。

最悪だ。学校にバレるのも時間の問題だ。サイト自体に問い合わせをして、消してもらえばいいのだろうか。しかし、サイトの文字表記は基本英語だった。問い合わせも英語でやらなければいけないとしたら厄介だ。それにネットに疎《うと》くてやり方が分からない。

誰かに訊きたい。でも誰かって、誰？　美希？　パパ？　武命くん？　聡明さんと佐知子さん？　後藤先生？　なんて訊くの？　男の人とエッチなことして、男の人が怒って自分の動画公開しちゃって、消し方が分からないからお願いできるって訊くの？　最低。最低。最低！

なんとか自分でやるしかない。あんまりポルノ動画のサイトを見たくないけど、このサイトから何か手がかりを探さなければ。

そうだ。もうすでに自分の動画が身近な人にバレている可能性もある。そう、安西さん。彼女の連絡先を知らない。カフェで会ったとき、絶対誰にも喋るなとは言ってあるけど、念には念を入れてもう一度言わなければ。

それに、送られてきた動画の説明文には自分の学校と学年まで載っていた。それほど再生回数も多くないから、早く対応すれば誰にもバレずに済むかもしれない。

思考を巡らせているとき、突然スマホのアラームが鳴った。過剰に反応してしまい、浴槽のお湯が波を立てる。手の水滴を払って、離れた所に置いていたスマホを取る。

『十八時　鳳仙でバイト　二十二時まで』

ああ、そういえば今日はシフトが入っていた。いつも忘れないように、バイトのシフトが決まった月初めに、二時間前にアラームが鳴るよう設定しているのだ。

バイトか……。行ってる場合じゃない。だけど、いつまでも家に籠っていたら気持ちも沈む。もしかしたら行けば気分も晴れるかもしれない。立ち止まってたら何も考えら

れなくなる。ちょっと早めに行って、一度鳳仙でゆっくりしよう。問題を先延ばしした
いわけじゃない。信頼できる誰かが傍に居てくれないと、現実に立ち向かえない。
お風呂から上がろうとすると、ひどい立ち眩《くら》みがした。それもそうだ。長い時間お湯
に浸かっていたのだ。いきなり動くと危ない。途中まで立ち上がってまた座り込む。
そういえば何も食べてないじゃないか。鳳仙のラーメンを食べよう。きっと美味しい
料理でも食べれば気も紛れる。聡明さんと佐知子さんに会えば、少しは元気も出るだろ
う。
まだ、死ねない。
私はゆっくり立ち上がり、浴槽を出た。
そういえば、パパは今日も朝早くに仕事に向かったみたいで、会えなかった。
期待してリビングに向かい、テーブルの上を見るとパパの書き置きがあった。
『昨日はすまなかった。またゆっくり喋りたい。愛しているよ』
愛しているよ。パパは必ずそう書いてくれる。でも今は信じられなかった。
パパはお手伝いさんを雇うつもりだ。それはパパの言うところの「私のため」という
やつらしい。でもそんなこと突然言われても受け止められない。夏休みは今週末から。
ということは早くて土日あたりから知らない人がこの家に来ることになる。
家事をすることは、もはや私のアイデンティティだ。それなのに知らない人が突然や
って来て、代わりにやるから私は遊んでろ？　余計なお世話だ。ふざけるな。お手伝い

さんを雇うにはお金が掛かるから、パパの負担になる。それなのに、お金を気にしないで？　今さら何を言っているんだ。お金がないからこんなに夜遅くまで働いているんじゃないの？

私のためと言うのなら、もっと私を頼って、もっと私を抱き締めて、もっと私に偉いって言って。もっと私の傍に居て。パパが私の傍にいつも居てくれたら、こんなに汚れることはなかったんだ。なんでそれを分かってくれないの。

どうしようもない現状に苛立《いらだ》つ。書き置きを摑んでビリビリに破りゴミ箱に捨てた。

長い時間温かいお風呂に入っていたということもあるが、家を出ると今日はいつもより涼しい気がした。

まだ外は明るいし、これなら襲われる心配もないだろう。でも昨日の今日だ。コッコが私の家を突き止めて待ち伏せしてる可能性も否めない。念には念を、いろんな可能性を考えておかなければ。玄関の鍵を閉めて早足で進む。

一昨日までは普通に思っていた道がかなり怖く思えた。いきなり男の人が現れて襲ってくるんじゃないかとか、怖いことばかり思いつく。世の中は犯罪が溢れてる。私が巻き込まれない保証なんてない。

うつむきながら急いで歩く。スーパーの辺りまで来て、やっと人通りの多い場所になりホッとする。それでもどこか神経がピリピリしていた。お風呂を出たばかりなのに、まだ汚れてる気がする。気持ち悪い。

スーパーの角を曲がるとすぐにボウリング場がある。信号を渡り、向かいのコンビニを通り過ぎようとしたときだった。

「瑠花」

またも誰かの声がした。身体がビクッと反応する。男の人の声だったからだ。誰とも会いたくないときに限って……。イラつきながら振り向く。

「誰？」

自然と声が出た。茶髪を搔き上げた髪形で、パリッとしたネイビーのシャツに綺麗な白のスニーカー。グラサンをして身長が高い謎のイケメン。こんな知り合いいたっけ？え、誰？

まさかコッコの知り合い？　いやでもさっきこの人は『瑠花』と言った。コッコに私の本名はバラしていない。あ、でも二宮が居た。二宮は私と同じ高校だ。私の本名がすでに、コッコとその仲間にバレている可能性もある。

「元気だった？」

目の前の男の人がにこやかに訊いてくる。すごい笑顔。ゾッとした。

しかしその言葉を聞いてコッコの仲間じゃないと感じた。もしそうだったらこんなことは訊かない。ていうか話しかけないでいきなり襲ってくるだろう。

「あの……。だ、誰ですか？」

思わず訊く。

すると男の人は、メッチャ笑顔、が、ちょっと笑顔、に変わり、悲しそうに肩を落とした。しかしすぐに持ち直してグラサンを外す。

「僕だよ、千尋」

「ちひろ？」

「うん。そう、瑠花だろ？」

思い出す。そうだ、そうだそうだそうだ！

エロいことがしたいとか言っておきながら、待ち合わせ時間に十分以上も遅れて、挙げ句の果てにコンドームの一つも用意してなくて、しかも結局は私のことを抱き締めて突然子どもみたいに泣き始めた謎の！　謎の変な人！　つい先日、自分が一番最後に出会い系で会った男の人だ。あのときは髪はボサボサで黒髪だったし、グラサンなんかしてなかったし、シャツじゃなくてパーカーで、おまけに皺だらけだったのに、あのときと全然違う。

「瑠花、元気だった？　寂しくなかった？」

「え、いや、いやいや、待ってください。千尋さん？」

「うん、そう、千尋だよ。ずっと瑠花を待ってた。あんな別れ方をしちゃったら、メールしても返してくれないかなって思って」

怖っ！　ヤバい奴じゃん！　身体にゾワゾワと鳥肌が立つ。

ひとまずコッコでもその仲間でもなかったが、おそらく危機に直面しているのは間違いない。男に待ち伏せされていたのだから。

私は昨日のコッコとの一件で学んでいる。男はいやらしいことばかり考えている。逃げなきゃ。そうだ、携帯ナイフ。しまった。コッコの太腿にぶっ刺したままだ。そのまま逃げたんだ。

どうしよう。叫べば誰か助けてくれるだろうか。いや、叫んだところで、もし警察が来たらなんて説明する？ この男との関係を知られて、もしパパに私がしていることがバレてしまったらどうする？ それは絶対ダメだ。パパの職場にも伝わってしまうかもしれない。ここは穏便に済ませないと。

「な、何か用ですか？ これからバイトに行かなきゃいけなくて……」

「実は話があるんだ」

「話？」

「うん。ここじゃあなんだから、車の中で話せないかな？」

車の中？ 危険だ。車の中は密室だ。何をされるか分からない。

「い、嫌です」

「ごめん……。じゃあ、いつだったら空いてる？」

「いつだったらって……」

話をするまでつきまとう気か。怖い。ここで今後も会いたくないですと言ったら、もしかしたら豹変《ひょうへん》して殺されるかもしれない。家の近くで待ち伏せするような男だ。間違いなく病んでいる。さっきから手を入れているポッケに、何か私を黙らせる武器が入ってることもあり得る。

大きく深呼吸して頭をフル回転させるが、どう考えても良い答えが思い浮かばない。しょうがない。車に行こう。それしかない。もしかしたら無理やりひどいことをしてくるかもしれないけど、そのときはもうそのときだ。

「分かりました。今でいいです。車に行きます」

「ありがとう！　おいで。裏に車を停めてあるんだ」

そう言って千尋さんは私に近づき、そっと肩を抱き寄せてコンビニの裏に向かう。

肩を抱かれたときに一瞬ゾワッとしたが、それと同時に良い匂いが鼻を掠める。甘い匂い。この人、前と違って香水つけてる。

コンビニの裏側の駐車場。一番端っこに、見覚えのある千尋さんの車があった。

車まで歩きながら腹を括《くく》った。天罰だ。神様からの、ママを殺した私への天罰。

思えば今まで、私の人生なんて丸ごと天罰のようなものだったじゃないか。パパのために青春を捨てて、必死で家事をして、寂しさを拭《ぬぐ》うために夜遊びをしたら、これだ。人並みの人生なんて味わえなかった。

私はパパのために頑張ったのに、パパはお手伝いさんをまた雇うと言う。ここまで頑張って独りで家事をしてきたんだから、最後までやらせてよ。高校卒業したら出ていくからさ。

そう考えながら昨日のパパの顔を思い出す。思い返すパパの台詞《せりふ》は変わらない。パパは私以外の人に家事をやらせることを望んでる。そしたら私はいったい、誰のために生きればいいの？

グラつく思考の中、必死に自問自答してやっと答えが出た。

誰もいない。ああ、そしたら私、要らない子じゃん。じゃあいっか、別に。

「助手席に座ってくれるかい？」

千尋さんの声で、考え事をしていた朧《おぼろ》げな視界から我に返る。「分かりました」と小さくつぶやいて助手席のほうへ回る。なんかもう、どうでもよかった。何もかもが。

千尋さんが紳士のように車のドアを開けてくれる。私は腰を屈《かが》めて車の助手席に乗った。瞬間、立ち込める強い薔薇《ばら》の匂い。芳香剤《ほうこうざい》？

運転席に回り込んだ千尋さんが車に乗り込む。冷房を掛けっぱなしにしていたらしく、車の中はかなり涼しかった。

突然、千尋さんは車の後ろに手を伸ばす。いきなりのことで身体がビクッと反応する。ガサガサという音がして、巨大な何かを引っ張り出した。

突然の出来事に、目の前がスローモーションになる。匂いの正体が判明した。本物の薔薇だ。巨大な薔薇の花束。

「え？」

千尋さんはそれを私に差し出してきた。

千尋さんの表情が見えない。薔薇の花束があまりに大き過ぎて、彼の顔が隠れているからだ。何が起きているのか分からなかった。薔薇の花びらが数片零れ、私の膝に落ちる。

表情は見えないままだけど、そのあとの彼の言葉ははっきりと聞こえてきた。

「瑠花、僕と付き合ってほしい」

「はい?」

水原瑠花　七月二十三日　火曜日　十九時

「瑠花さん、今日学校居なかったね。結局あの花何? ピアニスト?」

怪我をした私の中指にカエルのキャラクターものの絆創膏《ばんそうこう》を貼り、ニヤニヤしながら武命くんは言った。

「なんでピアニスト?」

「ピアニストってあれじゃん。なんか発表会で演奏したりすると花束貰えるんでしょ?」

「そ、そうなの? 初めて知った。詳しいんだね。ピアノ弾いてたの?」

「いや、俺は弾いたことないけど、ほら、軽音部のキーボードの奴とかはピアノから入った奴とかいるからさ。よくそういう話聞くよ。あんなでっけえ花束だとは思わなかったけど。佐知子さんに訊いたら、瑠花さんが持ってきたって言ったからビビった。軽音部入る？」

「は、入らないよ！　ピアノなんて弾けないから！」

「そうか、残念……」

武命くんは本当に残念そうな顔をしていた。

部活はちょっと入ってみたいなと思うけれど、ピアノは弾けないし、ギターもベースも、それどころかリコーダーも全然できない。もしできたら楽しいんだろうな。

いや、そんなことより言い訳どうしよう。こんな、こんな巨大な花束を貰う状況って何？　それに武命くんは学校を休んだことも知ってる。武命くんとアルバイトが被る日は、いつも一緒に出勤するからだ。

本当は武命くんにも私の身に起きていることを言いたくない。人によっては引かれてしまうだろう。美希もそうだけど、武命くんも大事な友達だ。今後も気まずくなるし、それだけは嫌だ。

「ち、違うの、パパがなんかすごい良いことをしたみたいで、それが会社にとってすごい功績？　になったみたいで、それで会社のみんなから花束を貰ったんだけど、家では飾れないから鳳仙にどうだって言ってきて、試しに持ってきたの」

「へえ。すごいね！　あんな花束貰うほどの功績って、じゃあ本当にすごいことしたんだね」

「そ、そう！　何かはよく知らないんだけどね！　あと、今日休んだのは普通に体調悪くて」

「え、バイト大丈夫？　もしかしてムリして来た？」

「いや、もう大丈夫！　だんだん良くなってきたし、むしろ身体動かしたほうが楽なときもあって」

「そっか、あー、ヤバくなったら言ってよ。ほら、今日そんなお客さんいないから、俺と聡明さんと佐知子さんだけでも全然いいからさ」

「あ、ありがとう！　もう大丈夫！」

「じゃあピアノは？」

「やってないから！」

と、苦し紛れの言い訳。なんだ、すごい功績って。武命くんの言うとおりだよ。あんな花束貰うほどの功績ってなんだ。それに、武命くんにムダな心配をさせてしまった。本当は全然元気だ。

　武命くんに嘘をついているのが申し訳なかった。美希やパパに続いて、武命くんにも秘密ができてしまった。

『瑠花、僕と付き合ってほしい』

『はい？』

一瞬何を言われたのか本気で分からなかった。

ひどいことをされる妄想を頭の中で繰り広げていたこともあって、まさかこんな、巨大な薔薇の花束を出されるとは思いもしなかった。

薔薇に隠れて、千尋さんの顔が見えない状況に思わず失笑する。だって、薔薇が喋っているように見えたから。

『初めて会ったとき、運命だと思ったんだ。やっと会えた。やっと君に会えたんだって。本当に大事にしたいと思ったんだ。こんなこといきなり言うなんておかしいと思ってる。でも本当に震えるほど好きで好きで堪《たま》らない。瑠花、どうか僕と付き合ってほしい。もちろん、結婚を前提に』

『け、結婚？　早い、早いです！　千尋さん、落ち着いてください』

『僕は落ち着いてる。衝動的な気持ちなんかじゃない。しっかり考えたよ。その上で君のことが好きだって気づいたんだ。瑠花、君はお金のことは気にしなくていい。稼げる仕事というわけじゃないけど、貯金はそれなりにある。望むものはなんでも言ってほしい』

『いや、そんな、お金なんか望んでませんから！　ちょっと、千尋さん！　ていうか顔見えないから、その花束後ろに、後ろに置いてください！』

『ご、ごめん』

千尋さんは素直に薔薇を後部座席に置いた。あまりに大き過ぎてシートにぶつかり、花びらがまた数枚散ってしまったが。

ようやく見えた千尋さんの顔からは、さっきと違い、病んでる男のような印象は受けなかった。冷房が効いているというのに汗だくで情けない。

次の瞬間、ガバッと私の手を両手で掴む。

『ひぃ！』

『瑠花、もし付き合えないなら、君の世話係とかはどうかな？』

『は？　せ、世話係？』

『そう。君の身の回りの世話をするんだ。家から学校まで送っていくし、帰るときも学校の近くまで迎えにいくよ。友達と遊ぶためのお小遣いもあげる。ゆくゆくは君の家事もやってあげたい。身の回りのこと全部。もちろんふしだらな気持ちからじゃない。君がやってほしいことをなんだってするよ。その代わり僕は君とたくさん一緒に居られる。僕も君もハッピーだ』

『そんなのダメですよ。罪悪感が湧きます、そんな奴隷みたいに扱うなんて』

『ああ、別に申し訳なく思うことはないよ。僕がやりたいからやるんだ。君も好きなように僕を小間使いにすればいい。できる限り君の要望を叶える。そうすれば君がたくさん僕を呼び出してくれるから、たくさん会える。たくさん幸せになれる。ああ、瑠花、言ってたじゃないか。寂しいから甘えさせてほしいって。僕なら君の傍にずっと居る。僕なら君のことを裏切らないいし、君のために全財産、まあ今は少ないけど今後の収入も全てっていう意味で、全財産捧げてもいいんだ。僕は君に寂しい思いはさせない』

寂しい思いはさせない。その言葉に私は思わず息を呑む。

なんだってしてくれる？　ここで言うなんでもというのは、もちろん常識的な範囲のことなのだろう。さすがに嫌いな奴、たとえばコッコを殺してくれ、なんてことは常識的ではない。まあ、この勢いだったら案外やってくれそうな気もするけれど。

でも単純に、常識的な範囲のお願いは、本当になんでも叶えてくれるっていうこと？　常識的なお願い。人並みに、誰もが当たり前に感じることができる幸せ。私が傍に居てと願えば、私の傍に居てくれる。家事を代わりにしてほしいと願えば、家事を代わりにしてくれる。抱き締めて、甘えさせてほしいと願えば、そうしてくれる。まるで本当のパパのように。

そこまで考えて思考を止めた。

『千尋さん、落ち着いてください』

『ご、ごめん。でも瑠花、僕はどうしても――』

『いいから落ち着いて。ごめんなさい。今すぐには答えられません。会ってまだ二回目ですよ？　お互いのこと何も知らないうちにこんなことされてもびっくりします。それに、私これからバイトなんです。そろそろ行かないと』

『そうか……』

『お話は嬉しいです。でも少し考えさせてくれませんか？　また連絡します。それじゃあ』

『ま、待って！　外は暑いから送っていく』

車を出ようとドアハンドルに手を掛けたとき、千尋さんは私の腕を掴んだ。

『本当ですか？　何もしない？』

『君を傷つけるようなことは絶対にしないよ。約束する』

『……分かりました。国道沿いの鳳仙というラーメン屋です』

溜息をついたのは千尋さんだった。心なしか、いや見たまんま、とても嬉しそうだった。

車の中で聞いたが、千尋さんは昨日、この告白のためにイメチェンをしてきたらしい。香水までつけて手間が掛かったことだろう。

もちろん帰り際にバッチリでかい花束を持たされた。なんと百本あるそうだ。百本って初めて見た。道理でこの大きさになるわけだ。

聡明さんと佐知子さんには理由は言わずに、家で飾れないのでよければどうぞと言って渡した。

そして武命くんはバイトに来るなり『すっげ！』の連呼。

佐知子さんが持ってきた花瓶に活《い》けて店の入口傍に飾ったおかげで、来店する常連さんも巨大な花束に驚く。すっかりマスコットのような存在になってしまった。

だけど私は、華やかな店内の様子より告白の返事で頭がいっぱいだった。

もちろん答えは決まっていた。普通に断る。その場で断れる雰囲気じゃなかったから、とりあえず曖昧《あいまい》にしておいただけだ。だって、そうでしょ。お互いのことをよく知らない。それはあっちも同じはず。なのにあんなに熱烈なアプローチは逆に怖い。いや、千尋さんのような人に限ってそれはなさそうだけど、まだ信用はできない。

だけどいったいどうやって断る？　メールでそのまま返信しても、あの調子だと絶対につきまとってくる気がする。だって現に、初めて会ったコンビニで待ち伏せしていた。しっかりと断らないと。

千尋さんのことで頭がいっぱいになり、ネギの仕込みの最中に気が逸れて指を切った。ちょうど店の絆創膏が切れていたけど、武命くんが持っているというので、急遽《きゆうきよ》休憩室で応急処置をしてもらうことになったのだ。

「ねえ武命くん、好きな人いる？」

なんとなく武命くんに相談してみる。

一瞬驚いた顔をしてから、武命くんは突然ポッケのスマホを取り出した。

「あ、ちょっと待って。ムード作る。何の曲流せばいい？」

「いや、なんでよ」

「告白されると思ったから、雰囲気作らなきゃと思って……」

「武命くん、自分のこと好きね！」

「告白じゃないん？」

「違うよ！」

切り出し方はそれっぽかったけど、違う。

「好きな人いなーい。音楽が恋人」

「え、そうなの？　一人もいないの？　好きな人」

「いないよ全然。え、何、瑠花さん恋してるの？　え、恋してるの？　店長に言ってない？」

「ムダに騒ぎ立てないで！　いや恋っていうわけじゃないんだけど、ちょっと告白されて」

「告っっ白！　はは！　最近の子は！　若いねぇ！　はは！　いつ？　いつよ？」

何そのおっさんみたいな反応と思いながら、突っ込まずに話を続けた。

「えっと、ちょっと前にね」

「へえ、いつの間に」

嘘はついてない。本当にちょっと前だ。

しかし武命くんは少し怪しんでいる。花束の嘘がバレてしまっただろうか。武命くんはそのことには触れずに続けた。

「どんな人？　俺が知ってる人？」

「いや、知らない人。ていうか、私自身その人のことあんまり知らなくて、断りたいなって思ってる」

「え、断るの？　もったいない。なんで？　その人のこと嫌いなの？」

「そういうわけじゃないけど」

「喋り方がキモいとか？」

「んーん」

私は頭を横に振る。

「気持ち悪いほどのブサイク？」

「いや普通の人。頑張ればイケメン」

「マザコンとか？」

「分かんない」

「鉄道オタク？」

「鉄道オタクに偏見はないけど、たぶん違う」

「えー、じゃあなんで断るの？　全然良い人そうじゃん」

「いやいや、だから、その人のことあんまり知らないの。その、好きなものとか、好きなこととか、人となりとか、どんな友達がいるのかとか」

「そういうもんなの？　じゃあ、その人がすごい良い人で、神様みたいだったら？」

言葉が詰まる。すごい良い人だったら？　そう言われても。良い人だったら、それは嬉しいけれど。でも、自分が過去に他の男性とたくさん関わったことを知られたら気分が悪いだろう。だって私は汚いわけで、大事にされていなかったわけで。

そこで思い出す。いや、千尋さんは知ってるじゃない。私が出会い系にのめり込む汚い女だってこと。それでも好きになってくれた。あんな大きい花束を持ってきてくれた。私が、いろんな人と夜遊びをしたということを知ってもなお、私のことを好きだと。

「俺付き合ったことないから分かんないけど、分かんないからこそ、告白されちゃったら見た目が問題なければとりあえずオッケーしちゃうね」

「本当？」

「だって俺のこと好きなんでしょ？　それだけでむしろありがたいって感じ。中身はこれから知っていけばいいじゃん。だからまずは、告白してきてくれたことへの感謝の気持ちで付き合うね。だってすごい良い人じゃん」

「武命くん、さっきすごい自信満々で自分が告白されるって思ってたのに、ずいぶん控え目な発想だね」

「そうだよ。意外と繊細だよ俺。抱き締めて。あ、いや、そんな顔で見ないで。ともかくさ、俺は俺のこと好きって言ってくれた人を大事にしたい。瑠花さんもさ、その人、見た目はそんなに悪くないなら、思い切って付き合っちゃえば？」

そう言って、ははは と武命くんは悪戯っぽく笑った。

私と千尋さんが付き合う？　見た目は悪くない。じゃあ性格はどう？　何か問題があるとすれば、一目惚れしてあんな巨大な花束を用意してしまう行動力だ。ちょっとやり過ぎな部分もある。でも結局車でバイト先まで送ってくれた。何より初めて会った日も、最初は身体目的だったけれど、私が高校生だということを知って添い寝だけで抑えた。それに、なんでもしてあげると言ってくれたことは大きい。

いや、でも、ダメだよ。何考えてるの私。ダメな気がする。だってそれは正しくないよ。だって、出会いが正しくない。出会い系サイトが最初の出会いって、嫌だ。

「まあ、一案としてね」

武命くんの一言でハッと我に返る。

「武命くん、今まで付き合ったことないの？」

「ないよ！　え、何？　責められるんか？」

「そんなことないよ。なんで責めるの。クラスで良い人とかいないの？　案外いそうだけど」

「クラスの奴ら？」

んーと腕を組みながら武命くんは考える。五秒、十秒、十五秒、二十秒。

「キンキン」

「キンキン？」

「担任の堀井《ほりい》先生が持ってきた金魚のキンキン。教室で飼ってる」

「いや、それは人間じゃないから」

「じゃあいない」

「え、一人も?」

「俺のクラスの女子、あんまり良い奴いないいんだよ」

「そうなの?」

「うん、安西さんっていう子がいるんだけどさ」

その名前を聞いて冷や汗が流れ出る。まさか、ここで安西さんの話が出てくるとは思わなかった。

「なんか女子の間で無視されてるっぽいんだよね。だから嫌なんだよ」

無視。イジメか。思い返すと彼女、合同体育のときもあまり誰とも喋らずに、独りでポツンと体育座りしてた。そっか、あの子イジメられてるんだ。悪いことしたな。

突然援交をしてるという疑いを掛けられて腹を立ててたけれど、今は自分がやっていたことを反省している。援交をしてると思われても仕方がない。コッコに、性行為の動画をネットに上げられたし、動画の内容も、普通の人が見たら援交してると思えるような内容だったから。

確か彼女は母親が入院していると言っていた。お金の問題は私ではどうにもできないけれど、それでももっと話を聞いてあげるべきだったんじゃないだろうか。

「けっこう内気な子だからさ、あんまり誰にも構ってもらえなくて。弁当も独りで食ってるんだけど、それを遠くで見てる女子がすっげえ笑ってんの。最低じゃんこいつらって思って」

「そっか……。でもそう思ってるなら、武命くんが声を掛けてあげればいいじゃない」

「ああ、俺も思ったよ。いつも独りで飯食ってんの可哀想だから、時々話しかけたら安西さん楽かなって。でも俺よりも先にさ、安西さんに話しかけた奴がいてさ」

「そうなんだ。女子で？」

「いや、男子だよ。同じクラスの二宮。なんかけっこう一緒に居たから付き合ってるのかもな。今までそんな素振り見せなかったのに、いきなり安西さんと仲良くしだしてさ。この前も昼休みに二人で居るの見かけたぜ。何してるかよく分かんなかったけど」

武命くんの説明に、私は息を呑んだ。

二宮……？

水原瑠花　七月二十四日　水曜日　十六時

「安西さん！」

校舎を出て、真っ直ぐ帰ろうとする安西さん目掛けて私は叫んだ。

もちろん他の生徒も下校中だ。周りの生徒が驚いてこっちを見てくる。かすかに視線を感じたけど、すぐに通り過ぎていった。

叫んでから、後藤先生が居たらどうしようかと思った。一応制服は着ているものの、今日も登校していない。動画の件、コッコの件、そして二宮に会いたくなくて、学校に行きづらかった。

だけど今日、安西さんに話をするためだけに、制服を着てこの時間を見計らって来た。

安西さんは驚いて、怯えた様子で私を見ている。

「み、水原、さん……」

お互い見つめ合い、しばしの沈黙が流れる。安西さんはどんどん不安そうな顔になり、耐えきれなくなったのか、回れ右をして歩き出した。

「待って！」

話をしなければ。歩いていってしまう安西さんの腕を強く摑む。

彼女は軽く抵抗しながら、恐る恐る私を見た。

「な、なんですか？」

「二宮とは別れたほうがいい」

真っ直ぐ彼女の目を見て伝える。

しかし、安西さんは不満そうに眉間に皺を寄せた。

「いきなりなんなんですか？」

「あいつはやめたほうがいい」

「そんなこと言われても」

それはそうだ。もし私が友達でもなんでもない同級生に、付き合っている彼氏と別れろなんて言われたら反論するに決まってる。だけど……

「二宮は悪い奴らと関わってるの。それも、人を大事に思わないような人たちだよ。あいつと関わってたら、安西さんがひどい目に遭う」

「わ、悪い奴ら？　ひ、ひどい目って。二宮くんはそんなことしません」

「するよ、絶対。ねえ、お願い。あいつだけはやめて」

「そっちこそやめてください。先生に言いますよ」

ダメだ。まったく聞いてくれない。お節介だっていうことは分かってる。だけど、もし二宮を経由して、コッコが安西さんと関わるようなことになったらと思うと気が気じゃない。いま彼女を止めないと。

「じゃあ、安西さん、この前言ってたお母さんの入院費、私が払えるだけ払うよ。バイトで稼いだお金だからそこまで多くはないけど、全部、通帳にあるお金全部あげる。だから、だから二宮と別れて」

そう言うと、突然彼女は不自然に目を背けた。先ほどまでは怯えながらも、強く不信感のある目で私を見ていたのに。抵抗する力すら完全に失くしたのを感じた。

やがて、彼女は小さくつぶやく。

「覚えたので」

「え？」

「稼ぎ方を覚えたので、もういいんです」

緊張の中、うつむきながらもしっかりとしたその口調から、私の頭に最悪の展開が浮かんだ。

「援交したの？」

私は小さく、安西さんにしか聞こえない口調で言うと、彼女はガバッと顔を上げて、涙を少し滲ませながら私を強く睨んだ。

「だから、もうお金は要らないです」

私は安西さんの腕から手を離し、肩の力を落とす。もちろん安堵《あんど》なんかではない。絶望だ。

「なんで。ダメだよ、そんなことしちゃ。自分の身体をもっと大事にしてよ」

「水原さんだって、人のこと言えないじゃないですか」

「それは……」

彼女は私が裏で何をやっているか知っている。お金を貰っていないとはいえ、私が安西さんのことをとやかく言える立場ではない。

そこで新たな不安が浮かぶ。私は一度息を呑み、静かな声で問いかけた。

「ねえ、本当に失礼なことを訊くけど。お金、本当にお母さんのため？」

安西さんは何も言わない。私は言葉を続ける。

「あのね、安西さんが見せた私の動画、あれって二宮とツルんでる奴が撮ったものなの。だからもしかして、安西さんがあの動画を見つけたのって、二宮に教えられたからなんじゃないの？　援交の仕方を教えてもらえって」

「やめて！　やめてください！」

私の言葉を振り切るように安西さんは叫ぶ。そして、今度は彼女のほうが私の両腕を摑んだ。力は弱い。簡単に振り落とせそうだ。だけど、焦りと悲しみに満ちた彼女の表情に、私は何も抵抗できない。

「何も知らないくせに！　わ、私に、指図しないでもらえますか？」

たどたどしいながらも、動揺を隠すように私に顔を近づけて叫ぶ。

私は少しだけ怖気づき、後ずさりしながらも確信した。

「は、犯罪だよ、安西さん。お金が欲しいからって、付き合ってる彼女に援交させるって」

「関係ないって……」

「水原さんには関係ないでしょう」

「水原さん、私、学校に居場所ないんです。みんな私のこと無視するし、先生に相談しても自分が悪いって言われるし。誰も、私のこと見てない。でも、二宮くんだけは、私のこと必要としてくれるんです。お昼だって一緒に食べてくれるし、今日は断られたけど、時々一緒に帰ってくれるし……」

「学校に居場所が欲しいから、それだけのために身体を売るの？　そんなの――」

「か、考えたことあるんですか？　入学してから一度だって誰ともちゃんと喋れない。高校だけじゃない。中学も、小学生のときも、友達なんて一人もできなかった。しゃ、喋り方が変だとか、根暗だとか言われて。でも二宮くんだけは違う。初めてできた友達で、彼氏なんです！　何を大切に思うかは私の勝手。そうでしょう？　水原さん、あなただって、あなたの勝手で生きてるでしょう！」

あなたの勝手で。それは、夜遊びのことを言っている。勝手ってそんな。そう思う自分がいる。自分でやったことなのに被害者ぶってる。

私は何も言えなかった。

安西さんは周りを気にせずに大声で捲し立てる。通りかかる生徒が、汚い物でも見るように私たちを避《よ》けていく。

そんな私の態度に安西さんは落ち着いたのか、私の腕からゆっくりと手を離した。周りの空気を感じ取り、乱れた髪を整えて、前髪で目を隠す。

それでも、リュックを背負い直すと、私の目をきつく睨んだ。

「水原さん、前に私へ話しかけないでって言ってましたよね。そっちこそ、も、もう私に話しかけないで」

そう言って、安西さんは私と反対方向に歩いていく。

しばらく歩いて、もう一度振り返り、彼女は強く叫んだ。

「私は何も、悪いことはしていない！」

水原瑠花　七月二十五日　木曜日　十八時

ボウリング場の向かいのコンビニ。白のミニワゴンが目の前に停まる。私は助手席に乗り込んだ。

「瑠花、待たせてごめん」

車に乗り込んで早々、千尋さんは私の手を優しく握って言う。

今日はオールバックではないものの、ワックスで髪を整えておでこは出していた。本当にこの人、初めて会ったときから一気に変わったなと少し戸惑う。

「いえ、こちらこそすみません、急に呼び出してしまって」

「いいんだよ、気にしないで。瑠花、あのさ、これ受け取ってくれる？」

そう言って千尋さんは、後部座席から当然のようにひまわりの花束を取り出した。

「本当はまた、百本の花束にしたかったんだけど、あれは予約が要るから……。すぐ買える小さな物にしたよ」

「は、はは……、ありがとうございます」

断る気力もなかった。両手で花束を抱える。かすかに日なたを感じる匂いがした。これがひまわりの匂いなのかな。何げに初めてかいだかもしれない。

「瑠花、呼んでくれて嬉しかったよ。どうしたんだい？」

千尋さんはグイッと身体をこちらに向けて、先日と変わらずニコニコした顔で言う。

私は千尋さんの顔は見れずに、ひまわりの花束の柔らかい感触を抱き締めていた。そのままうつむいて淡々と言う。

「千尋さん、私の何を好きになったんですか？」

千尋さんは、うーんと唸《うな》って少し間を空けると、勢い良く言った。

「一目惚れしたんだ。仕草も、髪の匂いも、見た目も、全部好きだ。君が望んでいることは何でもしてあげたい」

この間も聞いた台詞。

「私が望んでること、なんでもしてくれるんですか？」

「うん、なんでもしてあげるよ」

「私が、千尋さんのことをまだ好きじゃなくても？」

「ああ、僕は瑠花と一緒に居ることができればそれで――」

「家に帰りたくない」

自然と口から零れた言葉に、私自身驚いた。驚いて、ようやく私の心が危険な状態だと自覚する。

ここ数日、いろんなことがあり過ぎて現実を直視することができない。なんとなく独りで居るのが怖くて千尋さんを呼び出した。告白を断ろうとしていた相手なのに。ようやくひまわりの花束から顔を上げて、千尋さんの顔を見る。

「学校に行きたくない」

続けてすぐに言葉が出た。思考が働かない。ただ、今したいことだけが口から先に出た。

「こんなとこに居たくない。消えたい。死にたい。誰にも必要とされてない……」

千尋さんは何も言わない。

自然と、ひまわりの花束を抱く手に力が入る。もう、限界だった。

パパがお手伝いさんを雇う。私は家に居る必要はなくなる。パパのためにやってきた家事を、誰かに奪われる。そして美希は彼氏のことばかりで、時々しか構ってくれない。本当はもっと構ってほしいのに、それを言えない自分が嫌になる。安西さんが援交に走ったのは私のせいだ。あのとき私がもっと安西さんの話を聞いてあげたら、こんなことにはならなかった。コッコが怖い。街のどこかで、私に復讐しようと潜んでいるかもしれない。不安なことが多過ぎて、頭がパンクしているのだ。

頼れるのは、一番遠いところに居る、部外者である彼、千尋さんだけだった。私のことを好きと言ってくれて、なんでも相談してほしいと言ってくれた。

「私、生きてる意味が分からないんです。何が正しくて、何が間違ってるのか、分からないんです。だけど、いつも私の話を聞いてくれる人はいなくて」

するとと突然、千尋さんが私のことを抱き締める。

千尋さんに身体を抱かれたまま、私は淡々と続けた。

「甘えたいけど、誰に甘えていいか分からない。だから、ずっといろんな男の人と夜遊びを繰り返して、満たされた気持ちになってたの。でもそんなの違うって気づいた。吐き出したいけど、誰に吐き出していいか分からない。友達も、全部打ち明けたら嫌われる気がする。自分がすごく汚れてる気がして、気持ち悪いの」

「瑠花、僕が居るよ。僕が君の傍に居る。悲しいなら僕に言えばいいよ。僕に甘えていいんだよ」

「そんなの嘘、嘘だよ。パパもそう言って、私のこと何も知らない」

何言ってんだ私。甘えるために千尋さんを呼び出したんでしょ。心にポッカリ空いた穴を埋めるために千尋さんを頼ったんでしょ。それなのに今さら否定しちゃって、バカみたい。

千尋さんは身体を離して私の両肩を掴むと、私の目を見て言った。

「瑠花、聞いてくれ」

肩を掴む手に力が籠る。

「僕は君が、家にも学校にも居たくなくて、どこかに連れていってほしいなら、今すぐ車でどこにでも連れていく」

「本当？」

「ああ。もちろんそのあとの面倒は僕が見る。お金だって、食事だって、なんとかなるさ。でも瑠花、何もかも捨ててしまう前に、本当にそれでいいのか考えてくれ。本当にそれでいいなら、僕はどこにだって連れていく。だけど、後悔しない選択をしてくれ」

私はその言葉にどう返していいか分からず、考えて、考えている最中に、ポタポタと涙が出てきた。呼吸がしづらくなり、掠れ声になりながら、私はゆっくりと言う。

「後悔しない選択って、何？」

「自分が正しいと思ったことをするんだ」

「正しいと思ったこと？」

「おかしいと思ったことや、このままじゃいけないと感じたことを、そのままにしていてはいけないよ」

おかしいと思ったこと。このままじゃいけないと感じたこと。頭の中で復唱する。

「嫌われるのが怖い」

「嫌われないよ。君は正しいことをするんだから」

「叱られるかもしれない」

「そしたら僕が味方になるよ」

「私を大事にしてくれなくなるかもしれない」

「僕が一生、君を大事にするよ」

千尋さんは肩から手を離し、私のほっぺを撫でる。

「大丈夫、どんな結果になったって、僕がついてる。だけど瑠花、本当に逃げ出していいのかい?」

そう言うと、千尋さんはポッケからハンカチを取り出して私の涙を拭いてくれる。ひまわりの花束は、強く握り過ぎてくしゃくしゃになっていた。

本当に逃げ出していいの?

パパのことは正直、私が居ないほうがいいと思う。私が居ないほうが、私に掛かる生活費や学費などの負担がなくなる。コッコに関しては、仕返しをしてやりたいという気持ちがないわけじゃない。だけどあの狂気的な、性欲の塊のような男を相手にする度胸がない。あいつに関しては、悔しいけど逃げるという選択のほうが正しい気がする。

だけど、安西さん。彼女は違う。彼女の今の状態には、少なからず私が関わってる。私があの日、彼女と初めて会ったとき、もっと話を聞いてあげれば援交なんかに走らずに済んだかもしれない。私の責任だ。そう思うのは少なくとも間違いじゃない。

「私は……」

千尋さんは小さく「うん」と言って、私の次の言葉を待った。

頭の整理がつかないまま、言葉を放ってしまった。そのまま、何が言いたいか分からず、淡々と言葉を並べる。

「わ、分かんない。いつも自分のことだけ、考えてきたの。だからこうやって千尋さんみたいに、誰かのためを思って、行動したことない。相手は、別に私に、助けてもらいたいとか、思ってないかもしれないの」

「誰かのためを思って？」

突然千尋さんは、笑いながら私の肩を抱き寄せて顔を近づける。まるでキスするかのように。

私はびっくりして、少しだけ身体を引き離す。

「ちょ、ちょっと」

「僕のしたことが瑠花のためになっているのなら、それはすごく嬉しいよ。でも僕も君と同じ、いつだって自分のために行動してる。君を愛することが僕自身のためなんだ。相手のことを考えたら何も行動できないよ」

「どういうこと？」

「瑠花、もっと我儘になっていいんだよ。君の後悔しない選択が、誰かの障害になってしまうと思っているなら、そんな考え捨てていいんだ。好きな人に好きって言って、嫌いな人に死ねって言って、ムカつく奴はぶん殴ればいい。君は最初から汚れてなんかいない。夜遊びの何が悪いんだ。僕はそんなの責めたりしない。失敗したと思うのならいつだってやり直せるんだ。だから瑠花、もっと自分がやりたいことを一番に考えてくれ。君は今、一番何がしたい？」

もっと我儘になっていい？　もう十分我儘だというのに？　でも千尋さんは、私を愛することが自分のためになってると言ってくれる。それが千尋さんなりの我儘。私は目を瞑る。目を瞑って考える。私が、いま一番やりたいこと——

水原瑠花　七月二十六日　金曜日　八時

「これっぽっちかよ。足りねえよ。はあ、これじゃあどうしようもねえな」

「ご、ごめんなさい。もう一度稼いでくるから、許して」

「ん、まあこれくらいなら先輩も——」

「二宮くん？」

「ん、ああ。いいよ。とりまサンキューな。感謝してるぜ。いつも俺に貢《みつ》いでくれてよ。嬉しいぜ由紀《ゆき》。ほら、ギュー」

「ん、うう」

「じゃあ、もっと頼んだぜ」

「え？」

「え？　って、もう一度稼いでくれるんだろ？」

「あ、そ、そうだね、うん」

「今度は二十万くらい欲しいな。全然生活できねえんだ」

「二十万？　嘘。そ、そんなお金すぐに用意できないよ！」

「んー？　いいの？　じゃあ俺バイトしなくちゃなー。学校来れなくなっちまうぜ。そしたらもう由紀とは会えねえな」

「嫌！　お願い、どこにも行かないで！　お願い！」

「良い子だ良い子だ。じゃあしっかり稼いでくるんだぞ？　由紀を頼りにしてるからな」


あいつ、殺したい。

非常階段の踊り場の陰で怒りに震えながら、私は安西さんと二宮の様子をスマホで録画していた。二階と三階を繋ぐ非常階段は、こんな朝に人が来ることはない。今日は終業式で部活の朝練もないから、なおさら校庭は静かで、外から見られる可能性も低い。だから私がここに隠れていることも、二宮と安西さんがお金のやりとりをしているのも、誰にも分からない。

許せない。二宮は安西さんに援交を強要している。私が安西さんを救うんだ。私が起こしたことは、私が解決しなくちゃ。

これだけ動画を撮れば十分だ。このままここに居たらバレちゃう。ひとまず退散しよう。そう思いスマホの録画をやめた。

二宮が三階のほうから教室に戻ろうとするのを見て、私も二階の階段の角から離れようとする。しかし、安西さんの言葉で思わず足を止めた。

「に、二宮くん、今日は一緒に帰ろ？」

安西さんの声に二宮は、「あ？」と不機嫌そうに声を荒らげて振り向いた。

私はもう一度陰に隠れて観察する。

「いや、ごめん。俺今日は用事あるんだわ」

「よ、用事？」

「うん、用事。大事な用事」

「じゃ、じゃあ。夏休みは？　何か予定立てようよ」

「あー、またいつかな」

「ま、待って二宮くん」

安西さんは二宮の腕を弱々しく引っ張ったが、それを二宮が邪険《じゃけん》に払いのける。

あいつ、なんて態度を。走り出したい気持ちをグッと抑えて拳《こぶし》を握り締めた。

「なんだよ！」

「ご、ごめんなさい。あ、あの、私たち付き合ってるんだよね」

「あ？　うん、そうだな」

「だ、だから、も、もっと私と一緒に居てほしい」

「なんで？」

「な、なんでって？」

なんでって。そんなの、そんなの当たり前のことでしょう。怒りが頂点に達し、私は一歩前に出た。

「愛してるから、一緒に居たいのは当たり前のことでしょう！」

二宮と安西さんは驚き、こっちを向いた。

私は素早くスマホをポッケに隠し、彼らの居る踊り場に迫る。

思わず叫んでしまいながらも、やってしまったと思った。今日は二人の関係性を記録するだけにして、対策を考えるなり、信頼できる大人に相談するなり、あとでしっかり考えようと思っていたのだ。なのにやってしまった。

「水原、なんでここに居やがる」

「クラスの子から、いつもあんたらがどこに居るのか聞いてきた」

「てめえ、あのあと俺が先輩にメチャクチャ殴られたんだからな！」

あのあとというと、私がゲームセンターでコッコを刺したときだろう。コッコのあの、歪めた口元に見せる、黄色く汚れた歯と息苦しいタバコの臭い。それを思い出したとたん、脚から力が抜けていく。

ダメだ。勇気が出ない。今ここで強く彼に言っても、二宮がコッコに告げ口して、一緒に私を襲ってくるかもしれない。それこそ安西さんも同じ目に遭わされるかも。衝動的に前に出たものの、ここは一度引くべきだ。

私はそう感じ、大きく深呼吸して心臓を落ち着かせる。そして、二宮の目を見てゆっくりと言った。

「そっか、本当にごめんなさい、あのときはどうすればいいか分からなくて、とっさに手が出てしまったの。いずれしっかりコッコさんと話し合うつもりです」

あくまで下手《したて》に、礼儀正しく。

意表を突かれた二宮が唖然としている。

私はそのまま安西さんのほうを向いた。

安西さんは、怯えた様子で私を見ている。

「安西さん」

彼女の名前を呼ぶと、いつもどおりビクッと身体を震わせた。

「この前はごめんなさい。二宮くんのことを悪く言って」

「あ、え」

「二宮くんと安西さんのことは、二人の問題だもんね。私が介入するべきじゃなかった。本当にごめんなさい。それだけ言いたかった」

そう言うと、安西さんの震えが止まった。泣きそうな顔をしていたのに、何かを感じ取ったように私を強く見つめている。

「じゃあ、私教室行くよ。二人に謝りたかったの。それだけ」

そう言って、私は踊り場に居る二人を避けて、三階の自分の教室へ続く階段を上る。

二宮は「なんだよあいつ」とつぶやきながらも私を追ってはこない。ひとまず良かった。

階段を上りきり、教室へ入るドアを開けようと手を掛けた、そのときだ。

「私のお金……」

風の音に吹き飛ばされてしまいそうなほど小さな声で、つぶやいた彼女の言葉を私は聞き逃さなかった。もちろん二宮も。

私は踊り場をもう一度見る。

安西さんはゆっくりと二宮に近づき、シャツの裾を摑んだ。

「あ?」

「わ、私のお金、か、返してください」

「はあ?　なんでよ」

「なんでって、お金がないなら、あ、アルバイトしてほしいです。わ、私別にいいよ。援交するの、怖くない。でも、こ、これは水原さんが言うとおり、二人の問題だから。わ、私だけ頑張るのはズルい。お金が欲しいのなら、に、二宮くんもお金を稼いで。アルバイトをして」

わずかな沈黙が流れ、蟬の声が支配する。

私の声が届いてくれたのか。安西さんはたどたどしいながらも、二宮に気持ちを告げた。

援交を命令されて、身体を傷つけられても、安西さんは二宮のことが好きなんだ。不思議だ。なんで人は傷つけられながらも、人を好きになれるんだ。

二宮が安西さんに笑いかける。

その様子に安西さんも小さく笑みを見せる。

直後、風船が破裂するような乾いた音が響いた。

安西さんが後ろに転ぶ。

「てめえから金を毟《むし》り取れねえと、俺が怒られるんだよ」

二宮が安西さんの顔を思いっきりビンタした。

安西さんは、ビンタされた左頬を撫でながら鼻血を出している。

「二宮、くん」

「俺のこと好きなんだろ？　じゃあ、金出せよ。そんぐらいの義務あんだろ」

「ぎ、義務？　やめて二宮くん」

「面倒臭えよ。なんで俺が。良い金づるがあんだから、そこから吸い取ったほうがいいだろうがよ」

二宮が安西さんにさらに迫る。

その光景を、私はまるで観客のように、映画館で映画を観るように見ていた。固まってしまった。恐怖で身体が動かない。アニメや漫画や、ドラマでしか見たことがない暴力を間近で見る恐怖。高画質の映画を観ているように、私は今、完全な部外者になっていた。二宮の足音が、ドシンドシンと大きく響いているかのような錯覚を起こした。自分の心臓の音が身体全体に鳴り響いている。

逃げたくなる衝動を振り払って、私はスクリーンの端に居る安西さんを見た。

彼女も私を見る。目にいっぱい涙を溜めて。彼女は明確に、助けを求めて私を見ている。

その瞬間、私は飛んでいた。飛んでいた？

疑問形になるのもおかしい話だけれど、身体が勝手に動いたのだ。非常階段の三階から勢い良くジャンプして、目の前のスクリーンを思いっきりぶっ壊した。とたんに勢い良く意識が現実に戻る。風の匂いが心地良い。今日はこんなに陽が強かったのか。夏が来たんだ。二宮を蹴り飛ばすまで、私は呑気にそんなことを考えた。

ガッッ。ジャンプしたままの勢いで二宮に飛び蹴りを加える。私はそのまま踊り場に倒れた。

二宮はというと、手すりにぶつかって強く頭を打っていた。

ヤバ！　死んだ⁉　焦りながら立ち上がって二宮に近づくと、血は出ておらず、浅く呼吸もしていた。良かった。死んでない。軽い脳震盪《のうしんとう》で気絶したみたいだ。

「お前、なんか、最低、だ。バーカ！」

興奮で息が途切れ途切れになりながら、とりあえずすごく言いたかった言葉を吐き捨てる。こいつは、このまま放っておいていいだろう。

私は安西さんのほうを見る。彼女は涙を流し、ビンタされた左頰は真っ赤になっていた。

私はスカートのポッケからハンカチを取り出して安西さんに近づき、彼女の涙を拭いた。

「み、水原さん……」

「安西さん、このまま聞いてほしいの」

涙を拭いて、私は安西さんの前にしゃがみ込んだまま、ゆっくりと一呼吸置いて言った。

「あの日初めて会ったとき、私が安西さんの話をちゃんと聞いていれば、安西さんは援交なんかしなくて済んだかもしれない。本当にごめんなさい」

そう言って、私は軽く彼女を抱き締める。今なら美希がなぜ、人に抱きつきたくなるか分かる。気持ちが高ぶると、愛を伝えたくなると、抱き締めたくなる。

「わ、私こそ、ごめんなさい。私、水原さんに、ひ、ひどいことを言って。自分から汚れて。私、二宮くんに、愛されてなかった。こ、これからどうすれば……」

抱き締められながら、安西さんは震えた声で言葉を紡《つむ》ぐ。

私は一度離れて、安西さんの肩を摑んだ。

「汚れてるなんて思わないで。汚れてない。独りで抱え込まないで。一緒に考えていこう？　大丈夫、二宮がまた安西さんを襲ってきたら、これがあるって言えばいいよ」

スマホを取り出して、さっき安西さんと二宮の様子を録画した動画を見せた。

「これは……」

「もう安西さんを二宮に傷つけさせない。行こう」

「か、帰るんですか？」

「帰るっていうか、二宮がまた起きて襲いかかる前に逃げよう。あ、ねえ、このまま終業式サボってゲーセン行かない？　大通りにある店」

「え、え？　今からですか？　が、学校サボったことないです」

「たまにはサボろ。ねえ、私たち、友達になろう」

私は立ち上がって彼女に手を差し伸べる。

安西さんは一度、倒れている二宮を見たが、しばらくして私の手を恐る恐る握った。

それを私は強く引っ張り、安西さんを立ち上がらせる。

私が笑顔を見せると、安西さんは自分の手で軽く涙を拭いて言った。

「よ、よろしくお願いします」

四章　少年

石田武命　七月二十六日　金曜日　十四時

誰か、助けて。助けてください。苦しいんです。もう、ここには居たくない。なんでこんなに辛くなるまで頑張ってるんでしょうか。誰か、助けてください。誰か。誰かって普通に言えたら楽なんだよな。でも相手を間違えると、逆に痛い目に遭う。弱さを曝《さら》け出すのはけっこう危険なことだ。見下されるか、操られるか、縁を切られるか。誰もが助けてくれるなんて、大間違いだからな。よく学んだよ、自分。はは、ははは。

カラカラカラと、自転車の車輪が回転する音がする。右手を擦り剝いてしまったようで、気温とはまた違う熱を感じた。転んだのが草原だったから良かったものの、アスファルトだったらもっとひどい怪我をしてしまったかもしれない。ああ、でもそのタイミングで死ねたらいいのにな。いや、自転車でスピードを出し過ぎてアスファルトの上で転んだくらいで、さすがに死ぬことはないか。

草木に囲まれるのは心地いい。息を大きく吸い込む。

終業式は午前中に終わった。おかげで、いつもは赤い空の中を帰るのに、こんなにも晴天の下で学校を出られるなんて。

目を瞑る。とたんに感覚が鋭くなる。草の匂い、蟬の声。ああ、どこかでカラスも鳴いてるな。頬に風が当たり、炎天下というのに涼しく感じた。

俺は一人だ。独りぼっちだ。

『家族の相談ばっかり、うるせえんだよ。いつもいつも、自分が一番悲しんでるって顔しやがって。俺だってな、いっぱいいっぱいなんだよ。お前だけが苦しんでると思ってんじゃねえ。しばらく話しかけないでくれ。面倒臭えよ、お前』

そう、親友の照史が言っていたのが月曜。その日は機嫌が悪かったみたいで、しつこく家族の不満を言っていた俺に苛立ったのか、照史は俺に強くそう言って、それから和解できないまま、明日から夏休みに突入する。

親友にも嫌われてしまった。だがバイトの人たちに心の相談なんてできない。家には帰りたくない。どうしようもない。どうしようも、ないよ。

でも生きなきゃならない。だって夏休みの間はアルバイトがある。夏休みが終われば学校が始まる。このままここでずっと眠っていたいけど、そういうわけにもいかないよなぁ。だって生きなきゃなんないんだから。

グッと身体を起こして立ち上がる。転んだときに石か何かにぶつかったみたいで、肩や腰、脇腹にもかすかに痛みを感じた。予想どおり、右手の平は擦り剝けて血が出ていた。

ボーッと血を眺めて、制服で血を拭く。ワイシャツはたちまち赤くなった。明日から夏休みだから別に大丈夫。洗えばいいさ。

立ち上がり、倒れた自転車も起こす。周りには人っ子一人通らない。そりゃそうか。

社会人はみんなこの時間帯は仕事だし、ここら辺で亀谷高校に通ってる奴は俺くらいしかいない。

あーあ、つまんない。せめて瑠花さんとかが同じ帰り道だったらな。照史ほど仲が良いわけじゃないけど、一緒に居て楽しいし。と、そこまで思考して、やっぱり自分が人に飢えてることに虚しさを感じて、考えるのをやめた。

自転車に乗り、誰も居ない田舎道を走る。走る。走る。

飢えてるのか。俺は、寂しいのか。いや、でもまだ、笑えるよ。まだちゃんとヘラヘラできる。愛想は、人とのコミュニケーションに大切なことだからな。笑顔は俺の取り柄だ。佐知子さんも、武命くんは笑顔が素敵ねって言ってくれたんだぜ。

そうだよ武命、忘れんな。笑え。いつでも笑え。じゃないと、自分が不幸ってこと、思い出しちまうぞ。

家のドアを開ける。

誰かの気配がする。前はゴミ女だったが、今日はきっとクズ野郎だろう。

〝ゴミ女〟とは俺の母親のこと。〝クズ野郎〟とは俺の兄・高貴《こうき》のこと。ちなみに父親は〝クソジジイ〟と呼んでる。

クズ野郎の気配はタバコの臭いで分かった。

ただいまも言わず、そのまま洗面所へ直行する。洗面所の引き戸を開け、すぐ左に設置してある洗濯機の蓋を開ける。よし、まだ何も入ってない。今のうちだ。転んで泥だらけの上、血を拭いてしまったワイシャツを脱ぎ、洗濯機へ入れた。

自分用の柔軟剤と洗剤を洗濯機の指定の場所に入れる。柔軟剤と洗剤は四人分別々にある。だからちょっとだけごった返してる。それぞれが好きな洗剤を使うのだ。全員まとめて洗濯などしない。

ゴゥンゴゥンという呑気な音を立てて洗濯機が回り、蟬の声より大きな音を立てる。家の中までかすかに聞こえるほど、今日は蟬がうるさい。田んぼが近いから、時々そこに棲みついているカエルも合唱に加わって眠れないほどだ。

このままシャワーも浴びてしまうか。身体中汗でベトベトだ。シャワーに入ろうと思い振り向く。左の方向へ視線を動かす。

そこに、死んでほしい人間その一、クズ野郎が居た。

スローモーション。顔面を殴られて星が飛ぶ。

「てめぇ、俺が使おうと思ってたんだよ。あ？　順番守れよ」

っつ……。順番って、この家に決まりなんてないだろう。ほぼ無法状態じゃないか。

鼻血は出てないし折れてもいないけど、鈍痛がしてしゃがみ込む。ああ、かすかに涙目になった。自分が情けない。

「ったく、俺の仕事着洗えねえだろ？　あ？　行く前にやろうと思ってたのによ。はは、ふざけんなよ、おい」

情けない。情けない。情けない。

最近、妙にクズはイラついてる。クズは外でも相当のワルらしく、しかも俺と同じ亀谷高校の出身というせいで、時々俺が先生に怯えられることがある。暴力的で、短気で、手に負えない。クズは子どもの頃からそうだった。

情けない。情けない。情けない。情けない。なんでこんな男に殴られて泣きそうになってるんだ。なんでこんな男が生きてるんだ。なんでこんなに俺は、苦しい思いをしなくちゃならないんだ。

「情けない……」

「あ？」

口から自然と声が出る。自分でも驚いた。初めてのことだ。いま自分は何をしようとしているのか、分かってるのか？　こいつに反抗するのか？　やめとけよ、痛い目みるぜ。今日もヘラヘラかわしときゃいいじゃんか。世渡りにはな、そういう逃げも必要なんだぜ。な、武命。

「順番なんかねえだろ、この家には。てめえのルール押しつけんじゃねえよ」

衝撃。熱い。

気温の暑さじゃない。さっき感じた手を擦り剝いた痛みともまた違う。

脇腹に強い圧迫感。クズは、うずくまった状態の俺の脇腹を思いっきり蹴った。

「ッガッ、あっ……」

息ができない。苦しい。ハァハァと息を吸い込むが、吸い込むたびに殴られた脇が圧迫され、上手く呼吸ができない。そのまま髪の毛を摑まれ、引っ張り上げられる。

そこには汚らしいクズの顔があった。

「誰に口答えしてんだ？　武命ちゃん。なあ、調子乗んなよ？　死にてえか？」

何も言わない。ていうか、息ができなくて何も言えない。もう死ぬかもな。はは、ウケる。初めて抵抗しちゃったよ。ドキドキが止まんねえ。俺、自分に恋しちゃったかも。

バカなことを考えながらクズを睨み、笑う。

そして再び圧迫感。今度は腹を殴られた。

本格的に苦しい。胃がグルグルと動く。なんだって不良は、ボディを好んで狙うんだ。この前観た不良の抗争を描いた映画もそんな感じだったな。

呑気なことを考えながら腹を押さえて下を向くと、上から汗臭い工場の仕事着が降ってきた。

「俺が帰ってくるまでに洗濯して干しとけ」

と、俺の衣服を洗っている最中の洗濯機を無理やり止めた。

何すんだよと言いたかったが、声が出なかった。だがそれが幸いだったのかもしれない。

クズは気が済んだのか、そのまま家を出ていった。

「ふっ……、ふっ……、う、ふっ」

呼吸を整えると、次に痛みが湧き上がった。それと同時にかすかな興奮。怒りだった。洗濯機の音が止まり蝉の声が耳に障る。ゆっくりと立ち上がり、工場の服を壁に叩きつけた。

「死ねばいいのに」

口に出して、やっと自分の気持ちが分かる。そうだ。死ねばいいのにな。俺以外、全部。

殴られた衝撃があとから込み上げてきて、少し吐いた。朝食べた菓子パンが胃から逆流して、気分が悪くなって水をしこたま飲んだ。洗面所の水を蛇口から直接飲んで、吐いて、飲んで、楽になったところで疲れてしまい、そのまま自分の部屋に行き布団に倒れ込む。そして、考えるのをやめた。

水原瑠花　七月二十六日　金曜日　二十一時

『パパ、突然ごめんなさい。今日話したいことがあるの。夜遅くになってもいい。起きて待ってる。事情があって、内鍵も閉めてるから、帰ってきたらインターホン鳴らして。愛してる』

パパにそうラインをしてすでに四時間が経過していた。いつも食事をするテーブルに座ってぐったりと項垂《うなだ》れる。パパは仕事中忙しいから、基本的にラインを返さない。既読は付いたから見てはくれたと思うけど、今日は少し気が気じゃなかった。

リビングの壁に掛けてある時計はすでに二十一時を指している。もうすぐパパが帰ってくる。仕事が大変なのに申し訳ないなと思いながら、机に突っ伏して時間を潰した。

ブブッとスマホが振動する。私はそれに過剰に反応する。もう一度スマホが振動する。継続的に。電話だ。安西さんからだった。

「もしもし」

『あ、えっと、も、もしもし、安西、です』

「どうしたの？」

『えっと、今日のこと、ちゃんと感謝の気持ちを伝えたくて。あ、ありがとうございました』

「そんな、いいんだよ。安西さんが心を開いてくれたみたいで、良かった」

『ええ、ありがとうございます。あの、水原さん。私今になって援交したことすごく後悔してきて、なんであんなこと平気でできたんだろうってずっと怖くて。私本当最低ですよね。自分の身体をもっと大事にしなくちゃって、本当に悔しくて……』

「そうだね。確かに軽率《けいそつ》だった。援交も立派な犯罪だから、いけないことだよ」

『そうですよね。す、すみません』

「でも、私も一緒」

『え？』

「私も、いろんな男の人と身体の関係になったし、いろいろ火遊びしたし。未成年ってことを偽って、年上の男の人と会ったりしてたの。私のほうが最低だよ。だから仲間」

『そうだったん、ですか……。後悔してますか？』

「後悔……してるよ。ほんの少し前まではこのままでいいと思ってた。自分も満たされるし、相手も楽しんでるしいいかなって。でも最近になってやっと気づいたの。単純に弄ばれてただけだって」

『弄ばれた……』

「いま思えば、そもそも乱暴な人が多かったよ。未成年だって打ち明けたときは特にそう。何人かは怖気づいて、何人かは獣のような目で……」

『抵抗、しなかったんですか？』

「しなかったよ。できなかったんじゃなくて、しなかった。だってそのときは、寂しかったんだもん」

『寂しい？　み、水原さんは、寂しいから、えっと、そういうことをしてたんですか？』

「そう。私、父子家庭だからさ、あんまり親に甘えられなくて。でも友達にも寂しいって言うの、なんだか恥ずかしくて、ずっと溜め込んでたら、いつの間にか出会い系に走ってた。手軽に後腐れなく、いろんな人と会えるから」

『そ、そうだったんですか』

「言い訳にはならないって、今はもう自覚してるよ。それでね、安西さん。私、警察に行こうかと思う」

『そう、ですか……。やっぱり行くんですか』

「うん。ほら、帰り道で言ったと思うけど、私コッコっていう奴に絡まれて、ナイフで刺しちゃったんだ。あいつは最低な奴だけど、刺すのはいけないよね。あと、ポルノサイトに動画を投稿されたわけだし。その動画の説明文に、学校の名前まで載せられてた。だから、なんていうか、反省の意味を込めて、打ち明けようかなって思う」

『自首、ですか』

「うん。ナイフで刺しましたって自首すればさ、その流れでコッコのことやポルノサイトに動画が投稿されたことを相談できるしね。それで、安西さんに訊いておきたかったことがあるの。二宮のこと、どうする？　あいつがしたことって、ネットで調べた知識だけど、売春を強要したことになるから、警察に言えば捕まえてくれると思う。だけど、安西さんが援交したこと、いろんな人にバレる。家族にも、学校にも。もし安西さんがそれは嫌なら、私から警察にそのことは話さない」

『い、いや。話してください』

「本当？　いいの？　大事《おおごと》になるかもしれないよ？」

『いいんです。だって、私がしたことですから。み、水原さんが進もうとしてるなら、私も進みたい。それに――』

「それに？」

『せ、せっかくできた友達が困るようなことしたくない。自分のことも大事ですけど、だけど、今は水原さんも同じくらい大事』

「そう、分かった。ありがとう」

『いつ言うんですか？　私も一緒に行きますか？』

「実はこのあとパパに打ち明けるつもりなの。その、いま起きてること全部。コッコのこととか、今まで男の人と関係を持ってきたこととか。それでメチャクチャ怒られてから、警察に行こうと思う。だから、最初はパパと行くことになるかな」

『そ、そうですか……。ご家族に打ち明けるんですね』

「うん、だからそのときいろいろ話して、そこで安西さんの話もしていい？　そしたら、きっと安西さんと一緒にまた警察に行くことになると思うけど」

『わ、分かりました。じゃあ、明日は家で待ってます』

「うん、お願いね。パパと警察に行ったら、連絡するよ……。あ、待って、安西さん、もう一つ訊きたいことがあるの」

『なんですか？』

「二宮のこと、好きだったの？」

『……好きだったと思います。お金をせびられたけれど、私は二宮くんのこと好きでした。だって誰も話しかけてくれないのに、二宮くんだけが話しかけてくれた。最初からカモだったのかもしれないけど、それでも、とっても嬉しかったんです』

「そっか……」

『お金がなくなって、援交しろって言われたときはびっくりして、それからはもう考えないようにしてました。断ったら、二宮くんと離れてまた独りぼっちになっちゃうって感じて。本当は分かっていたけど、これはダメなことだって気づかないように、無理やり考えないようにしてました。今も正直心のどこかでは好きかもしれません。グチャグチャです』

「……優しいんだね」

『いえそんな、はっきりしないだけです』

「これから一緒に乗り越えていこう。二宮のことも、あとは、身体を売っちゃったことも」

『わ、分かりました。ありがとうございます』

そうして電話は切れた。

考えないように、か。私もそうだ。安西さんと同じように、考えないようにして、今まで逃げてきたんだ。パパに甘えたら嫌われそうで。美希に打ち明けたら嫌われそうで。嫌われたくなくて、今の状況を深く考えないようにしていた。その結果がこれだ。

一晩限りの夜遊びを繰り返し、挙げ句の果てにはネットに動画を投稿されて。それしか心の平穏を保つ方法が思いつかなかったとはいえ、もっと他の方法があったはずだ。きっと、自虐の気持ちもあった。自虐。自分の心に向き合おうとせず、ただひたすらに自分を責めた。心を満たすとともに、自分のことも責めていた。中学の卒業式の日。心が壊れたとき。死んでしまいたくなって、全てがどうでもよくなった自分が確かにいたはずだ。死んでもいい。そう思っていた。

しばらくして、またもやスマホが振動した。取り出して画面を見ると千尋さんからのライン通知だった。

『ポルノサイトの管理者にメールを送っておいた。これで動画は削除される。返事が来たらまた教えるよ』

良かった。

昨日、千尋さんの車の中で、私はいま抱えている状況について一つずつ打ち明けた。千尋さんに、私の性行為の動画が投稿されているのを打ち明けたのは、相談に乗ってもらうためだけではない。僕が一生君を大事にするよ、なんて言葉を言ってくれる人に対して、隠し事をするのは失礼だと思ったからだ。

千尋さんは少し驚いた顔を見せたけど、私が困っていることを話すと、快く相談に乗ってくれた。

ゲームセンターで、コッコという本名を知らない男に襲われかけたこと。その取り巻きに同じ学校の奴が居たこと。コッコがまたいつ乱暴してくるか分からないこと。

千尋さんは黙って、時々怒りで震えながら聞いてくれた。聞き終えたあとで千尋さんは一言つぶやいた。

『僕に何ができる？』

私は一つだけ、やり方が分からないポルノサイトの動画の削除を、千尋さんにお願いすることにした。今回の一連の騒動は、私の自業自得で起きたことだ。千尋さんに多くを望むのは、それこそ卑怯というものだ。

私は私と向き合わなければいけない。その一方で、千尋さんの存在は少しずつ大きくなっている。

そう考えたそのときだ。

ピンポーン。

チャイムの音で反射的に目を開く。心臓が大きく脈打った。

やっと帰ってきた。これから怒られるんだろうな。そう思う反面ちょっと嬉しく感じた。ようやくパパに自分の気持ちをしっかり言える。全て打ち明けよう。ゆっくりでい い。突然のことで驚いてしまうかもしれない。だけど乗り越えていきたい。私自身がやらなきゃいけないことと戦いたい。大丈夫、怖くない。今まで隠してた自分の気持ちをしっかり話そう。

スマホを置いたままリビングテーブルから立ち上がり、玄関へ向かう。私は何も気にせず、玄関のドアを開けた。

そして、吹っ飛んだ。

油断した。ドアスコープから一度覗いておくべきだった。脳天が揺れて視界がグラつく。身体が吹っ飛んでそのまま廊下に倒れた。ドアがガチャリと閉まり、朦朧《もうろう》としながら身体を起こして玄関を見ると、そこにはコッコが立っていた。

「よお」

ヤバい。身体中が危険を感じて、一瞬で強張り動けなくなる。頰が痛い。耳がキーンとする。唇が切れて血が出ていた。ヤバいヤバいヤバいヤバいヤバいヤバいヤバい。まさか本当に家に来るなんて。

「どーも、いるかちゃん。はは。会いたかったぞ」

胸ぐらを摑まれ、今度は左側の頰をビンタされる。そして、右側、左側、右側。痛い。声が出ない。恐怖のあまり身体が言うことを聞かない。

「いやー探したぜまったく。亀谷高校をずっと見張ってたけどさー。お前全然見つからねーじゃん。諦めようかと思ったけど、昨日？　一昨日？　たまたま私服姿でボウリング場辺りに居るの見かけちゃってさー。マジラッキー。はは、はは。来ちゃった」

ヤニで黄色くなった歯を見せて汚らしく笑う。

「家の奴が居たらヤバいなーって思ってしばらく家の近く見張ってたけど。そういやお前初めて会ったとき、かーちゃん死んでるし、とーちゃん帰り遅くていつも構ってくれないって泣きながら教えてくれたの思い出してさ。じゃあ、レッツゴーって思って。懐かしーはは。はーっは！」

コッコの笑い声が大きくなる。

私は何度もビンタされて、さっきから耳がキーンと鳴りっぱなしで、コッコがいったい何を言っているのか、上手く聞き取れなかった。

最悪の展開だ。パパと話す緊張で、ドアスコープから外を確認するのを怠《おこた》った。エントランスも鍵がないと入れないが、他の住人のあとに続けば簡単だ。もっとしっかり考えるべきだった。完全に油断した。こんな初歩的な対策を忘れるなんてバカだ。

コッコは突然、私のズボンを引っ張り始めた。ビリッという音が鳴る。乱暴にしたことで繊維が裂《さ》けたのだろう。下着姿になり、そのまま下着も脱がそうとする。

「嫌っ」

手で抵抗しようとしたが簡単に払いのけられた。そのまま無残に自分の性器が露《あら》わになる。

「やっぱこれがイッチバン興奮するよなー。はは、いるかちゃん。太腿刺されたお礼してあげる。あんなとこ抜き差しするなんて、いるかちゃん大胆だな。はは。俺もいるかちゃんの深いとこ、抜き差ししてやっから」

そう言って、コッコはダサいジャージとパンツを脱いだ。太腿の合間から、汚らしいコッコの性器が覗く。

気持ち悪い。犯される。獣。

そう感じた。コッコの目は吊り上がり、髪の毛はツンツンに撥ね、わずかによだれを垂らし、呼吸も荒い。喰《く》われる。喰い殺される。

堪《こら》えていた涙がドバッと溢れ、過呼吸気味に声が出た。

「やめて、やめてください」

「あ？　なんで？　はは、いるかちゃん俺のこと好きっしょ？　好きだから俺の太腿、犯してくれたんでしょ？　だったら俺もお返ししなきゃさ。申し訳ないっすよ」

「ごめんなさい。ごめんなさい」

「謝るなって、はは。俺たち今から愛し合うんだから。泣かないでさー、もっと楽しもうよ。ははー」

ダメだ。止まる気配がない。コッコの性器が自分の性器に当たる感触がする。無理やり押し付けこじ開けようとされて、痛みを感じる。気色悪い、気色悪い！　気色悪い！　嫌！　怖い！

それでも声が出ない。神様、助けて。お願い。私が悪かったです。もう、こんなことしません。家事もしっかりサボらないでやります。嫌な顔もしません。助けて、助けて。聡明さん。佐知子さん。武命くん。美希。安西さん。千尋さん。パパ、助けて。

そう願ったときだ。ガチャリと玄関のドアが開いた。

コッコの手が止まり、私は現れた人物と目が合う。コッコはゆっくりと後ろを振り向いた。一瞬、沈黙が流れる。

いち早く状況を把握した私は、掠れた声で小さく言った。

「助けて……」

その瞬間、帰ってきたパパは勢い良く、持っていた仕事用鞄を振り、まさに野球のバットのようにコッコの脇腹を殴打《おうだ》した。

コッコは鈍い呻《うめ》き声を上げながら横に倒れる。すかさずパパは私を抱き上げ、距離を取った。

「パ、パパ！」

素早く抱き上げられて、私はパパの表情が見えなかった。

パパはそのまま私をリビング近くに下ろして、すぐにコッコの下に戻り勢い良く蹴った。

「おあうぉえ……」

一発、二発、三発。顔、腹、脚を、何度も何度も蹴り上げる。コッコはダンゴムシのように丸まって頭を押さえるが、それでも構わずパパは蹴り続けた。とたんにコッコが憐れに思えてくる。

「や、やめて、パパ！」

やり過ぎに思えてパパに声を掛けると、ハッとした顔で動きを止めた。そこでようやくパパの顔が見える。その表情は怒りに満ちていた。

私は落ち着いて、ひとまず脱がされた下着とズボンを、引っかかっていた足から穿《は》き直す。

「う、うう……」

コッコは呻き声を上げていた。鼻や口から血を出している。だけど意識はあるようだ。

「瑠花、美希ちゃんの家に行ってなさい。こいつに事情を訊くから」

パパは呻く彼の姿を見下ろしたまま、静かに、そしてゆっくりといつもの口調で言った。

「で、でも、パパ……」

「大丈夫、話し合うだけだ。僕は大丈夫」

今度はかすかにこっちを向いた。微笑んでいる。だけど目は笑っていない。さっさと行け。そう言われている気がして私は何も言えない。

私はただ黙って、リビングのテーブルに置いていたスマホと財布を取ると、コッコとパパを避けて玄関へ走った。

水原瑠花　七月二十六日　金曜日　二十二時

コッコに襲われた。その事実を受け入れられず、何も考えないようにひたすら走った。

それでも、直前の光景が蘇ってくる。まさか、まさかとは思ってはいたけれど、本当に行動に移すとは思わなかった。あの汚らしい顔が脳裏に焼き付いて離れない。

「あれ？　瑠花！　こんな遅くにどったの？」

「美希！」

美希の家に強引に上がり込み、そのまま美希を抱き締める。お風呂上がりだったのか、美希の身体からはシャンプーの良い匂いがした。

「うぉ、っと、え、ちょっと瑠花……」

「お願い。しばらく私をここに置いて。お願い！」

美希から離れて、私は真剣な眼差しで言う。

美希は私の表情を見て「分かった」と言い、今度は彼女のほうから私を抱き締めてくれた。

「瑠花、大丈夫？」

美希は私をリビングに招き入れ、冷たい麦茶を出してくれた。

「どしたの？　話せる？」

美希は私の背中を擦りながら優しく問いかける。

美希にはもう、これ以上黙ってはいられない。私は麦茶を一気に飲み、深呼吸をした。

「美希、あのね……」

ところが話をしようと思ったとき、突然美希の家の電話が鳴りだした。

私は条件反射で電気が走ったようにビクつき、身体が固まる。

美希は「ちょっと待ってね」と言い受話器を取る。何度かうなずき、私のほうを見た。

「瑠花、お父さんだよ」

「パパ⁉」

私は急いで美希から受話器を受け取り、耳に当てた。

『瑠花、大丈夫かい？』

「パパ！　私は大丈夫。パパは⁉」

『落ち着いて、大丈夫だよ』

いつもの調子の、穏やかな口調のパパだ。美希と顔を見合わせ、お互いうなずく。

「パパ、どうなったの？」

『彼には、金輪際《こんりんざい》、瑠花に近づかないようにお願いしたよ。次に会ったら警察に通報するとも言っておいた』

「あいつは、なんて言ってた？」

『娘さんに乱暴をしてすまない、二度と会わないと誓うと言って、家を出たよ』

良かったと思う反面、大丈夫だろうかと不安になった。家を特定してまでやって来るような奴だ。その場しのぎで言っただけじゃないのか。あんなにボコボコにされて、復讐に来るんじゃないか？　現に今回も、私が太腿にナイフを刺したからその復讐に来たんだ。可能性はいくらでもある。パパのことを信用しないわけではないけど、全て解決したとは思えない。

「パパ、大丈夫？　警察呼ぼうと思ってたの」

『大丈夫だよ。その必要はない。かなり念を押してお願いしたからね』

「け、喧嘩してないよね？」

『ん、ちょっとだけ争ってしまったから、少し家の中が荒れてしまって……、掃除しなくちゃいけないかな』

「嘘でしょ？　お皿とか割ったの？　怪我してない？」

『ああ。だから少し家の中を掃除してから美希ちゃんの家に迎えにいくよ』

一度美希のほうを向いて受話器を離し、送話口を手で押さえた。

「ど、どうすればいいかな」

「少し、様子を見てみる？」

電話に入らないよう、小声で美希は言う。私は小さくうなずいた。

「パパ、ごめん、ごめんなさい」

『ああ、いいんだよ。怖がらせてしまったね。じゃあ家の中を片付けたら迎えにいくよ』

「え、あ、わ、分かった」

『そこで待ってるんだよ。愛してる』

そして、私の返事を待たずに電話は切れた。　私はゆっくりと受話器を置く。

「瑠花。大丈夫なの？」

「どうだろう。今は安心だと思うけど……」

美希とソファに戻る。美希は、飲み干した私のコップにもう一度麦茶を注いでくれた。

「ありがとう」

美希が麦茶を冷蔵庫に仕舞い、溜息をついて椅子に座る。

「落ち着いたし、一から説明してくれる？」

「うん、分かった。その、美希、全部話す代わりに、友達やめないで」

「やめるわけないでしょ」

美希は落ち着いた口調でそう言った。

私は、今まで起きたことを話す。中学校の卒業式の日から、今日までのことを。

時刻は二十四時を回っていた。美希の家の前に車が停まる。その数秒後にインターホンが鳴る。そこまで遠い距離じゃないのに、わざわざ車で来るなんて。よっぽど心配してくれたんだろう。

私と美希が家を出ようとすると、奥から美希のお母さんがやって来た。

「誰か来たのかしら？」

「ああ、瑠花のお父さんが迎えにきたの。ちょっと外に出てくる」

「あら、ご挨拶しておきましょうか？」

「待って、お母さん。今日は、今日はダメ。私だけにして」

美希が強くお母さんを制す。

お母さんは驚いていたけど何も言わず、私と美希が使ったリビングのコップとお菓子を片付けてくれた。

私は玄関に行き、美希が後ろをついてくる。背中を押されて玄関を出るとパパが居た。

「パパ」

「ああ、心配掛けたね。おいで」

スーツから着替えて、私服姿で少しやつれた表情のパパがそこに居た。

私は勢い良くパパの胸に飛び込む。

「おっと」

パパは少しよろけながらも、しっかりと私を受け止めてくれた。パパの匂い。ああ、久しぶりにパパに抱き締めてもらった気がする。パパはゆっくりと私の髪を撫でた。

「直人《なおひと》さん」

「ああ、美希ちゃん。すまなかったね」

パパから離れ、振り向いて美希のほうを見ると、美希はパパを睨んでいた。ひどく敵対視するかのように。

「美希……」

美希は前々から、私のパパのことがあまり好きじゃない。私がパパのために家事に追われているのを良く思っていないのだ。だから『おじさん』とかじゃなく『直人さん』と呼ぶ。

もしかしたら、何かひどいことを言うのではないのだろうかと身構えていると、美希は突然深く頭を下げた。

「直人さん、どうか瑠花を責めないでください。瑠花は何も悪くないんです。だからどうか、瑠花をこれ以上責めないで。お願いします」

美希は、泣いていた。初めて見る美希の涙だった。

私はすかさずパパから離れて、美希のほうに駆け寄る。

「美希、ごめん。今まで言えなくて、本当にごめん」

「いいの、こっちこそごめん。直人さん、瑠花をよろしくお願いします」

美希がそう言うと、パパは微笑んだ。

「ありがとう。さあ、行こう瑠花」

「あ、う、うん……。ありがとう、美希。またすぐに連絡する」

あまりに穏やかなパパの態度に少し違和感を覚えながらも、私は車に乗り込んだ。

外まで出てきてくれた美希は、車が遠くなるまでずっと頭を下げていた。

彼女は私のことを嫌うことなく、最後まで話を聞いてくれた。それどころか、私の心の悩みに気づけなかったことを謝ってきた。

私は本当にバカだ。心が空っぽな状態を夜遊びをして埋めようとした。そんな自分の思考回路をそもそもおかしいと思わなかった。自分を傷物にして、心を満たすことを最優先にしたのだ。自分の限界にすら気づけなかったせいで、こんな事件に発展してしまった。それなのに、美希は私を責めることをしなかった。

美希の家を出て、車で自宅に向かう。

パパの運転する車に乗るのは小学生以来だ。かすかにタバコの臭いがすることに気づき、車の灰皿を見るとタバコの吸い殻があった。よく観察すると、バックミラーには猫のキーホルダーが掛けてある。猫が好きだなんて知らなかった。タバコを吸うなんて知らなかった。私、パパのことなんも知らないなあ。パパのこと愛してるとか言って、心のどこかではパパのことを避けてたのかもしれない。

「パパ」

一言そうつぶやくと、パパは暗い夜道を運転しながら左手で私の頭を撫でた。

私はその手に右手を重ね、摑んで頰に当てる。

「本当にごめんなさい。パパ」

「いいんだよ。何も心配しないで」

車が赤信号で停まる。

夜の二十四時を回っているせいか、周りにはさすがに車も人も見かけない。私たちだけだ。沈黙の中、パパと二人きり。

これでもう、確実にパパに話さなきゃいけなくなった。もうすでに夜中だ。明日話してもいいけど、そうやって問題を先延ばしにしても意味はない。

今までのことを話そうと、私はパパのほうに身体を向ける。

「パパ、私――」

「いいんだよ、瑠花」

話を始めようとした瞬間、それに覆い被せるようにパパは早口で言った。

「何も話さなくて」

「え？」

何も話さなくて？　こんな状況になったら、普通事情を訊いてくるものでしょう？

私のことが気にならないの？

何を言えばいいか分からないままパパを見つめていると、パパはそのまま話を続けた。

「大丈夫、何も話さなくていい。何も言わなくていいよ。何も心配しなくていい。僕がいつだってなんとかしてあげるよ」

そう言って、パパは私に笑いかけた。

だけど私は笑えなかった。

なんとかしてくれる。何も心配しなくていい。何も話さなくていい。何も言わなくていい。パパはいつだって、自分独りで背負い込んで、私を部外者のように扱うのね。家事のことだってそう。勝手にお手伝いさんを雇うなんて言い出して。私の本当の気持ちを知らないくせに。

「……何を？」

うつむいたままとっさに口から出た。

パパは小さく「え？」と返してくる。

私は下を向いたまま、身体が、肌が、頭が、冷たくなるのを感じる。怒りで、むしろ思考が冷静になっていた。

「何を、なんとかしてくれるの？　私の、何を、どうなんとかしてくれるの？」

パパは、何も言わない。その代わり、私の頰から手をゆっくりと離した。私は頭を上げてパパを見据える。パパは何も言わない。

エンジン音と冷房の音だけがこの空間を支配する。その間にも沸々と怒りが湧き上がった。

なんでよ。なんで私の話を聞いてくれないの？　私が何を思って、何を悩んで、何を抱えているのか、知らないでしょ？　ねえ、分かってる？　家に男が押し入ってきたんだよ？　レイプされそうになったんだよ？　それなのに、何も訊かないの？　あり得ない、あり得ないでしょ。心配してよ。私の話を聞いてよ。私を責めてよ。叱ってよ。良い子じゃないよ。

「パパ、いつもそうだよね。愛してるから、私のためだからって。ねえ、じゃあ、いったいパパは私の何を知ってるの？」

「瑠花、どうしたんだい？」

「私が何をしてほしいか、分かってる？　私が何をしてきたか、分かってる？」

私は怒りに任せて、パパの胸ぐらを強引に引っ張り、顔を近づける。そのまま、無理やりパパの唇にキスをした。

タバコの臭い。やっぱりタバコを吸ってた。家では一度も吸ったことないのに。私に隠してた？　嫌われると思った？　腹立たしい。パパがタバコを吸ってるくらいで私が嫌うものか。

三秒くらいのキスをして、そのまま無理やり舌を入れたとき、パパに制された。

「何をするんだ」

真剣な顔をして、パパは私を優しく押しのける。声を荒らげることもなく。

だけど私は反省しなかった。悲しい気持ちが芽生える。泣き疲れて今さら涙は出なかった。

「愛してるって言葉だけで解決するわけないでしょ。愛してるなら、私と話してよ。ねえ！　仕事ばっかしないで。授業参観にも、卒業式にも来てくれなかったくせに。何が愛してるよ！」

本当はそんなことが言いたいわけじゃないのに。止まらない。今まで溜め込んできたものが、止まらない。

「パパ。私ね、夜遊びしてるの。出会い系サイトで、いろんな男の人と時々セックスしてるの。分かる？　セックスだよ！　パパがいつも見てくれないから！　パパが私のこと抱き締めてくれないから！　他の人に満たしてもらってるの！　ねえ、最低でしょ！　愛してるって言葉だけじゃ、足りないよ！」

パパはさっきと同じく硬い表情のまま、何も言わない。パパの首元を強く握り過ぎて、シャツが皺くちゃになった。

長い、長い沈黙が流れ、いつの間にか信号は青になっていた。

パパは冷や汗を流し、ただ静かに私を見ている。

何も言わないパパにまた腹が立って、私は強引に車から降りた。

石田武命　七月二十七日　土曜日　七時三十分

何年後か分からない、廃墟と化した町。

黒い靄《もや》を纏《まと》った無数の何かに追われている。裸足だとガラスの破片や石が足に刺さり、血が流れ出る。

だけど構わず走った。息が切れ、目は霞《かす》み、それでも逃げ続けた。

しかしとうとう行き止まりだ。瓦礫《がれき》の山が壁となり、もうどこにも進めなかった。

後ろを振り返る。黒い靄の塊たちはジリジリとこちらへ向かってくる。恐怖で過呼吸になり意識がぼやける。

目を凝らすと、黒い靄の塊たちははっきりとした物に変わった。一部の靄はクズ野郎の顔になり、一部の靄はクソジジイの顔になり、一部の靄はゴミ女の顔になる。自分の家族の顔が無数に湧き出る。

もうダメだ。俺はここで死ぬんだ。独り寂しく、誰も、誰も助けてくれないまま。そう思うと過呼吸は止まった。諦めの境地に達したのだ。目を瞑り、あとは死を待つ。しかしいくら待っても死は訪れない。痛みもなかった。五秒、十秒、二十秒、三十秒待ったあたりで、ようやく目を開ける。

そこには神様が居た。白い衣《ころも》で覆われ、腕を一振りすると衝撃波が生まれ、辺りの黒い靄は一瞬で吹っ飛んだ。その黒い靄は、飛んでいる最中に実体化して肉片へと変わる。すごい、すごいぞ、すごいぞ神様。高揚感に満たされて思わず叫ぶと、神様はこちらに振り向く。

逆光で、神様の顔はよく見えなかった。

蝉の声がする。いま何時だ。

身体中から汗が滲み出てベトベトだった。うつ伏せで首が痛い。寝転んだまま壁に掛けてある時計を見ると、朝の七時半を指していた。

七時半？　嘘だろ？　昨日布団に倒れ込んだのが、だいたい十四時頃だった気がする。

まさか十七時間以上も寝ていたのか？　道理であり得ないほど喉が渇いているはずだ。渇き過ぎて痰《たん》が絡まって軽く咳をした。

目を瞑って考える。確か今日はアルバイトが十時から十八時まで入っていたはずだ。シャワー、準備は一時間程度で済むけど、その前にシャワーと、何か腹に入れなければ。

そういえば昨日浴びてないな。

と、そこまで考えて思い出した。ヤバい！　あいつの服！

昨日は抵抗したものの、やはり怒られるという心配のほうが先に出た。確かあいつの服は廊下の壁に叩きつけたままだ。

ところが洗面所に向かうために部屋を出ようとしたとき、違和感に気づいた。いびきが聞こえない。おかしい。いつもなら、隣の部屋のクズのいびきがこっちの部屋まで響いてくるのに。あいつの仕事は十二時からだから、この時間はまだ寝てるはずだ。

恐る恐る部屋を出て、ゆっくり隣の部屋の前に行きドアに耳を当てる。気配がしない。何も考えずドアノブに手を掛ける。蝶番《ちょうつがい》がかすかに軋《きし》んでドアが開く。瞬間、ムアッとした熱を感じる。エアコンが点いていない？

部屋に入る。汚い部屋だ。ヤニで壁が黄色くなっていて、ビールの空き缶やタバコの箱がそこら中に転がっている。吸い殻もそのままだ。火事になったらどうするんだ。

布団を見ると、そこにクズは居なかった。

初めてのことだ。いや、休日にどこかの家に泊まることはあるけど、あいつの休みは月曜日と火曜日だったはず。それ以外の日は、不良のくせに律儀《りちぎ》に家に帰ってくるのだ。一緒に暮らしていればそれなりに生活のリズムは分かる。

だから月曜日の夜と火曜日の朝は、あいつが居なくて素晴らしく充実した時間を過ごせる。

それ以外の日は地獄のようだ。目が合えば睨まれ、何か気に入らないことがあれば殴られる日々だ。

まさか自分が眠り過ぎて、今が火曜日の朝ということはあるまい。珍しいこともあるものだ。

まあいい。こんな汚い部屋一秒も居たくない。

できるだけ物を動かさないよう、そっと歩いて部屋を出た。

服を着替えてリビングに行くと、クソジジイと目が合った。俺の父親で、別名クソジジイ。正確には目が合ったような気がした。クソジジイは新聞を読んでいて、俺の気配にかすかに新聞が動いたような気がしたからだ。

自分のキャリアと世間体しか気にしない、外面《そとづら》だけいい俺の親父。死んでほしい人間その二だ。

いつも俺はこいつの言いなりだ。なぜか反抗できない。だけどこいつは俺に期待していない。中学生のときまでは過度な教育を押しつけてきたけど、どんどん成績が落ちてきて俺の頭が良くないことを知ってから〝失敗作〟と称して俺への興味を失ったらしい。だが、兄のようなクズ人間にさせぬよう、今でも圧迫するように口うるさく言ってくる。

キッチンでは、俺の母親であるゴミ女が食器を洗っていた。きっと昨日の分だろう。

俺は無言でキッチンまで行き冷蔵庫を開ける。

「夏休みはどう過ごすんだ？」

クソジジイの声が聞こえた。

振り向いたが、奴は新聞から目を上げようともしない。俺に訊いてきたんだろう。まさか新聞に話しかけてるわけじゃないはずだ。

「……参考書を買って、アルバイトの合間に図書館で勉強する」

そんな気はさらさらない。穏便に済ませるためにはこの返答が一番だ。

「そうだな。勉強しろ。もう高校二年の夏休みだ。大学に入るにしろなんにしろ、将来に備えて勉強に力を入れるべきだ」

クソジジイはずいぶん熱心な言葉を並べているが、まったくこちらの目を見る気配はない。

いま俺がどんな目で、どんな憎しみを込めてお前を見ているか、知らないだろう。お前は自分のことしか興味ないいんだからな。

そう心でつぶやき、冷蔵庫の中の作り置きの食事を避けて、一番奥にある自分の名前が書かれた菓子パンを手に取る。菓子パンを持って部屋に戻ろうとすると、再びクソジジイに声を掛けられた。

「なんだそれは？」

今度は新聞から目を離してこっちを向いている。こっちというか、俺が持ってる菓子パン。

「部屋で勉強しながら食べようと」

「何を言っている。安奈《あんな》が作った料理があるだろう。そんな物いつ買った。朝から健康を考えて作らせてるんだ。それを食え」

凄みを利かせて睨まれる。

しばし沈黙したあと、黙ってキッチンに戻り菓子パンをゴミ箱に捨てた。

その間ゴミ女は何も言わない。ただただ無言で、洗い終わった食器を乾いた布巾《ふきん》で拭いていた。

チッ、こいつらが居ないとき用にするべきだった。しょうがなく作り置きの食事を取り出す。スクランブルエッグ、ソーセージ、ブロッコリー。自家製ヨーグルトまで。

「温める？」

冷蔵庫を閉めると、すぐ傍にゴミ女が立っていた。

一瞬驚いたが、すぐに持ち直し、「別にいい」とつぶやく。そしてそのままクソジジイの反対側に座る。

ゴミ女はご飯を少量盛り、味噌汁をよそって俺の下へ置き、静かな声で「どうぞ」と言った。

「いただきます」

一応そう口に出す。食事に感謝なんてない。言わないと怒られるからだ。

食べてしばらくして、クソジジイは仕事へ向かう。ゴミ女は奴隷のように、クソジジイの仕事用鞄を持って玄関まで送る。

俺は独りで、用意された立派な食事を詰め込んだ。

食事を終えて、食器を重ねてキッチンに置く。

それを薄暗い表情をしたゴミ女が無言で洗い始める。

俺は口の中にソーセージが残ったままトイレに向かい、勢い良く喉に指を突っ込んだ。

反射的に胃が唸る。腹の筋肉が収縮して悲鳴を上げる。もう一度、指を喉の奥に差し込む。

出てきた。米、卵、ブロッコリー、さっき食べた食材全て。もう一度差し込む。胃の中から出てくる吐瀉物《としゃぶつ》は、出口を求めて鼻からも噴き出た。何度も吐いて、吐いて、ようやく何も出てこなくなって水を流す。

そのまま洗面所に向かい、手を洗って口を濯《すす》いだ。生き返る。この蛇口の水だけが、唯一この家で穢《けが》されていないものだと感じる。

死んでほしい人間その三。ゴミ女。

あいつは時々クソジジイが見ていないのをいいことに、俺の食事にゴミを混ぜてくる。

高貴には反撃されるから、俺の食事だけ。

だから高校生になりアルバイトで自分で使える金が入ってきてからは、どんなに見た目も味も良さそうな食事を出されても、極力食わないか、クソジジイの手前食っておいて、後々こうしてトイレで吐き出すことにしていた。

飯にゴミを混ぜる女。だからゴミ女。

それに加えて、クソジジイの部下を本人が居ない時間に家に招き入れ、堂々とリビングのソファで性行為をしているところを目撃したこともある。

まさにゴミ。人間のゴミ。

浮気してる女のメシなんか、食えるかよ。それに気づいてないクソジジイも、呑気に仕事なんか行っててんじゃねえよ。

この家に、愛なんてない。俺に向けられた愛は、どこにもない。

東千尋　七月二十七日　土曜日　九時

右腕が痛い。痛いというか圧迫感。

目を開けると、瑠花の頭が僕の右腕に載っていた。空いている左手で目を擦《こす》る。彼女の髪の匂いをかぎ、左腕で彼女の頭にそっと触れる。圧迫されている右腕が辛くて位置をずらす。

それで目が覚めたのか、瑠花が唸った。

「ごめん」

その一言で、瑠花は目の周りに皺ができるほど数回強く瞬きをして、目を開けずに溜息をついた。

「今……、何時?」

小さく、かすかに掠れた声で言う。

僕は動くのが怠いなと思いながらも、枕の横にあるスマホを手に取り確認した。

「あー、九時十二分」

必要最低限聞き取れる音量で言うと、瞬間、瑠花がパチッと目を開けた。

「はえ、九時? 九時過ぎてる?」

「うん」

勢い良く起き上がり、瑠花も自分のスマホを確認する。頭をガリガリと掻き、目を何度も瞬く。

「ヤバい、バイト遅れる。どうしよ、替えの下着ない。買いにいかなきゃ!」

瑠花はぼやけた頭で立ち上がろうとしてよろめく。

僕はすかさず、裸の瑠花の腕を摑んでベッドに引き入れた。

「ちょっと！」

「いいじゃん、瑠花。僕の服を着ていけば。パンツは僕のを穿けばいい」

「は、何言ってんの。千尋さんブラジャー持ってるの？」

「あー……ないなぁ」

「ないなぁって、はぁ、ヤバい。あー、もういい。千尋さん、絆創膏ある？」

「絆創膏？　なんで？　怪我したの？」

「胸に貼るの」

ああ、なるほど。瑠花を放し、ベッドを這って、ベッドの下の収納ボックスの引き出しを開ける。目で確認せず手で感触を確かめ、箱らしき物を手に取り瑠花に渡した。

「これ……」

「それ、カロリーメイトのゴミですけど」

手に持っているやつを薄く目を開けて確認する。本当だ。なんでベッドの下の収納ボックスに？　床に投げ捨て、そのままもう一度、今度はちゃんと見て確認する。あった、絆創膏。

「はい」

「ありがとうございます、あー、千尋さん、ごめんなさい、お願い行使してもいいですか？」

「いいよ」

「私のこと、バイト先まで送ってください」

ベッドの上に座り目を擦る。エアコンが効いて寒い。そういや自分も全裸だった。

「任せて」

「行くとき、えっと、近くのスーパーに寄ってもらっていいですか? 化粧品買います」

「分かった」

僕はボーッと虚空《こくう》を見る。なかなか覚醒《かくせい》しない。身体がまだ疲れているみたいだ。だけど瑠花はもうすでにしっかり目が覚めているらしく、機敏に行動していた。

「あと、シャワー、一瞬だけ借りていいですか? サッと浴びたい」

「僕も浴びる」

「え、じゃあ早く来て千尋さん! 急いで!」

そのときスマホが振動した。あ? なんだよ。

ベッドに放っておいたスマホを見る。江原店長からのショートメールだった。

『江原だ。休日にすまないが、質問があるからあとで電話をくれるか?』

その一文だけだ。は、敬語使えよ。と、またベッドに放り投げて瑠花のほうへ向かった。

浴室で、瑠花は慌ててシャワーを浴びていた。

昨日の夜、瑠花が突然家に来て、セックスしたことについては触れるか触れないか迷って、結局触れないままにしておいた。

セックスのときに『付き合おう』と僕が言って、適当に『いいよ』と返事をされたことだけは、すごく鮮明に覚えていた。すごく、鮮明に。

石田武命　七月二十七日　土曜日　十時

鳳仙の裏で茂みを掻き分け、自分の自転車を置く。よし今日もやるぞと思いながら、裏口に向かうまで顔をマッサージした。笑え、笑え、笑え、笑え!

「おっはよーございまーす!」

今日一の大きな声を出す。若干声が掠れかけたが、どうだ⁉

聡明さんと佐知子さんが、二人してこっちを向き、とたんににこやかな顔を向けてくれる。

成功だ。今日も上手く表情を作れてるみたいだ。

「よう、武命!」

「おはよう、武命くん。今日も元気ね?」

二人はニコニコしながら挨拶をしてくれた。

ああ、素敵な笑顔だ。楽しいなあ。やっぱり人間は笑ってるときが一番楽しいし、輝いてる。

「おっす、今日は土曜日だから忙しいかもね！」

言いながら古めかしいタイムカードに時刻を記録して、休憩室に向かう。

「そうだな！　いっぱい稼ぐぞ！」

聡明さんの標準なのだろう大音量の声は休憩室にも届く。置いてある自分用のエプロンを取って臭くないか確認する。うん、大丈夫。エプロンを着けて厨房へ向かい、手をしっかり洗ってアルコール除菌をする。

「店長、今日の仕込み何？」

「うんと、あー、ネギと、あとチャーシューだな」

「マジ？　チャーシュー切るの苦手なんだよな……」

厨房を見ると、確かにチャーシュー用の巨大な鍋が置いてあった。何度か練習してできるようにはなってるけれど、器用さは聡明さんに負ける。聡明さんは百九十センチ近くの巨人だというのに、手先は器用だ。

「大丈夫。練習だと思え。ミスったチャーシューは摘み食いして構わん！」

「店長、それ本当！」

「ちょっと何言ってるのよ。ダメよ。怒るわよ」

ホールから佐知子さんが、ホール用のタオルを畳みながら大声で言う。

練習だと思え、か。俺の親父だったら、ミスしたら一回目だろうがなんだろうが厳しく叱る。でも聡明さんはそんなこと言わない。何度失敗しても頑張れって言ってくれて、落ち込んでても明るく励ましてくれる。佐知子さんも、口では注意していながら、いつも気に掛けてくれる。俺はよく周りが見えていないときがあるから、佐知子さんが優しく注意してくれていつも助かっていた。

「じゃあ、先にネギ切ろうかな！」

「おう、頼んだ！　三十分で店開けるからな！　それまでできるだけ頼んだぞ！」

「任せろ店長」

もはや父と子のような会話。それが心地よい。

佐知子さんは笑いながらホールを掃除しにいく。

ああ、いいなあ。ずっとここに居てえなあ。この二人の間に生まれたかったなぁ。実際、聡明さんみたいな頼りになる元気なお父さんが欲しかったし、佐知子さんみたいに優しくて頭の良いお母さんが欲しかった。ここに居ると、本当に二人の家族になれたような気がして、楽しいのだ。だから一年も続けられたというのもある。二人の子どもになりたい。卒業したらここの店で働かせてくれねえかなぁ。二人のためなら俺、なんだってするのに。二人の家族になれるなら——

ザクッ。思考を断ち切るように、ネギを切る。

期待はしないほうがいい。照史に嫌われて学んだのにすぐ忘れるんだから、俺のバカ。

開店時間まで三十分。無言でネギを切り続ける。

思い出せ。武命。変に期待したから、家族の相談をし過ぎたから、照史に嫌われたんだ。お前は可哀想な奴だよ。だがな。弱さを露わにしたり、相談したりすると、嫌われるんだ。嫌われたくなかったら、一生その弱さを隠して生きるしかないんだ。いい加減学べよ。分かるだろ。

そのあとはずっと、笑顔が貼り付いて取れないまま、無心でネギを切り続けた。


「武命くんお疲れ」

忙しい時間も過ぎて休憩も終わり、スマホで漫画を読みながら賄いのラーメンを食べていると、少し遅刻して出勤してきた瑠花さんが隣に座った。

「お疲れ、瑠花さん。何それ？」

「とんこつラーメン」

「太るよ、瑠花さん」

「殴るよ、武命くん」

「ヒィ！　やめておくんなまし！」

ふざけ合いながらお互い賄いを食べる。

厨房のほうを見ると、聡明さんと佐知子さんは二人でお喋りしていた。お客さんが少ないからってけっこうな大音量だ。

「賑やかだね」

「そうだね。そういや瑠花さん、昨日学校居た？　昨日も休んでた？」

瑠花さんは先日、具体的に言うと恋バナをした日あたりから、気分が優《すぐ》れないのか学校を休んでいるらしい。昨日の終業式も姿を見かけなかったから心配だった。

「ああ、心配してくれてありがとう武命くん。でも大丈夫。一応昨日も休んでたけど、もう良くなったよ」

「本当？　良かった。もしかしてこの前突然恋バナとかし始めたから、てっきり恋の事件が起きてしまったのかと」

「恋の事件って何それ。そんなのないよ。何も起きてません。武命くんはあるの？　なんか事件」

「事件？　ないよ」

「なさそう」

「訊いておいて決めつけないでよ」

「武命くん、いっつも笑って元気じゃない。武命くんの周りって平和そう」

そんな、ことはないんだけどな。照史のことを思い出し、そのことを話そうかと思ったけど、上手く言葉が出てこなくて、とりあえずラーメンを啜《すす》った。瑠花さんの親友である岸本さんは照史の彼女だ。瑠花さんを信用しないわけじゃないけど、どこで何が漏れるか分からない。

と、そこでスマホの通知音が鳴った。自分か？　と思いスマホを見るが違う。瑠花さんだったようだ。

餃子を食べながら、彼女はスマホをジッと眺めてる。誰かから連絡が来たようだ。

水原瑠花　七月二十七日　土曜日　十四時

『安西さん、こんにちは。報告、というか相談があります。

昨日コッコが、私を襲いに家まで来ました。偶然にもパパが帰ってきて助けてもらい、なんとか無事でした。

私はパパに促されて美希の家に避難していたので、具体的なことは分からないのですが、パパがコッコをなんとか説得、というかたぶん、暴力的な解決だと思うのですが、話し合いを終え、コッコが二度と近づかないようにお願いしたそうです。

私自身あいつが、コッコが、それで懲《こ》りるような男ではないと思うのですが、パパは警察には行かなくていいと言ってました。

その後、今回の出来事について話そうと思ったのですが、パパは私を安心させるために「何も話さなくていい」と言ってきて、私はそれに逆上してしまったんです。今までいつも話を聞いてくれず、襲われるという非常事態になってまで、私の現状などまったく気にしない素振りを見せられ、思わず喧嘩してしまいました。

とにかく昨日、コッコを追い返したあと、そのことで口論になり、パパと話し合えずに終わってしまいました。私がコッコの太腿を刺したことや、コッコの取り巻きの一人である二宮が安西さんにしたことに関して、一切話ができていません。

安西さん、お願いです。一度この件を保留にしてもらえますか？

パパとしっかり話し合うことが必要だと思っています。ですが、昨日の出来事で、パパと上手く話す自信がなくなっています。でも、ちゃんと話します。

私がパパと話せるようになるまで、もう少し待ってもらえますか？』

『由紀です。いま気づきました。

えっと、水原さん、大丈夫ですか？　心配です。怪我はありませんか？　大変でしたね。

なんだか昨日電話したあと、いろんなことがあったみたいですね。驚きです。

警察の件ですが、そのことで私も案、というか、お話があるんです。もしよければお時間があるときにお電話いただけますか？』

今日の朝、千尋さんに車で送られているときに、昨日起きた出来事について安西さんにラインを送っていた。

そしてやっと、鳳仙のバイトの休憩中に安西さんからそんな返信が来た。

話したいことってなんだろう。バイトが終わったら電話しようと思いラインを送る。

『分かった、ごめんね。二十時くらいに電話するよ。遅くなっちゃってごめん』

そう送ってスマホを置き、溜息をつく。

「彼氏？」

隣で味噌ラーメンを食べている武命くんが、麺を頬張りながら訊いてきた。

質問に戸惑う。反射的に昨日の千尋さんとの情事を思い出す。

「分かんない」

「分かんないとは？」

「彼氏っぽい人はできた」

瞬間、武命くんの喉がゴクンと鳴り、そして上半身だけを回れ右して、厨房の聡明さんと佐知子さんに向かって叫んだ。

「聡明さん、瑠花さん彼氏できたって！」

夫婦の会話で賑やかだった聡明さんが、グワァッと真顔になりこっちを向く。

「あん？　なんだって⁉」

もはや怒号。大声が店内に響き、数名のお客さんの視線が厨房に集まる。

「え、本当？　瑠花ちゃん。おめでとう！」

佐知子さんもはしゃぐ。

「どんな奴だ！　将来性あんのか！」

「いや、いや、将来性って……。武命くん！」

「いやだって、彼氏できたら両親に報告しないと」

「鳳仙は両親じゃないでしょ！」

武命くんは知らぬフリを決め込み、味噌ラーメンを啜っている。

こいつ、なんて奴だ。事を大きくしたくなかったのに！

「彼氏じゃないんです。そんな感じの関係になってきたってだけで」

「そんな感じってなんだ！　そんな感じの関係は立派な彼氏じゃないか！」

「いや、そうじゃなくて、えっと、武命くん！」

武命くんにヘルプの目線を送る。

彼が一瞬こっちを向いた。ニマァと笑って、また真顔でラーメンを啜る。

この野郎。

石田武命　七月二十七日　土曜日　十八時

「武命！　そろそろ上がっていいぞ！」

「え、もうそんな時間？」

聡明さんの声に、厨房に掛けてある時計を見る。十八時五分になっていた。

もう終わりか。帰りたくない。けど、そんなことを言ったら迷惑だ。とたんに気分が落ち込むけど、塞ぎ込んだ顔は見せないように笑顔をキープした。

「ラッキー！　帰ろ！」

「またゲームするの？」

「ん？　ああ、そう、ハマってるゲームがあるんだよね！」

瑠花さんに言いながら休憩室に向かい、エプロンを脱ぐ。

「武命、賄い食ってくか！」

「あ、どうしようかな。餃子、二人前持ち帰っていい？」

「任せろ！」

お腹が空いてる空いてないにかかわらず、何か理由を付けてまだここに残りたかった。家には帰りたくないし、ここは居心地が良いから。

「武命くん、ちょっといい？」

後ろから佐知子さんが話しかけてくる。危ない。笑顔にしなきゃ。

「どったの、ばっちゃん？」

「八月のシフトできたんだけど、武命くん、フルタイムで入れるっていうからけっこう入れちゃったの。本当に大丈夫かしら？」

「全然大丈夫だよ！　ほら、夏休みだし、稼ぎたいし」

早く金貯めて、家出たいし。

「悪いわね……。ほら、友達と遊ぶ日とかもあるんじゃないかと思って」

友達、ねえ。友達なんて、ここにしか居ないし。照史はもう、距離置こうって言われたから会うことないし。

「ああ、いいんだよ。学生は遊びだけが全てじゃない！　働いて社会勉強も必要さ」

「そう？　それならいいんだけど、ムリはしないでね？」

「ムリ？　何ばっちゃん、俺がムリしてるように見えるって？　モーマンタイだよ！　俺は鳳仙のために生き！　鳳仙のために死ぬ！」

「ふふ、嬉しいこと言うのね。ありがとう！　でもいつでも休みたいときは言ってね？」

「ありがとう。じゃあ、ゲームにのめり込みたいときは言うよ！」

「それはやり過ぎないように」

ははっと愛想笑い。でも鳳仙のために死にたいっていうのはちょっと本当。あの家じゃなくて、ここで死にたい。

「武命！　できたぞ、餃子！」

聡明さんの大きな声が店内中に響き渡る。厨房から瑠花さんに手渡されて、瑠花さんから俺に渡ってきた。ランチボックスに入った餃子が二人前。

「はい、どうぞ武命くん。存分に太ってね、お疲れ」

完成しちゃったか。ああ、もう帰らなきゃいけないのかよ。もっとゆっくりでいいのに。

笑顔を全開にして今日を締めくくる。

「ひどい姉御！　我は去るよ！」

「お疲れ様、暗くならないうちに気をつけて帰るのよ」

「武命、お疲れ！」

全員に笑顔で挨拶して裏口から出る。

出た瞬間、すぐに真顔になった。暑さで身体が溶けそうだ。

幸せな世界は、すぐに現実に戻った。


鳳仙を出てすぐ家には帰らず、駅前のブックオフに来た。

三十分ほど立ち読みで品定めをして、今日読みたい本を選んでいく。漫画を十冊、小説を五冊ほど買い、二千円くらいで収めた。

そしてそのまま、さらに一キロほど南へ自転車を漕ぐ。ほとんど栄えていない熊越市は、それほど走らなくてもすぐ田舎道になってしまう。コンビニやスーパーがある道からもう少し行った先に、山があった。

途中までアスファルトだった道が、どんどんとただの砂利道に変わっていって、自転車で走りにくくなり、途中から自転車を押して歩く。

山の麓辺りはそれなりに民家もあったけど、ここまで登るとまったく人が住んでない。

時たまハイキングをしている人に出くわすけど、それもほとんどなくなった。

自分でつけた目印の青いビニールテープを見つけると、自転車を木に立てかけ、籠の中にあった古本と餃子の入ったランチボックスとリュックサックを持って小道に分け入った。

そのままどんどん進んでいって、もう道とは呼べないような、木々の隙間を通り抜けて、やっと少しだけ拓けた所にそれはあった。

俺だけの秘密基地。と言っても、ただ一人用のテントが立っているだけ。

入口のジッパーを開けると、中はムンムンと蒸し暑かった。すかさずリュックの中から電池式の小型扇風機を二つ取り出す。一つは天井に吊るして、もう一つは手で持って自分に当てる。

中は、下に四枚ほどの毛布が敷かれていて、その上に本当に小さな座卓と、寝袋があるだけ。それと買い溜めした小説と漫画がそこら中に散らばっていた。

乱暴に靴を脱ぎ、荷物ごと寝袋の上にダイブする。柔らかい土と草が多い所に立てたから、寝転がっても痛くない。背伸びと欠伸《あくび》をして、今日買ったぶんの漫画と小説を適当に袋から出し、そのうちの漫画一冊を取る。

そして、座卓の上に散乱した本を全て雑に落とし、餃子を並べた。朝食を全部吐いてしまったせいで、今日はまだ鳳仙のラーメンと餃子しか食べてないから、正直まだお腹が減っていた。買った漫画を読みながら二人前の餃子を箸《はし》で摘む。

ここら辺は、小学生くらいのときに入団していた、ボーイスカウトが使っていたキャンプ地だ。団員が少なくなったことで、他の団と合併し、拠点のキャンプ地も別の場所に移った。結果、今ここには誰もやって来なくなった。

社会勉強ということでいろいろな習い事をクソジジイに強要されたけど、ボーイスカウトもその一つだ。

クソジジイは、学問こそが将来に役立つ全てだと思っている。試験的に俺をボーイスカウトに入団させたけど、実際のところこれは、クソジジイが期待するようなものではなかった。世界中の電子機器が使えなくなって、自然と生きていかなきゃいけないいくらいの事態に陥らない限り、ボーイスカウトで得る知識はムダだと思ったらしく、団の合併とともに退団させられた。

他にも学習塾、水泳、剣道もやったけど、正直何もかも身が入らなかった。唯一心から楽しめたのはボーイスカウトだけ。

あのときのサバイバル経験を活かして秘密基地を作った。本当に最近のことだ。照史と喧嘩して、学校にも家にも安らぎがなくなった俺の、最後の砦《とりで》。

誰も来なそうな奥地にテントを張り、安い中古の座卓を買って山まで運ぶ。正直これが一番きつかった。そして快適に過ごすための電池式の小型扇風機や、帰るとき用の懐中電灯を手に入れたことで、夜遅くまで居座っても大丈夫なようにした。数時間を過ごすのに、簡単に快適な空間を手に入れた。

暑いこの時期はきついけど、テントに来るのは早くて十七時くらいからだ。気温も日中よりはある程度下がっているから、何個か小型扇風機を持っていけば、まあ過ごせないことはない。とはいっても本当に、過ごせないことはない、程度。暑くて死にそうになることは時々あるし、なんといってもハエやよく分からないでかい虫がテントの中に入ってくることがある。

だけど、小学生の頃を思い出すようで興奮して楽しい。俺だけの城だ。畳一畳分くらいの、俺だけの野生の城。

餃子を全てたいらげ、ハエが湧かないようにゴミを入れた袋を二重にしてリュックに入れる。

前にゴミを放置したら、次の日にハエだらけになっていた。下手をすると、臭いに誘われた野良犬に遭遇しかねない。自然のど真ん中で過ごす以上、生ゴミの取り扱いには気をつけなければ。

腹がいっぱいになり寝袋に横たわる。数冊の漫画を枕代わりにして、買ってきたばかりの漫画を捲った。

なんかどこかで見たことあるな、この漫画。ああそうだ。今日の夢に出てきたやつじゃないか。神様のような存在が、退廃した世界で人々を救うために駆け回る。現実にあるわけないのに、なんとなくこういう、ヒーロー的な存在が現れる漫画が好きだ。

しばらく読んだあと、漫画を開いたまま胸に置いて天井を眺めた。あー、そろそろ本格的に暗くなる。懐中電灯点けなきゃ。食事をしたあとの気怠さで眠くなり、ちょっとだけ目を瞑る。

とたんに、周囲の音に意識が行く。蝉と、どこかでかすかにカラスが鳴いている。こんな山奥でも居るんだな。風の音も聞こえる。まだ熱帯夜というほど暑くはなく、むしろ肌に心地よい。

周囲の音にいくら意識を凝らしても、人の気配はない。自分一人だ。独りぼっちだ。

ふと妄想する。俺が山から降りると、街は悪者に征服されていて、家に帰るとみんな死んでるんだ。それでさ、不安になって鳳仙に向かう。そこは避難所になってて、聡明さんと佐知子さんと、あとは瑠花さんが住民にラーメンを作って食べさせている。んでもって、敵がとうとう鳳仙にも現れて、俺は掃除用のモップを持って立ち向かうんだ。何人かの敵はブッ殺せるけど、敵の数はわんさか湧いてきてキリがない。もうダメだ、と思った次の瞬間、神様が現れて、敵をコテンパンにする。そこで神様が振り向いた。その顔をよく見ると、照史だった。

って、はは。バカみたいだな。もう照史には頼れないんだよな。

楽しかったなあ。放課後、これが青春かぁって思うくらい遊んだ。ゲーセンで対戦とかしてさ。スマホの位置ゲームでメチャクチャ歩き回ったっけ。

一度楽しさを味わっちまったせいで、その後の悲しみが数倍になっちまったよ。

俺、これからどう生きるべきなんだろうな。死にたいけど、死ぬのは怖《こえ》えよな。将来とか、やりたいこととか、なんもねえなぁ。俺を導いてくれる神様が必要だよ。信じてねえけど。はは、はは。

水原瑠花　七月二十七日　土曜日　二十時三十分

明日の仕込みがなかなか終わらず、結局アルバイトが二十時半くらいまで延びてしまった。聡明さんと佐知子さんに、お疲れ様ですと挨拶をして裏口から出る。

この日は千尋さんに車で店まで送ってもらったから自転車はない。歩きながら急いでスマホで安西さんに電話を掛けた。

「もしもし？　安西さん？　ごめん、遅くなって！」

『水原さん、いえ、いいんです。それより昨日は大変でしたね！　大丈夫ですか？』

「うん、大丈夫。送ったとおりだよ。安西さんと電話したあと、いろいろあったんだ」

『事情はだいたい分かりました。警察の件なんですが……』

「うん、パパにはちゃんと話すつもり。だけどちょっといま話しづらくて、少し時間をくれないかな。ちゃんと早いうちに話そうと思う。その、気持ちの問題なの。ここに来てまたパパと話すのを躊躇《ためら》ってる自分がいて」

『いえ、急《せ》かす気持ちはないんです。その、むしろその逆で』

「逆？」

『昨日私もあのあと考えたんですけど、警察に言うの、よければ夏休みの最後にしませんか？』

「え、最後って、えっと、八月下旬ってこと？」

『そ、そうです。その、実はお母さんが入院してるって話、しましたよね』

「うん、覚えてる。でもそれって、二宮に貢ぐのを隠す嘘だったよね？」

『いえ、実は、私のお母さんが入院すること自体は本当なんです。胃癌《いがん》の手術が必要で……。入院費はなんとかあるので大丈夫ですが、夏休みの間、できれば、その、できるだけ傍に居てあげたくて』

「そうだったんだ。じゃあ初めて会ったとき、だいぶひどいこと言っちゃったんだね私。ごめん」

『いえ、いいんです。もともとは私が嘘をついて近づいたんですから。その、私たち警察に行くんですよね。そしたら、事情聴取とかでお母さんの傍に居られなくなっちゃうのかなって。そう思うと辛くて……』

「分かった。いいよ。夏休みが終わるタイミングにしよう」

『いいんですか？　ダメ元で言ったので、いいよって言われるとは思いませんでした。昨日、水原さんを困らせるようなことしたくないって言ったばっかりなのに……、ありがとうございます』

「正直私も、時間が欲しいなって思ってたから、とりあえず分かったよ。具体的な日取りは、んー、またあとで決めよっか」

『は、はい。ありがとうございます』

「お母さん、体調はすごく悪いの？」

『はい、正直……』

「そっか、良くなるって信じてる」

『ありがとうございます。じゃ、じゃあ、また、後ほど連絡します』

「うん、了解。ごめんね、こんな時間になっちゃって」

『い、いえ。むしろ、ありがとうございます。それじゃあ』

「うん、バイバイ」

安西さんとの電話が切れて溜息をつく。

そうか。入院は本当だったのか。悪いことを言ってしまったな。

だけど、夏休みが終わる直前にしようと言われたのは助かった。今日だって本当は、パパと喋りたくない。千尋さんの家に泊まってしまいたいけど、下着も化粧品もないから家に帰るしかない。いやでも、もしかしたら千尋さんが買ってくれるんじゃないか？　あの人私にだったらなんでもやってくれそうだし。

と、自分が最低な考えでいることに気づいて、また落ち込む。

昨日、パパと口論になってそのまま千尋さんの家に逃げ込んで、衝動的に千尋さんと性行為をした。そのまま付き合うことも了承した。

でもあれはムシャクシャしていたから、とっさに返答しただけだ。千尋さんともいずれ話さなきゃな。問題が多くてうんざりした。

電車に乗り、駅から歩いてようやく帰宅する。マンション内に入りエレベーターで三階に上がり、自宅の玄関を開けた。

「あ、瑠花さんでいらっしゃいますか?」

カレーの匂い。吐き気……

リビングで、中年の眼鏡のおばさんが、私の家の調理器具を使って、私の家のガスコンロを使って、料理をしていた。

本当に、雇ったんだ……。私は何も言わず、ただ表情も変えず、彼女を見る。

「はじめまして。ご契約いただきましたライフホームの宮根《みやね》と申します。あの、これ、お父様からお預かりしていました」

宮根と自己紹介したお手伝いさんは、エプロンのポッケから封筒を取り出して私に渡してきた。

私は素っ気なく会釈をすると、どことなく彼女を避けながらリビングのソファに座る。お手伝いさんから受け取った封筒を開けると、中には手紙が入っていた。

『瑠花へ

お手伝いさんを雇うことにした。これは瑠花、君のためだ。お手伝いさんにはムリを言って、週五日の、十八時から二十二時までの間来てもらうことになった。夕食は都合が合う日はお手伝いさんと一緒に取りなさい。それから瑠花、昨日のキスは、はっきり言っていけないことだ。だけど、あんな行動を取らせた僕に責任がある。本当に悪かった。許してほしい。

本当に君のことを愛している。嘘じゃない。

瑠花、愛してる。』

手紙という割には、いつもの書き置きと変わらない文の量だった。

謝るだけ、か。

私は、料理をしているお手伝いさんにバレないように、ゆっくりと手紙をクシャクシャに丸め、近くのゴミ箱に投げ入れた。

カチ、チ、チ、チ、チ。ガスの火を点ける音。

「瑠花さん、お腹空いてますか？　カレーができているので、よければ」

「……はい。食べたいです。ありがとうございます」

「分かりました。もう少し待ってくださいね」

簡素な言葉で返すと、宮根さんは振り向いて少しだけ笑った。

私はソファの背にもたれかかり天井を見上げる。

料理を作っているのは私じゃない。お手伝いさんだ。もう私が家事をしなくていい。

私が頑張る必要はない。洗濯も掃除も、私がやる必要はない。私は要らない。居心地がすごく悪い。自分の感覚が麻痺しているのを感じた。目を瞑ると、カレーの匂いが部屋に充満しているのが分かった。

ああそうだ。コッコの奴。もう会うことないといいけれど。

石田武命　七月二十八日　日曜日　一時

物音がする。

蟬でもない。川の音でもない。小型扇風機の音でもない。ましてやカエルの鳴き声でもない。

目をこじ開け、寝転がったまま神経を集中する。土の音だ。なんだ？　動物か？　物音を立てないようにゆっくり手をズボンのポケットに伸ばし、中のスマホを取り出す。充電があと五十パーセントくらいのスマホは、夜中の一時を表示していた。

眠ってしまったのか。ヤバい。クソに怒られる。いや、それよりも今は身の危険のほうだ。一度、目を瞑って神経を集中して確かめる。

ザッ……、ザッ……、ザッ……、ザッ……

掘っている。土を掘っている。もしやボーイスカウトの人が、山が使われているか確認に来たとか？　いや、でもこんな時刻に来るのはおかしいだろう。野良犬だとしても土を掘り返す理由はなんだ？　餌でも隠してたか？　あ、山を管理している人か？　もしそうだったら、勝手にテントを張ったことを怒られるかもしれない。

身体を起こし、リュックの中の懐中電灯を取り出す。怖い。なんなんだ。様子を見にいこう。直感的にそう思った。

もし管理の人だったら謝ればいい。そうじゃないにしても、山に人が定期的に来るのであれば、場合によっては秘密基地を片付けなければいけない。野良犬、いや熊とかだったら……、死ぬ気で逃げよう。別に死んでもいいけど、もうちょっと生きてから死にたい。恐怖心と興味が混ざり合いよく分からなくなっていた。

光が大きくなり過ぎないように、懐中電灯全体を手で包み込んでスイッチを押す。かなり小さくカチッという音が鳴り、明かりが点く。指の間から漏れた光で辺りが浮かび上がった。

ゆっくりと外に出て足元を照らす。遠くを照らすとバレてしまうかもしれないと思い、極力自分の足を照らして、あとは夜目《よめ》になるのを待った。

星が綺麗だ。まるで金平糖《こんぺいとう》のような小さな星々が夜空いっぱいに零れている。いつも早く帰らなきゃと思っていたから、こんな夜空を見るのは初めてだった。田舎は駅も遠いし、コンビニも少ないし、良いことなんてないと思っていたけど、この光景はきっとこの町の特権だ。

しばらくしてから、スゥッと大きく息を吸い込んで山道を歩き出す。音のする先は遠くない。道とは言えない木々の隙間を、極力音を立てないように歩く。

ザッ……、ザッ……、ザッ……、ザッ……

どんどんと音が大きくなっていく。

やっぱりこれは足音なんかじゃない。シャベルで土を掘り返す音だ。なんでこんな時間に？

音が近づくにつれ、鼓動が激しくなる。一瞬小さな明かりが見えた。

木に隠れて様子を見る。やっぱり明かりがある。木々の間の少し拓けた場所で、人影が土を掘っていた。こんな真っ暗な中でなんで土を掘ってるんだ。

ゆっくりと近づき、少し離れた場所にしゃがみ込む。ここなら木が多いからバレにくい。遠くて見えないが、人影はなおも無心に土を掘っていた。

ポケットのスマホを取り出し、カメラモードにしてズームする。明かりの正体はスマホみたいだ。スマホの背面フラッシュを利用して辺りを照らしているらしい。そんな小さな明かりで土を掘っていたのか。

掘っている人の顔をカメラでさらにズームする。男性のようだ。あまり明るくないし、夏なのにフードをしていて顔はよく見えない。

突然、土を掘る動きが止まった。気づかれた？　そう思って身構えたが、違う。人影はシャベルを土に刺し、それに軽く寄りかかる。休憩しているのだ。フードを外して服で汗を拭っていた。

今だ。ブレたピントをもう一度、男の顔に合わせる。

あ？　拍子抜けした。知ってる顔だ。ゴミ女の、浮気相手の男じゃないか。俺の家で確かに見たことがある。

なおさら疑問が湧く。あの男がなんでこんな場所に？　まさか、ゴミ女も一緒に居るのか？　そう思ったが気配は一人だけだった。

まさかこいつが、山の管理者というわけではないだろう。だってこいつは、確かクソジジイの部下だったはず。会社勤めの人間だ。不倫しているとき、ゴミ女との会話を盗み聞きしていたから分かる。ゴミ女は、あいつの名前を確か……

思い出せず、男の観察に戻る。辺りに誰も居ないと思い油断したのか、はたまた暑さに耐えきれなくなったのか、フードを外したまま、また土を掘り始めた。

落ち着いて観察する。一度、写真を撮っておこう。無音カメラアプリを起動し一枚写真を撮る。確認のため今撮った写真を見た。

何かある。肉眼では見えなかった物がそこには写っていた。

画面の左下。男のすぐ傍。足で隠れているが、何かがそこにある。土が盛り上がっているのかと思ったが、掘った土は反対側に放っている。

もう一度カメラを起動して、今度は男のほうではなく、男の足元にピントを合わせた。

土のように茶色い服。服？　服だと？　よく目を凝らして観察する。男が土を掘るたびに足元が揺れる。その隙間に映る何かを凝視する。

固まった血がこびりついたクズ、高貴の顔がそこにあった。

は？

醜く歪んだ顔を見て、懐中電灯のライトを消して立ち上がる。男は再び穴を掘るのに夢中になっており、俺が動く音には気づかない。

虫の鳴き声が頭に響く。反響して、反復して、俺はそのまま、何も考えず、ゆっくりと歩き出し、男の背後に回り込んだ。

ザッ……、ザッ……、ザッ……、ザッ……

ザッ……、ザッ……、ザッ……、ザッ……

男が穴を掘る音と同じタイミングで、だるまさんが転んだをしているかのように、のそりのそりと忍び寄る。そして、横たわる死体のすぐ前でしゃがみ込んだ。

鼻は陥没《かんぼつ》し、眼球は左右どちらも反対方向を向いている。開けっ放しの口を見ると、ヤニで黄色くなった前歯は欠けていた。ツンと指で肩の辺りを触るが、まったく動かない。

「本当に、死んでるじゃん」

考えなしに放った俺の一言に、穴を掘っていた男が勢い良く振り向く。少しだけ後ずさりして、危うく穴に落ちそうになった所で立ち止まった。

「誰だ⁉」

震える声で俺に叫ぶ。

俺はその言葉に応えず、ただ一言。

「おっさんが殺したの？」

男は何も言わない。その代わりに、持っていたシャベルをグッと握り締めた。

俺も殺すのか？　そう思ったけど、しばらくして地面にゆっくりシャベルを突き刺す。

そして、うつむいて弱々しくつぶやいた。

「そうだ。私が殺した」

それを聞いて、自然と、ゆっくりと、笑みが零れた。

俺、笑ってる。笑えてる。久々に心から笑ってる。作り笑いなんかじゃない。

男はうつむいているから、俺の表情が見えないのだろう。そのまま言葉を続けた。

「隠そうとするなんて、ムダだよな……。もう、終わりだ」

そう言って男は、地面に置いていた自分のスマホを取ろうとする。

終わり？　終わりって、何言ってんのさ。

俺は思わず、男に向かって思いっきり抱きついた。

「あぁ！」

男は呻き声を上げ、そのまま二人して、未完成の穴に倒れ込んだ。

俺は身体を起こし、男を見下ろす。

男は月明かりに照らされて俺の表情がやっと見えたのか、驚いた顔をしていた。

俺は、泣いていた。泣いて、笑っていた。嬉し涙だ。

終わりなんかじゃない。今日から始まるんだ。俺はずっと信じてた。ずっと待っていた。この現状が救われるのを。

ああ、そうだ。思い出した。あなたの名前。直人。直人さん。

だけど、俺にとっては違う。あなたが俺の前に現れてくれるのを、ずっと待ってたんだよ。ねえ。

「神様」

五章　八月

水原瑠花　八月一日　木曜日　十六時

ピアスは、どっちの耳に開けるかによって意味が違うらしい。

左耳は勇気と誇りの象徴。右耳は優しさと成人女性の証、なのだという。そこから転じて、男性が右耳に付けるとゲイ、女性が左耳に付けるとレズビアン、なんてアピールにもなるんだとか。

じゃあ、両耳ならどうなるんだろう？　そう思って調べると、特に意味はないらしかった。

そう、意味がないのだ。だから、だから。本当に、本当にムリ。

「いや、本当にムリだって、私には！」

衝動的に上げた声はカフェ店内に響き渡り、周りの客が少しだけ私たちの様子を見る。私は、ピアッサーを千尋さんの右耳にあてがい震えていた。

当の千尋さんは、今か今かと期待に満ちた目で私を見ている。

「大丈夫だって、ズバッと。僕一回やったから。そんな痛くなかったし」

「だったら自分でやればいいじゃない。ムリだって。肉だよ？　肉に針を刺すんだよ？」

「だって瑠花にやってもらうことに意味があるんだ」

意味が分からない！　自分の耳たぶにも開けたことがないのに、どうして人の耳たぶに風穴を開けられるんだ！

「左耳は自分でやったんじゃないの？　今回も自分で開けてよ」

「お願い。瑠花にやってほしい。思い出が欲しい」

そう子どものように言う千尋さんがなんとも可愛い、わけがない！　普通に怖い！　やりたくない。やりたくないのだけれど、千尋さんにはパパの代わりをしてもらっている恩がある。いつか何かの形で恩を返したいとは思っていた。こんなことは想定していなかったけど。

深呼吸をして、息を呑む。

「よし」

耳たぶはさっき消毒した。あとは開けるだけ。震える手をもう片方の手で押さえて、ピアッサーに手を掛ける。

「恨まないでよ」

「恨まないよ」

私が言うと、千尋さんは即答した。

言質《げんち》取った。もうこれでなんらかの原因で千尋さんの耳が爆発したり、溶け落ちたり、聞こえなくなっても、私のせいじゃない。私のせいじゃない。私のせいじゃない！

そう心で叫んで目を瞑り、勢い良く指に力を込めた。ガシャン。

「行った。行ったよ。行きましたよ！　痛くない？　血出てる？　手離していい？」

「痛くはないけど、血が出てるかどうかは見えないから分からないよ」

恐る恐る目を開けると、確かに千尋さんの耳にニードルが刺さっていた。うわあ。緊張はとりあえず解《ほぐ》れた。ゆっくりと手の力を緩めるとピアッサーが外れる。

「い、いいんじゃないでしょうか……」

目を瞑っていたというのに、案外バランスの良いところに付けられたと思う。千尋さんはスマホを取り出し、内カメラにして自分のピアスを眺める。

「ありがとう瑠花。すごく嬉しい。大事にするよ」

「い、いえ……」

そう言うと、千尋さんは満足げにこっちを向いた。

私はドッと疲れて、そのまま机に突っ伏した。

私たちは晴れてお付き合いを始めた。

だけど気分的にはまったく晴れていない。曇り空真っ逆さまだ。

付き合い始めたのは夏休み初日。パパと喧嘩して車を抜け出し、そのまま千尋さんの家に行って、衝動的に性行為した。全てにムシャクシャして、何もかも考えるのが怠くなって、彼からの告白もＯＫしてしまった。

つまりは勢いだった。でもそこまで後悔はしていない。私のことを一番に考えてくれている。私が寂しいとき、いつでも傍に居てくれる。いつでもというか、最近は家事をお手伝いさんがやっていることもあり、極力家に帰りたくなくて、千尋さんの家に寝泊まりしていた。

自分の居る意味が分からないあんな家より、千尋さんが一緒に寝てくれて、『おはよう』を言ってくれて、『愛してる』も間近で何度も言ってくれて、一緒にご飯も食べてくれて、そのほうがよっぽど幸せだ。パパがやってくれないこと、全部やってくれる。ああ。

考えていることが最低なことに気づき、溜息をつく。私は高校二年生になってやっと、反抗期を迎えていた。

今日は二人で街に遊びにいくことになり、映画やショッピングを楽しんでいた。途中、千尋さんはお手洗いで自分を鏡で見たとき、右耳にもピアスを開けて両方ピアスを付けたいと感じたらしく、近くのドン・キホーテでピアッサーを買い、そのままカフェへ移動した。

そして人の少ない隅っこの席でピアッサーの封を開け、私に『はい』と渡してきた。せっかくだから私にぶち開けてほしいと、狂った発言をされて今に至る。

そこに、突然スマホが振動した。楽しそうにピアスをコロコロ弄る千尋さんをよそに、私は机に突っ伏したままスマホを手にする。美希からのラインだった。

『来週の日曜日の夏祭り、超楽しみ！　バイト代入ったから、使いまくろう』

ああ、そういえば夏祭りが土日にあった。日曜日に美希と行く約束をしていたのだ。

「千尋さん、夏祭り興味ある？」

何げなく言った言葉に千尋さんが食いつく。

「ある」

「八月十日って暇？ 十、十一日の二日間、花火あるでしょ？ 十日のほう一緒に行かない？ 十一日は友達と行くんだけど、十日は暇だから」

「行きたい。あの夏祭り、行ったことなかったから行ってみたい」

「え、今まで一度も？」

「うん、一緒に行く人いなかったから。でも本当はずっと行ってみたかったんだ。瑠花、行こうよ」

千尋さんはそう言いながら、机の上でそっと私の手を掴む。

私は思わずその手を離した。なんとなく周りの目が気になってしまった。

千尋さんはその素振りで少しだけ悲しい顔になり、手を引っ込める。

私は小さく溜息をついて立ち上がった。

「アイスコーヒーお代わりしてくる。千尋さん何か要る？」

「僕は大丈夫。あ、ちょっと待って。お金――」

「お金？ いいよ。何回も奢ろうとしなくて」

そう言い放って、私はカフェの一階に下りる。カウンターのほうへ行って、可愛い女性店員さんにアイスコーヒーを注文した。

スマホを弄りながら待っていると、すぐにアイスコーヒーが出てきた。軽く会釈して受け取り、二階で待っている千尋さんの下に戻ろうとする、そのときだった。

階段のすぐ横の席。さっき下りたときは、カウンターに視線が行ってたから気づかなかった。そこに座っていた男と目が合う。眼鏡をして、机には参考書を並べて、まるで想像もつかない姿をしていたのだけれど、見覚えのある風貌に確信があった。

二宮。

「お前……！」

一瞬で緊張が走る。

二宮も私に気づいてそうつぶやくと、参考書をバッグに仕舞い、私のほうへ駆け寄ってきた。

「警察呼ぶよ」

目の前に来た瞬間、私は早口でそう告げた。

二宮は苦い顔をして止まる。

「水原てめえ……、安西を返せ！」

安西を返せ？　何を言ってるんだ？　私は思わず一歩前に出て反論する。

「何言ってるの？　安西さんはあなたの所有物じゃない。また安西さんに援交させる気？」

「ち、違う！　あのときは、金用意しないと俺が先輩に殴られたから……」

先輩。コッコのことだ。

何を被害者ぶってるんだ。自分が何をして、何を言っているのか分かってるのか。

「やっぱり安西さんからお金を巻き上げてたのは、あいつらと遊ぶためだったんだ。最低」

「違《ちげ》えんだよ水原！　聞けよ！」

突然腕を摑まれて身体がよろける。アイスコーヒーが少しだけ零れてしまった。

「離して！」

「先輩と連絡取れねえんだよ。いつも二日に一回連絡来んのに。行方不明らしいんだ。他の先輩に訊いても連絡ねえんだって。だから今しかねえと思って……。これを機にあいつらと関わるのやめるよ！」

「は……、コッコが？」

「あ、ああ。えーっと、そうか、先輩、コッコってハンドルネームだったな。俺、安西にひでえことしたけど、本当は俺も、安西しかいねえんだよ。俺も友達、いねえんだ。だからあいつらとツルんでた。安西も俺も、友達がいねえから、だから一緒に居たんだ！」

二宮が私を説得しようとする。その声はだんだんと大きくなっていった。当然周りのお客さんも私たちを見ている。

私は焦って腕を振り払おうとしたけど、案外強く摑まれていて振り解けない。

「謝りたいんだ、水原！　頼む！　安西はあれから連絡しても返信くれねえ。水原、俺に安西を返してくれ！」

「嫌。やめて、やめてよ！　離して！」

耐えきれなくなって、さっきよりも大きな声で叫ぶ。

その瞬間、二階から勢い良く千尋さんが駆け下りてきて、私を思いっきり引っ張り、
私の持っていたアイスコーヒーを手に取って、そのまま二宮にぶっ掛けた。

「うおっ！」

二宮はよろけてそのまましゃがみ込む。

「それ以上近づくな。次はアイスコーヒーじゃ済まないぞ！」

千尋さんは二宮を強く睨む。

二宮は冷静に自分が注目の的になっていることに気づき、クソッと悪態をつきながら、
荷物を抱えて店から足早に出ていった。

沈黙が流れ、店内にカフェミュージックが響き渡る。

私と千尋さんのことをみんなが見ていた。

「ち、千尋さんありがとう。は、離してくれる？」

「ごめん……」

私を抱き寄せている千尋さんの腕をトントンと叩くと、千尋さんはすぐに手を離した。

「あの、お客様、お怪我は……」

さっきアイスコーヒーを作ってくれた女性店員が、床を掃除するためのモップを持っ

て駆け寄ってくれた。

「ごめんなさい。大丈夫です。あの、もう帰ります。すみません」

私は早口でそう言って、千尋さんが持っている空になったアイスコーヒーのコップを店員さんに返した。

「これ、すみませんでした。千尋さん行くよ」

「あ、うん」

千尋さんの手を引いて急ぎ足で店を出る。さっき二宮が去っていったのと反対、駅前の千尋さんのアパートのほうへ向かった。

大通りと駅を結ぶ道路を歩いている最中、ようやく手を繋いだままであることに気づき、私はそっと手を離した。

千尋さんが私の顔を心配そうに見る。

彼が喋るよりも前に私が口を開いた。

「千尋さんありがとう。カッコ良かった」

「瑠花、あいつは誰？　乱暴された？」

誰と訊かれて、思わず説明に戸惑ってしまう。私としては、あの日コッコがレイプしにきたことは千尋さんに話したくない。

「あの人は……、学校の人。あんまり仲良くなくて」

適当に言い訳して目を逸らす。こう言えば放っておいてくれるだろうと思ったけど、違った。

突然目の前が暗くなる。千尋さんが私に思いっきり抱きついてきたのだ。

「ちょっと!」

「瑠花、良かった。なんともなくて」

大げさな。引き剝がしたかったけど、強く抱き締められて離せない。かすかに彼の身体が震えている気がする。私は宥《なだ》めるように彼の背中に手を回した。

「ご、ごめんなさい」

なんとなく申し訳なくて、自然と言葉が出る。

こんなとこ、知ってる誰かに見られたら恥ずかしいな。でも、ここまで来るのにずっと手を握ってたんだから、別にいいか。

かすかに千尋さんの香水と汗が混ざり合った匂いを感じる。助けてもらっちゃったな。鼓動が速まっていくのを感じた。パパとは違う何か。香水の匂いも、胸の広さも、手の大きさも、何もかも違う。

好きなのかもなぁ。私は千尋さんの胸の中で目を瞑り、自分の気持ちを考えていた。

そのせいで、さっきの二宮との会話の一部は、簡単に頭の底に沈んでいった。

コッコは今、行方不明。連絡が取れない。

石田武命　八月四日　日曜日　十八時

「食い物の味がするんですよ」

俺はステーキを咀嚼しながら直人さんに言った。

直人さんは目の前の定食には手をつけず、不安そうに俺を見ている。一緒に飯が食いたくて、要らないと言う直人さんの代わりに俺が勝手に注文した定食だった。

敵意すら感じるその視線を、気にすることなく俺は言葉を続ける。

「肉の味が、塩気が、バターの匂いが、何もかもがはっきりと分かるんです。俺、けっこう偏食だったんすよ。何食べても味は一緒だと思ってたんで。だけど、肉ってこんなに旨いんですね。そう思えるようになったのも、全部直人さんのおかげです。ありがとうございます」

そう言うと初めて、直人さんはゆっくりと身体を動かしてコップの水を飲んだ。そのまま一気に飲み干して、震える手でテーブルに置く。

その光景に、俺はなんだか吹き出してしまった。

「はは、直人さん、怯えないでくださいよ。いやだなあ。俺は直人さんのこと、ヒーロー、いや、神様だと思ってるんですから」

「……神様なんて、いない」

「いますよ。俺はずっと願ってた。ずっとずっとずっとずっと。俺を家族から助け出してくれる人が現れるのを、何度も何度も願ってた。何度も諦めかけたけど、それ以上に何度も願った。諦めなかった。だからあなたは現れたんだ」

俺はそう言って、左手に持っているフォークで、直人さんの定食のご飯茶碗を突く。

「ほら、食べてください。そんで、そろそろ聞かせてくれたっていいじゃないですか。どうしてこうなったんですかね？」

直人さんはしばらく目を逸らしていたけど、俺が笑いながら動かないでいると、覚悟を決めてようやく話し始めた。

「まさか、君のお兄さんだとは……。ましてや、石田支社長の息子さんだったなんて……」

息子。ああ、そういや直人さん、クソジジイの部下だったな。道理でさっきから落ち着かないわけだ。

その日、直人さんが家に帰ると、自分の娘が男に襲われていた。それを見た直人さんが、娘を友達の家に避難させて、そのあと殺した。

本心では、説得して帰らせようと思っていたらしい。しかし、頭より身体が先に動いてしまった。

その男を殺したことを娘は知らない。友達の家に迎えにいった帰りの車中で娘と喧嘩になった。娘は別の友達の家に泊まりにいくと言って車を降り、その日は帰ってこなかったそうだ。

死体はとりあえず布でグルグル巻きにして車の中に運び、次の日のアルバイトが終わるまでずっとそのままにしていた。

しかし、仕事が終わって家に帰ろうと車に乗り込むと、外の暑い駐車場で車を放置していたからか、かすかに腐敗臭がした。耐えきれなくなり、そこからは何も考えず、ホームセンターで大きめのシャベルを買って、その足で人気《ひとけ》のない山奥へ向かった。

そこで、直人さんは俺と出会った。

水原直人。

水原、それは瑠花さんの名字。奇《く》しくも彼は、瑠花さんにそっくりな目をしていて、怯えた顔で俺を見ていた。

そして俺は、連絡先を教えてくれないとこのことをバラす、と直人さんを脅して彼の連絡先を貰い、あの日から一週間経った今日、彼を呼び出したのだ。

「職場に死体を持ってったとか、超クール。本当尊敬します」

笑いが止まらない。話を聞き終わると同時にステーキも食べ終えて、俺は椅子の背もたれに寄りかかりながら言った。

「何を言ってるんだ……、許されることじゃないだろう」

「俺は直人さんのこと非難したりしませんよ。そんな睨まないでくださいよ。一緒に土弄りした仲じゃないですか」

そう言うとまた、直人さんは目を逸らした。

土弄りといえば聞こえは良いだろう。実際はクズ野郎の死体を共に埋めたというだけのこと。

「はは、直人さん。早速なんですけど、今日呼び出したのってお願いがあるからなんですよ。せっかくのご縁だからすごく考えて、こんなに時間が経っちゃったんですけどね。直人さんが自首を選んでなくて、ひとまず良かったっす」

「……お願い？」

そう訊かれ、俺は何食わぬ顔で口を開いた。

「ついでに、俺の両親も殺してくれませんかね？」

「な、なんだって？　何を言ってるんだ」

タイミングが良いのか悪いのか、店員が空いた皿を下げに来て、俺の鉄板を持っていく。

直人さんは咳払いして少し落ち着き、再度俺を睨んだ。

「俺、両親のせいで何をしても幸せを感じないんですよ。友達とも上手くいかないし、上辺《うわべ》の笑顔を作るたびに苦しくてもう限界で。両親が死ねば俺もきっと幸せに、普通の人間になれる気がするんですよ」

「バカなことを言うんじゃない。そんなことできるわけないだろ」

「俺は大人になっても、両親の呪縛《じゅばく》に囚《とら》われたくないっす。はは。もし殺してくれたら、直人さんの罪、肩代わりしますよ。あいつを殺したこと、俺ってことにしましょ」

そう言うと、直人さんはピクリと眉を動かした。

俺はニヤリと笑い話を続ける。

「本当です。直人さんが殺したって言いませんし、あいつを埋めたのも、あいつを殺したのも自分って言いますよ。だってほら、直人さんもそれなりの動機があるけど、俺だって殺す動機ちゃんとあると思うんですよ。死ぬほど家族嫌いだし、虐待された痕もあるんすよ？　ほら」

俺は首元の服を思いっきり右に引っ張る。

右肩が露わになり、それを見た直人さんはギョッとしたように目を見張った。

肩には青々と大きな痣があった。

「あ、まだあるっすよ」

そう言って反対側の肩も見せようと思ったけど、直人さんが優しく手を触れてきて制止された。

「見せなくていい。それは石田支社長がやったのか？」

「んー、それもありますけど、ほとんどは兄……高貴の仕業です。あいつ、俺と会うたびに暴力振るってくるんすよ。はは、ははは。そういえば俺の親父、あなたの上司ですもんね。ていうか、直人さんすごくないすか。上司の奥さんに手出すとか、すご過ぎでしょ」

ふと思い出して口にする。もちろんこれは脅しているわけではなく、心から尊敬の意を込めての言葉だ。

直人さんは俺の母親であるゴミ女と不倫している。その現場を俺は見た。だから俺は直人さんのことを知っていた。

ハタから見たら、本当に最低な人なのかもしれない。だけど、道徳を踏み外すくらいの度胸がある人じゃなければ、俺も家族を殺してほしいなんてお願いはしなかった。

直人さんはその言葉を聞き、バツが悪そうな顔をして、俺に触れていた手を戻そうとする。

だけど俺はそれを逃さず、逆にその手を摑んで言った。

「ねえねえ、そういえば直人さん。瑠花さんが独りぼっちになってもいいんですか？」

「なんで私の娘の名前を知ってるんだ⁉」

瑠花さんの名前を出した瞬間、直人さんが俺を強く睨む。声のトーンも少し低くなる。当たった。

「あ、合ってました？　うわ、すっごい偶然。直人さん、名字水原ですよね。それによく見たら瑠花さんと目元がメチャクチャ似てるじゃんって思って」

「君は、瑠花の彼氏か？」

「彼氏？　いやいや違いますよ。バイト先一緒なんです。瑠花さんと。だから俺、瑠花さんの家が父子家庭だって知ってたんすよ。聞いてたんで。ねえ、いいんですか直人さん。たった一人の家族と離れ離れになっても。何年離れるか分からないし、元に戻ったとしても、きっと嫌われちゃいますよ」

　直人さんは俺のことをしばらく強く睨む。そして大きく溜息をつくと、俺の手を振り払ってつぶやいた。

「いつ……殺すんだ」

　最高。含み笑いをしながらジュースを飲み、そのまま氷ごと口に含み、ガリゴリと噛《か》み砕いた。

「すぐは殺さないっす。ちょうど夏休みなんで。せっかくだから夏休みを謳歌《おうか》したいんですよ。ほら、俺が殺したことになっちゃうんで、警察に捕まっちゃったら、留置場？　刑務所？　とかで過ごすから、高校最後の夏休みになるんで。だから夏休みの最後の夜、始業式の朝とかはどうですかね？」

「分かった。瑠花には絶対に言わないって約束しろ」

「絶対言わないです。瑠花さんは数少ないとても大事な友達なんで。あいつを殺したことも、この約束をしたことも絶対言いません」

「……ああ」

「はは、ありがとう神様」

俺は満面の笑みを直人さんに向ける。

しかし直人さんは俺の顔を見ずに、スマホを取り出して小さくつぶやいた。

「神様なんかじゃない」

そう聞いてすぐ俺は、直人さんの腕を勢い良く掴む。

直人さんの身体がビクッと反応して固まる。

俺は微笑んだまま、ゆっくりと直人さんの手からスマホを奪い取って言った。

「神様ですよ。俺にとっては、神様です。人を殺してなくても悪い奴はいるし、人を殺していても良い奴はいる。いやあ、勉強になったっす。神様、あともう少しだけ、お願いしますね」

東千尋　八月五日　月曜日　十時

いつものように、裏口の社員用ドアにカードキーをかざして店舗の中に入る。

「おはようございます」

僕の声にすぐに佐田が反応した。休憩室兼更衣室に行こうとした僕の腕を掴む。

「なんだよ」

「おい、東、お前何やらかしたんだよ。昨日店長がお前のことで電話してきたんだぜ？」

「は？　なんで」

「分かんねえよ。いま店長居るから訊いてみろよ。出張から帰ってきたばっかなのに、なんか今日すっげえ不機嫌だよ」

面倒臭っ。

僕は着替える前に、そのまま店長の部屋に行く。部屋といっても、仕切りでお客さん側から見えないようにしているだけの、店長用の簡易的な小部屋だ。

「おはようございます。店長」

「東、久しぶりだな？」

江原店長は僕に気づいて一瞬驚いていたけど、しかめっ面のままだった。ンヴンッと咳払いをして、入れと促される。長く本社研修に出かけていたみたいで平和だったのに、クソッ。

「お前、なんで電話に出ないんだ」

「電話？」

「ショートメールで電話するように伝えただろ。あのあと電話もしたんだが出なかったじゃないか」

ああ、そういえば。瑠花と一緒にシャワーを浴びようとしたときにショートメールが来てたな。瑠花のことで完全に頭がいっぱいだったから忘れてた。ていうか別にプライベートだからよくね？　休日にまで電話してくんなよ。

「すみません。私用でなかなか電話を掛けることができず……」

「それならメールで返信すればいいだろ」

「……」

「まあ、いい。仕事を始める前に話がある。座ってくれ」

江原店長は、近くの折り畳み椅子を僕に向けて広げる。

僕は仕事用鞄を床に置いてそれに座った。

「実はな、楠田が会社を辞めたんだ」

「楠田さんが？」

「ここのところ休み続きだっただろ。しばらくして辞めるって電話が来てな。忙しい時期でもあったし、どうして辞めるのか理由を訊いたら、お前と一緒の会社は嫌なんだと」

「はあ……」

「他店舗の異動も勧めたがそれも断られた。きっぱり別れたいそうだ。東、お前何した？」

「何したって言われても」

「男女関係のもつれか？　それならプライベートなことだから何も訊けんが、あまりにも楠田が大泣きしてたからな。まさか暴力沙汰になってないか確認したくてな」

僕はしばしうつむいて、楠田さんとの関係を思い出す。

楠田志保《しほ》。身体の関係を持ったけど、やっぱり違うと思って一晩で捨てた女。確かにひどい別れ方をしてしまった。自分もパニックになっていたことを思い出す。

顔を上げて江原店長の目を見る。いつになく見下したような面持ち。

ああ、こいつ僕のこと信用してねえんだ。僕が悪いと思ってる。いやそのとおりなんだけどさ。でもムカつく。副店長にならないかとか言ってきたくせに、これかよ。そもそも最初からこいつのこと嫌いだったんだよ。この店舗に来てからずっと。なんでこんな奴の下で働かなきゃなんねーんだよ。

待てよ？　そうだよ。給料がけっこう良いからこの仕事してきたけど、もう別にここで働かなくていいんじゃね？　だって僕には瑠花がいるし。頑張る必要も、我慢する必要もないじゃん。転職なんて面倒臭いって思っていろいろ考えないようにしてたけど、今はその勇気がある。

そう思ったら、自然と口から言葉が漏れた。

「楠田さんと一晩限りのセックスをしました」

「あ？」

「ひどい言葉も浴びせました。なので僕も、責任取って会社辞めます」

スクッと立ち上がり鞄を取る。後ろで江原店長が何か言っている。僕は印刷機械を避けて裏口へ向かった。

その途中、佐田とすれ違う。あ、佐田には世話になったからな。ちゃんと言っておこう。

「あ、佐田。僕今日で会社辞めるから」

「は？　え？　は⁉」

「佐田、お前と仲良くなれてよかった。いつかまた遊ぼう」

「え、うん、え？　マジで辞めんの？」

「うんマジ。じゃーな」

佐田の肩をポンポンと叩き、裏口のドアノブに手を掛ける。

その直後、後ろから肩を摑まれた。佐田かと思ったが江原店長だ。

「東、何を言ってる。辞める必要――」

そこで僕はその手を払いのけ、大きく振りかぶって、江原店長の左頰目掛けてパンチした。

江原店長は勢い良く後ろに飛び、作業台の下に崩れ落ちる。

佐田や他の店員が驚いて僕たちを見る。

江原店長は頰を押さえて呆然としていた。

初めて人を殴った。

「これで正式に辞めれますね。それじゃ」

まだ後ろから江原店長は何か言っていたが、無視して裏口から出た。

自分の財布とスマホをポケットに入れ、従業員用通路に仕事用鞄を放り投げる。笑みが溢れる。人を殴ったことで興奮しているのかもしれない。

暑苦しいネクタイもしなくていい。乱暴にネクタイを外して通路にぶん投げる。ワイシャツを引きちぎりボタンが弾け飛ぶ。

すれ違う人は不審者を見るような目で僕を見ていた。

ビル内から駅方面の出口に行き外に出る。涼しい。僕は、自由だ。

石田武命　八月六日　火曜日　十八時

「瑠花さん、僕と付き合ってください」

鳳仙の仕事終わりの自転車置き場で、深々とお辞儀をしながら瑠花さんに手を差し出す。今日は二人とも、十八時でバイト上がりだった。

「え、それ冗談?」

瑠花さんが自転車に手を掛けたまま、素《す》っ頓狂《とんきょう》な声で言う。

頭を下げているから、どんな表情をしているか分からなかった。

「冗談じゃないっす。本当に好きです！」

「ドッキリ？」

「ドッキリでもないっす！」

聡明さんや佐知子さんに聞こえないレベルの音量で喋る。そろそろ腰が痛い。辛い。

「武命くんちょっと、顔上げてよ」

「は、はい」

瑠花さんに言われて顔を上げる。

瑠花さんは狼狽《うろた》えながらも、笑顔は崩してはいなかった。困っているのが分かる。

「ごめん、その、本当に気持ちは嬉しいんだけど、今はその、付き合ってる、みたいな人がいて。だから残念なんだけど、お断りします」

「そっか、分かった」

そう言ってわざとらしく笑い、自転車の鍵を解錠する。

突然切り替えたものだから、瑠花さんはポカンとしていた。

「は？　冗談？　やっぱり冗談だった？」

「冗談じゃないよ！　本当に好きだよ！　でもフラれちゃったらしょうがない！」

「え？　それでいいの。そういうものなの？」

俺は、よっと自転車にまたがり笑って言った。

「一回、告白ってものしたかったんだよね！」

「え、どういうこと、待って、意味が分からない。私、検証に使われたのかな」

「違うよ！　本当に好きだよ！　好きだってば！」

「え、じゃあもっと、泣いて悔しがってほしかった」

「真顔で言うんだね！」

瑠花さんは困惑しながらも、自分の自転車の鍵を解錠し、自転車を押して隣に来た。

「武命くんは友達っていう気持ちが強過ぎて、その、好きとか、嫌いとか、そういうのじゃない気がする。でも、一緒に居てすごく楽しい」

「そっか」

「でも気持ちはすごく嬉しい。鳳仙のみんなは、私にとって家族みたいなものだから」

「え、俺も思ってた。本当？」

「うん、本当だよ。だから態度は変えずに、これからも友達でいてくれるといいな」

「友達？　親友？」

「親友だね」

顔を合わせて、フへへと笑う。

瑠花さんは夕日に照らされて、かすかに頬を伝う汗が見えて可愛かった。

「はは。じゃあ帰る」

「あれ？　そっち？」

「あ、うん、今日はこっち。駅のほうで用事あるんだ」

「そうなんだ。じゃあまた明日、鳳仙で」

「うん、また明日」

言い合って別れる。

しばらく自転車を漕いで鳳仙が見えなくなった辺りで立ち止まる。人の邪魔にならない場所に避けて、リュックから紙を取り出した。

『やりたいことリスト
一、一人焼き肉をする。
二、鳳仙のメニューを全て食べる。
三、谷藤夫婦にプレゼントを渡す。
四、花火を見る。
五、告白をする。
六、路上ライブをする。
七、万引きをする。
八、ゲームを全クリする。
九、照史と仲直りをする。』
五番の欄を、持っていたボールペンでグチャグチャにすると、もう一度リュックに入れて駅に向かい自転車を漕ぎ始める。走りながら、これからのことが頭を過《よぎ》った。

俺はもう無敵だ。神様、もとい直人さんが、夏の終わりに全て解決してくれる。

直人さんみたいなお父さんがよかったなあ。いいなあ、瑠花さん。直人さんはクソなんか比べものにならないくらい素敵な人だ。交換してくれないかな。

しかしいったい、なぜクズと瑠花さんが接点を持っていたのだろう。付き合っていたのかもという推理もあったけど、すぐにそれはあり得ないだろうという結論に至る。あの男が、そもそも一人の女性と健全な付き合いができるとは思えない。

あいつが女性を家に連れ込んだことを覚えている。自室で寝ていたら、女性のかすかな悲鳴と泣き声が聞こえてきた。恐る恐る廊下に出てみると、ちょうど顔をボコボコにされた女性が家を出ていくところだった。

あいつは暴力的な性行為をするような奴だ。そんな奴と付き合っていて、瑠花さんが無事でいられるはずがない。

どうにも結びつかなかったけど、今さらどうでもよくてすぐに考えるのをやめた。

ところで、今日瑠花さんに告白したのは、別に付き合って瑠花さんの様子を観察するためではない。夏休みのやりたいことリストを作ったとき、なんとなく告白したいと書いた。それでいま一番好きな人を考えたら、それが瑠花さんだっただけのこと。一年間もずっと一緒に居たんだ。好意が芽生えないわけがない。

まあ俺としては、付き合えても付き合えなくても、ぶっちゃけどっちでもよかった。付き合えたとしても、いずれ俺の兄の存在を知ってしまう。そしたら当然別れるはずだ。俺にとっては〝告白する〟という行動が重要だ。一皮剝けた男になりたかっただけの話。

思えば瑠花さんは今、とんでもない事件の中心に居る。だけど、俺が直人さんの罪を被れば、瑠花さんはこれからも普通の人生を歩めるはずだ。

彼女には幸せになってほしい。彼女にどんな事情があったにせよ、俺はそう願う義務がある。


三十分ほど自転車を漕いでやっと駅に着いた。

駅中に入り、大型ロッカーの鍵を開けて、中からギターケースを取り出す。

昨日、バイトが終わってからすぐに駅に来れるように、予め置いていたのだ。去年、鳳仙で初めて貰ったバイト代をはたいて買った安物のギターだった。

そして駅前のど真ん中、賑わっている手頃な場所に移動して、背負っていたギターケースを下ろした。

時刻は十八時半過ぎ。ちょうど仕事終わりのサラリーマンが帰ってくる時間帯だ。それに、夏休みだからだろうか。ちらほら小中学生らしき奴らも居た。最高だ。

両手で顔をパンパンと叩き、深呼吸をする。ブックオフで売っていた安い楽譜立てを組んで置き、手書きのコードが書いてある紙を数枚載せる。ケースを開けて中のアコースティックギターを取り出し、ストラップを首に掛けた。

「あーっと、ご帰宅中の皆さん、初めまして。武命です。う、歌います。よろしく」

通りかかる人は誰一人俺のことを見ていない。

まあ、そんなもんか。緊張はあったけど恥ずかしさはなかった。俺だけのライブだ。

微妙にチューニングの合ってないギターでCのコードを弾く。井上陽水の「少年時代」。照史とやる予定だった曲だ。

将来、音楽で飯を食べようとは思っていなかった。だけど、照史と時々会って、適当に演奏しあって、のんびり大人になっていくのも良いなって、そう思い描いたことはあった。

だけどもう、あの頃には戻れない。いや、そもそも自分があの家に生まれた時点で、そんな幸せな未来はない。いつだって何をするにも、自分の環境がトラウマになって何もできない。現に今だってそうだ。嫌われるのが怖くて、ずっと愛想笑いをしてきた。最初から俺に、幸せな未来なんてなかったんだ。

だけど、だけど今だけは——

弾き語りライブを始めて一時間くらい経ったときだ。次の曲を歌う前にチューニングをしていると、突然声を掛けられた。

「君、演奏をやめなさい」

後ろから肩をポンと叩かれ振り向くと、二人組の警官が立っていた。

ヤバい。もう来たか。ここでの路上ライブが禁止されているということは知っていたけど、こんなに早く注意されるとは。

だけどまだやりたい曲がある。俺は声を掛けてきた警官の一人を睨みつけた。

「なんだよ。いいだろ、別に。誰も困ってねーじゃん」

ていうか、一時間やっても誰も足止めてくんねーし。誰も興味ないからいいだろ。早くどいてくれよ。次の曲歌いたいんだよ。

「路上ライブはここではやってはいけない決まりなんだよ」

「なんでさ。他のとこでもやってんじゃん！」

少しイラついて大きな声を出す。通りすがりの人たちが眉を顰《ひそ》めて俺を見ている。こんなことで注目を浴びたいわけじゃないのに。

「ここは通路のど真ん中だ。通行人の邪魔になる」

「ちゃんとスペース取ってやってるじゃん。何も邪魔してないじゃん！　うっせー、バカ！」

全力で反抗すると、もう一人の警官が一歩前に出てきた。

マズい。来るか？　と思い身構える。

そのときだ。そいつは、突然俺と警官の間に割り込んで言った。

「あー、すみません！　連れが申し訳ないです！　今すぐどきますから！」

そいつは後ろ姿だったけど、その坊主頭には確かに見覚えがあった。

「は？　照史⁉」

驚いて名前を言うと、照史は首だけ動かして振り返る。

なんで照史がここに。

照史の言葉に警官は一瞬苦い顔をしたが、すぐに小さく笑みを浮かべた。

「友達が来てよかったな。さあ今すぐどきなさい。どくまでここで見てるから」

「な、なんだよ」

警官の物言いにイラッとしてまた反論しようとしたけど、今度は後ろから肩を叩かれ止められた。

照史の彼女、岸本さんだ。

「武命くん、ダメだって。ほら行くよ！」

「え、岸本さん？」

「あー、ありがとうお巡りさん！　ほらいくぞ、武命！」

照史と岸本さんの二人に強く止められ、状況も上手く理解できないまま、俺はしぶしぶ自分のアコギをケースに入れ、楽譜立てをリュックに仕舞い込んだ。

それを見た照史が俺と岸本さんの手を取る。駅とは反対の大通りのほうへ走って連れていかれた。

しばらく走って警官が見えなくなると、三人とも息切れを起こして立ち止まった。それと同時に照史は、緩やかに俺と岸本さんの手を離す。

「はあ、照史。な、なんでここに居んだよ。それに岸本さんも」

「私たち、ちょうど駅のマックで夕食を食べてて、偶然だったの」

「偶然？」

なんとなく気まずくて照史の顔を見れない。照史のこともそうだけど、弾き語りが中途半端に終わったことも気になる。こんな結果でやりたいことリストを埋めてもいいだろうか。これってOKってことでいいのか？　演奏はしたわけだし、別にいいよな？強制終了でも、やったにはやったんだし……

ブツブツとつぶやき頭を搔きながらしゃがみ込むと、それを見た照史が見かねて声を掛けてきた。

「武命。落ち着けって」

一瞬何も言えなかったけど、目を瞑って数回深呼吸する。落ち着きを取り戻して返答した。

「あ、ああ……、ごめん」

俺は道路脇のガードレールに寄りかかり、顔を押さえる。

その隣に照史も寄りかかった。

「あー、久しぶりだな武命。その、お前いったい何やってたんだ？」

「見たままだよ。路上ライブ」

「は、路上ライブって、マジ？　どんくらい？」

「一時間くらいかな……」

「それで、警官に注意されて？　スゲえじゃん」

すごい？　そんなこと言われるとは思わなかった。

俺は顔を隠していた手を離す。視界が拓けていつもの照史の顔が見えた。その傍で、心配そうに俺たちを見守る岸本さんの姿も。

「スゲえよ武命。俺、まだ恥ずかしくて路上ライブなんかやる度胸ねえもん。やっただけスゲえよ」

「そ、そうか……、スゲえか。じゃあ……、それでいいか」

すごいって思われたんなら、それでいいや。あとでやりたいことリストは埋めよう。

「何演奏してたんだよ」

「あー、えっと。ゆずの『夏色』とか、ホワイトベリーの『かくれんぼ』とか、あと、あいみょんの『マリーゴールド』とか、ああ、井上陽水の『少年時代』」

「『少年時代』って、俺とやろうって言ってたじゃん。何先にやってんだよ」

「だって照史、俺にもう話しかけんなって」

そう言ってしまったところでハッとする。失言だった。照史の顔から笑みが消えていく。

「あ、あっきー。私ちょっと離れてようか？」

「いや、いい。ここに居てくれ」

照史は岸本さんを制止し、俺に向き直る。そして俺の肩を優しく抱いた。

「なあ、武命。すまなかった。あのときのこと反省してる。その、ひどいことを言った。

傷ついたよな」

え？　予想外の謝罪にそのまま固まる。

「その、言い訳になるんだけど、美希と喧嘩しちゃって。それで、俺もいっぱいいっぱいだったんだ。だからつい思ってもいないことが口に出ちまって……。お前、家族のことでずっと相談してきてたのに、いきなりひどく突っぱねちゃって、ごめん」

「も、もしかして私のせい？　武命くんごめん！　私があっきーと喧嘩したから、二人ともごめんなさい」

岸本さんも俺の前に来て深々と頭を下げる。

俺はものすごくゆっくり、さっきと同じように手で顔を隠す。

それが合図のように、今度はさらにはっきりとした口調で照史は言った。

「武命、本当にごめん。俺、お前とは友達でいたいよ」

俺はその言葉に、思考が黒く滲んでいくのが分かった。手で隠したまま、俺は目を瞑る。

ははは。ははは。はははははは。ははははははははは。バーカ。バーカバーカ。バアアアアアアカ。くっだらねえよ。本当。今さら。今さら、遅いよ。照史。

半ば叶わないと思いながらも、照史と仲直りしたいという気持ちをやりたいことリストに書いた。

絶対に叶わないと思っていた。照史のことだけは、絶対に。

俺、いいのかな。こんな、こんな嬉しくなっちゃって、いいのかな。

俺は勢い良く照史に抱きついた。

「うぉぉお？」

「え、ちょ、武命くん！」

俺の豹変ぶりに岸本さんも一緒に驚く。

「俺も、お前に会いたかったよ」

俺がそう言うと、照史はたじろぎながらも俺を抱き返してくれた。

「は、お前ちゃんと飯食ってんのかよ。なんか痩せたんじゃねえか？　飯食いに行くか？」

「え、あっきー、まだ食べるの？」

「全然入る。俺は行ける。武命はどうだ」

「照史の奢りか？」

俺が一度照史から離れて言うと、照史は呆れ顔で答えた。

「あーあー、いいだろう。奢ってやるよ！　だからその、友達でいてくれるか？」

「もちろん。照史、俺全然怒ってねえよ。会いたかったぞ！」

そう言って、再び強く、強く抱き締める。

抱き締めるのは嬉しいからじゃない。ニヘラ笑いが取れない。取れないんだ。

照史、ちょっと遅いよ。

俺はお前のこと、友達でもあり、神様だって、思ってたバカなときがあったんだ。
でもさ、助けてくれるの、ちょっと遅いよ。なあ。

六章　花火

東千尋　八月十日　土曜日　十七時

「はい、チーズ。オッケ。えーっと、うん……、これでいいかな？」

　僕のスマホを瑠花が操作し、自撮りをしたあと、よく分からないままスマホを返される。いま撮った写真が、インスタに投稿されたようだ。

　瑠花がやっとイチゴ飴を口に含んだから、僕もリンゴ飴を口に入れる。写真を撮るまで食べないでと言われていたので待ち遠しかった。

「千尋さん、本当にスマホ慣れてないんだね。インスタは写真付きじゃないと投稿できないの。インスタグラムの写真が見映えが良いことが〝インスタ映え〟。オッケ？」

　イチゴ飴を齧りかすかに笑う。実に可愛らしい。

　祭りの屋台を眺めていたら、瑠花が小さく『インスタ映えしそう』と言った。それくらいは知ってたけど使ったことなかったから、実践で教えられたというわけだ。

　インスタか……。ラインの登録が瑠花と紀恵子さんと佐田だけだから、それ以外は全然使わない。まあ、瑠花の可愛い写真が撮れたからそれで良いとしよう。

　スマホをポケットに入れてリンゴ飴を舐める。美味しい。祭りなんて誰とも来たことなかった。だからリンゴ飴も、思い返せば人生で初めて食べたかもしれない。まさか瑠花と夏祭りに来れるなんて思わなかったな。

遠く、人の喋る声に混ざって祭囃子《まつりばやし》の音が聞こえる。時刻は十七時。花火まであと二時間ほど。

「んー、どこ行こっかな」

瑠花がイチゴ飴を口に含んだまま、滑舌《かつぜつ》悪くつぶやき辺りを見回す。

「瑠花！　来てたの？」

突然、瑠花を呼ぶ声に思考が止まりハッとする。

瑠花は身体をビクッと震わせ、驚いて声のするほうを向いた。

彼女に続き僕も同じ方向を見る。女の子が一人と男の子が二人。

すかさず瑠花は僕の背中をトントンと叩いた。

「いい？　今から私とあなたは親戚。私のお父さんの弟があなた。あなたのお兄さんの娘が私。オッケ？」

瑠花は真面目なトーンでそう言ったあと、僕の返事を待たずに友達のほうへ向かう。

せっかくのデートだったのに、と若干腹立たしく思い、ガリガリとリンゴ飴を噛み砕き瑠花の後ろに続いた。

「美希！　驚いた。夏祭りに一緒に行くのは明日じゃなかったっけ？　まさか今日も来てたなんて」

「明日は瑠花とデートでしょ？　今日はあっきーとデートなの。あっきーが呼んだ武命くんも居るよ！　三人で遊んでた」

「あ、ホントだ。武命くんに照史くんも！」

「よう、瑠花さん、久しぶりだな」

「照史くん久しぶり。夏休みに入ってから会うの、初めてだったね」

瑠花の少し後ろで会話を聞きながら、なんとなく状況を把握する。ショートヘアの浴衣《ゆかた》姿の女の子が美希ちゃん。坊主の男の子が照史くん。その二人の後ろで、妙にニコニコしている細身の男の子が武命くんというらしい。

「瑠花、その人は？」

「ああ、親戚の叔父《おじ》さん。えっと、パパの弟で千尋さんていうの」

「え、なんか女の子っぽい名前ですね。瑠花、叔父さんと来るなんてずいぶん仲良いのね」

「あはは……、ほら、せっかく二日間花火があるんだったら、今日も見たいと思って。急遽連絡して付き添いしてもらったの」

「へえ。じゃあさ、前夜祭しようよ瑠花。明日の私たちのデートの前に、今日も一緒に」

「一緒に？」

疑問文を思わず発してしまったのは僕。視線が僕に集中する。

瑠花と二人きりがいいという捻くれた気持ちもあるけど、それ以外に、僕とこの子たちは年が離れ過ぎていて、果たして仲良くできるだろうかという不安が湧いた。

しかし瑠花を見ると、別段困った顔はしていない。

「いいのかい？　こんなおじさんと一緒でも」

「全然いいっすよ。なあ武命」

「ん、あ、おう。人数多いほうが楽しいもんな！」

後ろのほうで、武命くんという子が元気な声で言う。一応、みんな歓迎してくれているようだ。

「あー、ありがとう。じゃあ、お邪魔するよ」

「今日は私の叔父さんが奢ってくれるから。なんでも言って！」

瑠花がそう言うと、三人とも「やったぁ！」とわざとらしく大きな声を上げた。

おい、瑠花。仕事辞めたばっかなんだぞ。君にはまだ言ってないけど、次の仕事を探すまで節約しなきゃなんだからな。

「射的をやりたい！」と言う美希ちゃんの言葉につられて、全員が移動する。

瑠花が後ろを振り返り、「ほら行くよ」と僕に向かってにっこり笑った。

瞬間、中学生の頃の記憶と合わさる。ノイズが走り、あの日の笑顔と重なった。

石田武命　八月十日　土曜日　十八時

こいつは本当に直人さんの弟か？　そう第六感が警告していた。

瑠花さんと岸本さんは、二人で金魚掬《すく》いにハマり、照史、俺、千尋さんの三人は、隣の屋台で型抜きをしていた。

しかし照史は何度も失敗し、屋台のおじさんにコツをしつこく訊き始めた。俺と千尋さんは、屋台の隣に設置してある折り畳みテーブルとベンチに座って、型抜きに熱中している。否、俺だけは熱中するフリをしている。型抜きなんてぶっちゃけどうでもいい。

「あっ」

パキッと千尋さんがやっていた型抜きが割れてしまった。残念そうにテーブルに顔を伏せる。

「あー、千尋さん、残念っすね！　あ、スゲえギリギリ！　おっしい……」

一応フォローをしておく。おちゃらけた声で言うと、千尋さんはぎこちなく笑った。

「難しいねこれ……、ちょっと休もうかな」

そう言って千尋さんは、今まさに割れてしまった型抜きを口に入れて、金魚掬いの所に居る瑠花さんのほうを眺め始めた。

今だ。こいつのことを探ろう。本当に直人さんの弟なのか確かめたい。年齢もかなり若いほうで、顔もそこまで似ていないから気になっていた。瑠花さんを疑っているわけではないが、直人さんの弟だとしても、直人さんが俺の兄を殺したことについてもし知っていたら……。そんな不安が過る。直人さんがこいつに相談してる可能性だってあり得る。

「あー、その、仲が良いんですね？」

「瑠花と？」

「はい。なんかかなり過保護っぽい」

「まあ、大事な姪《めい》っ子だからね」

「子どもの頃はどんな感じだったんすか？」

「そうだな……、瑠花は昔、イジメられてたんだ。中学生くらいの頃かな。でも自分から抵抗して、強い子だった。男っぽいっていうのか、ガサツっていうのかえ、それは、初耳だ。中学生時代にイジメられていた？　瑠花さんが？

「でも今は、あんなに笑顔になってくれて嬉しいよ。昔はどことなく、悲しい顔ばかりだったから」

「そうなんすか……。あー、俺、実は瑠花さんとアルバイト一緒なんすよ。アルバイトしてるときはいつも明るいから、イジメられてたなんて意外っす」

「そっか。あまり自分から話したがる子じゃないからね。強がりなんだ」

そう言いながら心配そうに瑠花さんを見る目は、確かに保護者のようだった。彼女の過去を知っている。それならもう、親戚で間違いないんじゃないか？

そう思ったとき、鳳仙で喋ったことを思い出した。瑠花さんは言っていた。彼氏みたいな人ができたと。それがこいつの可能性だって否定できない。あり得る。瑠花さんが年の差を気にして、親戚ということにしている可能性もあるんじゃないか？

だけど、瑠花さんの過去を知っているなら一概にそうとも言えない。イジメられていたなんてこと、すぐに彼氏に話すものだろうか。

ああ、ダメだ。これだけじゃ判断できない。

「よければうちらの店に食べに来てくださいよ。サービスするんで」

「本当？　ありがとう。今度ぜひ行くよ」

「千尋さん、ライン交換しません？」

「え？　ラ、ライン？　うん、いいよ」

よし、自然に持っていけた。

型抜きをする手を止めてスマホを取り出し、千尋さんとラインを交換する。

ラインを交換すればこっちのものだ。定期的に連絡を取って監視しよう。大丈夫。夏休みが終わるまで。俺が両親を殺すまでの辛抱だ。

「よし、これで友達っすね！」

おちゃらけた風に言うが、千尋さんはスマホを見たまま動かない。なんだ？

「千尋さん？」

千尋さんは俺のラインアイコンの顔写真をまじまじと見ていた。

俺が子どもの頃の写真だ。小学生のときのアルバムの写真を、面白がってなんとなくアイコンにしていたのだ。

俺の小学生時代の写真に反応してる？　そのあと、すぐに目の前の実物の俺を観察してきた。

「あのさ、どっかで会ったことあったっけ？」

貫くように、睨むように、俺のことを見ている。さっきまでの微笑みは皆無。

突然のことで俺も笑顔が薄れそうになったけど、なんとか表情筋を使ってキープした。

「え、な、ないっすよ……、え、逆にありましたっけ？」

「……分かんない、ごめん」

謝りながらも、千尋さんはまた笑顔に戻る。

なんだ？　と思いながらそれ以上追究しなかった。

東千尋　八月十日　土曜日　十九時

先ほどまで鳴いていた蟬の声が止まり、遠くの花火の音が聞こえてきた。

「ほら、千尋さん早く！　お爺ちゃん！」

まだ二十代だよ。

瑠花に急かされながら、河川敷の坂を慣れないスニーカーで登る。ムダに生い茂る草と人の群れを掻き分けて、やっと河川敷の坂を登りきった。

空に花が咲いていた。満開の花がいくつも咲き乱れている。まるで宇宙に居るかのようだ。

そのままみんなで座れる場所を探し、やっと端っこのほうで人の少ない所を見つけた。草が生い茂る河川敷の坂に、右から僕、瑠花、美希ちゃん、照史くん、武命くんの順で並び、花火を見上げた。

「熊越市のビッグイベント、打ち上げ花火。一時間咲き乱れる夜の花畑は、熊越市民の幸福を見守っている。打ち上げ数一万発、だってさ」

「一万発？　あっきー、それマジ？　ヤッバいね。花火じゃないよ。もう〝爆弾〟だよ」

「爆弾って。まあでもすごいよな……、なあ武命。写真撮ろうぜ」

「ん？　ああ、オケ。任せろ。みんな寄って！」

武命くんがスマホを自撮りモードにして、左手を伸ばす。僕は瑠花のほうへ思いっきり身体を寄せると、やっと画面に全員の姿が入った。

「はい、チーズ！」

とりあえず瑠花に合わせてピースする。「オッケ！」と武命くんはスマホを弄る。直後、ポケットに入れていたスマホが鳴る。ラインを見ると『爆弾』という名前のグループに招待されていた。

「ここに写真入れた！　みんなグループに入って！」

「え、武命お前、いつのまに千尋さんとライン交換したの？　ねえ千尋さん、俺も交換していい？」

「あ、ズルいあっきー、千尋さん私も！」

「あ、ああ……」

断るわけにはいかず、仕方なく承認ボタンを押した。

おお、すごい。ラインの友達数が、紀恵子さん、佐田、瑠花、武命くん、美希ちゃん、照史くんの六人に増えた。仕方なくというか、ちょっと嬉しい。

見た目を気にしといて良かった。みんなに気味悪がられずに、気さくに話しかけてもらえるのは、瑠花に釣り合う男になろうと身なりを整えたおかげだ。

瑠花、君のおかげだ。君がもう一度僕の目の前に現れてくれたから、僕は自分を変えようと思い切ることができたんだ。ずっと憧れていたピアスも、茶髪も、まだ全然慣れないけど、これからもっと変わりたい。瑠花のために。

自然と、瑠花の肩に手を置く。瑠花は一瞬困り顔をしたけど、もうみんな花火に集中しているためか注意はされなかった。

「じゃじゃーん」

そこで突然、武命くんと照史くんが、二人でハモりながら何かを取り出した。

「これさっき、花火に来る途中で買ってきた。みんなで食おうぜ」

照史くんは屋台で買ってきたと思われる大量の食べ物を取り出す。何かを持っているなとは思っていたけど、これか。

「ラインナップ言ってきまぁす！　たこ焼き、焼きソバ、チーズハットグ、フランクフルト、ロングポテト、どれがいい？」

「私焼きソバ！」と美希ちゃんがすかさず手を挙げる。受け取って早々「いただきます」と食べ始めた。

瑠花が僕に「何にする？」と訊いてきた。

「あ、じゃあ、えーっと、チーズハットグで」

「オッケー」

みんなの手を渡って僕の手元にチーズハットグが流れてくる。受け取って一口。チーズが切れないまま長かなり伸びる。初めて食べたけど、なかなかジャンキーな味だ。

「たこ焼き食いたい人！」

「食う！」

武命くんの言葉に、すぐ隣の照史くんが勢い良く手を挙げる。たこ焼きを照史くんに渡すと「腹減ったー」と言いながら、早速食べようとした。

すると瑠花が、勢い良く手を挙げて言った。

「照史くん、私もたこ焼き食べる！　ちょうだい！」

たこ焼き？　と思い、僕は瑠花の肩をツンツンと突いた。

「なあに？」

「瑠花、たこ焼きにはマヨネーズが掛かってる」

「そうだね」

「マヨネーズ、ダメだったろ？」

「え？　大丈夫だよ？」

え？　いやいや、そんなことない。昔、マヨネーズが入っているからサンドイッチは嫌いだとはっきり言ってたじゃないか。マヨネーズだけじゃない。乳製品全般。牛乳、バター。あとは、ヨーグルトも。

照史くんからの手渡しリレーでたこ焼きが瑠花に届く。覗き見すると、たこ焼きにはしっかりとマヨネーズが掛かっていた。

「美味しそ～」

「瑠花、私にも一つちょうだい」

「先に私！」

瑠花が美希ちゃんの手を払いのけてパックの輪ゴムを外す。付属の箸で一つ摘んで口に入れた。美味しそうに咀嚼する。本当に、美味しそうに。笑顔で。

僕は彼女の肩をググッと掴んだ。

「え、何？　食べたいの？」

「いや、そうじゃなくて。瑠花、マヨネーズ食べれないって、昔から大嫌いって、言ってたのに。いつの間に食べれるようになったんだ？」

「え？　む、昔から？」

瑠花は困った顔で僕に顔を近づけ、子どもをあやすような優しい目で囁いた。

「ちょっと、そこまでリアルに叔父さん演じなくてもいいんだよ。マヨネーズ好きじゃないって設定、何それ？」

「だって……、マヨネーズも、乳製品とかも全部嫌いだろ？」

「そんなことないよ？　乳製品って、私と初めて会ったとき、ヨーグルト味のアイス食べてたじゃない。ムリに設定作ろうとしないで、普通にしてて大丈夫だから」

瑠花が言い終わると同時に、またも大きな花火が空に開いた。それに続いて、小さな花火が咲き乱れる。その明かりに照らされて彼女の顔がよく見えた。

頭の中の彼女とズレが生じる。モンタージュのように、目と鼻と、口と、耳と、パーツがゴチャ混ぜになっていく。そして、初めて会ったときの彼女。ヨーグルト味のキス。

とたんに気分が悪くなる。胃液が逆流してくるのを感じた。

「ごめん、ちょっとお手洗い行ってくる」

「えっ、ちょっと。大丈夫？」

「ああ、大丈夫」

瑠花が僕の手を摑んだけど、すぐに振り解いて歩き出した。

「あ、千尋さん、トイレ？　待って、俺も行くわ」

「あっきー、リンゴ飴買ってきてよ」

「トイレが先だよ。腹いてえもん。じゃあ一緒に行こうぜ」

「あ、うん。じゃあ一緒に行こ。瑠花、武命くん、ここに居て動かないでね」

美希ちゃんと照史くんも立ち上がり、二人が僕についてくる。一人になりたかったけどしょうがない。三人で神社付近のトイレへ向かう。

後ろの河川敷では、花火の音が延々と鳴り響いていた。

水原瑠花　八月十日　土曜日　二十時

「瑠花さんはさ、将来どうするの？　卒業したら」

千尋さん、美希、照史くんの三人が、神社のほうにお手洗いに行ったため、武命くんと二人きりになる。

すると武命くんは空いたスペースを詰めて私の隣に座り、花火を見上げながら訊いてきた。

肩と肩が当たって、本気だったのか冗談だったのかいまだに謎の告白を思い出し、気まずくなってしまう。

「将来か。あんまりはっきりしたことは考えてないけど、とりあえず家は出たいな」

「そうなんだ。どうして？」

「もうパパに迷惑掛けられないからさ。進学したら学費とか大変だし。もういっそのこと高校卒業したら働こうかなって思ってる」

「偉いね、瑠花さん」

「武命くんは？」

「俺は決まってないんだ。だからなんとなく不安で質問した。でも俺も、家を出ようかなって思ってるよ」

そこで武命くんの表情を窺《うかが》う。花火の明かりに照らされて、悲しそうな顔が見えた。最近の武命くんは、いつにも増してどこか楽しそうだ。アルバイトのときしか会うことはないけど、夏休みに入ってからより一層笑顔だった。だから今、こんな悲しい顔を久しぶりに見て本当に驚いた。

慰めるように、私は優しい口調で話を続ける。

「そっか。就職？　進学？」

「どうだろ。ぶっちゃけやりたいこともないし、勉強嫌いなんだよね。だから進学はいいかな」

「そうなの？　武命くん頭良いから、てっきり勉強が好きなんだと思ってた。中学校、確かすごい進学校だったよね？」

「そうだったけど……。でもさ、勉強が好きな奴なんているかよ。あと、なんとなく学校っていうのが嫌い」

「学校が嫌い？」

「俺さ、中学生のときイジメられてたんだ」

「嘘、それ本当？」

「うん、どこにでもあるようなイジメ。ああいう学校はさ、頭悪い奴に対して当たりが強いんだよ。マジで髪引っ張られたり、避けられたりしてさ。高校じゃみんな仲良くしてくれっけど、本当は学校っていう空間、あんまり好きじゃないんだ。中学時代を思い出すから。だから進学は考えてない」

「そっか……、知らなかった」

「その、あのさ。瑠花さんも、イジメられてた？」

「私？　私はイジメられたことはないな」

「え？　でも……」

武命くんが私の目を見つめて不審げな顔をする。イジメられたことがないという言葉に強く反応している。

ん？　と私は武命くんの様子を窺う。

しばらく沈黙したあと、武命くんはうつむいてつぶやいた。

「あ、いや……、ごめん。なんでもない。そっか」

「え、なんかごめん。何か気に障ったことあった？」

「そんなことないよ。あー、えーっと、いや、もし瑠花さんもイジメられてたら、俺の気持ち分かってくれてたかなって」

「もしかしたら私の知らないところではあったのかもしれない。でも私は自分のことで精いっぱいだったから……。それに案外、クラスに馴染めてなかったかも」

「そうなの？」

「うん。一番仲が良かった美希とは今でも親友って言えるけど、その他の人とは今じゃもう全然話すことないからね。なんかすごい濃い話してるね。武命くんとこんな話するとは」

「たまにはこんな話題でもいいだろ」

武命くんがこっちを見てにっこり笑う。

隣に座っているから顔が近い。まるでキスしそうなくらい。プッと笑ってしまった。

「なんだよ」

「いや、はは。やっぱり武命くんには全然ドキドキしないやって思って」

「えー、そんなぁ。せっかく告白までしたのに」

「ごめんごめん。告白してくれたの本当に嬉しかったよ。だけど武命くん、やっぱり友達としか思えない。親友寄りの友達」

「残念だなぁ……。でももう吹っ切れたから気にしないでよ。俺は瑠花さんに幸せになってほしいな」

幸せになってほしい。その言葉に少しだけドキッとした。恋心じゃない。この鼓動は罪悪感が原因だ。

「卒業しても一緒がいいな。その、恋とか関係なく、瑠花さんと一緒に居るの楽しいから」

「え、本当に言ってる?」

「マジで！」

「実はさ、私も思ってたの。武命くんだけじゃなくてさ、鳳仙。聡明さんと佐知子さんと、そこにはもちろん武命くんも居て。卒業しても一緒に働いて過ごしたいなって」

「当たり前じゃん」


武命くんは目を大きく開いて大きな声で言った。身体も大きく揺れて膝に置いてあった焼きソバが落ちそうになる。慌ててそれを手で押さえると続けて言った。

「俺も完全に同じこと考えてた！　卒業しても鳳仙で働きたいって！」

まったく同じことを考えてたなんて。バカみたいな期待だと胸の内に潜めていたけど、同じことを武命くんが思ってくれてたなんて嬉しい。

「本当！　すっごいじゃん。じゃあもうさ、そうしちゃおうよ。卒業間近になっても気持ちが変わってなかったら、一緒に鳳仙にお願いしにいこうよ」

「良いな。そうしよ！」

私は小指を武命くんのほうに突き出す。

すかさず武命くんも自分の小指を私の小指に絡めた。

「ゆーびきーりげんまん、嘘ついたらハリセンボン呑ーます。指切った！」

二人の小指が離されると、ちょうど特大の花火が空へ上がった。

音に驚いて武命くんがビクッと動く。

私もドキッとして目を瞑ってしまったけれど、すぐに夜空を見上げた。

先ほどから放たれている花火の中でもひときわ大きい、赤い花火が空を漂っていた。溜息が漏れる。こんなに美しい光景を今まで見たことがあっただろうか。興奮で思わず涙がポタポタと零れた。パパと一緒に見たかった。

「武命くん」

「何？」

「あのさ、私、出会い系サイトにのめり込んでたことがあるの」

「え、いきなりどったの⁉」

突然のことに、武命くんが驚いた顔でこっちを見る。深い話をしている続きというか。武命くんが昔なんとなく吐き出したくなったのだ。深い話をしている続きというか。武命くんが昔イジメられていたのを教えてくれたから、私も自分の悩みを打ち明けたくなってしまった。

「私の家、父子家庭だからさ。ずっと家族に甘えられなくて。だから、出会い系サイトに走っていろんな男の人と遊んでたの。今まで別にいいやって思ってた。自分の身体なんてどうなってもいいやって。でも最近、いろんなことが重なり過ぎて、何が正解で何がダメなことなのか、分からなくなってるの」

こんなにも綺麗な光景を見ているのに、心が憂鬱《ゆううつ》になるのは、本当の気持ちを全部吐き出せていないからだ。

武命くんは何も言わない。

私は言葉を続けた。

「武命くん、私怖い。自分が生きてる価値が分からない。友達もたくさんいるのに、なんでこんなに毎日苦しいのか分からない。やり切れない」

涙が溢れていた。これまでいろんなことがあった。その全てに私は今、見ないフリをしている。そのことへの罪悪感が重くのしかかる。

「武命くん。私死にたい」

武命くんはどんな顔で聞いてるんだろう。花火に照らされていても、涙で視界が揺れて、武命くんの顔はよく見えない。

結局、彼は何も言わなかった。

石田武命　八月十日　土曜日　二十二時

あのあとすぐ、トイレに行った三人が帰ってきて、みんなで河川敷に座って花火を眺めた。

でも俺はなんとなく変な雰囲気を感じて一つの考えに行き当たる。そこで、花火が終わって解散になると、夜の道を走って急いで家に帰った。

瑠花さんの突然の暴露に驚きながら、ピースがどんどん合わさっていくのを感じた。

家の玄関を勢い良く開ける。家に帰るのは本当に久しぶりだ。最近はいつも秘密基地に寝泊まりしてばかりだったからな。

家の中は暗い。休日だというのに、クソジジイは外出して居ないみたいだ。ゴミ女は居るようだけど、出てくる気配はない。

自分の部屋のほうへ足早に向かう。だけど、自分の部屋に用があるわけではない。夏休みに入ってすぐに、数日掛けて必要な物は全て秘密基地に移したから、今さら取りに来るような物は何もない。用があるのは隣のクズ野郎の部屋だ。

扉を開けて、中の湿っぽく蒸れた臭いにうんざりしながら中を探索《たんさく》する。ゴミ女は、さすがに部屋にまで侵入して掃除をしたりはしないみたいで、灰皿の中のタバコの吸い殻も、置きっ放しのビールの空き缶の群れも、最後に見たときのままだった。おかげでどこから入ったのか分からないコバエが至る所に舞っていて、その不潔さはかつてのこの住人自体を表しているかのようだった。

部屋中を掻き分けて目的の物を探す。

あった。見つけた。ビールの空き缶と無造作に置かれた服に埋もれて、ノートパソコンがコンセントに挿さったままになっていた。

すぐにノートパソコンを開き電源ボタンを押す。ボタンがベトベトだ。お菓子を食べたまま、その手を拭かずにパソコンを弄ったな。キーボードの隅に菓子のカスが詰まってる。きったねえ。

パソコンを開くとスリープ状態にしていたのか、ログインしたままの状態のフリーメールのページが現れた。

受信一覧を調べる。メルカリやクレジットカードの請求メールの合間に、友人たちだろう名前からのメールが時々受信されている。怪しいアドレスからのメールをいくつか開く。

ラインアカウントのQRコードの画像を送っているものや、年齢、職業を訊いているもの。中には、女の裸体画像が送られているものもあった。出会い系で見つけた女との、駆け引きのような内容だ。

あいつもやっぱり出会い系サイトを使ってたんだな。だからいろんな女と付き合ってた。俺の予想が正しければ、クズ野郎と瑠花さんは出会い系サイトで知り合っていた。

しかし受信メールの中に、瑠花さんとのやりとりと思われるものは一向に見つからない。そこで送信メールのほうをチェックする。

「覚えとけ……」

一番最初に目に止まった物騒なメールの題名が、思わず口から零れた。

メールをクリックして本文を見る。URLが貼られていて、それをクリックするとポルノサイトのページに飛んだ。動画のページだったけど削除されているようだ。

ポルノサイトのURLを誰かに送った？　削除されていてどんな動画か分からない。

気持ち悪くなってブラウザを閉じると、デスクトップが表示される。一番見たかった、知りたかった情報はそこに詰まっていた。

デスクトップには大量の動画のアイコンが乱雑に散らかって表示されていた。その一つをクリックする。とたんに裸の女が表示され、性行為をしている主観映像が流れた。

「な、なんだよこれ……」

気色悪い。吐息に混じって男の声が聞こえる。クズ野郎の声。久しぶりに聞いたあいつの声に反吐《へど》が出る。他の動画も開いて見ると、さっきとは違う女が同じように主観映像で犯されていた。中には、ナイフを持って脅しながら犯しているものもある。最低、最低、最低、最低。

その中の一つ、『高校一年生』というタイトルの動画を、デスクトップの端っこに見つけた。

その動画をクリックする。そこに映るのは、今よりも少し幼さを見せる瑠花さんの姿だった。裸の彼女が貫かれている。

俺はとっさにパソコンを壁に打ち付けた。破裂するような乾いた音が部屋を満たし、パソコンはキーボードの部分と画面の部分が半分に分かれてしまう。分かれた画面の部分を拾い、もう一度壁に叩きつける。何度も、何度も。粉々になり、気づけば手に破片が刺さり血が流れていた。

高貴、お前は本当に、死んでよかったよ。最低だ。クズ野郎。

この家は何をどう間違えたんだろう。どこで間違えたんだろう。

クソジジイは学歴と地位だけしか興味がない。

そんな男に命令されるままに動く、頭のイカれたゴミ女。

その間に生まれたクズ野郎は性犯罪の常習者。

その血が、血液が、俺にも流れている。俺にはあいつらと同じ血が流れている。チクショウ。チクショウ。

ダメだ。殺そう。両親を必ず殺そう。いま一度強く決意する。兄は化け物だった。目つきも、行動も、暴力的なところも、ニキビ面の醜い顔も、ヤニで黄色くなっている歯も全て、汚らしい獣のようだった。それを生み出した両親も同じだ。化け物を生み出した報いを受けるべきだ。

そこでふと思った。待てよ。俺もそうだ。直人さんに追加でお願いしよう。みんなを殺したあと、俺のことも殺してくれるように。俺もこの家で生まれた以上、化け物の血が流れてる。俺の人生も早く終わらせるべきだ。死ぬべきだ。そうだろう。神様。

そうだ。一家の無理心中を計画しよう。そうすれば、神様、直人さんに迷惑が掛からない。

心がひどく濁っていくのを感じる。でもそれが今は心地良かった。

夏休みは続く。とっととやりたいことリストを埋めよう。

東千尋　八月十一日　日曜日　二十時

「紀恵子さん、流花って、マヨネーズ嫌いでしたよね？」

『マヨネーズ？』

「マヨネーズです。あと乳製品もダメでしたよね。ヨーグルトとか、バターとか、牛乳とか、全部」

『そうね……、あの子けっこう偏食だったから、ほぼお菓子しか食べなかったわ。マヨネーズなんて特に食べなかったわよ。ヨーグルトも嫌いだった』

「そうですよね……」

『珍しいわね、そんなこと訊くなんて』

「すみません。あの、紀恵子さん」

『なあに？』

「流花は、生きていると思いますか？」

『死んだわ』

「……すぐに言うんですね」

『千尋、今さら何言ってるのよ。分かってるでしょう。何かあったの？　嫌なことでもあった？　どうしてあの子が生きてると思うの？』

「流花が、生きている気がしたんです。なんとなく、彼女が傍に居る気がするんです」

『居ないわ千尋。あの子はもう居ないのよ』

「でも僕は流花の死体を見てない」

『私は見た。あの子の死体を見たわ。あれはあの子だったたって私が保証する。千尋、いま何か起きてるの？』

「僕の前に、流花にそっくりな子が現れたんです」

『流花に？』

「ええ。僕は彼女のこと、本物の流花だって思ってたんです。字は少し違うけど本人だって。でも、記憶の中の流花と僕が出会った彼女は少し違うんです。見た目が一緒なのに、嫌いな食べ物も、性格も違うみたい。紀恵子さん、あの子は何者なんでしょう」

『落ち着いて、千尋。一度ゆっくり深呼吸してくれる？』

「僕は落ち着いてます」

『いいえ、気が動転してるわ。千尋、聞きなさい。私、あなたがもう立ち直れてると思ってたわ。だけどまだ後悔してたのね。でもそうよね。毎年墓参りに来てくれるんだから、本当にあの子のことを愛し続けてくれてるのよね。でもね？　もう死んだ人に執《しゅう》着《ちゃく》しても自分が辛いだけなのよ』

「死んだ人って、なんでそんなことを言うんです。紀恵子さん、あなたの娘なんですよ」

『私も完全に立ち直れてるわけじゃないわ。でも私はあなたと違って、ちゃんとあの子が死んでることを理解してる。受け入れてる。いい？　千尋。あの子は死んだのよ。もう居ない。どこにも居ないの。流花にそっくりな子、その子はただそっくりなだけであって流花じゃない。本当は、あなただってちゃんと分かってるんじゃないの？』

「ごめんなさい。もう電話切ります」

『千尋！』

「すみません、失礼します」

石田武命　八月十四日　水曜日　十九時

夏祭りが終わり、夏も終盤に差しかかってきた。それと同時に一気に気温が上がり、今週は連日最高気温が三十五度を超している。

あと一週間ほどで夏休みも終わる。俺の人生も。

だけど、やりたいことリストは、最後に一つだけ残っていた。

「へへ、楽勝楽勝」

そう言う照史のポケットには、一個十円の小さなチョコが大量に詰められていた。ヤバい、先を越された。

俺は適当に、目に入った細長いガムを取り、店員に見られないようにポケットに入れて、照史と一緒にコンビニを飛び出した。

万引き競争。駅までの道のりで、どっちが多く商品を万引きできるか競う遊び。照史の案だ。

今日は照史と二人で遊ぶ予定を立てていた。ゲームセンターに行ったり、一緒に鳳仙で食事をしたり。食事中、万引きをやるってどんな感じなんだろうなと、世間話のように冗談ぽく言ったら、照史が万引きのやり方を教えてくれたのだ。

照史にこういう一面があったのは驚いた。道中、話を聞く限りでは、中学時代からよく万引きをしていたらしい。なぜそんなことをしていたのかと訊くと、だって楽しいじゃんと、なんともサイコな答えが返ってきた。

万引きをするような奴といえば、タバコを吸って、髪も染めて、すんげえ見た目が悪い奴、みたいなことを想像していたからびっくりだ。照史はそんな奴じゃない。髪の毛は昔から丸坊主、彼女の美希さんにも優しく接して、学校でも、俺以外にもいつも人当たり良く後輩にも人気がある。俺が照史に家族の相談をしていたのは、そんな優しそうな見た目が理由でもあった。助けてくれそうな、優しくしてくれそうな、受け止めてくれそうな気がしたのだ。照史なら全部許してくれそうな気がしたんだ。

ナチュラルに狂った発言をされて若干戸惑ったけど、照史だから別に悪く思わなかった。こんな一面を見て期待外れかといえばそういうわけでもない。なんとなく安心した。

この世に完璧な善人なんていない。直人さんは、利害が一致したから神様だと認めているだけで、本質は悪だ。はっきり言ってしまえば人殺し。だけどその行動力は家族を守るという正義感から来るものだ。悪があって、善がある。その裏、善があって悪がある。片方だけの人間なんていない。

万引きをするなんて可愛いもんだ。完璧な善人に見えた照史にも、ちゃんと悪いところがあって安心した。人間らしいじゃないか。

照史は俺に、どっちが多く万引きできるか競争しようぜと提案してきた。駅に向かう道中にあるコンビニに片っ端から入り、素早い動きで商品を盗んでいく。

俺も負けじと、照史に教えられたように菓子やおつまみを盗む。だけど手際の良さは照史のほうが上だ。

商品を盗むたびに自分がいけないことをしている感覚に興奮する。学生のアルバイト店員とかだと、そもそもやる気がなさそうに接客している。楽勝だった。まったくバレる気がしない。盗んだ物を各自手に提げたリュックに入れていく。店に立ち寄るたび、どんどん重くなっていった。

「お、良い勝負じゃねえか？」

駅の近くのベンチで、お互い盗んだ物を大量に入れたリュックを見せ合う。照史の奴、食料品だけでは飽き足らず、ペンとかガムテープとか、生理用品まで盗んでやがる。そんなの何に使うんだよというのは今さらだ。こいつは欲しいから盗んでるんじゃない。楽しいから万引きをしてるんだ。スリルが快感なんだ。たとえ捕まったとしても、俺たちは未成年だからそれほど罪にはならない。危ない橋を安全に渡っている感覚。その気持ちが今なら分かる。

「あー、でもギリギリ俺のほうが多いな」

俺のリュックと照史のリュック、それぞれを比べて照史は楽しそうに笑った。

「照史、スゲえ動きが速くて笑っちまうよ。まさかお前がこんなことするなんて想像できなかったぜ」

「なあ、最後にさ、あそこ行こうぜ」

照史が次のターゲットを指差す。イオン系列の小さなスーパー。俺は電車通いじゃないから、駅前のこのスーパーには入ったことがなかった。

照史の顔を見てにっこり笑う。気分は高揚していた。行こうと、照史の後ろについてスーパーに入る。

店員がチラッとこっちを向いて「いらっしゃいませ」と言う。客も少ない。買い物をしているおじさんやおばさんがチラホラと居るくらいだ。

しめた。これなら楽にできそうだ。

「こっちだ」

照史に小声で言われる。

二人でお菓子コーナーに行くと、照史は早速お菓子を掴んでポケットに入れた。俺も負けじと、小さいガムからポケットに入れる。右、左、右、信号を渡るときみたいに周りを見るが、俺たちを見ている人は居ない。店員もレジで待機してる。俺たち最強のコンビじゃないか？ と思いながら、どんどんお菓子を盗んでいく。

突然照史は、スナック菓子の袋をゆっくりとビリビリ破いた。

は⁉ 何やってんだよ！ さすがに焦ってしまい後ずさりする。

照史は俺を見て笑いながら、中のスナックを食べた。

うっわ、やりおったこいつ。

照史は続いて飲料のコーナーへ向かった。ふっつうに、何も動じることなく、缶ビールを二つ取り、ズボンとパンツの間に挟む。

「ふぅう！」

冷たい感触が身体に当たりくすぐったそうな声を出す。

俺は思わずフフッと笑ってしまった。

「お前も盗れよ」

「いや、俺はムリだ。慣れてからやるよ」

「そうか？ 簡単だけどな？」

缶ビールは大きいし、落としたらすぐにバレてしまう。今日万引きを始めたのだから、上手くできる自信がない。さすがに怖気づいた。

その後も、照史はボールペンやノートまでも服の中に隠した。入ってきたときよりも、明らかに膨らんでいて怪しさマックスだ。

「よし、行くぞ」

「あ、ああ」

これだけあれば、夏休み中この菓子で生き延びられそうな気がした。

照史の合図とともに俺が先に出口に向かう。堂々と背筋を伸ばして店を出ようとする。しかしそのとき、カンカンッと後ろのほうで音がした。瞬間的に景色がスローモーションに感じる。直感で危険を察知した。

後ろを振り向くと、照史は苦笑いを浮かべて俺を見ている。その下で、ズボンとパンツの間に入れていた缶ビールがコロコロと転がっていた。隙間から缶ビールが落ちていったのだ。

客が居ないのが裏目に出た。すぐさま俺たちの異変に気づいた店員が、駆け足でこっちに近づいてくる。

「逃げろ！」

照史が叫ぶ。

俺はすぐに前に進もうとする。しかしちょうど目の前でおばさんが仁王立ちしていた。

お客さんの一人だ。

「お兄さん、レジ通ってないのがあるよね？」

そのおばさんが、笑いながらすぐさま俺の手を摑む。笑っているのに、目の奥は俺のことをしっかりと見据えている。俺がいつも他人に向けている目だ。これが、いわゆる万引きGメンってやつか。

すぐに後ろを向く。照史も残念ながらレジの店員に捕まってしまった。抵抗しているが、強く腕を摑まれて逃げられそうにない。

再び目の前のおばさんを見る。俺は脱力し、警官に銃で狙われているかのように手を挙げた。

照史を置いて逃げられない。家族の相談を毎回聞いてくれた優しい奴を、置いていけない。それに正直、もうどうでもいいっかと思った。だってこれで、俺の夏休みリストは完了したわけだし。はは。

バァン！ と事務所のドアを開く音に、俺たちに説教していたスーパーの店長も含めて全員が驚いた。

ドアの横には〝ザ・お母さん〟みたいな、貫禄のあるエプロン姿の太ったおばさんが興奮気味に呼吸をして立っていた。照史のお母さん、静江《しずえ》さんだ。

「バッカたれ！ あんたって子は何してんだ！ このアホんだら！」

ドシドシと狭い事務所の中を照史のほうへ向かって歩いていき、バシッと頭を叩く。

「いっってぇ！」

「お小遣いもちゃんとやってんでしょ！　あんた分かってんの？　万引きは犯罪よ！　あんたは犯罪者よ！　そんな子に生んだ覚えないわ。このハゲが！」

あまりの剣幕に俺も怯える。部屋が怒号で溢れる。

静江さんが俺のことを見てニコッと笑う、と思いきや俺も思いきり叩かれた。いっっっっっっっってぇぇ！

「武命くんも何してんだい！　あんたたちね！　お店の人に申し訳ないとか思わないの？　店長さんすみません。このたびはうちの息子たちがこんなご迷惑を……、本当に申し訳ありません」

「い、いえ。落ち着いてください、お母さん」

静江さんは重たそうな身体を折り曲げて必死に謝っていた。

照史もしぶしぶそれに続いて頭を下げたので、俺も続いて頭を下げる。

自分の足を見つめながら、いいなぁと置かれた立場を忘れて感じてしまう。自分のために謝ってくれる母親。必死に説教してくれる母親。

俺の母親はそんなことしてくれやしない。ただクソジジイに言われるがまま、家事をこなして、食事を作って、そんで勝手に心が壊れて、不倫に走った。

静江さんみたいなお母さんがいいなぁ。羨《うらや》ましいなぁ……

そのとき、ガチャリとドアが開く音がする。静江さんのときのような乱暴な音ではない。

心臓が早鐘を打つ。

隣の照史が勢い良く顔を上げた。

俺もゆっくり顔を上げると、冷たい目をしたクソジジイが、そこに立っている。

そしてクソジジイが俺の前に来ると、いきなり俺は勢い良く後ろに吹っ飛んだ。脳天が揺れて、視界が回る。そのまま照史のほうへ倒れる。

「武命!」

照史に抱えられたまま椅子ごと倒れる。何が起きたのか、理解するのに時間が掛かった。

どうやら、かなり強い力で左頰を殴られたようだ。衝撃で口の中が切れたらしく、血の味がした。衝撃は鼻にまで響いて鼻血が噴き出る。耳がキーンとして目がチカチカする。だけど涙は出なかった。

そのまま胸ぐらを摑まれて強くビンタされる。左頰、右頰、左頰、右頰。一発一発に、バンッと風船が破裂するような大きな音が響き渡った。

合間合間に、クソジジイの目を見る。血走っていて息も荒い。まるで獣のようだ。それは確かに、クズ野郎と同じ顔。怒りで身体全体が震えたまま、憎しみを込めた表情で俺を見据えている。

「やり過ぎだ！」

俺をビンタしているクソジジイに向かって、照史が叫びながら摑みかかった。

クソジジイはよろけてしまい俺から離れる。照史を引き離そうとするが、照史は強くクソジジイの腕と胸ぐらを摑んで離さない。

俺は、痛みで身体を起き上がらせることができなかった。

静江さんが立ち上がり、倒れている俺を避けて照史を摑んだ。

「照史、やめなさい！」

照史は自分よりも身体の大きい静江さんに羽交い締めにされて、クソジジイから引き離される。それでも照史は摑みかかろうと、静江さんを引き剝がそうとする。

クソジジイはスーツの襟《えり》を正し、咳払いをして店長のほうを向いた。

店長も突然のことで動揺していたが、立ち上がって静かにクソジジイを見ている。

「このたびはご迷惑をお掛けしてしまい、本当に申し訳ありませんでした。今後の教育方針を改め、二度とこのようなことをしでかさないよう細心の注意を払っていきます」

はっきりとした声で、まるでテンプレートのような謝罪文を言う。

「どうか、これをお納めください」

そう言って店長に何かを差し出した。封筒。金。

それを見て反吐が出た。こいつは父親としてここに来たわけじゃない。保身だ。万引き犯の身内がいるということを、ただ握り潰したいだけなのだ。

そういや、こいつと会うの、久々だな。こいつはこういう奴だ。店長がクソジジイに向かって何か言っている。だが俺の意識はクソジジイに集中していてよく聞き取れなかった。

身体を起こし、顔を手で撫でる。その手についた自分の血を見る。血。血か。はは。自分の身体には痣がたくさんある。背中、胸、肩、腹、太腿。見えないところばかりに青々と、ミミズが這ったような痣が広がっている。でもこの調子じゃ、きっと顔にもできちゃうな。

今はもう居ない高貴を思い出す。あいつもおぞましい獣のような顔をしていた。あいつからもよく暴力を受けていたよな。はは、懐かしいな。

懐かしい？　アホみてえ。俺は懐かしいって思ってるのか。誰かから暴力を受けることを。はあ、確かに失敗作だよな。暴力を受けたことを懐かしむなんて。人間らしくないよな。失敗。失敗作。人間の出来損ない。

そのとき、俺の頭の中で花火が炸裂《さくれつ》した。あの日みんなで見た、綺麗で、儚《はかな》く、優雅に、自分らしく、咲き乱れていた花火が。

瞬間、俺はクソジジイに飛びかかり、胸ぐらを掴んだまま押し倒した。

突然のことに驚いた様子でクソジジイは俺のほうを見る。

俺はそのまま首に手を掛けて力を入れた。殺す。殺そう。殺すしかない。今！

ゲホッとクソジジイが咳き込む。手に力を入れて喉仏を強く押す。潰れろ。潰れろ。

潰れろ。死ね。死ね。死ね。死ね。死ね！

「武命！　ダメだ！　武命！」

照史の声にハッとして一瞬手が緩む。スローモーション。

その隙を突いて、クソジジイが俺の腹を思いっきり蹴り上げた。

「あっ……」

息ができないまままた俺は吹っ飛んでしまう。

ああ、なんて弱い身体だ！　吹っ飛びながらそんなことを思った。今までちゃんと飯を食べていなかった。家の料理は汚れている気がして、あまり食べたくなかった。クソ、もっとちゃんと食べて体力をつけておくべきだった！

後ろで照史が俺を受け止め、強く抱き締める。そのままクソジジイが近づかないように後ろへ下がる。

俺は息ができない上に、蹴られた痛みで身体が思うように動かず、ただ照史に身を任せるしかなかった。

クソジジイは俺に近づこうとするが、危険を感じた店長がクソジジイの腕を摑んで引き止める。しかしそれでもクソジジイは店長を振り払おうとした。

「お前は失敗作だ！　こんなガキ要らん！　成績も悪い。悪事はする。まともに家には帰ってこない。万引きはする。おまけに父親に暴力を振るうなど考えられん！　失敗作め！　兄のように大きな問題を起こさないから大目に見てきたが、こんなことをして許されると思うな！」

クソジジイは俺に向かって叫ぶ。

失敗作。その言葉をこの部屋に居る全員が聞いた。

「しっ、ぱいさく……なんかじゃ、ねえ……」

なんとか、空気を確保しながら声を出す。

反撃すると思ったのか、照史は「ダメだ武命！」と俺を強く抱き締める。

俺は構わず、息を吸いながら声を絞《しぼ》り出した。

「俺だって……ちゃんと生きてる、飯も食うし、勉強だってできるし、友達だっている……。お前は何をした……。全部家事を、ゴミ女に任せて、自分は仕事しか……してね
えじゃねえか。俺は……お前を親だなんて思わない。お前のほうこそ、失敗作だ！」

その声を聞いて、クソジジイは俺に摑みかかろうとする。

それを店長が強く押さえ、静江さんも俺の前に立ち塞がった。

感情が止まらなかった。数回息をする。あーあーと声を出す。痛みはあるが淀みなく喋れる。俺は勢い良く息を吸い込み、咆哮した。

「自分勝手に生きてんじゃねえよ！　死ね！　死んじまえ！　てめえなんか……居なくなれ！　俺だってお前なんか要らねえ。俺が失敗作だって言うんだったらよ、その親のお前だって失敗作だ！　失敗、失敗、失敗！　俺たちはな！　終わってんだよ！　バアアアアアアアアアアアアカ！」

叫んでるうちに、身体もなんとか動くようになってきた。俺は隙を突いて照史を勢い良く振り解き、立ち上がる。

照史が俺を呼んでいるが、構わずにダッシュした。クソジジイのほうではない。誰にも邪魔されないうちに自分のリュックを摑んで、事務所のドアを開けて、そのままさらにスーパーを駆け抜けて外に飛び出す。

走りながら、俺はやりたいことリストとボールペンを取り出して、七番をグチャグチャに塗り潰し、そのままビリビリに破り捨てボールペンもへし折り、地面に投げ捨てた。

もう、やりたいことは全部やった！

向かうは秘密基地。

俺はスマホを取り出して直人さんに電話する。

しかし出てくれない。

留守電サービスに切り替わった。

俺は走りながら、汗をひたすら流しながら、電話に向かって力いっぱい叫んだ。

「秘密基地に来い！　あいつらを殺す！　絶対だ！」

七章　神様

石田武命　八月十五日　木曜日　二時

蟬が夜にも鳴くようになったのは最近になってからだと、何かの本で読んだことがある。蟬が最も鳴くのは気温が二十五度前後。温暖化のせいで熱帯夜が続き、蟬が昼と勘違いするんだとか。文明が発達したため、街灯で夜でも明るい場所が増えたからというのもあるのだろう。

街中から少し離れた、田んぼのあぜ道を少し行った場所にある俺の家でも、夜中によく蟬が鳴いている。蟬だけじゃない。繁殖期《はんしょくき》のカエルも時々鳴いている。メスガエルを求めて、オスガエルが鳴く。

大層なこった。子どもを作って何が楽しいんだか。家族を持つことがそんなに大事かよ。最後まで幸せにする確信を持って子どもを作れよ。自分本位で生きてんじゃねえ。

そう心で呪いながらガリガリと爪を嚙む。爪は物を持つのを助ける役割がある。だからだろう。嚙み続けて深爪になった俺の指は、最近物を持つときに違和感を覚えるようになっていた。

そこに、ザッと大きな足音が聞こえて、思わず振り返った。

「物音、大きく立てないでください。忍び足で」

「す、すまない」

後ろの大きな影に向かって言う。

全身黒い服で、黒いリュックを背負っている。リュックの中には、ハンマーと、返り血を浴びたときの着替えを持ってきているらしい。

かく言う俺は、軽装備だ。

俺は事が済んだら自殺する。一家心中も考えたけど、万引きのことがあってやめた。化け物の血はやはり神様に消し去ってもらう必要がある。その光景を俺はじっくり見届けたかった。最後に自分の命は自分で始末すればいい。全部俺の犯行にすれば、直人さんに迷惑は掛からない。

そう思っていたから、俺は普通にTシャツとハーフパンツで来た。まるで、自分の家に帰るかのように。事実なのに〝まるで〟と考えたのは、もうすでに俺の中ではここは俺の家ではないからだ。

夏休み中、荷物を取りにここに戻る以外は、ほぼ全て秘密基地で過ごしていた。シャワーはバイトで貯めた金で近くのネットカフェに行き、安く済ませている。服の洗濯もコインランドリーでなんとかなる。トイレも、近くの公共施設やスーパーで借りればいい。テントの周りは野原だ。面倒になれば、最悪外で用も足せる。一年貯めたバイト代で、夏休みの短い間くらいやりくりするのは楽勝だった。

本当は二度と帰ってきたくはなかった。だけど、これは必要なことなんだ、自分の人生を終わらせるために。

玄関前の石の上で自分の靴を脱ぎ、リュックに入れる。直人さんも続いて脱いで同じようにした。万が一、靴跡が家の中に残ってしまったら直人さんが疑われてしまう。あいつらを殺したあとに念入りに掃除をしようと思っているけど、今のうちから証拠を残さないように気をつけないと。

懐中電灯を消して玄関のドアノブに手を掛ける。大きく深呼吸して唾を飲み、いざ開けようとする前に後ろを振り向くと、直人さんの目を見た。

「直人さん、ハグしていいですか？」

「え、あ、ああ……」

直人さんが曖昧な返事をしてくる。

俺は訊き返すことなく直人さんを抱き締めた。温かい。

「俺、直人さんのこと、本当に神様だって思ってます。ありがとう、ありがとうございます」

本心だ。直人さんは俺の下に突如現れた神様。祈ればきっと救われるって、本当だったんだな。奇跡は誰にでも降りてくる。こんな俺にでも。

直人さんは何も言わない。その代わり緊張しているのか、伝わってくる彼の鼓動は速く感じる。

俺はゆっくりと離れて、もう一度直人さんの目を見て笑った。

「よろしくお願いします」

俺は振り返り、ゆっくりとドアを開けた。

音を立てないように神経が過敏になる。電気を点けなくても部屋の位置は分かっている。きっと直人さんもそれは同じだ。直人さんはゴミ女と不倫していた。だから何度も俺の家に来たことがある。

玄関のドアを閉めると中は真っ暗になった。

直人さんと手を繋ぎ、ゆっくりと歩き出す。次第に目が慣れてきて、見慣れた光景が広がる。廊下を進み、手前から二番目の左側の和室の前に来た。

直人さんはゆっくりと、リュックからハンマーを取り出す。工具店で俺が買っておいた一番高いやつだ。安いやつだと壊れる可能性もあったし、威力も期待できなかったからな。

ここの引き戸はかなり建てつけが悪い。小さな力ではビクともしない。しょうがなく、少しずつ力を入れる。呼応するようにギギッと音を立てて、ゆっくりと開かれた。

クソジジイの部屋だ。神経が尖《とが》るような静寂が流れる。ピーンと空気が張り詰めている感覚。引き戸を開けたまま、俺と直人さんは入口に並んだ。

お願いします。俺は摑んでいた直人さんの手を離す。念願のときだ。

一度、直人さんがこっちを向いた。

暗がりではっきりとは見えないだろうけど、ただただ俺は微笑み返した。父親が、父親を殺すのか。はは、はは。はは。

俺はこれで自由だ。自分が殺すわけじゃないのに緊張してしまう。興奮で心臓が暴れ回ってる。もう吐きそうだ。だけどグッと抑えて、心臓に手を当てて落ち着かせる。こいつの最期をこの目に焼きつけるんだ。

直人さんは、眠っているクソジジイに向かって、ゆっくりと、ゆっくりとハンマーを振り上げた。

そうだ、殺せ。殺せ。殺せ！　この男の血が飛び散るところを見たい！　グチャグチャになったこの男の顔を見たい！

しかし、いくら待っても直人さんはハンマーを振り下ろそうとはしない。

どうしたんだよ。おい、行けよ。あと一歩だ。ぶっ壊せ。

「できない……」

あ？

直人さんは小さな声でつぶやいたあと、ハンマーを持っている手をゆっくりと下ろした。

何を言ってるのか、まったく分からない。

「僕には……できない」

興奮が、一気に冷める。沸騰《ふっとう》しているかのように身体を駆け巡っていた血液が、すっと引いていく。

は？　なんだよそれ？　冗談だよな？　俺の、俺の気持ちはどうなる？　俺は今日、救われるんだよな？　なあ、なんとか言えよ神様。

「誰か居るの……？」

突如、リビングのほうからゴミ女の声がして、落ち着いていた心臓が再び跳ねた。マズい！　起きてきやがった！　ここでバレるわけにはいかない！

どうしようか頭が働かないうちに、瞬時に直人さんはすり足で俺のほうに近づいて、腕を掴んできた。

「逃げよう」

嘘だろ、おい。

強引に腕を掴まれ、直人さんは俺を引っ張って玄関へ走る。

背後で明かりが点いたのが分かったけど、それを気にする間もなく、靴下のまま、俺と直人さんは家を飛び出した。

必死に走って田んぼのあぜ道に着くと、煮え繰り返っていた腸《はらわた》がいよいよ限界に達し、勢い良く直人さんの手を振り払った。

すると、直人さんがこっちを向いて叫ぶ。

「何してるんだ！　もっと遠くへ逃げよう」

そう言って俺の手をもう一度掴んだけど、さっきよりも強くその手を振り払った。そのまま前に一歩踏み出して、直人さんの胸ぐらを掴んで押し倒す。

田んぼのほうへ思いっきり倒した。青く茂った稲がなぎ倒され、ドポンッという音とともに二人とも泥塗《まみ》れになる。直人さんの服を引っ張って上半身を起こし顔を近づける。彼はぐったりと力を抜いて項垂れている。抵抗する様子はなかった。

「なんで殺さなかった！」

俺は怒りが爆発して、腹の底から叫んだ。

「いいのか！　お前の娘が独りぼっちになるぞ！　せっかく俺が、罪を被ろうとしてるのに！　なんでだ⁉」

直人さんの身体を揺さぶりながら尋問する。

彼は俺にされるがまま、力を入れようとしない。カエルの鳴き声に意識が行きそうなくらいしばらく俺を睨むと、直人さんがやっと声を絞り出した。

「すまない……」

すまない？　すまないじゃねえんだよ。謝罪が欲しいわけじゃねえ。欲しいのは結果だ。あいつらが、脳天かち割られて、脳髄《のうずい》グッチャグチャに飛び散らせてぶっ壊れるザマが見たかったんだよ。

俺は抑えきれなくなって、直人さんの胸ぐらを摑んでいる手を強く握り締め、もう片方の手で彼の頬を勢い良く殴った。手は軋み、熱を帯びて、それでも怒りが勝《まさ》って、もう一度殴りたくなって、拳を振るう。殴るってこういう感触だったんだな。クズ野郎とクソジジイの気持ちが分かる気がした。

それでも直人さんは抵抗しなかった。四発ほど殴ったら鼻血が出る。

少しだけ、ほんの少しだけ冷静になり、もう一度両手で胸ぐらを摑んだ。

「なんで殺さなかった！　あのハンマーを振り下ろせば、あいつは殺せた。なんで、なんで！」

さっきよりもゆっくりと、一言一句言葉を震わせ、額に額をぶつけて言う。

とうとう直人さんは涙を流し始めた。ポトリポトリと大粒の涙が零れている。唇を震わせてゆっくりと言った。

「僕はこれ以上、罪を増やすわけには、いかない。君のお父さんは僕の上司で、君のお母さんは、曲がりなりにも身体を重ねた関係だ。二人とも、大事な人なんだ……」

「ふざけるな！　約束が違う！」

「武命くん、君もこんなことやめるんだ。誰も幸せにならない。君も……、僕もだ」

「いいのかよ。娘が、殺人犯の娘だって言われるんだぞ。いつまでも隠し通せるわけねえんだ。いくら放任主義だからって、そろそろあいつらも高貴が居ねえことを怪しむ。バレるのは時間の問題だぞ？」

「いいんだ。バレてしまうなら、それでいい。だけどそれまでは、父親として過ごしたい」

「父親？　は？　何言ってんだ。いいか、てめえは人殺しだ。人殺しがな、父親らしくなんてできるわけねえんだよ！」

「僕はあの子の傍に居たい。それでも君が警察に通報するというのなら、少し待ってもらえないか？　どうかあの子が高校を卒業するまで。虫がいいのは分かってる。でも今はまだ、あの子の傍を離れるわけにはいかないんだ……」

直人さんの表情を見て思わず固まってしまう。

卑怯者。それこそ、直人さんに相応《ふさわ》しい代名詞だ。約束しておいて、いざとなったら逃げ出して、それでいて罪を償うのは待ってくれ？　卑怯だ。俺に期待させておいて。なんなんだよ。

ここまで裏切られて俺は何も言えなかった。俺を貫くかのように見据える直人さんの顔は、父親の顔をしていたからだ。

胸ぐらを離すと、そのまま直人さんは後ろに倒れ、田んぼの泥に塗れる。

俺は何も考えられずに起き上がり、重い足取りで田んぼから出ると、あぜ道を走り始めた。身体中に纏わりついていた泥が吹き飛んでいく。

「すまない、すまない――」

遥か後方で、叫び泣く直人さんの声が聞こえていた。

ふざけんな。ふざけんな。ふざけんな。ふざけんな。ふざけんな！

秘密基地の中にある物を手当たり次第に破壊する。ジッとしてはいられなかった。時には雄叫《おたけ》びを上げて、本を引き裂き、懐中電灯を叩きつけ、小さな座卓は踏み潰して壊した。暑くなってTシャツを脱ぎ、そのシャツをビリビリに引き裂いた。

俺がバカだった。期待するから裏切られるんだ。照史だってそう。真剣に相談してたのに、俺のことを突き放した。瑠花さんも俺と付き合ってくれなかった。みんな、みんな嫌いだ！　死ね！　みんな死ね！　みんな死んじまえ！　憎悪へと変わった喪失感を、所構わず撒き散らした。次第に疲れて、もはやズタズタの秘密基地の傍で、上半身裸のまま寝転がる。

神様なんて、いなかった——。こうして俺は夏を乗り越えて、また一つ大人になり、何に期待することもなく平凡な大人になり、独りぼっちで生きて死んでいくのか。

「嫌だぁ！　嫌だぁ！　なんで俺だけがこうなる！　なんで俺だけ独りぼっちだ！　誰も助けちゃくれない！　俺が、何したっていうんだよ！　頑張っただろ。毎日毎日上辺の笑顔で人に接して、弱み見せないように取り繕って。なのにあいつらが居るから、俺は幸せになれない！」

家族から受けた痛みやトラウマは一生俺に纏わりつく。暴力を受けるたびに思い出すんだ。懐かしいって。愛想笑いをするたびに叫びたくなるんだ。家族みんなが笑ってほしいために、愛想笑いをしてるんだって。未来に、幸せを感じられない。誰か、抱き締めて。ハグして。苦しい。苦しいよ。なんで俺がこんな目に遭わなきゃならない。俺の心を全部抜き取って、ギュッて抱き締めてくれ！　誰か！　誰か！　誰か！

「来るわけねえぇえだろおおおうがよぉぉおお、バアァァッァアアアアアアアアアアアアカァアアアアアアア！！！」

笑える。クソほど笑える。最高だよ。みんな自分のことで精いっぱいだもんな。自分の人生で、自分の将来で、精いっぱいだもんな。そんなら、俺も同じように自分本位で生きてやるよ。

気づけば朝日が昇っていた。自分の細い身体がよく見える。秘密基地の日常道具を破壊しているときに切れたのだろうか。腕や脚が血だらけだった。紅く照らされて身体中が熱を帯びる。

誰も助けちゃくれない。だから俺がやるしかないんだ。俺が憎いって思う奴を、俺自身の手で殺そう。

あと、二人。いや、正確には三人か。

クソジジイと、ゴミ女。そして、俺――

みんな殺そう。

水原瑠花　八月十九日　月曜日　十八時

マックの賑やかな店内で、少しだけピリついた空気が私と後藤先生の間に流れる。

呼び出しの電話が自宅の固定電話にあったのは三日前のこと。お手伝いさん経由で、お話ししたいことがあると言われたのだ。二者面談で、教師がわざわざ夏休みに会いにきてくれるわけがない。普通は、学校のある日に呼び出すものだ。

私は乾いた普通の笑顔を先生に見せる。さっきから私たちは腹の探り合いをしている。直感でそう感じた。

沈黙が流れる。後藤先生はにこやかな顔をしたまま、私から目を逸らして下を向く。フゥと息を漏らして目を瞑り、口の中の唾をゴクンと呑んで、もう一度こちらを見た。

後藤先生が口を開く。

しかし私は、先生が喋るのを制するように素早く言った。

「見たんですね」

私の動画、と言わずとも、後藤先生は顔から笑みを消した。

その表情から全てを悟る。最初からそんな気がしてた。いつバレたんだろう。千尋さんに映像の削除を依頼してもらった。後日また映像のリンクを見たけど、それはもう消えていたはず。

「どうやって、見つけたんですか？」

「……二宮くん」

「二宮？」

「二宮くんのＳＮＳにポルノ映像が投稿されてたの。私も学校の仲の良い先生とかと、プライベートで繋がってるアカウントを持っててね。それで、言いにくいんだけど、時々生徒のアカウントも見て、何か問題を起こすようなことをしてないか確認してるのよ。二宮くんのアカウントもね」

先生はそう言ったあとスマホを取り出して、SNSの画面を開く。あるアカウントを開いて私に見せた。

〝ニノ〟という名前のアカウント。プロフィールには大胆にもタバコを咥えた二宮の写真が使われている。

「これが二宮くんのアカウント。これにあなたの、その……、あなたの動画が流れてたの。高校の名前とあなたの名前も一緒に。それほど拡散されてないけど、同じクラスのフォロワーはもうすでに何人か反応してる。もちろん、すぐにやめるようダイレクトメールを送って、スパム報告もしたわ。だけど返事がない。みんなに知られるのも時間の問題よ」

二宮。そうか……、あいつ。

二宮はコッコの取り巻きだった。コッコが取り巻きとこの動画を共有して二宮が持っていてもおかしくない。

そして私は安西さんを助けるためにあいつに蹴りを入れた。その後カフェで会って、千尋さんがコーヒーをぶっ掛けた。

その結果、こんな形で復讐してくるなんて。だけど、こんなのあんまりだ。

先生はスマホの画面を消して自分のポッケに入れた。

私は後藤先生の顔が見れずうつむいてしまう。

「動画の投稿と一緒に、あなたがこういうことを、いろんな人とやっているんじゃないかって書かれてた。自分が、いけないことをしている自覚はある？」

いけないことを、している。

チクッと心臓に針を刺された気分だ。ズキズキと痛む。店内の軽快なBGMがいやに耳に響く。エコーして、自分の思考が鮮明になる。

初めてだ。初めて。とうとう言われた。この女に、私がしたことはいけないことだと。

私は、自分を守るためにこういうことをしたのよ。寂しさで死にそうになったからこうしたの。なのに、何がいけないことなのよ。じゃあ、どうしろっていうの？　どうすればよかったわけ？

「こうなった以上、校長先生にこのことを話さなくちゃいけない。無視できない問題よ。その前に、あなたと一対一で話したかった。ねえ水原さん。自分からこういうことをしたの？」

私は何も言わずに後藤先生を見る。苦笑いをしていた。

何笑ってんのよ。優しい言葉で私に話しかけておいて、本当は私の本性に気持ち悪がってるじゃない。綺麗な顔。さぞかしいろんな人から愛されてきたんでしょうね。父親にも母親にも、たくさん。そんなあんたに、何が分かるっていうの。バカみたい。

ああ、この感覚。久々に来た。寂しい。寂しい。死んじゃいたい。死んじゃいたい。死んじゃいたい。

「そうです。私が自分からやったんです」

「なんでそんなことしたの？　理由があるんでしょう？　責めたりしないから、どうか聞かせてほしい」

「理由？　理由なんかないよ」

ガタガタッと乱暴に立ち上がる。隣に座っていた男の人がかすかに驚いて私を見た。

「理由なんかない。やりたいからやっただけです」

「ちょっと……、水原さん、座りなさい」

後藤先生は周りを見て、小さく会釈しながら私の腕を摑む。

私がそれを強く振り払うと、彼女は突然のことに驚いて小さく悲鳴を上げた。

キャァだって。可愛い。ズルい。

「やりたいときにやることの、何が悪いんですか？　誰も迷惑してない。誰も困ってない。だからいいでしょ。パパだって、私のことなんか見ないんだから。パパが見てなかったら、何やってもいいのよ。私が死んだって、どうせ見てくれない。私が、私がレイプされそうになったたって、何食わぬ顔でいつもの生活を続けるの！」

私は食べかけのハンバーガーと、まったく手をつけていないポテトとジュースの載ったトレイを摑んで、そのまま思いっきり後藤先生にぶつけた。

思ってもみなかったであろう事態に対応できず、後藤先生は椅子から転げ落ちてしまう。

「水原さん！」

私は後藤先生が呼ぶのも聞かず、急いで階段を下りて店を出た。

とたんに涙が溢れた。久しぶりに泣いた。堪えていたものがどんどん溢れた。

どうでもよくなんかない。本当はずっと怖かった。なのに、パパは私の話を聞こうとしてくれなかった。それが怖かった。だけどもう、終わりだ。

東千尋　八月十九日　月曜日　十九時

僕は自分を騙している。

一度払拭《ふっしょく》したはずの生きづらさが、再び訪れた。この感情の始まりはいったいいつだったのだろう。高校生になった流花が現れたとき？　違う。故郷を捨ててこの土地で生き始めたとき？　違う。それじゃあ、流花が僕を捨てて死んでしまったとき？

違う。そうじゃない。僕の両親が、僕を捨てたときだ。捨てられた事実を受け止められなかった。ポッカリと穴が空いたような喪失感を僕は埋めたかった。

流花に恋をしたのも両親のいない寂しさを埋めるためだったじゃないか。生きづらさを、僕は流花に依存して埋めていた。そして今も埋めている。気になっている。そう感じるのは、流花が一度居なくなってから、独りぼっちだった日々を思い返したからだ。

友達がいない日々。作り方も分からない。人との喋り方も分からない。相手がどう思っているのか、相手が何を求めているのか、まったく感じ取れない。休日はいつも独りでゲームをして、部屋から出ない日々。習い事も、誰かと遊ぶこともない。

本当は苦しかったんだ。独りぼっちでいることが。

そこで、思考を汚すようにインターホンが鳴った。

ベッドから立ち上がり玄関のドアを開ける。そこに居たのは瑠花だった。目の下が赤い。化粧も若干崩れていて、泣いていたのがすぐ分かった。

「瑠花」

「近寄らないでください」

近寄らないで。その言葉に心臓が跳ねる。そんな言葉を瑠花から言われるなんて。

僕を制するように伸ばした手が宙を漂い、ゆっくりと下ろされる。瑠花は僕の顔を見てくれない。僕は少し屈んで彼女の顔を見ようとするが、横に目を逸らされた。

「どうしたんだ？」

「先生に、私の動画がバレました」

「動画、あの動画？　僕が依頼して消したはずだ」

「私のことを嫌いな学校の人がその動画を保存していて、ＳＮＳにアップしたの。もう私たちは一緒に居られない」

かすかに瑠花の声が震えている。

泣きそうになっている彼女を抱き締めたかったけど、近寄るなというさっきの言葉が頭の隅にあって、どうしていいか分からなかった。

「担任の先生が動画のことに気づいて、そのことを校長先生に言うって。だからきっと、大事《おおごと》になる。私たちはもう一緒に居ないほうがいい」

「なんでだよ。一緒に、僕と一緒に乗り越えていけばいいだろ」

「ねえ、分かってないよ。私は未成年で、あなたは社会人よ。キスもした。セックスもした。関係がバレたら捕まるのよ」

彼女はやっと僕のことを見て、強く睨んだ。

「今、この場で、別れて」

瑠花はゆっくりと僕の胸に手の平を押し当てる。手の平の温かさが伝わった。細い腕でしっかりと、僕が近づかないように力を込める。

僕は彼女を傷つけたくない。告白したときに誓ったんだ。君のためならなんでもするって。でもこれは、これはどうすればいい？

僕の返答を急かすように、瑠花は僕の胸に押し当てた手でシャツを摑んだ。

「瑠花」

「うん？」

「君の名前の漢字は、どう書くんだっけ？」

質問が予想外だったのか、瑠花はキョトンと驚いていた。考えるようにうつむき、もう一度こっちを向く。

出会ったとき一度訊いたことだ。でももう一度聞きたかった。

「瑠璃の瑠に、花で、瑠花です」

「瑠花――」

彼女の言う漢字を僕は頭に思い浮かべる。

「そっか、良い名前だね」

彼女の腕より僕の腕のほうが長い。伸ばせばすぐに手は届く。でも僕は彼女に触れようとはしなかった。

「別れよう」

僕がそう言うと、彼女は目をトロンとさせ、胸を掴んでいた手を離した。僕を見たまま涙を流す。そのまま小さく彼女は口角を上げた。

「ありがとう」

震えるその言葉を最後に、彼女はドアを閉めて出ていった。

僕は閉まった玄関をボーッと眺めて、しばらくそのまま固まってから溜息をつく。そしてベッドに移動した。ダランと身体から力が抜けてベッドに横たわる。深呼吸をして、目を瞑って考えた。

紀恵子さんの言葉を思い出す。流花は死んだ。そうだ、彼女はもう居ない。この物語では最初から、流花は死んでいる。死んでいる者は話せないし、僕を責めることはない。だから僕は今までずっと、流花を利用してきたんだ。

自分の生きづらさは流花のせい。自分が不器用なのは流花のせい。そう考えていたほうが楽だった。自分自身の弱さを誰かのせいにして生きるのは楽だったんだ。

そうやって彼女のせいにして生きる日々は、やがて流花への罪悪感に変わる。彼女のせいにするのをやめにして変わろうと思っても、罪悪感が邪魔をする。彼女を忘れて、普通に、人間らしく生きることに、罪悪感を抱いていたんだ。恋をすることも、見た目を気にすることも、友達を作ることも。

するとそこに都合良く現れたのが瑠花だ。彼女は本当に流花の生き写しのようだった。ロマンチックじゃないか。昔の恋人を想うあまり上手く生きられない主人公の前に現れた、恋人の生き写し。

そこで僕は物語に身を任せて、都合良く自分が変わるきっかけにしたんだ。瑠花が居るから、自分は変わっていい。前を向いて生きていい。そう思い続けるために、僕は瑠花を流花と思い込むフリをした。本当は、流花の生まれ変わりなんかじゃないって分かってたのに。

ああ、今までなんて保身的に生きていたんだろう。僕は、自分の生き方さえ自分で選べないのか。自分がやりたい理由も、自分が変わる理由も、誰かに押しつけていないと生きていられない。弱い。僕は弱い。僕は自分の弱さを誤魔化すために、瑠花の傍に居たんだ。

そしてそのせいで、僕は彼女をひどく傷つけてしまった。

「瑠花！」

思わず彼女の名前を叫ぶ。たったいま出ていった彼女を追いかけるために、僕は勢い良く玄関のドアを開けた。だけどもう彼女の姿は見えない。アパートの二階から見下ろす景色の中に、彼女はどこにも居なかった。

僕は、どう生きればいい。

水原瑠花　八月十九日　月曜日　二十時

死んじゃいたい。死んじゃいたい。死んじゃいたい。死んじゃいたい。死んじゃいたい。

トボトボと、駅前の千尋さんのアパートから歩いて家に帰る。駅から家の近くまで、都合良くバスが通っているけど、なんとなく歩きたい気分だった。賑わっている駅周辺の大通りを抜けると、すぐに田舎らしい長い道路の風景が広がる。かすかに遠くで蟬の声が聞こえる。ずいぶん必死に生きるもんだな。一週間かそこらで死んでしまうっていうのに。

後藤先生と話した内容を思い返しながら、これからのことを考えた。もう終わりだ。これで学校中のいろんな人に私のやったことがバレてしまう。いやもうすでに、二宮のSNSをフォローしている人たちには私のことがバレているのだ。そもそもこの問題の解決ってなんだ。二宮を罰して、私がごめんなさいもう夜遊びはしませんって謝って、コッコの悪さも明るみに出て解決？　そしたら私のこの心の穴は誰が埋めてくれるの。表面上は解決するけど、私の心は誰が満たしてくれるのよ。パパが仕事を辞めて構ってくれるわけないんだから、結局振り出しに戻るだけじゃない。

何もかもムダ。なんで私だけこんな目に遭わなきゃいけないの。

結局はママ、あんたのせいだ。あんたさえ生きていたら、私は寂しさも、苦しみも、感じることはなかった。人並みの幸せを感じて生きられたはず。あんたが死んだから、私は罪悪感に呑まれて生きていかなきゃならないの。

でも私は悪いことなんてしてない。ただあんたから生まれただけ。あんたが弱かっただけよ。こんなの、ひど過ぎる。私は何もしてないのに。家事も掃除もちゃんとやってきたのに。

心が醜く、黒く、染まっていく。私は、自分の弱さを人のせいにしている。これが私の本性か。

考えれば考えるほど、どうしようもない憎しみが溢れ出る。心に空いた穴が、憎しみで埋まってしまう前に、誰か、誰か私を愛してほしい。抱き締めてほしい。もうこのま、家出してしまおうか。どこか知らない土地へ歩いていこうか。死んだって別にいい。どうせ誰も私のことなんか気にしてないんだから。

お金なんかないけれど、お腹が空いたら店から盗めばいいし、公共施設を使えばトイレもできる。シャワーも、まあ、なんとかなるでしょ。

ここに居たって仕方ない。ここに居場所はない。

二十分ほど歩いて人気《ひとけ》のない路地の角を曲がった。街灯の明かりが、ジジッジジッと点滅を繰り返す。舞台のステージ照明のように、暗闇と光が交差する。

するとその点滅の中で、佇《たたず》んでいる何者かに気づいた。半袖のパーカーを着て、黒いハーフパンツを穿いている。男の子にしては少し長めの髪形は、ちゃんと洗っていないのか、遠目から見てもベタついている。

身震いしてなんとなく引き返し角に隠れた。コッコに襲われたときの恐怖が蘇る。まだ時間はそんなに遅くないけれど、人気のない路地に独りぼっちで佇んでいるという状況がそもそも異様さを発していて、直感で関わっちゃいけない気がした。

誰？　角からそっと様子を窺う。

塀の上の野良猫を眺めてる。白い猫。戯《たわむ》れてるだけ？

もう少しはっきりと確認したいと身を乗り出す。寸前、街灯が消えて一瞬見えなくなる。

次に明かりが点いた瞬間、その人は猫を鷲掴みにしていた。

えっ、何？　思わず声が出そうになる。

一瞬で猫の首を摑み、持っていたリュックサックに猫を入れる。辺りに響き渡る猫の声が、すぐにリュックの中で小さくなった。その人物はリュックの紐を締めて周囲を確認する。

そのとき、確かにその人の顔が見えた。

「武命くん……？」

石田武命　八月十九日　月曜日　二十一時

暴れ回る猫の首を押さえて、血がこびりついたナイフを押し当てる。すると、押さえている手を強く引っ搔かれて血が出た。

クソ、野良猫だから、なんかしらの病気が伝染《うつ》ったらどうしよう。ま、いっか。どうせ両親を殺したら死ぬんだし。

ごめんな。お前に罪はないけど、俺の練習台になってくれ。

ナイフを立てて勢い良く突き刺す。感触が浅い。ギッと鈍い声を上げて、その後アアアと雄叫びのような声を上げた。凄まじい力で俺の手を離れてしまい、覚束《おぼつか》ない足取りで逃げ出す。

マズい！　刺されたというのにそれなりに速い。あいつがもし町のほうへ逃げ出して、誰かに見つかったりでもしたら、動物虐待とかでちょっとした騒ぎになってしまう！

それはダメだ！

とっさの判断で大きくナイフを振り上げる。振り上げた拍子に、ナイフについた血が前方にピチャピチャと散る。そのまま思いっきりぶん投げると、ナイフは勢い良く飛び、狙いどおり猫に突き刺さった。

ゲウッ。吐くような鳴き声が聞こえて辺りがシーンと静まり返る。ゆっくりと猫に近づくと、ぶん投げたナイフは頭の上に突き刺さっていた。

ピクピクと身体を痙攣《けいれん》させている。意識があって、まだ逃げ出そうとしているのだろうか。これ以上苦しめるのはよくない。俺は猫を摑んでナイフを抜き取り、そのまま地面に押さえつけて首にナイフを突き立てた。

一発、二発、三発。何度もナイフを振って、やっと胴体と首が引き剝がされた。

命の火を消す感触ははっきり言って快感だった。

自分の両親を自分で殺すと決意し、今後の計画を立てる。計画といっても、頭の中で一通りの流れを想像するだけだ。

最終目的は、両親を殺したあとに自害することだ。

だから、誰にも見つからずに殺すとか、隠蔽《いんぺい》工作するとか、そんなのは必要ない。そもそも俺は頭が悪いから、隠蔽なんてできない。単純に手っ取り早くナイフでぶっ刺せばいい。そのあとその場で自害するだけ。

計画は簡単だけど、それでも不安はあった。当たり前だが、俺はナイフで人を刺したことがない。アドバイスを貰おうにも、そんな殺人者の友達はいない。だから自分で、生き物を刺し殺す感覚を練習する必要がある。もちろん犯罪だって分かってる。でも最終目的のためには仕方ない。

そう思って、アルバイトで貯めた金を使って小動物を買った。ジャンガリアンハムスターを初めてナイフで刺したときは、予想より肉が硬くて驚いた。肉、というか、骨、というべきか。小さいから簡単に刺せたものの、予想と違う感触に、練習する判断は正しかったと確信する。死骸《しがい》は山に埋めて、もう一度ペットショップに行った。

ラット、亀、と、どんどん大きな物に挑戦して、ナイフを刺す感触に慣れていく。一万円くらいのモルモットを殺すあたりから、だんだんとそれが快感に変わって、身体が熱くなるのを感じた。楽しい。心からそう思う。

しかし、貯金がいくらでもあるわけじゃない。大きな対象で実験したいと考えると、当然その費用も掛かってくる。大きくて安い動物をペットショップで探したがどうしても見つからず、トボトボと秘密基地へ帰る途中、偶然かはたまた必然か、野良猫が俺のことをジッと見つめていた。

運命だと思った。なんて俺はついているんだ。そう思ってから早かった。すぐさまその猫を捕まえて秘密基地に連れていき、殺した。

首と胴体が引き離された、数秒前まで猫だった物を見て、なるほどと思った。刺されたら、そりゃ痛い。逃げる可能性だってある。逃げるだけじゃない。抵抗されることもある。引っ掻かれた傷を見ると、血は出ていないものの、赤く線が入っていた。抵抗される前に一発で急所を狙うべきだ。喉笛、眼球、股間、心臓辺りが有効だろう。一番ダメージが大きい。特に眼球は有効だ。目さえ見えなければ、逃げることも抵抗することも敵《かな》わない。難しい位置にあるから狙うこと自体難しいかもしれないけど頭に入れておこう。

そんなことを思い出したあと、ふと我に返り猫の首と胴体を摑んでテントの傍に投げ捨てる。近くに置いてあったシャベルで、少し離れた茂みの柔らかい土を掘った。

死骸を放っておくと腐臭が漂うし、ハエも湧いてしまう。今さら清潔感など気にしているわけではないけど、最低限の過ごしやすさは確保しておきたい。環境は今後に影響してくるからな。

シャベルを土に刺す感触が、なんだか以前より重たい気がしていた。力が入らない。

そういやちゃんと飯を食べていないな。体力が落ちているのかもしれない。自分の身体が死へと近づいている。しかしいま死ぬのはダメだ。あとで非常用のカンパンを食べておこう。

汗と猫の血液で滑る手で必死にシャベルを摑んで、深く穴を掘った。テントの傍に戻って猫の頭を摑む。お、この感触。なんだかボールみたいだな。片手で持てる。野球のボールみたいだ。

ははっと笑って、俺はやったことない野球の、ピッチャーの真似事をしてフォームを取った。

「武命選手、振りかぶって、投げました！」

自分で実況アナウンスをして、右手から猫の首が放たれる。ゴミ箱にティッシュのゴミを入れるみたいに、綺麗なカーブを描いて穴の中に入った。

いいねぇ！ナイフを投げたときもそうだけど、もしかして俺、才能あるんじゃねぇか？ま、どうでもいいけど。

胴体も摑んで穴のほうまで歩き、放り投げる。もう一度シャベルを拾って猫の死体に土を被せた。良い感じだ。

スマホを確認する。今日は十九日。時刻はもうじき二十二時を回るところだ。

もう寝ちまおうかな。ちょっと早いけど、なんか疲れちまったし。よっこらせと、猫の死体を埋めた穴の前に横たわる。土の感触が気持ち良い。この下には、俺が殺した動物たちが眠ってるのだ。

イジメられたときのことを思い出す。学校から自転車に乗って家に帰るとき、イジメっ子にいきなり蹴飛ばされた。なんでか知らないけれど、何度も殴られた。ヘラヘラしてたのが気に障ったのか、今でも分からない。でもあの頃の俺は弱かった。

だけどこうやって、いろんな動物を殺せるようになった。俺は目標をやり遂げるために努力する強い奴になったんだ。もう少しだ。もう少しで、俺は報われる。

しかし、これからどうすべきだろうか。猫以上に大きな動物なんて思いつかない。ホームセンターで売っていた犬は、一番安くて八万円もした。たかが練習台に八万も使うわけにはいかない。野良犬はなかなか見つからない。

どうする？　もう、両親を殺しにいくか？

別に今からやってもいい。生き物を刺し殺す感触は十分練習した。これ以上はどうしようもないか？　人間自体を練習台にすることはできないから、どうしようもない。

いや、待てよ。一つだけあるじゃないか。立派な練習台が一つ。適任なのが。

そう思い立ち、地面に手をついて起き上がる。ナイフとシャベルを持ち、手動充電器で充電したスマホのライトを点けて歩き出す。木々を抜け、茂みを掻き分けて、時には枝で身体を傷つけられながら歩いた。

五分ほど歩いてやっと着いた。あの日、直人さんと出会った思い出の場所。ここだ。間違いない。少しだけ地面が盛り上がっている。喉を鳴らし、シャベルを地面について溜息をつく。

高貴の死体を練習台にすりゃあいいじゃねえか。適任過ぎて笑えちまう。だって、だって、俺が殺したい奴の息子なんだから。直人さんが殺してくれた高貴。だけど本当は、俺の手で殺したかった。

シャベルを思いっきり地面から引き抜き、あいつが埋もれているであろう土が盛り上がっている場所に向けて一気に突き立てる。そのまま、足で思いっきり踏んでシャベルを横に倒し、テコの原理を使って勢い良く土を掘り返していく。

シャベルを刺す、掘る。シャベルを刺す、掘る。刺す、掘る。何回か掘っていると、独特の腐臭が鼻を突いた。土自体に付いているのか、掘り返した土を辺りに撒き散らしているせいで、ここら一帯がその臭いに塗れる。

しばらく掘ると、どことなく、液体状、泥状になっている土が出てきた。よく見えなくなってスマホで照らす。服だ。あいつが着ていた服。今度は掘るのではなく、死体が被っている土をシャベルで払った。

強烈な臭いを発するそれは、もはや人間の形状ではなかった。あのとき見たのもれっきとした死体だったけど、まだ綺麗だった。でもこれは、ひどい。ひど過ぎて笑えちまうよ。

死体はかなりの腐敗が進んでいた。こびりついていた肉はドロドロに溶け、ウジが湧いている。体液が流れ出たためか、なんだか痩せこけて見えた。髪の毛は所々なかった。

髪が頭皮から抜け落ちているわけじゃない。頭皮ごと剝がれかけている。茶色く変色した肉がかすかに見えた。

ざまあねえな。どんな人生だったよお前。問題ばっか起こして、いつも誰かに八つ当たりして、タバコやら酒やらで身体を痛めつけて、楽しかったのかよお前。言えねえよな。口の肉が剝げてヘニョヘニョになってんだからさ。

俺はナイフを高貴の腹に突き立てて、笑った。いつもの愛想笑いなんかじゃない。心の底から、笑った。

水原瑠花　八月十九日　月曜日　二十二時

狂気が目の前に広がっている。脳がいまだ、現状を処理しきれていなかった。

なんとなく感じる不気味さに違和感を覚え、彼のあとをつけた。だから、この光景に遭遇することは偶然だった。いや、偶然であってほしい。

同じアルバイトの、同じ高校の、親友が、辺りに独特の腐臭が漂う中、穴の中で何度もナイフを振り下ろしている。そして彼は穴の中で笑っていた。

私はその声にゾッとした。あの声に似ている。コッコ。コッコの、ヤニに塗れた黄色い歯をカカカッと鳴らして笑う、あの声。狂気がこの空間を支配している。私は耐えきれなくなってその場から駆け出す。逃げようとしたわけじゃない。私は、彼が居る穴のほうへ駆け出した。

「やめて！」

ピタッと笑い声が止まる。彼は身体をのけ反《ぞ》らせて私を見た。そして慌てて笑顔を作る。今まで見たことのない、ひどい笑顔。目は大きく開かれ、口角はこれ以上ないほど上がって、歯茎が見える。

武命くんが怖いと思ったのはこれが初めてだった。

「水原さんだぁ」

さらにひどい腐臭の中、月明かりに照らされてかすかに見えた彼の手の平が、べっとりと黒い何かで汚れていた。

あれは土なんかじゃない。人間の死体だ。間近で見ると本当にひどい。もうすでに人間の形をしていなかった。

吐きそうになる胃に力を込めて抑えると、疑問がたくさん湧き上がった。

いったいいつから、この死体は埋められていたの？　なんでこんなことをしているの？　なんでここに死体が埋まっているの？　武命くんが殺したの？　いや、いったいこの死体は誰なの？

「水原さん、なんだか久しぶりだねえ」

武命くんは手に持っているナイフを隠すことなく、穴から這い上がって私のほうへ来る。

私は思わず後ずさりをした。単純に怖かった。こんなの武命くんじゃない。

「何してるの？」

「言っていいの？」

武命くんは間髪容れずに私の質問に質問で返した。

「聞かないほうがいいと思うんだよね。今この瞬間、なかったことにしない？」

「そんなことできない。怖いよ武命くん。なんでこんなことしてるの？　おかしいよ」

瞬間、武命くんはガバッと駆け寄り、汚れた手で私の胸ぐらを摑んだ。

しかし摑む手には力が籠っていない。その手で優しく私を引っ張る。武命くんの顔がキスをするかのような近さに迫った。

武命くんは、いつものように笑ったまま私を見て言う。

「おかしいって、何？　水原さんが俺の何を知ってるのさ。ねえ水原さん。君は何も知らないよね。自分のことばかり考えて、自分で解決しようとして。君も、いつも自分が一番悲しい、寂しい人間だと思ってる。だから男の人と遊んできたんだろ」

ゆっくりと、ねっとりと、私を諭《さと》すように。優しい口調といえばそうかもしれない。

しかし口にしたその言葉は、私を批判しているような内容だった。

涙が溢れ、頰が濡れる。

　それを見て、武命くんはさらに言葉を続けた。

「泣くの？　俺いつも思うんだけど、女子って卑怯だよね。泣けば許してもらえるって思ってる。そんなわけなくね？　泣いて全て解決すんならこうなってねーよな」

「ゆ、許して」

「ああ、ごめん。別に水原さんのこと怒ってるわけじゃないんだ。言っただろ、俺水原さんのこと好きなんだって。この前告白しただろ？　もしかして忘れた？」

「忘れてない。嬉しかった……。だから武命くんに、こんなことしてほしくない」

「そんなこと言ってくれるんだ！　俺も嬉しいよ、水原さん！」

　すぐさま、武命くんは大げさに大きな声でそう言って、私のことを突き放した。今度は優しくない。

　私は後ろに倒れる。臭くて湿った冷たい土の感触がした。

「だけど水原さんじゃあ、俺の気持ちは満たされないよ」

　左手に持っていたナイフを、私の胸ぐらを摑んだ右手に持ち替えて、穴に向かってジャンプして戻った。座った状態だからよく見えなかったけど、ドスンと音を立てて武命くんは穴の中に着地する。

　そして両手でナイフを持つと、大きく振りかぶってその死体に向かって突き刺した。何度も何度も。そのたびに武命くんは叫ぶ。

「ああ、ああ！　あは、ああ！　はは、はは！　はは！　ははは！」

まるでアニメのようなシーンだ。咆哮は笑い声に変わり、山中にこだまする。

恐怖で脚が震えて立てない。怖い。

座っているため、ナイフで滅多刺しにされた穴の中の死体が、いったいどのように変化したかは分からない。

それでも、満足したふうに武命くんはもう一度身体をのけ反らせ、夜空を見上げて叫んだ。

「ああああああああああああ！」

ビリビリと空気が振動する。

狂気だ。彼の顔は狂気に満ちている。フウフウと武命くんが呼吸する音が聞こえる。

まさかあの穏やかな武命くんにこんな顔があるなんて……

かく言う私は、過呼吸ぎみになって声も出せなかった。

「水原さん」

私を呼ぶ声に身体がビクッと反応する。

それにニヤついて武命くんは言った。

「夏祭りのときさ、水原さん俺に打ち明けてくれただろ。夜遊びしてるって。でも俺、あのとき教えてもらう前から、水原さんがヤバい状況なの知ってたんだよね」

武命くんは穴の中から、胸から上を覗かせて、私を見る。

彼の言葉で夏祭りのことを思い出す。彼に、衝動的に私の秘密を打ち明けた。本当に衝動だった。だけどそれ以前に知っていたとはどういうことだ。声を出したいと思っても、う、あ、という音しか出せない。

彼は言葉を続ける。

「ねえ水原さん。レイプされそうになったことあるだろ。あー、言い方悪いけど、もし何回かあるっていう場合は、具体的には夏休みに入るあたりの話なんだけどさ。ニキビだらけの男、知ってんだろ。あれ、俺の兄貴。石田高貴」

石田高貴？　夏休みに入るあたりの出来事といったら一つしかない。コッコのことだ。あいつは高貴という名前だったのか。私の家を突き止めて、私を犯そうとやって来た男。夏休み中、あいつの影がずっと背後にあった。忘れるわけがない。あいつが武命くんの兄？　そんなことって。武命くんとコッコは全然似ていない。コッコはニキビだらけでヤニ臭い。

ああ、でも、違う。今なら一つだけ思い当たるところがある。獣。かすかに垣間見える、獣のような表情は一緒だ。

ようやく声が出せるようになり、私は武命くんに問いただした。

「なんで、なんでそのことを知ってるの？」

「教えてくれたからだよ」

「お、教えてくれた？」

「神様だった人ぉ！」

乱暴にそう言ってもう一度ナイフを振り上げて、死体を刺すために穴に潜った。

「でも、もう神様じゃないんだよね」

「どういうこと？」

「俺さ、自分の家族嫌いなんだ。死んでほしいって思ってる。俺のこと愛してくれないし、みんな自分勝手だ。ずっと消えてくれねえかなって思ってた。あいつらさえ居なくなれば、俺は綺麗に生きられる。楽しく人生を謳歌できるって。そのとき、本当に偶然現れたんだよ。神様が」

武命くんはパーカーを脱いで、その服で額の汗を拭いた。そして、腕にこびりついた返り血らしきものも拭いて、穴の外側に放り投げる。私のすぐ横にパーカーが落ちた。

痩せ細ったガリガリの身体。ちゃんと食べていないのだろう。それがより一層、異形《いぎょう》の怪物のように思えた。

「神様は高貴を殺してくれたんだ。本当に嬉しかった。その神様に全部捧げてもいいって思ったくらい。これでもう殴られなくて済む。毎日怯えて過ごさずに済むってさぁ！それで俺、神様にもう一個頼んだんだ。俺の父親と母親も殺してくれって。そしたらOKしてくれたんだよ。なのに、なのになのになのに！　寸前で裏切りやがった！　怖気づきやがって！　クソ、クソクソクソ！　全部クソ！　やっぱみんな自分が一番なんだよなぁ！　一番自分が大好き！　他人のことなんか気にしてられねえって顔して！　でも、それでも優しくするんだ！　優しくして、仲良くしてくれて、それでも最後にゃ裏切る！　クソみてえだよ！」

それは心からの叫びのようだった。だんだんと声が嗄れて、ザラザラ声になっていた。心臓が激しく脈打って、私は思わず自分の胸元を摑む。ドクンドクンと心臓が暴れ回っている。

この動悸の原因は恐怖だろう。半分はそうだ。目の前の狂気に対する恐れ。だけど、もう半分は違う。悪い予感がした。神様。武命くんが言う神様とやら。そいつがコッコを殺した……

武命くんは鼻息荒く、フウフウと興奮が落ち着かない様子で話を続けた。

「ごめん、ごめんごめん。フ――、ごめんごめんごめんごめん。神様。そう、神様が教えてくれたのさ。水原さんのこと。でももう俺にとっちゃ神様じゃないんだ。だから、俺がこの話打ち明けたって、そいつが悲しむことになるけどどうだっていい。いや、嬉しいかな？　きっと水原さんも俺の気持ち分かってくれるんじゃねえかな。どうしようもない絶望。誰も助けてくれない悲しさ。誰にも頼れない虚無感。全部、全部分かってくれるだろ？」

武命くんは私のほうを向いて、穴の壁面に寄りかかる。

「言わないで……」

私は精いっぱい声を振り絞って、そう彼に言った。

目の前の死体はコッコだ。コッコを最後に見たのはいつだった？　レイプされそうになって、もうダメだと思ったとき現れた人。私にとっても神様みたいな人。

震える私を見て、彼はニタァと笑い、そして告げた。

「高貴を殺したの、水原さんのお父さんなんだよ。直人さん。水原直人さん」

東千尋　八月十九日　月曜日　二十三時

流花。聞こえているかい？　久しぶりだね。

僕はずっと、ここ一ヶ月くらいのことで、君に言いたいことがあるんだ。

僕は君が好きだったんだ。君の笑顔も、君の強さも、君の大胆さも、全て好きだった。だから僕はあのとき、君と死ねたらいいなって思って、君の旅路についていったんだ。結果として君は死んでしまったわけだけど、実はさ、僕はすぐ立ち直ったんだよ。

中学生といえども僕は大人だった。冷静に物事を判断する余裕だって、本当はあったんだよ。実は君が死んだことなんて、忘れちゃってもよかったんだよ。

でも僕は、君を忘れるなんて、そんなことしなかった。それは、君が好きだったからっていう理由ももちろんあるよ。君の全てが愛《いと》おしかった。でも本当の理由は違う。君に依存して、生きづらさを抱えていたほうが実は楽だったからなんだ。

『自分は心に闇を抱えている人間だ。だから友達がいなくたってしょうがない。恋人がいなくたってしょうがない。誰とも寄り添うこともなく、将来独りぼっちで死んでしまう気がするけれど、それはしょうがないことなんだ。だって僕は昔の恋人を忘れられないっていう心の闇を抱えているんだから』

そういう自分の弱さの言い訳に使うために、僕は君を忘れなかったんだ。楽だったよ。自分の性格の問題点を、もうどうしようもないことだからって思い込んでしまうのは。

そんな僕の目の前に現れた〝瑠花〟。

今度僕は、瑠花を君だって思い込んだフリをしたんだ。なんでかって言ったら、やっぱり自分への言い訳のためさ。瑠花に出会ったとき、君がもう一度生まれ変わってきたような気がして、まるで時が戻ったような気がしたんだ。

自分がやりたいことを、やりたいようにやった中学時代。もう一度あの頃に戻りたい。なんで僕はいろんなものを溜め込んでいるんだ。食べたい物を食べたい。身なりも整えたい。好きな人に好きって言いたい。その全てをできなくても仕方ないことだと思い込んできた。

だけど、高校生になった君が目の前に現れた。それなら、あの頃に戻って、自分が好きなように、好きな姿になって、好きなことをやろう。もう自分を抑え込んで、自分の性格をしょうがないものだって思う必要はない。だって、僕はあの頃に戻ったんだ。

そんな言い訳を自分にして、僕は瑠花を愛したんだ。瑠花の傍に居れば、あの頃のような自分になれる。瑠花の傍に居れば、自分を変える言い訳になる。だって、君が生まれ変わってきたんだから！

そう、本当は瑠花のこと、別に一目惚れでもなんでもなかったんだよ。ただ自分が変わるきっかけとして、傍に居ただけだったんだ。

だけど、恥ずかしい話、今は違うんだ。僕は瑠花のこと、昔の君と同じように、愛してるって分かったんだ。僕は今、彼女を心配して、必死に追いかけている。彼女と出会ってまだ日は浅いけれど、この感情は間違いじゃないんだ。

踏み出したい。前を向きたい。生きづらさは消えない。だけど僕は強くなりたいんだ。

瑠花は、君のことを忘れずに自分が強くなる言い訳で、言うなれば新しい依存先だ。

だけど、だけど、だけど！　僕は好きだ。彼女のことが。

もう君の〝代理〟なんかじゃない。彼女は僕のことを信じてくれて、愛してくれるんだから。


『千尋さん、助けて！』

瑠花と別れ話をした数時間後、突然スマホに掛かってきた彼女の声に、僕は突き動かされた。

そして、走って走ってやっとたどり着く。彼女と初めて出会ったコンビニ。僕はそのまま店には入らず、裏側に向かう。

そこで彼女は小さくうずくまっていた。近づいてくる人影に強く怯える。しかし、すぐに僕だと気づいて安堵した顔になる。

「僕だ！　瑠花！」

僕は彼女に近づいて抱き締めようとする。

それよりも先に、彼女が僕に飛びついて、強く抱き締めてきた。

彼女に怪我は見当たらない。だけど、不安に満ちた表情にただ事ではないことが分かった。

彼女の柔らかい感触に僕は安堵する。

会いたかった。会いたかったよ。瑠花。

僕も彼女を強く抱き返した。

八章　逃避

水原瑠花　八月二十日　火曜日　十四時

私たちの席の横に車内販売の人が近づき、すかさず千尋さんが話しかけた。

「すみません、何か飲み物ありませんか？」

千尋さんの声に、眼鏡の女性販売員は籠の一番奥から数本のペットボトルを取り出す。

「お茶とコーラ、ポカリスエット、あとはオレンジジュースもございます」

「じゃあお茶、二本ください」

「かしこまりました。三百二十円です」

千尋さんは財布から小銭を取り出し、販売員の人に渡し、お茶が入ったペットボトルを二本受け取った。一本を私に差し出す。

「ほら」

「ありがとう」

お茶を受け取って、そのまま座席のテーブルに置いた。

「飲まないの？」

「今は……喉渇いてない」

「そうか。気分は？」

「大丈夫。ありがとう」

肩に手を置かれそのまま抱き寄せられる。頭を寄せ合い、千尋さんは私の額に軽くキスをした。

私はそれに遠慮することなく、身体を委ねる。今はその温もりが、ただただありがたかった。肌の柔らかさに心地よくなり、自然と眠くなってくる。

しかし目を瞑ると、昨日の武命くんとの会話がフラッシュバックした。


武命くんはニタァと笑ってこっちを見ていた。

パパが、人を殺した。私はその事実をすぐには受け入れられない。

『嘘よ』

『本当さ。直人さんからしっかり教えてもらったんだよ、水原さん。全部、君を守るためだって』

武命くんは穴の中に居る。穴の壁面に寄りかかりながら空を見上げていた。

『水原さんがレイプされそうになったときだよ。あのあと水原さん、岸本さんのとこに逃げたんだって? 一人になったら制御できなくなって、直人さんは高貴のことを殺したんだ。で、高貴の死体を埋めてたとき、この秘密基地に入り浸ってた俺に見つかったってわけ』

あのとき、それじゃあ私があのとき美希の家に行ったせいで、パパはコッコを殺したってこと? 私だったら止められたのに。そんなの、まったく知らなかった。

あの日からもう一ヶ月くらい経つ。私はずっと、パパが人を殺した家で過ごしていたのか。今までパパは私に何も言ってくれなかった。

いや、そんなことない。その間も、パパが書き置きしてくれてたのを知っている。パパはちゃんと言葉を残しておいてくれた。『愛してるよ』。ただひたすらに、私に、愛していると。いつもと変わらないように。

『そんで、ついでだから両親も殺してほしいってお願いしたら、一度はＯＫしたのに、直前でやりたくないなんて言い出しやがって。しょうがねえから俺が自分で殺すために、こいつで練習してるってわけ。あいつ裏切りやがって……もう少しだったのによ』

理屈は理解できる。だけどそれを本気でやろうとする勇気が理解できない。死体で人を殺す練習なんて。

ちょっと待って。武命くんが言った言葉をもう一度思い返す。直前？　じゃあ、実行に移そうとしたってこと？　パパは武命くんの両親も殺そうとしかけたってことなの？

『水原さん、俺さ、ずっと訊きたかったんだよね。なんで直人さんがあんなに君のことを愛してるのに、気づかなかったわけ？』

よっと身体を起こして、武命くんは私のほうへ向き直る。しかし穴の中からは出てこない。地面に肘をついて、腕を組み私に笑顔を向けてきた。

私はさっきからずっと、地面に座り込んでいる。脚が震えて立てないのだ。

『パパに甘えられなくて寂しいから男遊びって言ってたけど、そんなん、俺からしたら単なる言い訳にしか聞こえないね。男漁りしたくて、夜遊びしたいだけの言い訳』

『そ、そんなこと、ない』

『羨ましいよ。あんなに自分の子どもを愛してくれる親がいるかよ。人まで殺して、それを隠していつもどおり必死に働いて。本当スゲえよ。俺も、あんな人の息子に生まれたかった。なのに、なんでてめえは自分だけ悲しいみたいな顔してやがんだ？　あぁ？』

てめえと、確かに武命くんは言った。今まで、そんなふうに言われたことはなかった。ふざけて反抗的な態度を取ることはあったけど、こんなに荒々しく私を切り捨てるような口調になったことはなかった。

一対一の、味方の居ない空間に涙が溢れる。

『夏祭りの日に泣きながら言ってくれたよな。自分が生きてる意味が分からない？　友達もたくさんいるのに毎日が苦しい？　ふざけんなバーカ。話し合いで簡単に解決できんのに、怖くてしなかっただけだろ。目を背けて楽なことばっか選びやがって。どうだよ、楽しかったかよセックスライフ。俺童貞だから分かんねーけど、そんなに満たされるわけ？』

『やめてよ。そんなこと言わないで』

『嫉妬するよ。自分を傷つける余裕があってさ。なんで俺より幸せそうな家庭で暮らしてんのに、俺より悲しんでる顔見せられるわけ？　そんなに悲しいごっこしてえなら、もう死ねば？』

武命くんが穴からジャンプして地面に立つ。その場で不良座りをして、私にナイフを向けた。月明かりに照らされてギラリと光る。私と武命くんの距離は一メートル。

『水原さんのこと好きだよ。でもそれと同じくらい、てめえのことが憎いんだよ』

『武命くん』

『てめえも道連れだ。生きてたら、これから一生、親が人殺しっていうレッテルを貼られるんだ。可哀想。でもそれはな、俺のせいなんかじゃあない。自分のせいだろ。卑怯者』

『やめて。お願い、武命くん。お願い』

『やめたらどうしてくれんの。水原さんが俺の両親殺してくれんのかよ』

『どうして、どうしてそんなに憎いの？』

そう訊くと武命くんは、笑顔が崩れて、だんだんと曇り顔になる。考え事をするようにうつむいて小さくつぶやいた。

『自分だけ違うからだ』

『違うから？』

『誰にも理解されない。相談したって突き放される。そんな環境で過ごした経験自体、俺にとっちゃあただのコンプレックスでしかない。俺だってみんなみてえに普通の家庭で生まれたかったのに。そしたらこんな、愛想笑いもしなくて済んで、普通の人間として、普通の石田武命として生きていられるのに。こんな自分なのは、あいつらのせいだ。

でも育った環境なんて今さら変えられない。俺をこんな奴にしたあいつらが、憎い！』

恐怖の対象だった武命くんが、突然、子犬のようにうずくまり泣いている。その姿に気が和《やわ》らいだ。泣くなんて、弱さを見せるなんて思わなかった。恐怖がかすかに薄れていく。脚の震えが止まった。

『た、武命くん……』

私は体勢を立て直し、武命くんの前まで這って肩に触れた。冷たく、細い、弱そうな身体。しかしその行動は間違っていた。

『触んなよ！』

突然、武命くんは持っていたナイフを大きく振って私を切りつけようとした。切りつける前に叫んでいたから、叫びが予告となって反応できた。私は大きく後ろにのけ反りナイフを避ける。しかし、かすかに当たってしまい、右腕に浅く赤い線ができた。傷は深くない。だけど、瞬時に血が流れて、熱い。攻撃してきた。私を敵視している。

今なら脚が動く。逃げなきゃ。そう思ったけれど、強い力で両肩を押されてしまい、また私は後ろに倒れて仰向けになった。武命くんが私の上に馬乗りになったのだ。胸ぐらを摑まれ、私を強く睨んで泣いている。

『夢だってあった！　やりてえことだってあったんだ！　だけどクソジジイは勉強ばっかさせやがって。ゴミ女は俺を見もしねえ、クズ野郎は目が合えば暴力を振るう。そんな家庭で生まれたらこんなに歪んでもしょうがねえよな！　愛想笑いがさぁ！　取れねえんだよ！　本当はみんな死ねばいいって思ってんのにさ！　愛想笑いしてりゃ、人並みに見てもらえるって考えたら、取れねえんだ！　なのに心の半分は、いつもドス黒いことばっかだ！　全部憎い！　憎いんだよ！　だけど誰かに分かってほしいって、いつも思っちまうんだよ！』

悲鳴。怒号というより、悲鳴に近かった。

私は身体の底から力を出して、武命くんのお腹を摑んで横に引っ張る。

私が抵抗すると思わなかったのだろう。武命くんはバランスを崩して、そのまま横に倒れて、ナイフも手から離れた。

その隙に、私は素早く身体を起こして逃げ出した。走り方も分からない。スマホのライトを点けるのも忘れる。でも、暗い夜道をただひたすらに走った。涙がボロボロ流れ落ちて、呼吸もしづらくて、それでも走った。

後方でかすかに、武命くんの悲鳴が響いていた。

右腕に巻かれた包帯を見る。

あのナイフは高貴の死体を何度も切り刻んだ物だ。それだけじゃない。尾行しているときに野良猫を殺しているのも見た。もしかしたら何かの感染症に罹《かか》ってしまうかもしれない。そう思って、千尋さんの家でかなり念入りに洗って、消毒液も塗っておいた。

自分でも大げさかと思ったけれど、これくらいやっておいたほうが安心できる。

「瑠花、次で降りるよ」

そこで、千尋さんが私に小さく囁いて立ち上がった。荷物棚の上に置いてあるリュックを下ろして椅子に置く。

私は荷物がないから気楽だ。財布と、スマホのみ。美希、心配するだろうな。そう思って窓の外を見る。新幹線の窓からは田んぼの風景がどこまでも広がっていた。賑わっているのは駅周辺だけのよう。

「立てるかい？」

千尋さんが私の顔を心配そうな顔で覗き込む。

「ああ、うん」と、気の抜けた返事をして私も立ち上がった。

「ムリするなよ」

「大丈夫。ありがとう」

そう言うと、千尋さんは私の肩をポンポンと叩き、通路を歩いて新幹線の乗降口のほうに向かった。

私はできるだけ席に座る人に顔が見えないようにフードを被って、千尋さんのあとをついていった。

熊越駅から東北新幹線で一時間行った場所に、柱山《はしらやま》駅はある。千尋さんの故郷だ。夏休みとはいえ平日の日中だからか、人は少なかった。だけどそれでも新幹線が停まるほどの大きな駅なこともあって、閑散としているわけではない。ホームに降りた瞬間、北の土地ということもあって、予想より涼しく感じる。それでもしっかりと、夏の風物詩である蝉の鳴き声が車の音に紛れて聞こえてきた。

千尋さんを見ると、背中にビッショリと汗を掻いている。汗っ掻きだなぁと呑気に思い、ひたすらに後ろをついて歩いた。

「タクシーを待とう」

タクシー乗り場を見つけて、千尋さんが私の手を引いて一緒に歩く。そこには三人くらいしか並んでなくて、すぐに順番が来た。

目の前に滑り込んできたタクシーの後部ドアがゆっくりと開く。先にどうぞと千尋さんが目で合図してくれたので、それに甘える。続けて千尋さんが乗り込んだ。

「柱山市舞園《まいぞの》十七までお願いします」

「ちょっと待ってな。あーっと、それどこらへんかいね？」

千尋さんが言うと、タクシーの運転手さんは呑気に答えた。

「舞園総合病院近くまでとりあえず行っていただけますか。そこから指示します」

「はいよ」

運転手さんはにこやかな声で返事をしてナビに入力する。しばらくして、ゆっくりとタクシーは動き始めた。

駅を出るとすぐに田舎の風景が広がる。熊越市と近いものがあるけれど、こっちのほうがさらに田舎だ。太陽の光を遮る建物もほとんどなく、長い道路のみ。その周りは田んぼが広がっている。人もそれほど歩いていない。しかしその割に車が多い。確かにこの道を歩いていくなんて、途中で熱中症で死んじゃいそう。

「里帰りですかぁ？」

突然運転手さんが言う。

私は千尋さんのほうを見て返答を促した。

「ええ、毎年夏には帰ってるんですよ」

「そうなんですかぁ。盆の時期からちょっとズレてるから気になって。珍《めず》らしいですねぇ。出身が舞園らへんなんですか？」

「はい、そうです」

「ああ、そうですかぁ。私の女房がね、ここ出身だってんでぇ引っ越してきたんですが、都会よりもよっぽど住みやすいですよ。静かだし、水もご飯も美味しいし。若い頃東京に住んでたけどびっくりしましたよ。都会の水なんて不味《まず》くて飲めやしない」

「はは、そうですね。確かにこっちの水のほうが美味しい気がします」

「んでしょう？　こっちは浄水器要らずで美味しい水だから、節約にもなるよ」

運転手さんはフハハとにこやかに笑う。プライベートなことまで客に打ち明けるのはすごい。それにきちんと千尋さんは返答する。田舎特有の距離の近さ。

ただそれよりも、千尋さんが普通に受け答えしているのに少しだけびっくりした。イントネーションも、運転手さんのとは少し違う、若干の訛《なま》りが入っている。いつもはなんだか内気な人だけれど、本当は世間話もできるんだ。

私は会話に交ざらず、ボーッと窓の外を眺めた。今は誰ともあまり喋りたくない。億劫《おっくう》だ。

車内は冷房が効いていたけど、手回し式のハンドルを回して車の窓ガラスをかすかに開ける。草の匂いを含んだ風が髪を揺らした。思わずフードを片手で外すと、解放された気持ちになる。

もう片方の手はずっと千尋さんと繋がれたままだ。ゴツゴツした手。私はこの手を、いつまで掴んでいていいのだろう。少しだけ心細くなり、窓の外を眺めたままその手にギュッと力を込める。

私はまだ、千尋さんに本当のことが言えていなかった。

卑怯者。武命くんの言葉がズシリと重くのしかかる。

山から逃げたあと、千尋さんの顔が浮かんだ。直前に『別れて』なんて言ったくせに。そして千尋さんと会い、そのまま千尋さんの家に泊まった。家に帰る勇気はなかった。

パパが人を殺したという事実が信じられなかった。だけど、確かに夏休み以降のよそよそしい感じは、振り返れば信じるには十分だった。

自分はいったいどうすればいいのだろう。こんなこと、美希にも安西さんにも相談できない。どうしようもなくなって、千尋さんを頼った。しかし頼っていながらも、私は千尋さんに本当のことを言えなかった。こんなこと打ち明けられない。出会い系サイトのこととは訳が違う。

何一つ言えず、私はただどこかに消えたいと思った。それだけを千尋さんに願うと、千尋さんは『分かった』とだけ言って荷物をまとめ始めた。気分転換に、一緒に千尋さんの実家に行こうと提案されたのだ。

『何かに悩んでるならさ、少し気分を変えて、ここを離れて自然に触れにいこう。大丈夫、瑠花が言いたくなるまで僕は訊かない』

そう言って、私をここまで連れてきた。

そんな千尋さんの提案に、私は賛成も反対もしなかった。きっとこれは正解じゃない。警察に通報するべきだ。武命くんを説得するべきだ。パパともちゃんと話をするべきだ。もう一人の自分がそう叫んでる。必死に、私の心を責め立てている。

だけど、私は強くない。みんながみんな、すぐに行動できるような強い人間だと思わないでよ。そう自分に言い訳をする。

すると、もう一人の自分が、武命くんそっくりの声で言うんだ。そんなに悲しいごっこがしてえなら、もう死ねば？

「瑠花、コンビニが近いけど何か買ってこようか？」

握っている手を動かされて思考が止まる。ピクッと身体を動かして千尋さんを見た。

「行かないで――」

突然のことに頭が働かず、適当なことを言ってしまう。

千尋さんはキョトンとした顔で私を見る。そして小さく微笑んで、もう片方の手を持ってきて両手で私の手を摑んだ。

「落ち着いて瑠花。どこにも行かないよ。コンビニに来たけどお腹は減ってる？　この先まだあるからさ」

まるで子どもを諭すように、ゆっくりと甘く小さな声で千尋さんは言う。

気づけばタクシーは、コンビニの前に停まっていた。

「ご、ごめん。私も行く」

今は、千尋さんの傍を極力離れたくない。左側のドアから出ると、すぐに千尋さんの手を握ってコンビニに入った。

大きな病院を通り過ぎて、さらに二十分ほどタクシーに乗る。かなり細い砂利道をガタガタとけっこうな速さで走った。

運転手さんは慣れているのかもしれないけど、私は怖くて気が気じゃない。左側は山壁になってるけど、右側は少し急な崖。その下は田んぼが広がっている。車一台しか通れなさそうな細い道。落ちたら大変だ。

しばらく走ってようやく拓けた場所に出る。ホッと安心して息を吐いた。

目の前には古い一軒家。田んぼと砂利道に囲まれて、俗世から切り離されたように、ポツンと小さな和風の家が建っていた。

千尋さんが運転手さんに料金を支払う。ここまで遠かったからけっこうな額だ。新幹線のチケットからタクシー代まで、全部千尋さんが払ってる。だけどお金を出そうとしても、いつも大丈夫と言って突っぱねられていた。私はそれに頼って甘えている。胸に罪悪感が膨らんでいた。

「行くよ瑠花」

財布をポッケに仕舞い千尋さんは私に言った。

「あ、ありがとうございました」

「またどうも。里帰り楽しんでぇ」

気の良い運転手さんにお礼を言うと、タクシーはUターンして再び砂利道を走っていった。

どうすればいいか分からずに一軒家を眺める。

すると千尋さんはまた私の手を摑んだ。そのまま手を繋いで歩こうとする。

「ちょ、ちょっと待って！」

私は、さすがに手を離さなければと彼の手を振り払おうとする。だけどその瞬間に力を込められて手は離れなかった。困惑して千尋さんを見る。

「ねえ、離さなきゃ。実家なんでしょ？」

「また、どっか行っちゃうのか？」

千尋さんは私の手を優しく、そして強く握り締めて言う。悲しげな目をしていた。

「もういい加減、僕の傍を離れないでくれよ」

かすかに震える声に、私は何も言えなくなる。

でも、だって、私たちは――

そこまで考えて止まってしまった。いったい自分たちは今どういう関係なのか。それを上手く説明できない。しょうがなく私は手に力を込めるのをやめた。

それに満足して千尋さんは歩き出す。手を繋いだまま、千尋さんは玄関のベルを鳴らした。

東千尋　八月二十日　火曜日　十六時

「千尋?」

ガラガラと引き戸が開き、中から紀恵子さんが出てきた。驚いた様子で僕を見て、そのあと後ろに隠れている瑠花に目を留める。一年ぶりの紀恵子さん。皺の数も猫背も、去年とまったく変わらない。

「ただいま、紀恵子さん」

なぜか少し恥ずかしくて、はにかみながら挨拶をした。

「びっくりした！　あなた、あれから連絡を寄こさないから来るのやめたかと思って。ああ、また掃除してないわよ。去年と同じね」

本当に驚いているらしく、いつもより少し早口になっていた。

繋いでいる瑠花の手に力が入る。どうすればいいのか分からないのだろう。

僕は顔だけ横を向いて、視線を後ろに向けた。

「大丈夫、僕の……僕を育ててくれた人だ。安心して」

瑠花は不安そうな顔で僕を見る。微笑みながら、僕も彼女を見つめ返す。瑠花は手の力をだんだんと緩めて一歩前に出た。だけど、手は繋いだまま。

「は、初めまして……」

「あら、こんにちは。千尋、どなたかしら？　お友達が来るなんて聞いてないわよ。それとも彼女さん？」

紀恵子さんは、僕に隠れてまだ見えていない瑠花のほうに視線を送った。

ゆっくりと瑠花が前に出て姿を現すと、紀恵子さんはハッとして瑠花を凝視している。

それにビクついて、瑠花が再び僕の手を強く握る。そして小さな声で返事をした。

「あ、えっと、る、瑠花です。水原瑠花と、いいます」

瑠花の言葉を聞いて、一瞬間を空けたあと、紀恵子さんは大きく溜息をついた。

瑠花はどうしていいか分からず僕のほうを見ている。

紀恵子さんも困惑して僕を見ると、すぐに家の中に向かった。

「入りなさい」

優しい口調。だけど顔は笑っていなかった。

僕は瑠花の手を引いて家に入る。ここまで来たらさすがにもうどこにも行かないだろ。そう思って、靴を脱ぐタイミングでようやく瑠花の手を離した。

久しぶりだなあ。

家に上がると、かすかに畳の匂いがする。熊越市じゃフローリングのアパートだから、畳が懐かしくなってしまうんだよな。

紀恵子さんのあとに続いてリビングに向かう。板張りの廊下がギシギシと音を立てた。

「好きなとこに座りなさい」

少し大きめの長方形のテーブルに、椅子が全部で四つ。

僕が入口側の席に座ると、瑠花は大人しく僕の隣に座った。

紀恵子さんはコップに麦茶と氷を入れて、僕たちの前に置いてくれた。

「ありがとう」

紀恵子さんから貰った麦茶を一口飲む。あー、生き返る。掻いた汗が引いていき少し身震いする。

紀恵子さんは座らずに、麦茶を仕舞いながら喋った。

「その、言い訳をするようなんだけど、もしかしたら今年は来ないのかもと思って、料理も何も考えてないのよ。でも一応、いろいろ食材はあるから、それなりにもてなせるけど、期待しないでね。ごめんなさい」

「気にしないで。急に来た僕が悪いんだから。紀恵子さん、何日か泊まりたいんだけど、いいかな？」

「あら、二日だけじゃないの？」

「迷惑ですか？」

「いいえ、むしろ住んでほしいくらい。いつもは決まって二日間しか泊まらないじゃない？　だから嬉しいわ。寝る場所はどうする？」

「瑠花と一緒に僕の部屋で寝ます。布団、二人分ありますか？」

「大丈夫、弟のを借りましょ。あ、でも綺麗だったかしら。ちょっと見てくるわ」

紀恵子さんは立ち上がり、リビングを出て左側のほうへ歩いていった。

その間に瑠花が僕の肩をツンツンと突く。

「千尋さん、弟いたの？」

「ああいや、僕の弟じゃない。紀恵子さんの弟さ」

しばらくして紀恵子さんが戻ってきた。布団は虫食いもしておらず、綺麗なままだったらしい。

「あなた、あの子と付き合ってるの？」

靴を履き終わった僕は、玄関に座って紀恵子さんを見た。

紀恵子さんの家に泊まることになったけど、服はなんとかなるとして、瑠花のぶんの下着がない。さすがに紀恵子さんに下着を貸してとは言えないから、食材の買い出しついでに瑠花と二人で買いにいくことにした。目指すはこの辺り唯一の小さなスーパーとコンビニ。

出発する前に瑠花はお手洗いに行った。心が不安定な彼女の傍をできるだけ離れずにいたいけど、さすがに女の子のトイレを監視するわけにもいかない。先に玄関で靴を履いていると、突然紀恵子さんが訊いてきたのだ。

なんて答えるべきか迷う。そういえば、僕たちはこうしてまた一緒に行動しているけど、復縁というか、もう一度付き合おうと、言葉に出して約束したわけじゃない。

答えに悩んでいると、また紀恵子さんは大きく溜息をついた。

僕は焦ってとっさに言う。

「付き合ってた」

その言葉に、紀恵子さんは溜息を止めて腕を組んだ。

「そう……、まだ好きなの？」

「好きです」

僕は座ったまま身体を振り向かせて即答する。

紀恵子さんは一度ポカンとした顔で僕を見たけれど、ようやく微笑んだ。

「それなら、いいのよ。でも……」

「でも?」

「あの子、あなたが見間違えてしまうのも、分かる気がする」

悲しそうな顔になり僕から目を背ける。

僕も、紀恵子さんのことが見れずに身体を前に戻した。

「あの子は、何が好きだったかしらね……」

「瑠花は、マヨネーズが好きです。脂っこいやつも」

「それは、私の娘のことかしら?」

「いいえ、違います」

僕は立ち上がり、紀恵子さんのほうに向き直った。

「僕が連れてきた女の子です。瑠璃の瑠に、花で、瑠花。彼女は、歌が好きで、マヨネーズが掛かっているたこ焼きも食べれます。嫌いな物は、ほとんどありません」

紀恵子さんはすぐに返答できず、暗い顔をした。

返答がないまま、トイレのほうから足音が聞こえて瑠花がやって来る。

それを察知して、紀恵子さんは表情を明るくした。

「ごめんなさい。お待たせしました。紀恵子……さん。お手洗い貸してくれてありがとうございます」

「いいのよ。あの、瑠花ちゃん。食べたい物買ってきていいからね。お金は千尋に渡してあるから、鍋でも、すき焼きでも……たこ焼きでも、なんでも好きな物を作ってあげる」

「そ、そんな、申し訳ないです」

「いいのよ。独り暮らしだから、こういう日を大切にしたいの。テレビを観ながらいつも独りで夕食を食べてるから。一緒に食べても、テレビは会話はしてくれないからね」

紀恵子さんは楽しそうに瑠花と会話する。僕と話すときとはまた違う明るさだ。

瑠花は怯えることなく、愛想笑いをしていた。さっきまで無表情だったから、笑顔なだけでも安堵する。

「ほら、行こう瑠花」

「あ、うん、じゃあ、紀恵子さん、行ってきます」

「うん、行ってらっしゃい。待ってるからね」

バイバイと手を振ってくれて、瑠花も紀恵子さんに手を振り返した。

引き戸を閉めて、スーパーとコンビニに向かう。歩いて十分くらい。

紀恵子さんは移動には自転車を使っている。だからここには自分が使える車はない。自転車は一台しかないので、歩くしかない。せっかく冷たい麦茶を飲んで汗が引いてきたのに、すぐにまた身体中から汗が噴き出てきた。

「暑いけど、大丈夫？」

「大丈夫だよ。ありがとう」

瑠花は軽く微笑んで僕の横を歩いた。瑠花の左手がかすかに僕の右手に当たる。手を繋ごうかと思っていると、僕が手を出すよりも先に、瑠花が僕の手を掴んできた。少し驚いて瑠花を見ると、悪戯っぽく笑っている。

「傍に居てほしいんだよね」

小さく柔らかい手の指が僕の指に絡む。恋人繋ぎ。年甲斐もなくドキドキしてしまう。瞬きをして息を呑む。

「これから……、どうしたい？」

額から汗が流れて粒が目に入る。瑠花のほうを見ると、うつむいて唇を噛んでいた。まだ訊くのが早かったかな。沈黙を感じて懸念する。

細い砂利道を抜けた辺りで、ようやく彼女は口を開いた。

「今は家に帰りたくない」

「そうか。いいよ。瑠花がしたいこと、僕は尊重するよ」

「でも、何がしたいかは考えてないの。どうするべきかも分かんない」

少し早口で瑠花は言う。宥めるように僕は繋いだ手に力を込めた。

「それはきっと時間が解決する。今は焦らないで、美味しいご飯でも食べて、楽しんでから考えればいいんだよ」

「ありがとう……」

「そうだ。ここから二十分くらい反対のほうに歩くと温泉があるんだよ。広いお風呂にでも行ってみる？　他にも、そうだな。山登りでもする？　川遊びもあるよ」

　他に何があるかなと思い出していると、突然瑠花が止まった。引っ張られるように手を引かれて振り返る。

　瑠花は顔を上げて、真っ直ぐに僕を見ていた。

「何があったか、訊かないんだね」

　その言い方は、まるで何かに怒っているようだった。

　僕はそれに動揺せず小さく微笑む。

「言いたいときに、言えばいい」

　間髪容れずに応える。

「瑠花」

　一向に歩き出さない彼女を歩道側の隅に寄せる。

　すると瑠花は僕を見て、ゆっくりと言った。

「パパが、人を殺したかもしれないの――」

　その一言。たったそれだけで、現状を理解するのは簡単だった。沈黙が流れて、いつの間にか辺りは蟬の声で満ちていた。

　僕は繋いだ手により一層力を込める。本当に、どこかに行ってしまいそうな気がした。それは僕の中に、かすかなデジャブとなって蘇る。日々がいくら溶けようとも、忘れることのない、あの夏の記憶。

「私のせいなの。全部私のせい。だけど私、全部見ないフリしてた」

「落ち着いて、ゆっくり話そう。人気《ひとけ》のない所に行くかい？」

「いいの、歩きながら、話す」

そう言って彼女は脱力したまま歩き出す。

僕はそれを見守るように歩調を合わせて隣を歩いた。

「この間相談した動画、覚えてる？　あの動画を撮った奴に偶然出くわして、そのあと家を特定されて襲われそうになったの。ちょうどパパが帰ってきて助けてくれて、私は美希の家に避難したの。でもパパはその間に、そいつを殺したらしくて……」

「襲われた？　大丈夫だったのか？　それに殺したらしいって……、確信はないの？」

「寸前でパパが助けてくれて……。殺したって確信は……、ある」

「どうして？」

息を呑む僕に、瑠花は言った。

「武命くん、覚えてる？」

「武命くんって、ああ、時々ラインしてたよ。どんな音楽が好きだとか、今度遊びに行こうとか」

「え、そうだったの？」

話を遮り、瑠花は暗い顔をしながらも少し驚いて僕を見た。

「ああ。夏祭りのあとから、一日一回くらいはラインが来てたんだ。僕はそれに返す形で会話してた。結局会って遊ぶことはなかったけど、それなりに仲が良かったよ。ライン上では。よく瑠花のことも訊かれた」

「私のこと？」

「うん。よく瑠花さんと遊ぶんですかとか、子どもの頃はどんな感じだったんですかとか。武命くんには叔父さんで通ってたから、あまり込み入ったことは言ってないけど」

「そうだったんだ……、武命くん、ずっと私のこと監視してたのかも」

「どういうこと？」

「武命くんなの」

　そこで瑠花は一度グッと息を呑み、深呼吸して言葉を続けた。

「パパが殺したのは、武命くんの兄だったの」

「兄？」

「私を襲ってきた男は、武命くんの兄だった。怒ったパパがそいつを殺して、死体を近くの山に埋めてるときに偶然武命くんと出会ったらしいの。それで昨日、私が死体と一緒に居る武命くんを目撃したら、それに気づいた武命くんが全部話してくれた。武命くんはそのとき、怯えるどころか、自分の両親も殺すようにパパにお願いしたって……」

「両親を？　なんでそんなことするんだ」

「具体的なことは分からない。でも、すごい憎しみを感じた。怒りとか、悲しみとか、すごく感じた。だけどパパはそれを断ったらしいの。それで武命くんは、自分で殺すことに……」

　突然瑠花がヒッヒッと喉を鳴らす。呼吸がしづらくなっていることに気づき、繋いだ手を離して背中を擦った。かすかに身体が震えている。

　瑠花の呼吸が整うのを待った。現実味がなさ過ぎて、すぐには信じられない。

「瑠花、落ち着いて。大丈夫、僕が居る。深呼吸して」

　僕が背中を強く擦ると、ゆっくりと瑠花の呼吸が安定してきて、僕を見た。そして、僕の両腕を摑んで身体を寄せる。

「武命くんは今、山の中に埋めた兄の死体を掘り返して、両親を殺す練習台にしてるの」

　田舎のこんな長い道路を歩いているのは、僕と瑠花だけだ。それでも誰にも聞かれないように、顔を近づけて小さく僕に言った。

「それ……、本当なのか？」

「その場を、見たの。武命くんが、死体を、練習台にしてるのを見た。ナイフを突き立てて、笑ってたの」

「瑠花、死体を見たのか？」

「うん。すごく、怖かった。死体なんて、初めて見た。かすかに見えただけなんだけど、人間の形をしてなかったし、臭いもすごかった。だけど、一番怖かったのは武命くんだった。私、武命くんが、あんな人だなんて知らなかった……」

僕はギュッと瑠花を抱き締めた。

彼女は泣かなかったけれど、この暑さにもかかわらず身体を震わせていた。彼女の異常な様子に信憑性《しんぴょうせい》が高まってくる。自分の親が人を殺したこと。殺されたのは自分を襲った男で、それは親友の兄だったこと。さらにその親友は兄の死体を、自分の両親を殺す練習台にしていたこと。彼女の抱えている問題の重みが、肌を通してヒシヒシと伝わってくる。

僕は瑠花を胸に寄せて頭を撫でながら、武命くんのことを思い返す。明るくて、ニコニコしていて、陽気な感じで、沈黙しないように気に掛けて会話をしてくれる。優しくて、良い子だったのに。

「瑠花、落ち着いて。とにかくこれから――」

「待って。言わないで。いや、先に言わせて」

瑠花は僕の言葉を遮って、僕の胸に顔をうずめて小さく言った。

「千尋さんが私にプロポーズしてきたとき、なんでも聞いてくれるし、いつだって傍に居てくれるって言ってくれたでしょ？　それは今でも変わらない？」

「ああ……、言ったよ。今でも変わらない。君のことを一番に考える」

「私、死にたい。どこか誰にも迷惑が掛からない場所で、死んじゃいたい」

心臓が、ドクンッと鳴った。

彼女のことを一番に考えているというのは本当だ。瑠花自身のことを大事に思っているし、ずっと傍に居たい。今は流花のことは関係なく、瑠花のことが好きだ。だけど……

死んじゃいたい。僕はその言葉を、昔聞いたことがある。確かに、聞いた。あのときとまったく同じ、身体を震わせ、何かに怯えながら。

僕の動揺を感じることなく、彼女は続けた。

「こんなことになっても、私はまだパパのことが好き。それに、あんなにひどい態度を取られても、武命くんは大事な親友なの。でも、根本的な原因は、きっと私。私が夜遊びなんかしなければ、あいつに出会うこともなく、こんなことも起きるはずなかったんだよ。私はもう、これ以上誰にも迷惑を掛けたくない。どっか知らない所で、死んじゃいたい」

「ダメだ！」

瑠花が言い終わった直後、僕は思わず叫んでいた。

彼女の肩を摑んで引き剝がし、強く叫んで、少しだけ屈んで彼女と目線を合わせる。

彼女は否定されると思っていなかったらしく、目を見開いて動揺していた。

僕だって彼女の言葉を全部聞こうと思った。だけど、口をついて出てしまったんだ。愛情とも言える。怒りとも言える。同情とも言える。グチャグチャになった感情が僕を押し潰して、とっさに声が出ていた。

君は、君は、流花じゃない。瑠花だ。だから、同じ選択をしないでくれ。それは、正解じゃないんだ。

「死んじゃいたいなんて、ダメだ！　君が死んだら、僕は寂しい！　僕は君と生きたいんだ。君が居なくてもいいなんて、僕はそんなこと思わない。君は悪いことをしてないし、僕も正直、こんなに大きな問題をどうすればいいか分からないけど、ああ、でも、それでも僕は！」

呼吸をせずに言うものだから、だんだん口調が荒くなり苦しくなる。一度大きく息を吸って落ち着かせる。そのとき自分の唇が震えているのが分かった。

十数年前の夏のことだ。

僕が住んでいた児童養護施設に、流花が訪ねてきた。

夏が始まったばかりだというのに、ひどく身体を震わせて、今と同じ、全てに絶望した顔で言ったんだ。

いなくなりたい。どこかに消えたい、と。

ちょうど僕も死にたかったから、僕は流花についていった。

だけど、流花だけが自殺してしまった。

あの日の光景がデジャブする。

まだ、僕は瑠花の痛みの全てを理解できてはいない。

でもあのときと今で違うのは、僕は生きたいと思っていることだ。

生きたい。僕は瑠花と生きていたい。

「僕は、君に生きてほしいんだ。ここから居なくなりたいなら、協力だってなんだってするよ。だけど、死にたいなんて言わないでくれ！」

右手を肩から離して瑠花の頬を撫でる。

彼女は大粒の涙を流し始めた。

その涙を見て、僕も涙が溢れる。汗なのか、涙なのかもうよく分からないけど、顔が雫《しずく》でグチャグチャだ。

ああ、そういえば、僕が泣いたのって、流花が死んだとき以来じゃないか。

「瑠花、僕は君が好きなんだ」

そう言うと、瑠花は大きく前に出て僕の胸にしがみつく。僕は彼女の頭を、今度は撫でるのではなく抱き締めた。瑠花は僕の胸の中で、強く、強く叫ぶ。

「生きたい！　ここじゃないどこかで、生きたい！　幸せになりたい。私だって、私だって人並みに、幸せになりたいよ！」

瑠花の声は僕の胸に振動し、かすかに山にこだまして、鳴き渡る蟬の声よりも、強く頭に残った。

水原瑠花　八月二十一日　水曜日　十四時

蝉の声がうるさい。それにひどく喉が渇いている。目もなんだかパサついていて、軽く擦ると目ヤニが付いているのが分かった。

目を開けると、隣の布団はすでに畳まれている。千尋さんが居ない。

ゴロンと寝返りをして左を向くと、私に向けて扇風機が固定されてる。昨日寝るときは、首振りモードにしてあったはず。千尋さんが、私が暑くないようにセットしておいてくれたのか。

思考が止まり、とりあえず寝転がったまま頭の上に手を伸ばして、充電しっぱなしのスマホを手に取った。画面を点けると、時計はすでに十四時を示している。昼過ぎじゃない。昨日は確か、夜の二時くらいに寝た。十二時間も寝たってことか。

自宅ではない家で寝るというのは緊張するものだけど、ここ数日の疲れが溜まっていたのか、昨日は布団に入ってから数秒で眠りについてしまった。隣で千尋さんが見守ってくれていたということもあり、かなりリラックスして眠っていたようだ。自分の家では家事をしなくちゃならなくて、六時くらいには起きていたのに。こんな時間まで眠ったのはずいぶん久しぶりだ。

スマホを手に持ったまま大きく背伸びをした。

「ん、ぁあ！」

一人ということもあって、気にせず大きくお腹から声を出す。だけどすぐに、蟬の声に搔き消された。

身体を起こして窓の近くに行く。網戸に蟬が引っ付いていた。コンコンと強く窓を叩くと、蟬は驚いてどこかに飛んでいってしまった。

机と布団と、本棚だけの部屋。ここは以前、千尋さんの部屋だったらしい。今と違って、ゲームがないことに驚いてしまう。その代わり本にハマっていたのだろう。漫画から難しそうな小説まで、たくさんの本が本棚に詰まっていた。

私はスマホをポッケに入れると、財布は千尋さんの机に置いて部屋を出る。廊下を歩くと、キッチンのほうから料理をする音が聞こえてきた。音のするほうに近づくと、紀恵子さんの背中が見える。私の気配に気づいて、紀恵子さんが振り向いて微笑んだ。

「おはよう」

「おはよう、ございます。ごめんなさい。すごい寝ちゃってたみたいで」

「いいのよ。相当疲れてたのね。朝ご飯、パンと白米、どっちがいい？」

「あ、えっと、じゃあ白米でお願いします」

「分かった。ちょっと待っててね」

リビングに行って待ってようかと思ったけど、良い匂いが気になって、なんとなく紀恵子さんの隣に行く。ガスコンロの上に鍋が二つ。片方がお味噌汁。もう片方は鶏そぼろが程良く温められていた。

「美味しそう……」

「ふふ、朝作ったの。食べる？」

「食べたい！」

思わず敬語を忘れてしまい大きな声を出す。恥ずかしくなって唇を噛んだ。

「ご、ごめんなさい」

すると紀恵子さんは小さく笑って言った。

「ようやく落ち着いてきたみたいね。そのままでいいのよ。一緒にご飯を食べたら、もう家族みたいなものだから、敬語なんて要らないわ」

家族。家族か。母親がいないから、年配の女性との関わり方がいまいちよく分からない。だけど紀恵子さんはとても優しくて思いやりがある。少し心を許してもきっと大丈夫だろう。私は大人しくリビングに行こうとして、大事なことを思い出して振り返った。

「紀恵子さん。千尋さんが居ないんだけど、どこに行ってるか聞いてたりする？」

「ああ、あの子はね……」

お味噌汁の鍋を掛けていたコンロの火を止めて、お椀《わん》にお味噌汁、小皿に鶏そぼろを多めに入れながら、私を見ずに教えてくれた。

「あの子は、墓参りに行ったのよ」

「墓参り？」

「私の娘の墓参りよ」

その言葉に、私は何も言えなくなって口を噤《つぐ》む。

紀恵子さんは炊飯器からお茶碗にご飯をよそって、お味噌汁と鶏そぼろとご飯をお盆に載せて持ってきてくれた。

「さあ、そっちに行きましょう」

私は紀恵子さんに促されて、何も言えないままリビングに来た。私が昨日と同じ場所に座ると、目の前に料理の載ったお盆を置いてくれる。

「おかわりもあるわ。たくさん食べてね」

そう言って、紀恵子さんは冷蔵庫から麦茶を取って二つのコップに注ぎ、一つは私のほうに置く。もう一つを持って、紀恵子さんは私に向かい合う位置に座った。

「いただきます」と小さな声で言うと、まずは鶏そぼろをご飯に載せて一緒に食べる。醤油が効いてる。自分で作ったこともあるけど、このほうが断然にコクがある。最高のご飯のお供だ。

「美味しい」

「千尋も好きなのよ。鶏そぼろ」

「私が作るのと全然違う」

「隠し味に味噌を入れるといいわ。風味が豊かになるの」

味噌。なるほど。今度作るときに試してみよう。と思った直後、今度っていったいいつだと、落胆して暗い顔になってしまった。

「話、聞きたい？」

紀恵子さんは麦茶を一口飲んで、悪戯っぽく笑った。さっきの話のことを言っているのだろう。一度箸を置こうと思ったけれど、それを紀恵子さんは制した。

「ああ、いいのよ。食べながらで」

「ごめんなさい。聞かせてほしい」

紀恵子さんは麦茶を両手で摑み、うつむいて小さく「分かった」と言った。

私はその言葉に甘えてお味噌汁を飲む。

「今さらなんだけどね。あの子は私の本当の子じゃないのよ」

「それは、軽く千尋さんが言っていたのを聞いてた。詮索《せんさく》するべきじゃないと思ってたから、訊くことはなかったんだけど……」

「そう、ありがとう。あ、ごめんなさい。この話をする前に確認なんだけど、あなた、千尋のこと好きなのよね？」

優しい口調で紀恵子さんは言う。

「好きです」

私は即答した。

千尋さんが好きだ。千尋さんはもう、パパに甘えられない寂しさを埋めるための身代わりなんかじゃない。私のことを第一に考えてくれて、私のことを、何一つ否定しないで傍に居てくれる。私のために外見から変わろうとしてくれた。不器用で、やり過ぎてしまうところもあるけど、今は私自身も、寂しさは関係なく、千尋さんの傍に居たいと心から感じる。

「そう、それなら、話しておきましょう」

紀恵子さんは姿勢を正し、再びコップに口をつけてから話し始めた。

「私の娘はね、中学生のときにクラスメイトを死なせてるの」

「えっ！　どうして？」

「娘はイジメられててね。その反撃をして、誤ってその子を階段から突き落としたんだって千尋が言ってた。娘は抵抗しただけなのよ。ただの事故だったの。だけど娘は、それで全て投げ出して、当時付き合ってた千尋と、家出したのよ」

「千尋さんと、娘さんが？　知らなかった……」

千尋さんの過去は、一度たりとも聞いたことはなかった。さすがに過去に恋人の一人や二人くらいはいただろうと思ってはいたけど、そんな壮絶な出来事があったなんて。

娘さんの反撃の話に、私が二宮にしたことを思い出す。

「でもね、家出は失敗したのよ。娘は自殺したの。警察に捕まる直前に。それまで万引きやら他人の家に入り込んで泥棒やらやってたみたいで、家出人の捜索、というよりかは、犯罪者の確保、って言い方のほうがいいかしらね。とにかく警察が二人を捜してたんだけど、捕まってしまう直前に娘は首を切ったらしいわ。私も信じられなかったけど、警察に連れられて娘の遺体を見にいって説明されたわ」

「ち、千尋さんはどうしたの？」

「千尋だけ捕まってしまったの。先に千尋が捕まって、その直後に私の娘が自殺したの。娘が死んだあと、初めて千尋と会ったわ」

「千尋さんと面識はなかったんですか？」

「うん、全然なかった。そもそも、娘ともあまり話さなかったから……。家でのあの子は毎日見てたけど、学校でどんなふうに過ごしているかは分からなかったわ。あの子がイジメられていることだって、全然知らなかった」

　そう言って紀恵子さんは、寂しそうにうつむいた。

　私は何も言えずご飯を突く。

「千尋はね、児童養護施設の子だったのよ」

「両親、いないの？」

「分からない。死んでるのか、生きてるのか、分かんないの。千尋を引き取るときに、児童相談所の人に聞いた話ではね、幼稚園くらいのときに、旅行に行こうって言われて、そのまま車でウトウトしてるうちに、児童相談所の前に捨てられたんだって」

「ひどい……」

「私もそう思ったわ。だからあの子を引き取ったの。私も娘を亡くしたあとだったから、誰かに居てほしかったのよ。もともと私、夫に死なれて寂しかったから。それに千尋みたいに、可哀想な人が居てくれたほうが、心の支えになったのよ。自分より可哀想な人がいるなら、私は大丈夫って」

その言葉に、思わず食事をする手を止める。

今のは、千尋さんに対する明らかな侮辱《ぶじょく》じゃないか。目を見開き紀恵子さんを見ると、紀恵子さんは全てを理解しているかのように、小さく微笑んだ。

「ごめんなさい。分かってるのよ。私もあのときどうかしてた。全然知らない子を引き取って、自分の心の支えにするなんて、おかしな話よ。でも今は違うわ。ちゃんと千尋に愛情がある。娘の代わりじゃない。千尋に対する本当の愛情よ」

力強いその言葉に肩の力が抜ける。

紀恵子さんは立ち上がり、私の隣に座った。そして私の背中を触り不安そうな顔で言う。

「千尋は娘のことがずっと好きだったのよ。だけどあなたが現れて変わったみたい。なんだかピアスも開けちゃって。去年会ったときより数倍明るくなった。昨日だって、あんなに屈託《くつたく》なく笑うのは久しぶりだったの。ねえ、抱き締めさせてくれる?」

「え、あ、えっと……」

私が返答する前に、紀恵子さんは私のことを強く引き寄せた。力強い、でも柔らかいハグ。フワフワしてて心地いい。お母さんがいたらこんな気持ちなんだろうか。

長いこと抱き締めてくれたあと、紀恵子さんは離れて、背筋を正して私と向かい合った。少しだけ涙ぐんでいる。

「私の娘の名前、〝流花〟なのよ」

突然のことに驚いた。

「るか？　私と同じ名前なの？」

紀恵子さんは申し訳なさそうに唇を噛んで、私の手を擦った。

「流れる花って書いて、流花」

「流花……」

「気を悪くしないで聞いてくれる？　確信はないんだけど、でもきっと合ってると思う。千尋は、あなたが私の娘に似てるから、あなたのことを好きになったの。あの子は毎年墓参りに来てくれる。娘のことを忘れたことは一度たりともないのよ」

蟬の声が聞こえないほどに、私は頭の中が冴え渡る。私だけがまるで別世界に居るように、一点を見つめて固まった。

遅めの昼食を取ったあと、軽く頭を整理したくなって、私はシャワーを借りた。

紀恵子さんが昨日のうちに干していたホットパンツとパーカーを持ってきてくれる。

一晩ですっかり乾いて、柔軟剤の良い匂いまでした。

浴室に入り、水栓を捻る。水が冷たい。間違えて冷水のほうの栓を捻ってしまったみたいだ。だけどそのままお湯に切り替えることはしなかった。頭を冷やしたかったからちょうどいい。

そうか。そうだったのか。今まで私のことを好きだと言ってくれたのも、私のことを一番に考えてくれたことも、全部、千尋さんの昔の恋人に重ね合わせてのことだったのか。

流花さん。私と同じ名前。そういえば初めて会った日、プリクラに書いてあった私の名前を何度も呼ばれたっけ。紀恵子さんのその後の話によると、背恰好も、髪形も、笑顔も、何もかも似ているという。

だけど、やっぱり中身は違った。一度、千尋さんから紀恵子さんに電話があったそうだ。流花が嫌いなマヨネーズを私が食べられると。夏祭りのことを思い出す。私が食べるたこ焼きに、おかしな雰囲気で反応したのはそういうことだったのか。

それで、どうなんだ。私。この夏、いろんなことがあったよな。その裏で、現在進行形で動いている出来事がある。私はどうしたい？　と自問自答する。パパのこと、武命くんのこと、千尋さんのこと。

パパは私のために人を殺した。武命くんは両親を殺すために死体を練習台にしてる。千尋さんは私を昔の恋人と重ね合わせている。

全ての出来事に私が関わってる。でもみんな間違ってるよ。

パパも、人を殺してしまったのなら、私に言ってくれればよかったんだよ。武命くんから聞かされたときはびっくりしたけど、パパのことを嫌いになんかならなかった。それに、殺した理由は私を守るためなんだ。法律を犯してまで、自分の娘を守る勇敢な親が他にいるの？

武命くんも、そんなに思い詰めていたなら、なんで相談してくれなかったの？　あんなに狂気に塗れるほどおかしくなっちゃうまで、なんでずっと我慢してたの。今でもあなたは、あの山で独りぼっちで、兄の死体を切り刻んでるの？　切り刻んで、グチャグチャにして、そのあと本当に両親を殺すの？　私だったら力になれたかもしれないのに。

千尋さんも、昔の恋人に重ね合わせてるならそう言えばいいじゃない。私、もう本当に千尋さんのことが好きなんだよ。一番に私のこと考えてるって言ってくれて、本当に嬉しかったのに。どこかへ一緒に逃げようって言ってくれたときも、本当に嬉しかったのに。なんで今まで秘密にしてたの？

私は三人を心の中で責めて、私を信用してくれてない悲しさに塗れて、そこでようやく気づいた。

じゃあ私は？　私だってそうだよ。誰も信用しないで、知らない人に身体を晒《さら》して、寂しさでできた心の穴を埋めてもらった。知らない人との一夜限りの関係なら、嫌われることもないし、後腐れもない。その選択が正しいと思っていながら、本当は誰かに相談したかった。だけど、信用して嫌われるのが怖かったんだ。いや、逆かもしれない。

嫌われるのが怖いから、誰も信用しなかったんだ。

本当にバカだよ。結局美希にも、安西さんにも打ち明けたけど、私を嫌いになることなんてなかったのに。

中学校の卒業式。全ての始まりは、きっとあの日だ。あの日、寂しさを声に出してパパに叫んでいたら、こんなことにはならなかった。高貴に出会うことはなかった。パパが私のために高貴を殺すことはなかった。武命くんが両親を殺す決意をすることはなかった。全ての元凶は私だ。

そう知って湧き上がったのは、責任感でも罪悪感でもない。悔しさだ。もう戻れない失敗に対しての悔しさ。

すると、今まで感じたことのない感情が沸々と浮かんできた。こんなところで終わりたくない。ここで、千尋さんを頼って逃げることも可能だろう。現に昨日まではそれを望んでいた。でも千尋さんは、私を昔の恋人だと思って接している。私は、瑠花だ。それ以外の何者でもないんだ。千尋さんと逃げて、その後の関係が上手くいかなかったらどうするんだ。確信が持てない逃亡に期待するより、私は立ち向かいたいと思った。

大丈夫。私たちはみんな弱い。みんな何かを抱えてる。でも、たとえ狂気に塗れようがなんだろうが、私たちはどんなに失敗しても立ち直ることができるんだ。

もしかしたら、当面の問題を乗り越えたとしても、何度も過去が頭の中でフラッシュバックして、やるせない思いで苦しい日々が続いていくかもしれない。でもそれは、目の前の問題から目を背けていい理由にはならない。

私は負けたくない。戦うんだ。

浴室から出て、洗濯してもらった服を着る。ドライヤーを勝手に借りて、自分がこれからやらなければいけないことを考えた。

まずは千尋さんの帰りを待とう。そして、昨日逃げ出したいと言ったことを撤回するんだ。そして私は熊越市に戻らなければ。

パパと、武命くんと、話をしよう。警察に話すのは、一度彼らと話をしてからがいい。問題を先延ばししたいわけじゃない。だけど全てを終わらせる前に、ちゃんと娘として、そして親友として、話したい。

髪の水気を完全に飛ばすのももどかしくて、生乾きのままリビングに戻る。

「紀恵子さん、お風呂ありがとう」

テレビのある和室の扉を開ける。

あれ？　テレビが点けっぱなしなのに、紀恵子さんが居ない。でも大きめの座卓にはコップが置いてある。どこに行ったんだろう。

紀恵子さんにも、いま私がどういう状況で、これからどうするつもりなのか打ち明けなければ。泊まらせていただいた以上、そうする義務がある。もうすでに紀恵子さんも私たちと関わった時点で、巻き込んでしまっているのだから。

しかし紀恵子さんが見当たらない。かすかにテレビの音に交じって水の流れる音がする。反対側のキッチンのほうだ。キッチンの引き戸を開けて中を見る。
すると、流しの水を出しっぱなしにしたまま、紀恵子さんが床に倒れていた。

東千尋　八月二十一日　水曜日　十四時

一年ぶりの流花の墓は、思いのほか綺麗だった。紀恵子さんが掃除してくれてるのだろう。それでもバケツの水に雑巾を浸し、強く絞って墓石を拭く。瑠花を連れてくるために帰省してきたけど、今日がまさに流花の命日だった。墓地には僕しか居なかった。まあ、家が近いというだけの小さな寺だ。そもそも墓参りに来る人自体少ないというのもある。お盆を過ぎた昼下がりの墓地は寂しそうに見えた。

それでも数日前には誰かが墓参りに来たのか、周囲の墓にはまだ綺麗なひまわりの花が供《そな》えてあった。

隅々まで綺麗にして、洗っておいた取り外しのできる花立てを置く。掃除が終わるまで傍に置いていた菊の花をそれに挿した。

ふう、立派になった。これで良し。あとは借りたバケツを住職さんに返すだけ。

軽く掃除をしただけなのに、重労働をしたかのように汗を掻いてしまった。今日はひときわ暑い。持ってきたペットボトルの水を一口飲んで地面に置く。

「流花――」

墓に向かって呼びかけてみる。返事はない。そりゃそうだ。もう死んでるんだもの。死んでるんだ、分かってたじゃないか。

二十七年。長い年月を生きてきた。流花が死んだあとも人生は続いた。高校、大学と、友達もいないまま進学して、特に立派な成績は残さなかったけど、ちゃんと就職して、副店長になる話が出るほど仕事ができるようになったし、金も稼いだ。最近じゃあ、友達だってできたんだよ。

だけど全部壊したんだ。全部要らなかったよ。本当は、髪の毛も染めたかったし、ピアスもしたかったし、クソみてえな上司の職場なんて辞めたかった。自分が変わる理由は、いつだって君だった。

でも君は居ない。あれからずっと、君は居ないんだ。

「僕って最低かな」

そうつぶやくと、突然近くで蟬が大きな声で鳴いた。

驚いて耳を澄ますと、どうやら目の前の墓から聞こえてくる。僕は笑って墓の後ろ側を見た。

そこに一匹の蟬が居る。手で払いのけると簡単にどこかへ飛んでいった。流花が返事をしてくれたのかと思ったじゃないか。ニヤけながら墓の前に戻る。

今でも、一緒に死のうとした君が僕になぜ『生きて』なんて言ったのか分からない。僕はその言葉に呪われている。呪われて、そして生かされている。

でも流花のことなんか気にしないでいられたら、全部投げ出してしまえるのに。僕はいったい、どうすればいいんだろう。何を大事にして、何を考えて、何を目指していけばいいんだ。

「流花、僕はもう、君以外の人が好きだ。でも今でも、君に会いたいよ」

呼応するように、菊の花がぼんやりと揺れていた。

帰ろう。僕は立ち上がり、バケツと雑巾を持って本堂のほうへ歩く。

そこで着信が鳴った。

瑠花だ。流花の墓の前で電話するのは申し訳ないけど、連絡もなしに家を出たから心配してるのだろう。通話ボタンを押す。

「もしもし」

『千尋さん、帰ってきて！』

繋がった直後、瑠花は声を荒らげて言った。『どこに居るの？』ではない。『帰ってきて！』だ。何かあったのか。

「どうした、瑠花」

『紀恵子さんが倒れたの。意識はあるけど、すごい吐いて、頭が痛いって言ってる！』

紀恵子さんが？　そんな、出てくるときは元気だったのに。

『どうしよう』と瑠花が困った声で言う。

その声にハッとして、電話に向かって叫んだ。

「すぐに戻る！　瑠花、救急車を呼んでくれ！」

『で、でも、ここの住所分からないよ！』

「今ラインで送る！　僕もすぐ帰るから！」

『分かった、お願い！』

電話を切り、バケツと雑巾はその場に置いて寺の駐輪所に走る。紀恵子さんから借りた自転車に乗り、寺から続く坂道を一気に駆け下りる。緩やかな道に出てひたすらに立ち漕ぎしながら、僕は祈るような想いだった。

紀恵子さん、あなたまで死んだら――

水原瑠花　八月二十一日　水曜日　十八時

「具合が悪いって、気づいてたんだ」

病院の治療室前のベンチに座っていると、千尋さんはそんなことを言い出した。

「去年の墓参りに来たときも具合が悪くて、気になって時々電話するようにしてたんだ。目眩がするとか吐き気がするとか、そんなことを言ってて。だけど自分では大丈夫だって言うから、僕も軽く考えてた……」

そう言って、両手で顔を覆って表情を見せないようにしている。

私は黙って、千尋さんの背中を擦ることしかできなかった。

千尋さんが墓参りから帰ってきて、その五分後くらいに救急車が来てくれた。二人で付き添い、駅から家に初めて行ったときにも見かけた大きな総合病院に着いた。

病院に着く直前に、とうとう紀恵子さんは意識を失った。すぐさま集中治療室に運ばれ、私たちはここで待たされて三時間が経とうとしていた。

ようやく三十代くらいの男性医師が治療室から出てきたので、千尋さんは駆け寄り容《よう》体《だい》を訊いている。私が椅子に座って待っていると、しばらくして医師と千尋さんは別れた。千尋さんは暗い顔で戻ってくる。

「ごめん瑠花。ちょっと電話を掛けてくる」

そう言って、電話をするために千尋さんは病院を出ていった。

私も自分のスマホをチェックする。全ての連絡が怖くなって、ラインの通知をオフにしていたけど、千尋さんに紀恵子さんの状態を伝えるためにスマホを点けラインを開いたとき、パパや安西さんからの連絡があったのに気づいたのだ。さっきは目の前の出来事に頭がいっぱいで無視してたけど、確認するなら今だ。

ラインを開いて、パパのアカウントを指で長押しする。こうすれば既読を付けることなく、パパとのトーク画面を見ることができる。

『ずいぶん帰ってきてないみたいだけど、友達の家に泊まってるのかい？』

『瑠花、これを見たら至急連絡しなさい。心配だ』

本当に久しぶりのラインだ。私からメッセージを送ったのは、高貴のことで話し合いたいと伝えたのが最後だろう。

この夏休みの間、パパはずっと、いつもどおりに働いていたらしい。毎朝八時には出ていって二十二時くらいに帰ってくる。土日は休日出勤かアルバイトのどちらか。お手伝いさんとは連絡を取り合ってたみたいだけど、私にラインを送ってくることはなかった。時々夜中に会うことはあったけど、挨拶だけですぐに自室に籠ってしまう。避けられるたびに、愛想を尽かされてしまったのだと思った。

武命くんの話によれば、パパは高貴の他にも、武命くんの両親を殺してほしいと言われていた。それを直前でやめたということは、実行に移す計画がずっと脳裏にあったということだ。

自分の親が、殺人犯。その事実への向き合い方は、まだ上手く分かっていない。

しばらく考えて、ラインに既読を付けようか迷っているうちに、千尋さんが帰ってきた。神妙な顔つきで私の右隣に座る。

「大丈夫？」

千尋さんはスマホを左のポッケに仕舞い、そのままぐったりと背もたれに寄りかかる。

私は千尋さんの左手を、そっと私の右手で包んだ。

「紀恵子さんの弟にも来てもらうようにお願いした。血が繋がった身内のほうがいいだろ、こういうときの対応は」

「紀恵子さんの弟……」

「ああ、電話で伝えたら、車で移動中だったらしくて、そのまま来るんだってさ。新幹線で来たほうが早いのに」

「そ、そう……、千尋さん、ごめんなさい。私、紀恵子さんが倒れたとき、シャワーを浴びてたの。もっと早く気づけたかもしれないのに、ごめんなさい」

「何言ってんだよ。瑠花のせいじゃない」

「お医者さんはなんて言ってたの？」

「ああ、〝脳塞栓《のうそくせん》〟だって。右脳の血管の一部が詰まって、ほとんど血液が流れていない状態らしい。放置すれば死ぬ。これから手術だ」

「手術？　大事《おおごと》じゃない！」

紀恵子さんが救急車で、かすかに痙攣して意識を失うのを見て、ただならぬ状態だということは分かっていたけど、そんな大手術が必要だなんて。

「ああ、かなりの時間が掛かるらしいんだ。瑠花、すまない。紀恵子さんの弟が来るまで、ここに居てもいいかな」

「もちろんいいよ。今は紀恵子さんのほうが大事だから」

「そうか……、ありがとう」

千尋さんはそう言うと、グッと私を抱き寄せて椅子の上でハグをした。受付の女性から見える場所だったけど、今は気にしなかった。こうしているほうが安心するだろう。しばらく抱きついて、ゆっくりと離れて私は千尋さんに向き直る。

「ねえ、千尋さん。怒らないでほしい。私、紀恵子さんから千尋さんのことを聞いたの」

「僕のこと？」

「千尋さんの昔の話。紀恵子さんの娘さん、流花さんのことだよ」

とたん、千尋さんは驚いた表情で固まる。目をカッと見開き、私の肩から手を離す。怯えているようにも見えた。かすかにピアスが揺れている。

離れた手を、私はすかさず捕まえる。離れたまま、どこかに行ってしまいそうな気がして不安だった。

「千尋さん」

「紀恵子さんは、なんて言ってた？」

「千尋さんがお墓参りに行っている間に、千尋さんのご両親がいないことと、流花さんっていう昔の恋人が死んじゃったことを聞いたの。あと、こうも言われた。千尋があなたを好きなのは、流花と似ているからだって……」

そこまで言うと、千尋さんは私から目線を逸らしてうつむく。が、私はそれを許さない。左手で千尋さんの顔を撫でて、無理やり私に視線を合わせた。

「私の目を見て」

私は、千尋さんを脅かさないように真剣な眼差しで彼を見つめる。そして、ほんの小さく笑みを浮かべた。

「私、そう聞いて嬉しかったの。私にとって千尋さんは神様だと思ってた。私が寂しいとき傍に居てくれて、私の全部を肯定してくれて、私のことを愛してくれて。だけどそのぶん、そんな人なんていないって心のどこかで疑ってたから怖かったの。大人はみんな自分勝手だって思ってたから。誰かのために何かができる千尋さんが怖かった。でも私を昔の恋人の代わりにしてたって聞いて、千尋さんも弱いところがあるんだなって安心した」

「ごめん、ごめん瑠花」

「怒ってなんかない。嬉しいんだってば。千尋さんには私の弱いところばっかり押しつけてたから、千尋さんの弱さを知れて、すごく人間らしく感じることができてもっと好きになった。千尋さん、私も謝りたいことがあるの」

「ああ」

「私も千尋さんのこと、パパの代わりにしてた。パパに甘えられないぶん、あなたにずっと甘えてた」

「お父さんに？」

「うん。でも今は違う。私は心から千尋さんのことが好き。千尋さんにとって私が、昔の恋人の代わりだって別にいい。優しくて、カッコ良くて、ちょっと不器用な千尋さんが好きなの。ずっと傍に居たい。あなたの秘密を知ってしまったけど、私はまだ千尋さんと付き合いたいの……、どうかな？」

千尋さんは私の左手にそっと触れる。一度だけうつむき、もう一度、今度は真っ直ぐに私のことを見つめた。

「僕は、君に自分の生き方を押しつけていたんだ」

「生き方？」

「ああ。僕は、君が流花の生まれ変わりだって信じ込むことで、自分を変えるきっかけにしたんだ。やりたかった茶髪も、ピアスも、君が現れてくれたおかげでできたんだ。自分を変えることがどうしてもできなくて、誰も気にしてないのに、なぜか恥ずかしくてできなかった。怒られる気がしたんだ。だから君を流花だって思い込むことで、自分の中の罪悪感を消してきたんだ。最初は、君自身のことは何も見てなかったんだと思う。だけど今は、君のことが好きだ。でも僕は最初君を利用した。そのことが気がかりで、僕は君を愛することに罪悪感を覚えてしまうんだ」

「どうしてそんなふうに考えちゃうの？」

「君を愛してしまったら、あの子に、流花に怒られるんじゃないか。また君を流花に重ね合わせるんじゃないか。他にも、君を利用するつもりで付き合ったんだ。そんなの最低だ。そんなことばかり考えてしまって、僕はどうすればいいか分からないんだ」

「千尋さん、そうだったんだ。そうだったんだね。ねえ聞いて、千尋さん。正直私も不安だった。年齢差だってあるし、出会ったきっかけも出会い系サイトだし、身体目的で出会った関係だし、まだ付き合って一ヶ月でこんなに問題抱えてるし、私のパパは……、人を殺した。未来への不安は私だけかと思ってた。でも、悩みの種類は違うけど、お互い悩みを抱えているなら、一緒にちゃんと解決していこう？　それに、今はもう私のことを、私自身のことを好きって思ってくれていること、すごく嬉しい。千尋さん、私もあなたが大好き」

そう言って私は千尋さんに顔を近づけてキスをした。初めて会ったときのように。ヨーグルト味のアイスを口づけするように、私は悪戯っぽく、千尋さんの唇を埋めた。

そして、ゆっくりと離す。千尋さんはあのときのように、少し耳を赤くして私を見ていた。

「私だって、過去にいろんなことがあった。でもあなたも私が好きで、私もあなたが好きなら、それでもう、なんだっていいじゃない。お互いの不安は一緒に解決していこう？　生き方の正解が分からないなら、一緒に探していけばいい。それに私は、これからも昔の恋人の流花さんが、千尋さんの頭を過ったって気にしない。私たちの問題は、私たちで正解を決めていけばいいのよ。だからお願い、これからもずっと傍に居て」

千尋さんは小さくうなずいて、顔を赤くしてうつむいた。「本当?」と私がつぶやくと、もう一度、今度は深くうなずいて、私は思わずもう一度千尋さんにキスをする。

私も千尋さんの頬にも、いつの間にか涙が流れていた。

東千尋　八月二十一日　水曜日　二十三時

「米内《よない》紀恵子という女性がここに運ばれたはずだ。私の姉だ。どういう状態だ」

聞き覚えのある声が聞こえてきたので、僕は瑠花に目配せしてゆっくりと立ち上がった。

時計を見るともう二十三時。長いこと待合室で待っていたので、いつの間にか二人ともウトウトしていたようだ。

受付のほうからやって来たその人は、僕の顔を見て驚いた顔をする。彼と最後に会ったのは、髪もボサボサで、小汚い服ばかり着ていた頃だ。驚くのもムリはない。

深くお辞儀をすると、その人はコホンと咳払いして近寄ってきた。

「どういう状況か、説明しろ」

「総司《そうじ》さん、紀恵子さんは脳塞栓という状態で、いま手術中です」

「なんでお前はここに居た？」

「忘れたんですか？　今日は流花の命日です」

そう言うと、総司さんは「ああ……」とつまらなそうな顔で目を逸らした。

「あの……」

座っていた瑠花が立ち上がり僕の隣に立つ。そして小さくつぶやいた。

「もしかして、石田さんですか？　石田総司さん？」

え？　瑠花がなんで名前を？

総司さんも不思議そうな顔で彼女を見ている。流花の面影を見たのか、少し驚いた様子だ。

「そうだが、君は？」

「あの、父の、水原直人の上司の方ですよね？　私、娘です。娘の瑠花です」

そう言うと総司さんは、ハッとした顔で彼女に会釈をした。

「水原の娘さんだったな。覚えている。なぜここに？」

「えっと……」

瑠花は返答に困り、僕のほうを見る。

ちょうどそこで、総司さんの後ろから、さっきの若い医師がやって来た。

「お待たせしました。米内紀恵子さんのお身内の方は――」

「私だ。話を聞こう」

「はい、そちらの方は？」

「要らん、私一人で十分だ」

「は、はい。ではこちらへ」

総司さんはそう言って、紀恵子さんの様子を見にいってしまった。

紀恵子さんの弟、石田総司。前々からあの人のことが嫌いだった。紀恵子さんの弟だから悪くは言いたくないけど、あいつは流花の葬式のとき、流花のことを散々罵っていた。『人様に迷惑を掛けて、勝手に死にやがって』。そう言い放っていたことを覚えている。沸々と怒りが湧く。

あんな奴に紀恵子さんを任せて大丈夫だろうか。あいつは自分の利益しか考えない。それに地位や学歴のことばかり気にしている。社会人になって里帰りしたときに一度だけ会ったことがあるけど、僕の就職先が印刷会社だと聞いたとたん、マウントを取ってきたのを覚えている。私は大手広告会社の支社長にまで昇り詰めたとか、お前はどこの大学卒だ、とか。そういうことでしか人を評価しない奴なのだ。

それでも紀恵子さんの弟である以上、いつかはまた関わらなきゃいけないと思っていた。でも、まさかこんなタイミングで再会するとは。

ふうと溜息をついて瑠花のほうを見る。

「瑠花、あいつのこと知ってたんだね」

「う、うん。私のパパの上司、なの。去年頃かな、一回だけ仕事の資料をパパの職場に届けたことがあって、そのときにパパから、上司の石田さんだって紹介されたの。そのとき初めてパパの仕事関係の人に会ったから、覚えてた」

瑠花は落ち着かない様子で説明してくれた。

彼女があいつを知ってたなんて驚いた。繋がりがあったなんて。こんな状況で再会したことに驚いて、瑠花はソワソワしている。

「瑠花？」

思わず僕が呼ぶと、瑠花が思い詰めたように言った。

「石田、って、武命くんと同じ名字だ……」

「え⁉」

ドキッと心臓が鳴った。

武命くん。両親を殺そうと企てている、瑠花の親友。

「あの人に、息子っている？」

「確か、いたはずだ。紀恵子さんが言ってた。息子が二人いるらしい。でも僕は面識はない」

「それって武命くんのことかも、あとはあいつ……」

そう言うと瑠花は勢い良く立ち上がって、総司さんが入っていった別室に向かう。

僕はすかさず、走り出そうとする彼女を抱き止めた。

「ちょ、瑠花！」

「伝えなきゃ！　武命くんのこと言わないと！」

「落ち着いて、帰ってくるのを待つんだ。まだ総司さんが武命くんの父親だと決まったわけじゃない。総司さんは紀恵子さんの容体を聞いてるんだ。それまで待とう」

瑠花は僕の腕を強く振り解き、別室に向かうのかと思いきや、僕の意見を聞き入れてその場の椅子に座った。僕もすぐ隣に座る。

「パパと、武命くんと話がしたい。立ち向かわなきゃいけないよ」

「立ち向かう？　熊越市に戻るのか？」

「うん、私は戻りたい。千尋さん、ごめん、私、まだ逃げられない。どこかに一緒に逃げようって言ったけど、まだ、まだみんなとちゃんと話ができてないのに逃げるのは、悔しいの」

瑠花は強く僕を見つめてそう言った。

その言葉を聞いて、僕は身体中が震えるのを感じた。恐怖からではない。感動だ。流花とは違う運命をたどろうとしている。ああ、やっぱりこの子は流花とは違う。

「許してくれる？」

「許すさ。もちろん許す。君が望むなら、僕はどこだってついていく」

「ありがとう。石田さんにこのことを話そう」

「ああ、もう少し待っていよう」

瑠花を宥めて深呼吸しながらも、僕自身虚空を見つめて現状を整理した。

紀恵子さんの弟が総司さん。紀恵子さんの娘が流花。そして、総司さんの息子が武命くんだとしたら、武命くんにとって流花は従姉弟《いとこ》に当たる。

そこで、彼と夏祭りで初めて会ったときのことを思い出す。あのとき、どこかで会ったことがあるような気がしたけど、総司さんに似てたんだ。

片手でスマホを弄って、武命くんのアカウントのトップ写真を見る。武命くんの子ども時代の写真があった。

昔、紀恵子さんの家で紀恵子さんのアルバムを見たことがあった。紀恵子さんと弟の総司さんの子どもの頃の写真。

やっぱり総司さんに似ている。いや、それだけじゃない。目元はかすかに紀恵子さんにも似ている。予想が確信に変わっていく。

じゃあ流花に似ているところはとよく観察するけど、それらしき場所は見当たらなかった。

いや、でも、たどろうとしている運命は似ている。このままだと、武命くんは流花と同様に人を殺して自殺する。

九章　晩夏

石田武命　八月二十二日　木曜日　〇時

身体中が痒《かゆ》い。鼻の下に何か異物感がある。ハエだ。荒く鼻息を吐いて追い払う。肌に触れる土の感触が心地いい。最近雨が降っていないから、乾燥してフワフワしていた。目を開けると、真っ先に月が見えた。雲一つない夜空。喉が渇いて何かがこびりついていて気持ち悪い。歯磨きもしていないから、ひどく口の中がネバネバする。買い溜めしているペットボトルの水を飲もう。

身体を起こして辺りを見回すと、そこはテントの中じゃなかった。月明かりに照らされてハエが踊っている。手にも虫が這い回っているようで、ブンブンと音がする。左を見ると穴が開いていて、そこにはグチャグチャの肉と骨の塊が転がっている。飽きたなぁ。冷めた目で塊を見てそう思った。

あれから買い溜めした缶詰を食って寝て、夜には高貴の死体を突き刺して、殺す練習をする日々を送った。

高貴の死体がグチャグチャになるたびに、思わず笑みが零れた。刺される気分はどうだよ。痛いか？　お前は同じように女を痛めつけてきたんだろ？　俺に刺されるのはどんな気持ちだ。なんか言えよ。なんか言えよおい。言えよ！

いくら叫んでも、ドロドロの死体は答えることはなかった。悔しいという感情が芽生える。生きてるうちにこいつを嬲《なぶ》りたかった。生きているうちにこいつを、滅多刺しにしたかった。こいつが泣いて、俺に命乞いするところを見たかった。それがもう叶うこともねえんだ。悔しくて悔しくて。だから俺には、ひたすら目の前の死体をグチャグチャになるまで突き刺すしかなかった。

そして数日が経つ。

高貴の死体で練習するのも、さすがにもう飽きた。もはや人間の形を保っていない塊に、憎しみを込めて刺しても何も楽しくない。煮込まれたチャーシューを切っているような気分だ。すでに一部の肉が剝げて骨が露出しているところもある。つまらない。もういいや。

シャベルを地面に突き刺して土を持ち上げる。肉塊に被せようと思った。が、もう死体を隠す必要なんてないかと土を放った。

土と汚物に塗れたナイフを拾い、テントのほうへ戻る。テントの中で、シャツとパンツを脱いで裸になり、ペットボトルの水を少しずつ頭から被って身体中を擦る。死臭が身体中に染みついている。ああ、風呂に入りたい。懐中電灯で身体中を確認すると、変色した黒い血がこびりついていた。服にも染みていて取れそうにない。一本ではスッキリしなくて、五百ミリリットルの水のペットボトルをもう一本開けた。頭から滴らせ、口に伝う水を飲むとかすかに泥の味がする。空のペットボトルを動物の死体が埋まっている辺りに投げて、身体に付着する水滴を手で拭った。

テントのファスナーを開けて、本の下に埋もれている服とハーフパンツを引っ張り出す。一度衝動に任せて、テントの中をメチャクチャにしてしまったけど、片付けることなくそのまま放置していた。本だけはわずかに生き残っているものもあり、暇潰しに時々読んでいた。

しまった。パンツがない。さっきまで穿いていたのがラスト一枚だ。でもなぁ、血のようなものがこびりついていて、これをもう一度穿きたくない。汚いし。仕方ない。ハーフパンツをそのまま穿いて、ゴワゴワとした感触に慣れないまま、ナイフをリュックに入れて歩き出した。

夜風が身体に当たって気持ち良い。一度水を被ったからか、一層心地よく感じた。

今日、この日を迎えることができたことを奇跡のように思う。瑠花さんに見つかってしまったときはどうしようかと焦った。一瞬、殺してしまおうかとも思ったけど、彼女に罪はない。彼女が警察に通報して、俺を捕まえにくるかとビクビクして、神経を尖らせてあまり眠れない日々を送っていたが、いったい全体どうしたことか、誰一人秘密基地に来ることはなかった。

しかしそこについては想像がついていた。警察に通報すれば、もちろん直人さんは捕まる。その危険を考えて瑠花さんは通報していないのだろう。あの親にしてあの娘だ。お互いもっと話し合ってれば、こんな結末にはならなかったのに。

まあ、高貴を殺してもらったせめてもの恩返しだ。約束どおり、俺が罪を被ってやる。

あいつらを殺したあと、自害するとき用に遺書を書いてきた。これを置いておけば高貴を殺したという疑いはまず俺に来るだろう。警察がどこまで優秀かは分からないが、今はバレないことを祈るしかない。

歩き続けてようやくあいつらの家にたどり着く。

俺は息を呑んで玄関のドアを開けた。緊張してるわけじゃないけど身体が震える。武者震いだ。

家の中は暗かった。直人さんと一緒に来たときの再演のようだったけど、今度は俺一人。

最初から独りでやればよかった。しかし殺す決意ができたのは直人さんがきっかけだ。きっかけであり、狂気の始まり。偶然にも〝殺人〟という出来事が身近に起こったおかげで、現状を改善する選択肢が増えただけのこと。勇気が湧いたとか、そういうんじゃない。ただ、親から逃げるための選択肢に、殺すという項目が現れて、俺はそれを選択しただけのこと。いわばシークレットステージのようなものだ。普通だったらたどることはできない選択だ。だけどどうせ、どれを選んでもバッドエンドだ。だったらこのシークレットステージを楽しんでやるよ。

今さら物音は気にしない。まずはクソジジイだ。年が行っているとはいえ男だ。抵抗される可能性がある。ゴミ女を先に殺したら、その時点で感づかれるかもしれない。脅威は先に片付けるべきだ。

俺は建てつけの悪い引き戸を思いっきり開ける。ガガガッガガガッと音を立てて、それでも半分しか開かない。イライラして思いっきり蹴り上げる。バガン！　と大きな音を立てて引き戸が外れて前に倒れた。

そのまま、引き戸を踏み歩いて、ベッドに向かって思いっきりジャンプする。狙うは頭！　ナイフを突き刺す。感触があった。

いや、でも違う。妙だ！

俺は近くの電気スタンドのボタンを押す。温かい光が部屋を包む。

居ない。俺が刺したのは、あいつの加齢臭がする枕だった。どこだ！　なんで居ない！　もう夜の十二時だぞ⁉　朝早いクソジジイはこの時間は必ず寝ているはずだ。

「誰……？」

そこで、後ろから怯える声が聞こえてきた。ゆっくり振り返ると、寝巻き姿で若干ボサボサ髪の女が俺を見ていた。

「いや――！」

女は俺を見た瞬間、悲鳴を上げた。

なぜだ？　この女は俺を背後から見ている。ナイフが見えてるわけじゃないだろう。

何を怯えることがあるというのだ。

甲高い声が耳を劈《つんざ》く。

クソッ、耳障りだ。仕方ない。先にこいつから。

そう決意し、俺はバッタのようにベッドからジャンプすると、悲鳴を上げる女の喉に向かって、風のようにナイフを突き立てた。

東千尋　八月二十二日　木曜日　〇時

小一時間ほどして総司さんが出てきた。

「手術は明け方まで掛かる。手術が終わっても、すぐに意識が戻ることはおそらくない。そのまま集中治療室で入院だ。意識が戻っても、身体が麻痺していたらリハビリが必要で、一ヶ月から二ヶ月、姉は入院することになりそうだ。これから手続きが必要だ。会社にも連絡せねばならん。話はあとだ」

総司さんは早口で要件を言うと、電話を掛けに病院の外へ行こうとする。

僕より先に、瑠花が総司さんの下へ駆け寄り腕を摑んだ。

突然のことに総司さんは動揺し、瑠花を睨む。

「何をする！」

「待って！　話を聞いてください！」

総司さんの腕を引っ張って、無理やり椅子に座らせる。

総司さんは険しい顔をして瑠花の手を振り払った。

取り囲むように、僕は総司さんの目の前に立ち、瑠花は総司さんの隣に座った。

「なんだ、早くしろ」

「石田さん、すみません。あなたの息子さんって、武命くんと高貴という名前ですか？」

「なんで知ってる。友人か？」

その応えに、瑠花が驚いた顔で僕を見る。やっぱり予想は当たっていた。

「武命くんとはアルバイト先の親友です。石田さん、武命くんや高貴のこと、何が起きてるか知ってますか？」

「何が起きてるか？　知ってるぞ。武命はスーパーで万引きをして人様に迷惑を掛けて、高貴はここ何週間も遊び惚《ほう》けて帰っておらん！　あいつらは失敗作だ」

「し、失敗作？」

思わず声を出したのは僕だった。こいつは今、自分の息子たちを失敗作と言ったのか？

「そうだ。あいつら、ろくに勉強もせずに非行にばかり走りやがって。なんだ？　お前ら私に説教するつもりか？　悪いがあとにしてもらう」

「違う、違います！　いいですか石田さん。えっと、どこから話せばいいか……」

「落ち着いて、瑠花。君のお父さんのことから話そう」

「なんだ。何を知ってる」

困惑した様子で、額に汗を流して総司さんは言う。

瑠花は僕と顔を見合わせて、一度深呼吸をして今の状況を話し始めた。

「私、あなたの息子の高貴に犯されそうになったんです。出会い系サイトで知り合って、そのあと訳あって、家にまで押しかけてきて。それを見た私の父が、高貴を殺して山に埋めました」

「は？　君は何を言ってるんだ？　高貴が水原に殺されただと？」

「本当です！　信じて。父が高貴を埋めているとき、偶然武命くんがその現場を目撃したんです。でも武命くんは私の父を責めるどころか、さらにあなたと、そしてお母さんを殺すように父にお願いしたんです。今、武命くんのお母さんはどこに居ますか？」

「そんなバカなこと——」

「信じて！」

不審がる総司さんに瑠花が詰め寄る。

それに圧倒されて総司さんが言った。

「こんな時間だ。妻はもちろん家に居る。昼間も仕事はしてない。家事担当で基本的に家だ」

「今すぐ連絡を取ってください！　一人は危ない！　早く！　武命くんと会わないように！」

総司さんは瑠花に言われるがまま、慌てて奥さんにスマホで電話を掛ける。病院内だが、今は緊急事態だ。しばらく呼び出し音が鳴り、結局奥さんは出なかったようで、総司さんは電話を切った。

「出ないぞ。あいつ、いつも私からの着信はすぐに出るように言ってるのに！」

「これまで、武命くんのお母さんが電話に出ないことってありましたか？」

「いや、なかった。私がそう教育したからな」

「教育？」

「ああ。私の言うことはなんでも聞くように。家のことはなんでもするように言ってある。だから武命と高貴のことも、全て任せてるんだ」

「そんな……、なんですかそれ」

僕は堪えきれず、つい責めるような態度を取る。怒りが込み上げて総司さんを強く睨んだ。

それに総司さんが反応して、椅子から立ち上がった。目線が同じ高さになって睨み合う。

「なんだ？　千尋お前、ずいぶん変わったな。口答えをするようになったじゃないか」

「総司さん、武命くんはあんたたちを憎んでる。お兄さんと総司さん、そして奥さんのことも」

「私のことを憎んでるだと？　お前に何が分かるっていうんだ」

「じゃあ、あんたに何が分かるっていうんだよ！」

僕は総司さんの胸ぐらを強く摑む。自分でもこんな行動をしていることに心底驚いた。だけど耐えきれなかった。怒りで頭がいっぱいだ。武命くんはこんな親に育てられていたのか。僕は両親に捨てられたから、家族のありがたみがよく分からない。だけど僕はこんな奴が親になってほしいとは思わない。

「紀恵子さんは、あんたが墓参りに帰ってくるのを待ってたんだ。それなのに、あんたはほとんど帰ってこなかった。正月にすら帰ってくることもなかった。紀恵子さんがどれだけあんたのこと心配してたのか分かるかよ。姉の気持ちが分からないで、息子の、武命くんの気持ちがどう分かるって言うんだ！」

「なんだと！」

総司さんが僕に殴りかかろうとする寸前、瑠花が間に入り、僕と総司さんを引き離した。

「千尋さんやめて。落ち着いて」

瑠花は僕のほうに駆け寄り腕を押さえる。

そうだ。今はこんなことをしてる場合じゃない。心配そうな瑠花の顔を見て、ゆっくりと呼吸を整えて気持ちを落ち着かせる。

それを見て、瑠花は総司さんに振り返った。

「石田さん、本当なんです。高貴はもう死んでます。武命くんは高貴の死体を、あなたとお母さんを殺す練習台にしてるんです」

「練習台って、どういうことだ？」

「そのままです。父が埋めた死体を掘り返して、ナイフで刺す練習をしてました。私はそれを見たんです！」

「なっ……、本当か⁉」

総司さんはいまだ信じられず、椅子に座り込む。

瑠花はその目の前にしゃがんで、総司さんの手に触れながら口を開いた。

「石田さん、一緒に熊越市へ戻りましょう。本当は武命くんと話をしてからがよかったけど、奥さんと連絡が取れないってことは、もう最悪の事態なのかも。警察に電話したほうがいいかもしれないです」

「ダ、ダメだ！　それはダメだ！」

その提案に、総司さんが取り乱して瑠花の手を振り払う。

そのはずみで、瑠花はしゃがみながら後ろに転びそうになる。

僕はすぐに瑠花に駆け寄って、身体を支えた。

「どうしてだ総司さん。緊急事態なんだぞ！」

僕が声を荒らげてそう言うと、総司さんは手で頭をクシャクシャと掻き乱しながら首を横に振った。

「会社はどうなる？　支社長だぞ？　息子がイカれてると知られたら、私はクビだ。何年勤めてきたと思ってる！」

何を言っているんだ。この男は。自分の息子より、妻より、自分のキャリアのほうを大事にしているなんて。バカげてる。武命くんに同情した。殴りかかりたくて手に力を込めたけど、それにいち早く気づいた瑠花が僕の手を取るので、思い直した。

ひどい態度を取られたというのに、瑠花は怒らずに優しく言った。

「石田さん、お願いです。どちらにせよもう起きてしまったことは変えられない！　なら、これ以上罪を犯させないために、武命くんを助けなくちゃいけない。お願い、お願いです。子どもを、奥さんを、大事にしてください、お願いします」

そう言って、瑠花は総司さんに土下座をした。額をぴったりと床につけて顔が見えない。

僕もすかさず瑠花の隣に寄り添って土下座する。

「お、おい」

「僕からもお願いだ。頼む。武命くんを止めよう」

「わ、分かった。顔を上げろ！」

僕と瑠花の顔を無理やり上げさせて総司さんは言った。掻き毟ったため頭髪が乱れている。

「しかし、お前たちのことを全部信用したわけじゃない。現状を確認したい。警察に連絡するのはそのあとだ」

「いや、でも――」

「ダメだ！　早とちりはできん！　いきなりそんな話を聞いて、全て信じられると思うか？　自分の目で見て確認してからだ！」

そう言って、総司さんは持ってきていた仕事用鞄を手にした。

「今から帰る。姉の付き添いは近所の奴に任せよう。誰か知ってるか？」

「町内会で仲が良い人がいたはずです。僕がその人たちの家に案内する。もう夜中だから対応してくれるか分からないけど」

「連れてけ。片っ端から当たっていこう」

総司さんは出口のほうへ早足に向かう。

瑠花を立ち上がらせて、二人で総司さんの後ろをついていった。

武命くん。瑠花も心配だけど、君も心配だ。

どうか、流花のような悲劇の選択を、しないでくれ。

水原瑠花　八月二十二日　木曜日　三時

私たちは石田さんの車に乗ると、一度紀恵子さんの家に戻る。千尋さんは到着してすぐ、固定電話の受話器を手に取った。台に引っかけてあった町内会の名簿を見ながら、夜中にもかかわらず片っ端から電話を掛けていく。

ようやく紀恵子さんの付き添いを引き受けてくれる知り合いが見つかって、全ての段取りが終わったとき、もうすでに夜中の三時になっていた。

病院に電話して手術の状況を訊くと、あと一、二時間ほど掛かるという。しかしもう待っていられない。

柱山市から熊越市に車を向かわせた。石田さんが運転して、千尋さんと私が後部座席に座る。

いっぱいいっぱいで、パパや安西さんからのメールに返信していなかったことを思い出す。

スマホを開いて、パパからのメッセージに既読を付けた。

『パパ。私の話を聞いてほしい。独りで全部背負い込まないで』

それだけを送った。

次に安西さんからのラインを開く。心配だから連絡が欲しいという文字が並んでいた。

返信しようとすると同時に電話が鳴る。パパ！　そう思ったが違う。安西さんからだった。

「千尋さん……」

「お父さんかい？」

「いや、違う。友達……。少し話してもいい？」

「もちろんいいよ」

千尋さんから許可を貰って、私は応答ボタンを押した。

「も、もしもし」

『水原さん！　ごめんなさいこんな真夜中に。繋がって良かった。何かあったのかと……』

「ごめんなさい安西さん、ずっと起きてたの？」

『ほら、二人で警察に行く約束をしてたじゃないですか。だから水原さんに何度もメッセージを送ったんですけど、連絡が来なくて。いま既読が付いたから……』

「本当にごめん。ねえ、今から言うことをよく聞いてほしい」

『水原さん？　どうしたんですか？　何かあったんですか？』

「私、また大きな問題ができちゃったの。それで、安西さんと二宮の件、今すぐには協力できなくなっちゃって……」

『そ、そうなんですか？　私に何かできることはありますか？』

「ううん、大丈夫。これは、私の問題なの。だから私自身が解決したい」

『そうですか……。水原さん、もう知ってるかもしれないですけど、二宮くんが、ＳＮＳに水原さんの動画を投稿したんです。同じクラスの人も何人か反応してて、もう学校にはバレてるかもしれない。私も昨日気づいて、驚いて水原さんに連絡してたんですけど……』

「知ってる。実はね、後藤先生から直接会って注意されちゃった。もうどうしよっかね。私、すごいドンマイって感じだよ」

『水原さん、本当にごめんなさい』

「どうして安西さんが謝るの？」

『だって、私が水原さんに関わらなければ、こんなことにはならなかったんです。全部私のせいです』

「安西さん、そんなことないよ。私は大丈夫。何も怖くない」

『本当ですか？』

「うん、だってもう独りで悩まない。困ったときはいろんな人にちゃんと相談する。苦しくなったら、ちゃんと誰かに頼る。私はもう独りじゃないんだもん」

『そ、それは嬉しいですけど、根本的な解決には……』

「ならないよ。もうどうしようもないんだから。でも、そんなとき私に必要なのは、この先どうするか、正しい選択をすることなの」

『水原さん……』

「あ、そういえば私、二宮に一度会ったの。偶然大通りのカフェで」

『二宮くんに？』

「あのとき二宮が言ってた。安西さんに謝りたい。俺には安西さんしかいないんだって」

『え、それ、確かですか？』

「うん。もう二宮は不良グループとは関わらないって宣言してた」

『そ、そうですか……。彼は、元気でした？』

「うん、元気だったよ。あのさ、面白いのがさ、二宮、カフェで眼鏡掛けて夏休みの宿題やってたんだよ？」

『本当ですか？』

「そうそう。あいつ、すごいヤンキーぶってたのに、いっちょまえに勉強しちゃって、内心笑っちゃった」

『か、可愛い……』

「安西さん、あのさ。二宮を庇《かば》う気持ちはこれっっっっっっぽっちもないんだけど、二宮と喋ってみてもいいと思うの」

『二宮くんと、ですか？』

「うん。あのね、二宮はこうも言ってた。俺も友達いなくて、安西さんだけだったんだって。二宮が安西さんにしたことはさ、すんごい最低なことだったけど、話をしてもいいのかなって」

『分かりました』

「本当？」

『二宮くんと喋ります。ちゃんと、喋ってみます』

「良かった。でも、暴力振るわれそうになったらすぐに連絡して」

『あ、ありがとうございます。水原さん』

「いいよ。あ、それから、お母さんの容体は？」

『手術、無事に成功しました。転移もしていなかったし、もう退院してます』

「本当⁉ ああ、良かった……。全部終わったら、安西さんのお母さんに会いに行っていい？」

『もちろんです。ぜひ来てください！』

安西さんの喜ぶ声を聞いたあと、私は電話を切った。

溜息をついて、座席にもたれる。

千尋さんは時々私のほうを心配して見てくれるけど、運転席の石田さんは私に関心がなさそうだ。

それでも、安西さんの声を聞いて安心したのか、私はウトウトと眠くなって、いつの間にか意識が闇の中に沈んでいった。

窓からの光が眩《まぶ》しい。吐息を漏らして、車の中でできる限り背伸びをする。

「瑠花」

私が起きたのに気づいて、千尋さんが声を掛けてきた。

「ごめん、寝てたよ」

「疲れたからしょうがないさ、そろそろ着くよ」

そう言う千尋さんは一睡もしていないようだ。

千尋さんに言われて、私は窓を開けて外を見る。

「おい、エアコンを点けてるんだぞ。窓を開けるな」

石田さんに言われたけど、内心うるさいなとつぶやいて、気にせずそのまま窓を開けた。

太陽が昇っている。朝日だ。まだ山の上ではあるけれど、だからこそここから熊越市が見下ろせる。遠くには駅も見えた。

そこで、一つの思いが浮かんだ。

「石田さん！　先に私の家へ！」

「ああ？　なんでだ」

「武命くんの居場所はいま分からないんでしょ。ここ数日家にも帰ってないんだから。だったら父に、事情を訊くほうが早いです！」

「なんだよ」とまたさらにぶつくさと言いながら、石田さんは指でトントンとハンドルを叩き始めた。

話をしなくちゃいけない。パパとも、武命くんとも。

ふと思い出し、スマホを開いてパパのラインを見る。時刻は午前五時半。

いつの間にか既読が付いていた。

さらに車に揺られて、ようやく見慣れた風景になった。

自宅マンションを久しぶりに見る。帰ってなかったのは数日だけど、あまりにいろんなことがあり過ぎて、何年ぶりかのように思えた。

一階入口近くに石田さんが車を停める。

「瑠花、どうする？　先に君と二人で話すかい？」

千尋さんが私を見て言う。

私はそれに首を振った。

「ここまで来て、なんなんだけど……怖いの。心の準備はできてるけれど、ちゃんと話せるか、怖い。だから、ついてきてほしい」

「分かった、ほら、総司さん、行くよ」

「ああ、これで嘘だったら、お前ら承知しないからな」

石田さんも嫌々車を降りて、私たちはエントランスに向かった。財布に入れてあった小さな鍵を挿して、マンション内に入る。衝動的に鍵を捨てなくて良かった。

エレベーターに乗り込み三階に向かう。鏡ごしに、石田さんが額の汗を拭いていたのが見えた。千尋さんとかすかに手が触れる。恥ずかしくて避けようとしたけど、それよりも先に千尋さんが私の手を握った。千尋さんも手汗を掻いている。グチャグチャだ。

三階に着くまで千尋さんはずっと私の手を握ってくれた。到着して、そのまま三〇四号室に向かう。部屋の前で、私は深呼吸した。

夏休み直前のあの日、ちゃんとパパと話し合えていれば、武命くんがこんなことに走ることはなかった。これ以上知らないフリをしたら、もっといろんな人に迷惑が掛かる。これは関わる全ての人のためでもある。だけど、一番は自分のため。

私はパパを愛してる。

鍵を開けて中に入る。こんな早朝なのに電気が点いていた。

後ろの二人に入ってと合図する。ドアが閉まり、私だけが靴を脱いで廊下を進む。しかし途中で足は止まった。私がリビングにたどり着くよりも先に、パパが出てきたのだ。寝巻きではなく私服姿だ。もう起きてお風呂にも入ったのか、髪に寝癖がついていない。

私は言葉が出ずに固まってしまう。

それはパパも同じのようで、ゆっくりと近づいてきて私の目の前に立つ。そして私の頬を両手で撫でた。

「いけない子だ」

ようやくパパは私に小さくつぶやいた。パパの声を聞くのも久しぶりだ。

「外泊するときは書き置きでもいいから連絡しなさいって、ずっと言ってるじゃないか。心配したんだぞ？」

いつものように笑顔だ。だけどその印象は少し違う。直前の私のラインも見ている。私たちが全ての事情を知っていると分かっているのだろう。覚悟を決めているようだった。パパは石田さんの存在にも気づいている。千尋さんのことも。だけど一心に私のことだけを見つめていた。

「ごめんなさい」

私はようやく声を出す。声は震えているけど涙は出ない。私はパパのことをギュッと抱き締める。

それに呼応するかのように、パパも私の背中を抱き締め返した。

体温を感じる。鼓動を感じる。ずっと辛かった。怖かった。甘えたらいけない気がして。触れたら嫌われてしまいそうで。毎日私のために働いて、休みは年に数回しかない。だから、こんなに近くでパパを感じられることはなかった。正直忘れかけてた。だけどパパの温もりはやっぱり大きい。ようやく私はパパに触れられた。

「パパ、私、寂しかったの。パパに甘えたかった。でも甘えちゃいけない気がして辛かった」

ああ、やっと私は、自分の気持ちが言える。

「私がパパの重荷になるなら、私なんか居なくなっちゃえばいいって、ずっと思ってた。でも、だけど、パパの重荷になるって分かってるけど。私、パパとずっと一緒に居たかった！　甘えたかった！　中学校の卒業式だって来てほしかった。小学校のときも！

授業参観も、三者面談も、全部、全部来てほしかった！　私が成長してるってパパに見てほしかったの！　愛してる、愛してるのパパ！」

涙が溢れた。上手く呼吸ができなかったけど、パパの胸に顔をうずめるのをやめなかった。私を十七年間、支え続けてくれた強い人。

パパは脱力して、ゆっくりと、ゆっくりとその場に崩れ落ちる。

私はそれを支えるように、パパに抱きつきながらゆっくりと床に落ちた。まるで引っ付き虫だ。寄生虫だ。

「本当にごめんなさい。ごめんなさい。ごめんなさい！　悪いことをしたと思ってるの。私、どうしようもなく、汚れてる、寂しくて、苦しくて、でもそのせいで、パパにひどいこと、させちゃった。ごめんなさい、ごめんなさい」

「瑠花……」

小さく、パパが私の名前を呼ぶ。

私は顔を上げて、涙で顔をクシャクシャにしてパパを見た。

パパは私の涙を指で拭い、おでこにキスをして抱き寄せる。

「パパ、お願い。私はパパのこと嫌わない。パパのこと非難もしないし、裏切らない。パパのこと誇りに思う。こんなに強くて、優しくて、理想のパパどこにもいないよ。私はパパのこと、胸を張って自慢できる。だからお願い、本当のことを言って」

「……知ってるんだよな」

「うん、武命くんに聞いた。でも、警察には言ってない。本当かどうかを確かめたくて」

「そうか。瑠花、僕は、間違っていたかな」

パパも声が震えていた。私の額に、ポツリと雫が落ちてくる。泣いているんだ。

それが全てを物語っていた。パパは、本当に殺したんだね。高貴のことを。

私は顔を上げて、私にしてくれたようにパパの頬を両手で触れた。

「パパは間違ったことをしたよ。でも私も、間違ったことを、自分から進んでやったの。だから私は、パパのことを非難なんかしないよ。だからパパ、パパも私を許してくれるなら、全て打ち明けてほしい」

思えば、パパの涙を見るのは初めてだ。パパは私の前ではずっと笑顔だった。パパだって私と一緒、ずっと強がってたんだ。

パパは涙をボロボロと流し、額を私に当てて「すまない」とつぶやき、そして立ち上がる。後ろで見ていた石田さんの前に座り、深く頭を下げて土下座の体勢を取った。

石田さんは身体を震わせて、怒りに満ちている。

「水原、本当なのか？」

「申し訳ありません。私はあなたの息子さんを殺しました。瑠花に暴行を加えようと……レイプしようとしていたので、激昂《げっこう》し、何も考えられなくなってしまい、とっさに殺してしまいました」

「なぜだ、水原！　お前を信じていたのに！　私の息子だと知っていて殺したのか⁉」

石田さんは私のパパの胸ぐらを掴み、大きく揺らした。

パパは石田さんを強く睨みつける。石田さんよりも強く、貫くような怒りの瞳で。

「石田さんの息子さんだということは、殺したあとで武命くんが教えてくれました。死体を埋めるときに偶然出会った武命くんは、嫌いな兄を殺した私に感謝して、さらにあなたと奥さんを殺すようにお願いしてきたんです。そうしなければ、兄を殺したことをバラすと」

「武命、武命が、本当にそう、お前に言ったのか？」

「はい。私は実際にあなたを殺しに、武命くんと深夜あなたの寝室まで行きました。だけど寸前、耐えきれなくなって、私は武命くんを裏切ったんです」

「なんだと！　ふ、不法侵入したっていうのか貴様！　武命は、あいつは今どこに居る！」

「分かりません。裏切ったあと、すぐに連絡が途絶えたので……。もしかしたら武命くんは、家に帰っているのかもしれません」

「家に？」

「始業式……」

「なんだ。はっきり言え」

「もともと武命くんは、始業式の日の朝にあなたを殺すことを計画してたんです。だけど突然、当初の計画よりも早く私に殺すことを命令してきたんです。ちょうど一週間くらい前の日に」

それからパパは黙り込む。

石田さんは震え出し、大きく腕を振り上げた。

殴る気⁉ 私はとっさにパパを摑んで石田さんから引き離す。その反動でパパは横に倒れた。殴られる怖さに思わず目を瞑る。

だけど、しばらくしても衝撃は来ない。目を開けて石田さんを見ると、千尋さんに腕を摑まれて固まっていた。

「総司さん、あなたの家に行こう。奥さんが心配だ」

千尋さんが石田さんを睨みそう言うと、石田さんは手を振り払い、玄関を飛び出した。

石田武命　八月二十二日　木曜日　六時

目の前の光景はまるでアートだ。

家の外で鳥が鳴いている。だんだんと家の中が明るくなってきた。夜が明けて朝になったみたいだ。

時刻は朝の六時。目の前の肉の塊を見る。溜息をついて、壁に寄りかかって座り込んだ。

クソジジイの存在を忘れたわけじゃない。それについては、ゴミ女の息の根を止めたすぐあとに知ることができた。

手がかりを探すためにゴミ女のスマホを弄った。ロックされていたけど、指紋認証で簡単に解除できた。ラインを開くと、一番上に直人さん、その下にクソジジイのアカウントがあった。

『姉が入院した。急遽実家に数日帰る』

『了解しました』

了解しましたって。まるで機械みたいに答えるんだな。

クソジジイの姉。遥か昔にクソジジイに連れられて実家に遊びにいったことがある。確か紀恵子さんといったか。

朧げにしか覚えていないけど、皺くちゃの笑顔が可愛い素敵なおばさんだった。家の場所は分かってる。ここから新幹線で一時間ほどの、柱山市という所。ここよりもさらにド田舎に住んでる。子どもながらに、こんな田舎に独りで住んで寂しくないのかなと感じたものだ。

その紀恵子さんが入院か。ということは、事故か病気にでもなったのだろうか。あの人ももう年だからな。何か持病があってもおかしくない。

とにかくクソジジイの居場所は分かった。よく見ればスマホにはクソジジイからの電話の着信も残っている。さっきは夢中だったから気づかなかった。今すぐにでも行きたいけど、深夜に新幹線は走っていない。すぐに動き始めても立ち往生するだけだ。

そう思ってやることがなくなり、なんとなくで、ゴミ女の死体と遊んだ。最初で最後の、母親との触れ合いだった。

そして今に至る。六時ならもう駅は開いてるだろう。

ところが、動き出そうと立ち上がった瞬間、スマホが鳴った。ゴミ女のスマホかと思ったけど、自分のだ。規則的にスマホが振動している。電話だ。ポケットからスマホを取り出すと照史の名前が表示されていた。

ゴクンと息を呑み、通話ボタンを押す。いつもと変わらない調子で口を開いた。

「もしもし？」

『もしもし！　武命か！　俺だ。照史だ。今どこに居るんだ？』

「家だよ。どうしたんだよ照史。そんなに慌てて。ずいぶん早起きだな！」

『どうしたんだよ、じゃねえだろ。店から逃げ出したあと、ラインにメチャクチャ連絡したのに、なんで返事くれなかったんだよ。今日は始業式だから、お前が来るか不安で寝れなくて……。試しに電話したら、やっと出てくれた。最初からこっちに掛ければよかった』

「ごめん！　いろいろあったんだ。親父に説教喰らって、外出禁止になっちまってさ」

『それならそうと連絡してくれよ。すごく心配したんだぜ！　お前の家に行こうにも、今まで一度も行ったことがねえから分からねえし……』

「ごめんごめん。悪かったよ」

『家は大丈夫か？　あれから……』

「心配するなって。もう大丈夫。俺も改心して真面目にやってるよ。最近じゃ、あんまり暴力振るわれなくなったしさ。照史、今まで何度も相談してごめんな？」

『武命、それ本当か？』

「ん？」

『本当か？　暴力がなくなったって本当か？』

黙り込む。照史が、俺が一度大丈夫と言ったことに対して、それ以上にしつこく追及してきたのは初めてだった。今までそんなこと訊かなかったのに。俺が一方的に家族の相談をするだけだったのに。なんだよ照史。

沈黙を続けていると、照史はか細い声で言った。

『武命。お前に会いたい。何日も喋ってなかっただろ。寂しいよ俺。今日学校、来るよな？　始業式だからさ』

学校。そうか。もう今日は始業式か。

照史は俺に会いたいと言ってくれた。会いたい、か。

俺はボーッと目の前の死体を見る。無残な有様だった。これは俺がやったのか。

照史はこんな俺を見てどう思うんだろうか。俺のこと、また嫌いになっちまうんだろうか。それは嫌だな。でも、俺も照史に会いたい。最後に会いたいよ、照史。

思わず堪えていた何かが出そうになって、息を呑み込んだ。いつもどおりの調子で応える。

「もちろん行くよ！　宿題やってねえけど！」

『本当か？　良かった。教室着いたら連絡してくれよ。美希がさ、田舎からお土産買ってきてくれたんだ。渡したくて』

「マジ？　嬉しいな、ありがとう！」

『おう、じゃあ、また』

「ああ、またな」

電話が切れた。大きく溜息をつく。

学校に行こう。照史に会って、最後の別れを楽しんで、それから伯母《おば》の家に行こう。照史と会ったら別に始業式なんか出なくていいと思うけど、一応制服は着ていこう。怪しまれるからな。

さあ、やることがいっぱいだ。死体はとりあえずこのままでいい。どうせもうすぐ終わるんだ。まずは自分の身体をどうにかしないとと思い、ナイフを持って振り向いた。ゴミ女の死体を軽く蹴飛ばし、血の足跡を作りながら洗面所へ。ガラガラと引き戸を開けて鏡の前に立つ。

はは。ははは。はははははははは。思わず笑ってしまった。

しかし、目の前に映る自分は、とても楽しそうには見えない。怒りとも、悲しさとも、嬉しさともつかない表情。

鏡に映る自分の顔は、まるで〝獣〟のようだった。

東千尋　八月二十二日　木曜日　七時

「呪われてるんだ」

総司さんはいきなりそんなことをつぶやいた。

武命くんを捜し出すために、僕と総司さんで武命くんの家へ、瑠花と彼女の父親が武命くんの兄の死体が埋まっているという山へ、二手に分かれる。その車中、瑠花の家から武命くんの家に向かう途中のことだった。

「全部、流花の呪いだ」

総司さんの顔は怒りで満ちている。

その言葉に、僕は何も言わない。

それが気に障ったのか、総司さんはドン！　とハンドルを叩く。荒い息を吐きながら、さらに声を荒らげた。

「クソ！　呪いだ。あいつ、まだ懲りないのか。私をどれだけ苦しめれば気が済むんだ。やりたいだけやって、勝手に自殺しやがって。罪を償ってから死ねばいいのに！　クソ、クソ、クソ！　全部あいつのせいだ。近所の人からも、人殺し家族って言われてる！　石田家の恥晒しめ！　もし安奈を手に掛けたとしても、自殺なんてさせん！　罪を償って、謝罪して、社会貢献してからだ！　迷惑掛けたぶん、しっかり償ってもらう。そしたらもう、勝手に死ねばいい！　クソ！　クソ！」

総司さんの一人言はどんどん大きくなっていく。そこに奥さんへの心配は微塵も感じられない。

僕は大きく息を吸い込んで深呼吸した。怒りが頂点に達したのだ。

田んぼの道へ差し掛かったとき、総司さんが握っているハンドルを乱暴に摑み、無理やり自分のほうに引っぱった。

「何するっ！」

総司さんを無理やり身体で押し潰して、ハンドルの制御を僕がする。車はそのまま、田んぼの中に突っ込んだ。ピーピー鳴って急停止する。

「何してんだ！」

総司さんは僕を押しのけて車を降りた。

興奮する気持ちを抑えて、僕も車を降りる。

「ずいぶん汚してくれたな！　おい！」

車の後ろのほうで総司さんは喚いている。

僕は車を降りてそのまま総司さんのほうへ近づき、思いっきり殴った。

言葉を発することなく、総司さんは田んぼの中に倒れる。

僕はその上に乗っかって、もう二発強めに殴った。怒り。総司さんの胸ぐらを摑み、一度無理やり頭を田んぼの泥にぶち込み、顔を寄せる。

「これ以上言ったら、僕が武命くんの代わりにお前を殺す！　死にたくなければ黙って家まで歩け！」

「き、さま……」

「武命くんを追い詰めたのはてめえだ！　武命くんは、必死に抵抗してるだけなんだよ！」

総司さんを強く睨む。

総司さんは小さく何かをぼやいていたが、やがて何も言わなくなり、立ち上がろうとした。

抵抗しないのを見て、僕は総司さんの上からどく。

車を道に戻す時間が惜しい。総司さんはそのまま、ヨタヨタと泥塗れになりながら自宅に向かって歩き始める。

僕もそれを監視するかのように、泥だらけのまま後ろをついていった。

車が突っ込んだ田んぼから十分ほど歩いて、武命くんの家に着いた。

泥塗れのまま総司さんは玄関のドアに手を掛ける。

「鍵が、開いてる……」

総司さんは小さくつぶやいて僕のほうを見た。

「いつも閉めるように言ってるんだ」

目を見開いて、泥に塗れて汗を掻いていた。

僕は辺りを見渡して、玄関脇に立てかけてあった総司さんのゴルフバッグから、クラブを二本取って、一本を総司さんに渡す。

「な、なんだ」

「もし武命くんがいたら抵抗されるかもしれない。僕が先に行く」

そう言って総司さんを押しのけて、ドアに手を掛ける。武命くんを必要以上に危険視してるわけじゃない。だけど、あっちが逆上して襲いかかってくる可能性もある。準備はしておくべきだ。

ゆっくりと、ドアを開ける。臭いがする。家の臭い、とは言い難い。血だ。血の臭いがする。僕は焦って靴のまま室内に上がった。

「お、おい！　靴を脱げ！」

後ろから怒鳴る総司さんを無視して上がり込む。悪い予感がした。突き当たりを曲がると長い廊下が続く。その先に広がる光景は、予想していたからすぐに理解できた。後ろで、総司さんは靴を脱いでから、急ぎ足で僕のほうへ来て、同じ方向を向く。その光景に総司さんは思わずへたり込んでしまった。

狂気だ。それがかつて人間だったとは到底思えなかった。周りにはわずかにハエが舞っていて、家の中はエアコンも点いていなければ、窓も開いていない。熱を帯びて、強烈な血の臭いを発していた。

隣で総司さんが嘔吐《おうと》する。

僕も吐きそうになりながら口と鼻を押さえ、ゆっくりと歩く。死体の近くに来て観察した。

「ひどい……」

見れば見るほど、これを武命くんがやったのだとは信じられなかった。グロテスクだ。それを見ないようにして、奥に広がるリビングを歩き回る。

「武命くん、居るか！　僕だ！　千尋だ！」

叫ぶけれど返事はない。居ないのか？　僕は一度総司さんの下に戻る。

「総司さん、武命くんの部屋はどこだ！」

総司さんは嗚咽《おえつ》を漏らし涙目になりながら、突き当たりの部屋を指差した。クソ、しっかりしろよ！　威勢だけはいいヘタレめ！

彼の下を離れて武命くんの部屋に向かうと、引き戸をゆっくりと開ける。

その部屋は一見して、生活感がなかった。机の上には学校の教科書が綺麗に並べられていて、あとはベッドのみ。リュックサックも何もない。片付けられている。いや、というより殺風景なのだ。武命くんの感情が何も感じられない。

部屋の中に入って机の上を見ると、何かがあるのが分かった。封筒だ。

『遺書　石田武命』

僕はすかさずゴルフクラブを床に放ると、総司さんがこっちに来ないことを確認して、その封を開けた。

水原瑠花　八月二十二日　木曜日　七時

「石田さんの奥さんとは、不倫の関係にあったんだ」

車を運転しながら、パパは突然そう言った。当然のことながら驚いてしまう。

「不倫？　あのパパが、不倫？」

「ああ。奥さんは、時々会社に居る石田さんに届け物をしていてな。そのときに僕が声を掛けて、仲良くなったんだ」

「え、不倫ってことはさ、その、あれだよ。身体の関係になったりしたってこと？」

「あー、えーっと……」

「パパ、私もうね、高校生だよ。どんな言い方されても別にいいよ」

私が強く言うと、パパは溜息をついて言った。

「そうだ。何度かそういう関係になった」

それを聞いて、私は思わず笑ってしまった。

「なんで笑うんだ、瑠花」

「いやいや、だって、あのパパが。あの真面目で優しいパパが……ふふ」

武命くんはパパのことを神様と言っていた。でもそんなことない。神様なんていない。神様が不倫なんてするもんか。パパは人間だ。仕事でいっぱいになって、女の人に安らぎを求めたくなるのだって、ずいぶん人間らしいじゃない。

「笑い事じゃないだろう」

「ごめんごめん。ねえパパ。私別に、パパが不倫したって何したって、今さら怒らないよ。パパだって、私が夜遊びしたって、怒らないでくれたじゃない。そうだ——」

「なんだ?」

「あのさ、私が車の中でパパにキスしたときに、出会い系サイトを使って夜遊びしてたこと言ったよね。あのとき、なんですぐ怒らなかったんだろうってずっと疑問だったの。あれって、パパも不倫してて、後ろめたかったからなんじゃない?」

そう言うと、パパは何も言わない。

ああ、こういう人だ。パパは気まずくなるといつも黙り込む。

少しだけ咳払いをして溜息をつき、パパはもう一度私を見た。

「瑠花、もう一つある。ずっと言えなかったことなんだ」

「何？」

「土日のアルバイトのことだ。実は、アルバイトなんかしなくても、そこまで生活は苦しくないんだ」

「え？　そうだったの？　じゃあ、なんでアルバイトなんか？」

これにはさすがに驚く。パパの仕事について深く考えたことはないけど、アルバイトをする必要がないなんて。じゃあなんであんな毎日必死に、夜遅くまで働いてたの？

「ママが……、紗里奈《さりな》が死んだとき、いろんな人に言われたんだ。お前独りで瑠花を育てられるのか、幸せにできるのかって。僕は悔しくて、悔しくて、絶対に幸せにしてやろうって、必要以上に働いたんだ。瑠花に不自由させないように。そして瑠花が独り立ちするときに、少しだけど足しになるかと思って貯金もしてきたんだ。でもお金のことだけじゃない。辛かったんだ。紗里奈の死が。仕事に打ち込むことでそれを紛らわしてた。彼女にどんどん似てくる瑠花にどう接していいのか分からなかった。怖かった。混乱してたんだ」

「そんな……、パパ、バカだよ。本当にバカ。パパと一緒に過ごせれば、それだけでよかったのに。バカだよ」

「本当に悪かった。瑠花をほとんど構ってやれなかった。僕は、父親失格だ」

パパは暗い顔で車を運転する。

私は小さく「そんなことない。そんなことないよ」とつぶやき、パパの膝に手を置いた。

それを合図に、車がゆっくりになる。前を向くと、見覚えのある風景が広がっていた。

「瑠花、ごめんな。謝っても、謝りきれない。事が済んだら、僕は刑務所に行くことになる。そうしたら君とも会えなくなる」

「もういいんだよ。パパ、気にしないで。だって一生離れ離れになるわけじゃないでしょう?」

「そうだろうけど、でもこれから、君にとってひどい人生になってしまうんじゃないかと思うと、心配で……」

「私は大丈夫。独りじゃないの。寂しくても苦しくても、傍についててくれる人が居る」

ようやく目的地に着いて車を停める。

パパは私のほうを見て強く抱き締めてきた。

「こんなに成長してたなんて」

ムグッ。この夏は、いろんな男の人に抱き締められるなあ。ああ、でもパパとはこれから、ほとんど会えなくなるのか。そう思うと、私も思わずパパの背中に手を回して、強く抱き締めた。

「パパ、大好きだよ。私、ずっとパパの味方だから」

そう言うと、パパは私の頭を強く撫でて、鼻水を啜り始める。ゆっくりと離れてパパの顔を見ると、涙を堪えて鼻を押さえていた。

「もっと、君の話が聞きたい」

「大丈夫、全部終わったらいくらでも話そう?」

私は自分の手で、パパの目から零れた涙を拭いた。

そうだ。今は泣いている場合じゃないんだ。私たちには、まだやるべきことが残ってる。


パパと私は、あの日武命くんとパパが出会った山の入口に着いた。ここから武命くんの秘密基地までは、山道を歩いて登ることになる。あのときの光景がフラッシュバックして気分が重い。

すると、車を停めたあと、ハンドルを握ったままパパが言った。

「僕だけで行く」

「ダメ! ダメだよ一緒に行く」

「瑠花、パパは今さら逃げようなんて考えてないよ」

「そうじゃないよパパ。武命くんは今すごく不安定なの。それにパパは武命くんを裏切ったんでしょう？　怒りに任せて襲ってくるかもしれない。二人で行ったほうがいいよ！」

「それならなおさら瑠花に行かせたくない」

「……分かった。じゃあ、一応通話モードにしておこう」

「通話モード？」

パパは不思議そうな顔をして私を見る。

私はスマホのライン画面を開いて、パパのスマホに電話を掛けた。

パパは自分のスマホを確認して、通話開始ボタンを押す。

「これで、何かあってもお互い分かるよ」

「なるほど、良い子だ」

パパは私の頭をポンポンと叩いて車外に出ると、歩き出した。

それと同時に、スマホのほうから足音が聞こえる。

パパのことがかなり心配だけど、正直、心配してくれてありがたかった。あの腐敗臭と、無残な高貴の死体を見るのは、本当に辛い。

二十分ほど経つと、スマホからパパのかすかな悲鳴が聞こえてきた。

「パパ？　大丈夫？」

素早く反応してスマホに向かって大声で言うと、パパの咳払いが聞こえた。

『あ、ああ。大丈夫だ。ひどいことになってるな……。瑠花が言っていたよりもひどい。

武命くん、一度殺して埋めた動物も掘り返して、また練習台にしてたみたいだ』

「嘘……」

『テントの中は、武命くんの生活品とか、本がある。携帯ゲーム機もあるけど、メチャクチャになってる。自分で壊したのかもしれない』

「ゲーム……」

『一応、死体の所に行ってみる』

「わ、分かった。パパ、あまり見ないほうがいいかも」

『分かってる。確認したら、すぐ戻るよ』

そしてまたスマホから足音が響く。

その先に高貴の死体があると思うと、いたたまれない。

そこで突然、スマホがブブッと鳴る。ラインのメッセージ。美希からだった。

『おっはー瑠花ちん。田舎から帰ってきたぞ〜』

なんとも呑気なメッセージだ。こっちがどんな状態かも知らないで。でも、久しぶりに美希の存在を感じて安心する。

既読が付いたことに反応して、美希はさらにメッセージを送ってきた。

『何時頃学校来る？　お土産あるよ！　私はもう学校来てるんだ。あっきーも』

そうか。今日は二学期の始業式だ。すっかり忘れてた。そして、メッセージにある名前で思いつく。あっきー。照史くん。そうだ、照史くんは武命くんの親友だ。もしかしたら武命くんの居場所を知ってるかもしれない。私は急いで美希にラインを送る。

『美希！ おはよう！ ねえ、照史くんそこに居る？』

私が送るとすぐに既読が付き、数秒経って返事が来た。

『あっきーなら、なんか武命くんと一緒にどっか行っちゃったよ？』

「パパ、待って！」

すかさず、通話中のパパに叫ぶ。すぐにパパの慌てた声が聞こえた。

『ど、どうした!?』

「武命くん、学校に居るって！ ラインで美希がそう言ってる！」

『なんだって！』

「ちょ、ちょっと待って！」

『武命くんと一緒に学校に居るってこと？』

私は慌てて美希にメッセージを送る。しばらくして返信が来た。

『うん。お土産渡しにあっきーの所に行こうと思ったら、武命くんとあっきー、二人ともどっかに行ったってクラスの子が言ってた。武命くんにあっきーを奪われちゃったよ～。だから瑠花、早く来て私を構って』

確定だ。学校に居るなんて。どういうつもりなんだ。武命くんは。

「パパ、私学校に行く！」

私はシートベルトを外して、勢い良く車のドアを開けると、学校のほうへ走った。

『待ちなさい！　車のほうが早い！』

「パパが山から下りるの待ってたら遅いよ！　少し行けばすぐタクシー見つかるから、それで行く！　パパも早く来て！」

『ダメだ！　瑠花！』

ごめん！　と心の中で謝って、私は通話を切る。すかさず電話が掛かってきた。そりゃそうするよねと思い、走りながらスマホ画面を見ると、パパではなく千尋さんからだった。通話ボタンを押して、精いっぱい走りながら叫ぶ。

「千尋さん！」

するとスマホから、重く沈んだ千尋さんの声が聞こえてきた。

『瑠花、手遅れだ……』

「え？」

『武命くんのお母さんは、殺されてた』

嘘。嘘だ、嘘だ嘘だ！　武命くん、本当に実行しちゃったの？　殺人を、犯してしまったの？

思わず涙が溢れて過呼吸になる。それでも私は走った。立ち止まるわけにはいかない。

『瑠花、大丈夫か？』

「千尋さん聞いて！　美希が、武命くんが学校に居るって教えてくれた！」

『学校に！　嘘だろ？　じゃあ、母親を殺して、そのまま普通に学校に行ってるのか？』

その言葉に、確かにと思ってしまう。そしてまだ残っている父親も殺そうとしているのかもしれない。

『マ、マズい！』

「ち、千尋さん？」

突然電話の奥で千尋さんが叫ぶ。な、何⁉

「大丈夫？　どうしたの！」

『ぼ、僕が喋ってるのを聞いて、あいつ、学校に向かいやがった！　追いかける！』

「あいつって、石田さん⁉」

石田さんが来るのはマズい。武命くんは石田さんを殺そうとしている。もし武命くんが石田さんを見つけてしまったら……。今の武命くんの精神状態だったら、絶対に殺す！

「私もいま学校に向かってる！」

『わ、分かった！』

電話を切り、ただひたすら走る。途中で靴が脱げてしまって、片方だけ裸足になる。それでも走った。

ようやく大きな道路に出てタクシーを待つ。

通り過ぎる人が私を見て変な顔をしていた。靴が片方なくて汗塗れの高校生。そりゃあ不思議に思うよね。

朝だからか、すぐにタクシーが見つかった。勢い良く手を挙げて止める。

「亀谷高校までお願いします！　急いで！」

「は、はい」

後部座席に飛び込んで、タクシーの運転手さんに向かって叫ぶ。

車ならここから十分程度で着けるはず。武命くんが危ないことをしないうちに——

そう願っていると、千尋さんからまたラインが来た。

『これ、武命くんの机に置いてあった』

【画像受信】

『武命くん、自殺する気かもしれない。僕も学校に向かう』

自殺？　どういうことだ。

「お客さん、大丈夫ですか？　ずいぶん汗掻いてますけど、クーラー点けときますね」

何か話しかけられたけど、構っていられない。運転手さんの言葉を無視して、千尋さんから送られてきた画像をタップした。

『父と母と兄を殺したのは、私です。

全て私がやりました。

私の家は、機能不全家族でした。

私はほぼ毎日殴られ、それを誰も気に留めない。

それでも、私は愛されたかったんです。

なので必死に笑顔で仲を修復しようと思いました。

それなのに、私は〝失敗作〟と呼ばれてしまいました。

私はもう、耐えきれません。

心が限界に達し、全てを終わらせようと思います。

高校生活でできた友達には、本当に申し訳ないと思っています。

家族の仲を取り繕うために培った笑顔でしたが、そんな醜い笑顔の私と友達になってくれた人たちに、私はもっと頼るべきでした。

本当に申し訳ありません。

兄はすでに、一ヶ月ほど前に殺しました。

獅子野江山《ししのえやま》に埋めてあります。

母と父は、これから殺します。

瑠花さん、聡明さん、佐知子さん、岸本さん、千尋さん、そして照史。

あなたたちのことが、本当に大好きです。

助けてと言えなかった私を、許してください。』

石田武命　八月二十二日　木曜日　七時

「おはようございます」

体育教師の今沢《いまさわ》がこんな早くから校門の前で挨拶をしている。夏休み明けからご苦労なこった。そう思いながら横目で会釈した。

夏休み前までと同じ景色。だけど、感じる印象はまったく違う。この情景に強く疎外感を覚える。しかしそれは良い意味でだ。

俺は、人間に擬態《ぎたい》して生活している化け物だ。内臓全て、人間の構造とは違う。吐く息も、猛毒を伴って人を襲う。

我ながらバカみたいな妄想だと思う。だけど、心地よかった。

俺だけが強い。俺だけだ。だって、人を殺したんだぜ。そして、これからもう一人殺しにいくんだ。考えてること、サイコパスだろ。

玄関で靴を履き替えようとしたとき、上履きを忘れてしまったことに気づく。まあ、どうでもいいか。と、そのまま靴下で校内を歩き始めた。

同じように長期休暇ボケで上履きを忘れた生徒が何人か居たけど、俺はそいつらを鼻で笑いながら追い抜いて二階へ上がる。

二階は二年生の教室がある。通り過ぎる生徒が俺の靴下に気づいてマジマジと見つめてきたが、俺は構わず照史が居る一組へ向かった。

教室を覗き見すると、照史が友達と何やら真剣に喋っている。友達の一人が俺の存在に気づいて照史の肩を叩き、俺のほうを指差す。照史は俺を見ると勢い良く立ち上がり、俺のほうへ駆け寄ってきた。

「武命！」

照史は教室の入口から俺を連れて、壁のほうに寄せて抱き締めた。

「え、ちょ、おい。他の奴ら見てんだろ！」

教室のほうから、さっき照史が話していた友達の冷やかす声が聞こえる。恋人でもねえのに。冷やかすんじゃねえと睨むと、その声は収まった。

照史はすぐに離れて俺を心配そうな顔で見た。

「武命、大丈夫だったか？　何も連絡がないから心配したんだぞ？」

「ごめんごめん。家が厳しくてさ。いつも監視されてて、連絡取れなかったんだよ」

そう言うと、照史は目を逸らしてうつむいた。どうした？　と思って照史の顔を窺うと、照史は小さく微笑んで顔を上げた。

「武命、話があるんだ。一緒に来てくれないか？」

照史に連れられていった場所は、一階の校舎入口近くにある小さな教室だった。扉のガラス窓から、俺のクラスの担任の堀井と生徒指導の水野《みずの》の姿が見える。

俺は思わずポケットの中のナイフに手をやった。瑠花さん。あんた、バラしたんじゃねえだろうな。

それでもいい。そう思いながら、照史の顔をチラ見する。

犠牲者が増えるだけだ。でも、照史は殺せねえな。人質に取るか。照史だったら許してくれるよ。きっと。そんなことを考えながら、ギュッとナイフの柄を握り締めて教室に入った。

「連れてきました」

照史がそう言うと、堀井と水野は立ち上がった。薄っぺらな笑顔を向けてくる。俺はもう笑顔は作らない。無表情の冷めた目で二人を見た。

「おはよう石田。良い夏休みだったか？」

堀井が笑って俺を見る。

俺は堀井を睨んだまま何も答えない。

堀井は気まずそうに水野のほうを見た。

「とりあえず、座ってくれるかしら？」

堀井に代わって水野が言った。

俺は慎重に椅子に座る。

堀井の奴、一ヶ月ぶりに会ったらずいぶん陽に焼けてやがるな。人生楽しみやがって大層なこった。水野のほうはそもそもあまり関わりがない。『生徒指導のクソババア』と三年生の間じゃ言われてるらしいけど、こうして間近で見ると確かにババアだな。冷静にこいつらを観察しながらも、もちろんポケットに手を突っ込んだままナイフを離さない。

「何から話したらいいか……」

堀井はまたしても気まずそうに、今度は照史のほうを見る。なんだ？

俺が照史のほうを見ると、照史は大きく溜息をついて、椅子に座りながら身体をこちらに向けた。

「武命、俺はお前を救いたいんだ」

救いたい？　何言ってんだ？

そう思いながら照史を見ていると、今度は水野が数枚の資料を見せてきた。

「武命くん、この内容は本当かしら？」

水野は神妙な面持ちで俺の顔色を窺っている。

俺は恐る恐る彼女から渡された資料を見た。それは、照史と俺のライン会話を印刷した物だった。その全てが、俺が照史に相談した家族の話だ。

『今日もメチャクチャ殴られたんだけど……』

『成績悪いからバイト行くなって言われたわ』

『浮気してるかも、ヤバくね？』

『足の小指の骨って、これほっといてもヒビ治るかね。兄貴に思いっきり踏まれて、イッちゃったっぽい』

「なんだよこれ！」

思わず声に出す。照史にだけしていた秘密の相談。家庭内の出来事が、一面にコピーされていた。思わずポケットの中のナイフから手を離し、リュックを床に置いて並べられた資料を眺める。

それがいけなかった。瞬間、照史は俺の腕を摑んだ。

「武命、ごめん！」

何しやがる！　そう言おうとした瞬間、照史は俺のワイシャツの袖を無理やり肩のところまで捲った。水野と堀井が息を吞むのが分かる。俺の左肩はいつも高貴に殴られて、広範囲にひどい青痣ができていた。もう一ヶ月以上も前のものだけど、それらはまだ身体中に残っている。照史は俺のワイシャツを捲り上げたまま、水野と堀井を見た。

「あ、照史……」

「武命は家庭内暴力を受けてます。兄からは暴力を受け、父親からは言葉の暴力を受けています。母親にもです。武命はこれ以上、家に居てはいけないと思います。先生、武命のことを助けたい。どうすればいいですか⁉」

「なんなんだよ。やめろよ照史！」

俺は照史を強く振り払い肩の痣を隠す。

やめろよ。なんだよ。今までそんなことしなかっただろ。なんなんだよこれは。

照史は振り払われても、すぐに体勢を立て直して言った。

「武命、ごめん。今まで俺、武命から受けた相談、全部蔑《ないがし》ろにしてたよな。だけど、それが間違いだったんだ。武命とオヤジさんがスーパーで対面したときまで、あんなにひどい関係だったなんて想像つかなかった。お前はずっと、俺に助けを求めてたんだよな」

「ち、違う」

「違くなんかない。俺に話だけ聞いてほしいって言って、何もしなくていいみたいな態度を取ってたけど、本当は違う。お前はずっと、俺に助けを求めてたんだ。だけど、俺はお前を裏切ったんだ。本当にごめん」

「やめろよ！」

照史は俺の腕、痣ができていない肘の辺りを優しく掴んで俺を見た。

「大丈夫。水野先生と堀井先生が、武命の話をしたらちゃんと聞いてくれた。いろいろ対策を取ってくれるっていうんだ。その、児童養護施設とか、そういう所にも行ける。もう高校生だからとか、年齢は関係ない。時間は掛かるかもしれないけど、状況が落ち着くまで俺の家に住んでもいい！　俺の母ちゃんにも相談したら、喜んでいいって言ってくれたんだ。だから武命、もう独りで背負い込まないでくれ！」

照史が真剣な眼差しで俺を見る。嘘じゃない。その場しのぎで言っているわけじゃないのは分かる。それでも、俺の中に絶望が広がった。

いやいや。なんでだよ照史。何言ってんだよ照史。俺はどうしようもないんだって。今さらどうしようもできないだろ。家族の問題って、そういうもんだろ？　もう、遅いだろ。遅いんだよ。全部。何もかも。

涙が零れた。何してんだ。化け物に涙なんか要らねえだろ。俺は強いんだ。奪う側の人間だろ。弱さなんか見せてどうする。そう思っても、ボロボロと涙が止まらない。

「武命……」

「照史、ダメだ、ダメだよ。もう止まれねぇ……」

俺は勢い良く立ち上がり、水野と堀井のほうを向く。涙がボロボロと零れる。姿勢を正し、背をピンと伸ばし、深くお辞儀をした。

「ありがとうございました！」

震える声で俺は挨拶をして、そのまま三秒ほど頭を下げたあと、教室を出ようとする。

「武命！」

「武命くん！」

後ろで照史と堀井の声が聞こえる。

それでも、俺は足を止めなかった。

ダメなんだよ。もう止まんねえんだよ。俺は化け物なんだ。あいつを、殺さないとダメなんだよ。

同じ教室内に居るというのに、彼らの声がひどく遠くに感じる。俺は駆け足で教室の出口の前まで来て、勢い良く引き戸を開けた。

そこに、瑠花さんは立っていた。

水原瑠花　八月二十二日　木曜日　八時

目が合って数秒。

裸足で走ってきたので足の痛みがジーンと響く。

武命くんは泣いていた。制服に涙のシミを作って、私を見てもなお泣きやまず、クシャクシャの顔で私を見ていた。

「武命くん、あなたは卑怯者だよ」

私は一歩、武命くんに近づく。

怖くなんかない。それは、武命くんが子どものように泣いているからじゃない。たとえ武命くんが怒りの表情であっても、私は武命くんの目の前に立ちはだかるつもりだ。だって、武命くんは、親友なんだから。

「遺書を読んだよ。ねえ、私のパパの罪を被ろうとしてたんだね」

私は武命くんのシャツの胸元を摑んで引き寄せる。

武命くんはあのときのような狂気的な表情ではなく、静かに私を見ていた。

「私のことを卑怯者だってあなたは言ったけど、それは武命くんも一緒だよ！　全部罪を被って、誰にも相談しないで、独りで全部解決しようとして。なんで、なんで私たちを、私のことを、信用してくれなかったの⁉︎」

独りで全部、思い悩んでたんだね。辛かったよね。苦しかったよね。本当にごめん。ごめんね。気づけなくて本当にごめんね。だけど、私だって、悲しかったよ。武命くんに、信用されたかった。

「間違いなんて誰にでもある。大きい小さいなんて関係ない。いつだってやり直せる。武命くん、分かってるでしょ？　こんなことして、自分の気持ちが晴れるわけないって、分かってるでしょ⁉︎」

私の顔に武命くんの涙の雫が落ちる。彼は唇を震わせて、まるで吐息のように囁いた。

「俺、独りぼっちだ……」

「そんなことない。そんなことないよ。私が居るよ。照史くんだって居る。誰も、あなたのことを責めたりなんかしない。悲しいなら、打ち明けて。苦しいなら、相談して。独りぼっちなんかじゃない。私は武命くんの力になりたい。だから、行かないで！」

そう言うと、武命くんは涙を流したまま私を抱き寄せた。

私はそれに身を任せるように、胸から手を離すと、武命くんの背中に両手を回して抱き締める。

すると、武命くんは私の頭に向かって囁いた。

「ありがとう、ありがとう瑠花さん。俺、誰も信用できなくて、自暴自棄になってた……」

「大丈夫、もう大丈夫だよ」

武命くんは怯えているんだ。この世界全てに。

私は背中をポンポンと叩き、まるで子どもをあやすように抱き止めた。

「ありがとう。最後に、すごく幸せな気持ちになれて、良かった」

ところが、甘かった。

武命くんは突然、私の服の背中辺りを摑み、グイッと身体を回転させる。私は強い力に圧倒されて、武命くんに背中を見せる恰好になった。瞬間、もう一度左腕で抱き寄せられる。

そして武命くんはポケットの中から、細長く、血で汚れたナイフを取り出した。

「た、武命、何してんだ！」

教室の中から照史くんの声が聞こえた。

その声に反応するように、武命くんは左腕で私を抱きかかえたまま、照史くんのほうを向く。

ナイフを見た水野先生と堀井先生が驚いている。堀井先生がいち早く近づこうとしたけど、瞬間、武命くんのナイフが私の喉元に当てられた。

「水原瑠花を殺すぞ！　動くな！」

その叫びに思わず私も身震いした。

堀井先生は急ブレーキで机にぶつかり、体勢を立て直す。

左腕に強い力が掛かってる。腕ごと身体が強く押さえられて抵抗できない。すでにナイフの先端が首の辺りに食い込み、少しでも動いたらはずみで刺さってしまいそうだった。

「動けば水原を刺し殺す！　一歩でも動けば首に刺すぞ！　教室から出るな！　出た瞬間に、水原は死ぬ！」

「武命！　やめろ！」

武命くんの言葉を気にせず、照史くんが一歩近づく。

その瞬間、武命くんは大きく手を振り上げて、私の右の二の腕辺りにナイフを突き刺した。

「あっ……」

痛い。痛い！　声が出ない。

水野先生が悲鳴を上げたけど、悲鳴を上げたいのはこっちだ。

武命くんはナイフの感触を確かめたあと、すぐに二の腕から抜いて私の喉元にナイフを近づけた。

「照史、下がれ。お前が近づくより、水原の首にナイフが刺さるほうが早い」

「武命、お前、なんてこと！　瑠花さん大丈夫か⁉」

照史くんが心配そうに私を見る。

私は目だけを動かして腕の傷を見た。すごく熱い。血が大量に流れ出て服が汚れてる。

すると、武命くんが教室の三人を目で制しながら、勢い良く後ろに下がった。

教室を出るとすぐに悲鳴が聞こえる。武命くんと私が廊下に出た瞬間、女子生徒が私たちの状況を目にしたのだ。

「このままじゃダメだ……」

「武命くん、やめよう。お願い。腕を離して。私を信じて。お願い」

「ダメだ。もう止まれない。戻れねえんだよ。いいか、いいか水原。やり直すなんて卑怯な真似、今さらできねえんだよ。このまま、玄関に向かうぞ」

武命くんは私の言葉を聞いてくれない。

私が刺された光景が尾を引いているのか、照史くんたちは教室から出ることができない。

私も動けなかった。武命くんは本気だ。少しでも抵抗したら私は殺される。

正直、私自身が死ぬことは怖くない。それでも私は動けない。私が抵抗して死んだら、武命くんの罪が増えてしまう。お願い。これ以上罪を増やさないで。

「おはようございまぁあす！　本日も晴天なり！　今日から二学期！　素晴らしい人

生をお過ごしください！　道を空けないと、二年三組、水原瑠花の首が吹っ飛びまぁあああす！」

　狂気に塗れて武命くんが叫ぶ。数人の生徒が怖気づいて道を空ける。武命くんはそれに満足し、私を連れてゆっくりと歩き始めた。

　後ろから数人の教師がついてきているのが分かる。私たちの様子に怯えている生徒もいた。

　怖い。すごく怖い。だけど、ここで止めなきゃ。

「武命くん」

「あ？　なんだよ」

「武命くん、お願い。私を殺して、もうそれで諦めて」

「諦めねえよ。水原。なあ、一緒に行こうぜ。これじゃあもう、たぶん駅にも行けねえ。新幹線にも乗れねえ。歩いて行くしかねえ。こうなりゃクソジジイの会社に行こう。乗り込んで籠城してやる」

「ダ、ダメだよ！　いい加減にして、これ以上迷惑掛けないで」

「迷惑？　じゃあ俺の気持ちはどうなるんだ。俺はずっと苦しかったんだ。誰にも言わずに、独りで頑張ったんだぞ！　俺にはこうやって、誰かを傷つける権利があるんだ！　水原、お前まで、お前まで俺のこと、裏切るのか⁉」

　裏切るわけない。でも武命くんにこんなことしてほしくない。こんなの正しくない。

正しくないよ！

カシャ。突然スマホで写真を撮られる音がした。

何？　なんでこんな状況で？　思わず、あの日、高貴に撮られた動画を思い出す。私はネットに映像をアップされた。

「い、嫌……」

またこの画像がネットに投稿されたら、今度はポルノ映像の比じゃない。身体を震わせ、拡散される未来に怯えていると、急に大きな手の平で顔を覆われた。

武命くんだ。武命くんは、私を抱きかかえていた左腕を一度離し、手の平で私の顔を覆ったのだ。もちろん、ナイフは首に当てられたまま。

「た、武命くん」

「気休めだけど、こうすりゃ顔は分からねえ。ネットに水原の恥が載るのは、俺も嫌だ」

武命くんはさらに、スマホで撮っている生徒に背を向けて、私が写真に写らないようにした。

言うまでもなく、私を人質に取るなら、顔を手の平で覆うより、丸ごと左腕で抱きかかえたほうが拘束力が強い。

私のことを、心配して？

とにかく、今なら抵抗して逃げられるかもしれない。思いっきり突き飛ばせば……

そう思ったそのときだ。武命くんが突然止まった。

私はちょうどナイフに意識が行っていて、なぜ止まったのか分からなかった。止まった拍子に私の目を覆う指が少しずれる。その隙間から目の前の状況が理解できた。

生徒は私たちに驚いて避けていた。それはいい。廊下の一番奥、突き当たりの角を曲がれば玄関にたどり着くというその場所に、その人は立っていた。

泥だらけの武命くんの父親。石田総司さん。武命くんが、殺そうとしている人！

ここに来てはダメだ。武命くんに殺される。

「きさまぁあぁぁっぁあっぁぁ！　失敗作がぁ！　何をしてる！」

石田さんはなぜか泥だらけの状態で、私たちに近づこうとする。

しかし、私がナイフを突き立てられているのを見て、すぐに歩みを止めた。

「はは」

突然武命くんは小さく笑った。

それがまさに合図のように辺りは沈黙する。

「はは、はは、ははは、はははは！」

武命くんが私にナイフを突きつけるのをやめ、その代わりにもう一度、私を左腕で抱き締めた。ダメだ！　逃げられない！

でも顔から胸に腕を回してくれたおかげで、身体は動かせずとも、顔だけは武命くんのほうへ向けることができた。

笑っている。だけどその顔は、あの日山奥で出会ったときのような狂気に満ちた表情じゃない。まるで、お笑い番組を見ているような。面白い場面を目撃したような表情だ。獣なんかじゃない。彼は、普通のどこにでも居るような少年らしく、笑っていた。

「武命くん、ダメ、ダメ、ダメダメダメダメ！　ダメだよ！」

「スゲえ！　スゲえよ本当！　これが運命ってやつだ！　俺は今日、今この瞬間、全てが報われる！　最高！　最高だよ！　俺の人生！　みんな見てろ！　喜劇が起こるぞ！　人生はコメディだ！」

武命くんはそう大きな声で宣言し、私を突き飛ばした。

すかさず左手で武命くんの身体を摑むけれど、武命くんの力のほうが強い。簡単に振り解かれてしまった。右腕は武命くんに刺されて力が入らない！

武命くんが石田さんに向かって突進する。

「やめてぇぇぇぇ！！！」

私の叫びも虚しく、すぐに武命くんは石田さんの下へたどり着き、勢い良く腕を後ろに引く。そして、一直線に石田さんへ向けてナイフを突き刺す。

しかし、その刃は石田さんには届かなかった。

スローモーションのように思えた。

石田さんを追いかけてきた千尋さんが、瞬時に状況を把握し、石田さんの下へ走る。

そして武命くんがナイフを刺す寸前、石田さんを突き飛ばした千尋さんのお腹に、ナイフが刺さった。

千尋さんは少し後ろによろめきながら、武命くんを抱き締めた。刺された。千尋さんが、お腹を刺された。血が出てる。

「千尋、さん？」

予想外の展開に武命くんは驚く。

千尋さんは、笑顔で、ゆっくりと武命くんを抱き締めた。武命くんは千尋さんのお腹にナイフを深く刺したまま、胸に顔をうずめる恰好になる。

突然のことに、武命くんは完全に動かなくなった。しかし手はナイフを握ったまま。茫然自失。その言葉がぴったりだった。

「千尋さん。い、痛い？」

武命くんは小さくそう言った。

私は覚束ない足取りで、千尋さんと武命くんに近寄った。そしてすぐに武命くんを背後から抱き締めた。千尋さんと私で、まるでサンドイッチするように。刺されていて力が入らない右腕を頑張って上げて、武命くんを抱き締める。

千尋さんの心配を先にすべきだったのかもしれない。千尋さんと武命くんを、すぐさま引き剝がすべきだったかもしれない。だけど、抱き締めずにいられなかった。

もう二人とも、どこにも行かないで。私の傍に居て。

「武命くん……」

「え、る、瑠花さん」

さん付け。瑠花さんって。戻ってくれた。

武命くんの鼓動を感じた。トクントクンと一定のペースで、とても落ち着いている。心地よさすら感じてしまう。

「武命くん、会いたかったよ。悲しくないかい？　寂しくないかい？」

千尋さんは強く武命くんを引き寄せて言った。

腹にナイフが食い込んでいる。相当痛いはずだ。

「いいかい？　武命くん。このまま、よく聞くんだ。いいね？　瑠花、君もだ。一緒に聞いてくれ」

「千尋さん、血が……」

「大丈夫だよ。武命くん、瑠花、二人とも、今までよく耐えてきたね」

武命くんと千尋さんの間から血が床に滴り落ちる。

だけど千尋さんは笑顔を崩さない。大量の汗を掻いているけれど、私たちを安心させるために優しい笑顔をしていた。

千尋さんは武命くんの後ろの、私のほうにも手を伸ばして引き寄せる。ゴツゴツの大きな千尋さんの手が、私の肩に触れた。

そのときちょうど、遠く学校の外で、パトカーのサイレンが鳴り響いているのが聞こえた。

それを聞いて、武命くんもようやくナイフの柄から手を離し、腕を解放してダランと下ろした。

するとと千尋さんは、小さく、か細い声で、私たちにつぶやいた。

「君たちが悲しかったことを、ちゃんと僕は知っている。自分独りだけだと思わないで。苦しくて、寂しくて、どうしようもなくなったら、建前とか遠慮とか、何もかも全部投げ出して、誰かに助けを求めるんだ。これからは必ずそうするんだ。僕でもいい。僕だったら、君たちを絶対に見捨てない。いいね？

これから僕たちは、いろんなことを、いろんな人に責められるだろう。それは生きている僕たち全員に起こりうることだ。だけど、君たちは決して、まったくもって、何一つ、悪いことはしていない。君たちは、なんにも、悪くないよ」

全てを言い終えて、千尋さんは意識を失うまで、私と武命くんのことを、強く、そして優しく抱き締めていた。

エピローグ

瑠花さん　千尋さん

元気？　俺は元気です。

いつも手紙をくれるからさ、今度は俺が手紙書いてみようかなって。看守に訊いたらさ、手紙書くの全然許されてるみたいで。一年経って初めて知ったよ。あんまり手紙を書くことに慣れてないから、変な文になるかもしれないけど、気にしないで。

瑠花さん。

鳳仙のアルバイト、どう？　聡明さんと佐知子さんは相変わらず元気？　俺が捕まる前にプレゼントした調理包丁とエプロン、まだ使ってくれてるかな。

鳳仙のラーメン食いたいよ。ここの飯、ムダに健康志向《しこう》の物ばっかりだからさ。俺もムダに健康になったよ。はは。はあ、鳳仙のこってりしたとんこつラーメンが食いてぇ。次の面会のとき持ってきてよ。器ごと。

あ、鳳仙に正式内定おめでとう！　俺も出所したら鳳仙で働きたいなぁ。といっても、ずいぶん先の話だろうけど。そのときもまだ働いてたら、俺も必ず面接受けるよ。

そういえば、安西さんと仲良くしてくれてありがとう。内心同じクラスで孤立して心配してたから。安西さんさえよければ、瑠花さんと一緒に会いにきてって言っておいてよ。はは。


千尋さん。

いつも来るとき思うんだけど、ちゃんと飯食ってる？　初めて会ったときは俺のほうが痩せてたけど、今じゃもう千尋さんのほうが不健康な身体してない？　ちゃんと食べなきゃダメだよ。瑠花さんのこと将来養ってくんでしょ？

訊くと毎回曖昧に返事するけど、いつ結婚すんの？　新しく仕事始めたことなんだし、思い切って指輪買っちゃいなよ。

あ、そういえば、紀恵子さんの体調、やっと完全回復したんだよね。本当に良かった。

俺と千尋さんが、血は繋がっていないけれど親戚ではあったなんて驚いたよ。千尋さんの里親が紀恵子さんだったなんて。

ともかく、無事で良かった。もうそろそろ九月になるけど、まだ暑いからさ。紀恵子さんにも安静にって伝えておいてほしい。

あのさ、ちょっと恥ずかしいんだけど、手紙だからこの場を借りて、ずっと面と向かって言えなかったことを書いておく。

あの日、二人のことを傷つけてしまって、本当にごめん。ごめんなさい。瑠花さんを人質に取って、千尋さんのことを刺して。あんなにひどいことをしたのに、毎月二人とも面会に来てくれて。

なんで俺、周りの人に相談しなかったんだろう。最善の選択はこれだって、思い込んでた。照史にももっと、頼ればよかった。相談すればよかった。俺のことを大切に思ってくれた人たちに気づけなかった。

またみんなで夏祭り行きたいよ。今度は仲良くなった安西さんも連れてさ。でもそれができないって思うと、すごい後悔してる。

でもさ、今でも母親を殺したことは間違いじゃなかったって思うし、父親を殺したいって、今この瞬間も思ってる。

家族のことをもっと相談しなかったことは後悔してるけれど、起こしてしまったことについては、俺は間違ったことをしたって思えないんだ。

自分でも最低なことを言っていると思う。だから、俺はまだ出所するべきじゃないんだ。

もし二人に甘えてもいいのなら、この先ずっと、二人のことを信用していいなら、俺が本当に心から、自分がしたことを反省するまで待っていてほしい。この憎しみが、刑務所に居る間にゆっくりと剝がれ落ちて、消えていくまで、待っていてほしい。

毎月、面会に来てくれてありがとう。二人とも、体調には気をつけて。

ごめん。

「私は武命くんのこと、非難したりしない」

タクシーに揺られながら、武命くんの手紙を読み終わった瑠花はそう言った。

「もちろんお母さんを手に掛けたのは絶対にいけないことだけど、武命くんは強かった。どんなに苦しくても、どんなに辛くても、周りが嫌な気持ちにならないように、ずっと笑顔で取り繕ってた。いつも楽しそうに、なんの心配もないくらい、ずっと耐えてた。それって、本当に強いことだと思う」

手紙を綺麗に折り畳んで、また同じ封筒に戻す。そして持っていたバッグに丁寧に入れて蓋を閉めて、そのままバッグを抱き締める。

「パパもそう。私のために人を殺した。周りの人は私が可哀想だなんて騒いでいたけれど、私はそんなこと思わない。赦《ゆる》されることじゃないとしても、私のために、私を愛して行動してくれたんだ。おかしいかな？」

「おかしくないよ」

僕はすぐに彼女の言葉を全肯定し、肩を抱き寄せる。

あの日負った瑠花の腕の傷も僕のお腹も、大事に至らず治っていた。

「どんなに強い人でも、周りがひどい環境だったら、どうしようもないことが起きてしまうことだってある。どんなに最悪の選択でも、それしか方法がないって思い込んでしまうこと、瑠花もあるだろう？」

「うん……」

瑠花も、直人さんがいつも仕事が忙しく、一緒に居られない寂しさで、夜遊びに走ったことがある。

そのことを思い出しているのか、瑠花は暗い表情になった。

「本人は選択することしかできない。悪い環境に居たら、選択肢も悪いものしかなくなってしまう。だから僕たちで、良い環境を作っていこう。直人さんと武命くんが帰ってきたら、良い選択をできるように。僕たちが彼らにできるのは、それだけだ」

自分自身にも言い聞かせるように、僕は彼女に言った。

瑠花は少しだけ微笑み、「そうだね」と小さく漏らした。


良い選択肢——

中学二年生の夏、全ての始まりの日を思い出す。流花は、わざわざ僕の住んでいる児童養護施設に言いにきた。

『人を殺した。私はもうここには居られない』

彼女は、どこかに消えようとする前に、僕に別れを告げにきた。

思えば、あのとき僕が彼女を引き留められていれば、彼女は今でも生きていたかもしれない。

その選択肢を潰したのは、紛れもない僕自身だ。彼女の決断を否定せず、彼女の旅についていった。僕だけが助けられたはずなのに。後悔してもしきれない。

結局僕は死ぬことはできなかった。あの夏、彼女と一緒に、溶けて消えてしまうはずだったのに。

『生きて、生きて、そして死ね』

これでいいのか、流花。この生き方は正解なのか？　こんな大人のなり方で正解か？　僕はこの隣の可愛くて可憐な少女を、ずっと愛しても許されるか？

今でもまったく答えの出ない君の最期の言葉が、頭の中で飽和して、いつまでも、いつまでもこびりついている。

死ぬまでに、どう生きればいいのか。そう問い続けることこそが、流花が生きた証だ。

僕は君を、ずっと忘れない。

「着いたよ、千尋」

ボーッとしている間にタクシーが停まっている。瑠花の肩から手を離して財布を取り出し運転手に支払う。

お寺で借りた掃除用の雑巾、バケツ、そして来る途中で買ってきた菊の花を持って外に出ると、ジワッと蒸し暑さが肌を撫でて、自然と汗が流れ出る。

ハァと溜息をついて、瑠花と一緒に寺の中へ。そのまま共同墓地のほうへ向かう。お盆が過ぎたあとだからか、他の墓は掃除が行き届いていて、綺麗な花が飾られていた。

その中でひっそりと、まだ掃除されていない墓が一つ。

「それが……、流花さん？」

瑠花が僕の後ろをついてきて、その墓を見て言う。

「ああ」

紀恵子さんが建てた、流花の墓。

僕はしゃがみ、拝石《はいせき》のところに手を触れた。

あれからいろんなものが通り過ぎていった。それでも、君の笑顔は頭の中で飽和して、いつまでも、いつまでもこびりついている。

「一年ぶりだね、流花。あれからいろいろあったんだ。聞いてくれるかい？」

スピンオフ　―あの夏の日の記憶―

告白

外に出ると、テントの近くの木にもたれかかって座る流花さんを見つけた。

その隣に、僕は何も言わずに座り込む。

「千尋くん」

僕に気づいて、流花さんは少し驚いた顔をした。

腕時計はもうすでに夜中の二時を指している。こんな時間に起きているのがバレたら、先生に確実に怒られる。それでも僕は、思わず彼女に話しかけた。

「眠れないん、ですか？」

「うん、暑くて全然眠れない。八月に林間学校なんて、先生たちの考えることおかしいよね。千尋くんも眠れないの？」

「あ、いや、僕はお手洗いに行きたくて、目が覚めたんです」

「そっか」

お手洗いと言ったけど、本当は違う。僕も流花さんと同じように眠れなくて外に出たら、偶然流花さんがそこに居たんだ。理由が同じなのが照れ臭くて、つい嘘をついてしまった。

でも、むしろ眠れなくて良かったと思った。チャンスだと思った。

入学して隣の席になった流花さん。あまり話すのが得意じゃない僕にも、ペースを合わせて話を聞いてくれる。優しくて、消しゴムを忘れたときも貸してくれて、あと、良い匂いがして、可愛くて。

隣に座ったけれど、この胸の高鳴りはバレていないだろうか。

「千尋くんってさ、お母さんとお父さん、いないんだっけ？」

かすかな沈黙のあと、先に口を開いたのは流花さんだった。

「うん、養護施設に住んでます」

「寂しい？」

「寂しくは……、どうだろう。両親がいる人が羨ましいなって思うことはあります。でも、悲しくはないかも」

「そうなんだ。強いんだね」

「強い？」

「私、お父さん死んじゃっていないの。小学五年生のときに、病気でね。お母さんは普通に生きてるし元気だけど、お父さんが死んで以来、お母さんとなんとなく反りが合わなくて」

「え、まさか暴力ですか？」

思わず真剣な顔で訊くと、流花さんは慌てて否定する。

「ち、違う違う。良いお母さんだよ。でもさ、なんか、お父さんのぶんまで働いて、毎日忙しそうであまり話してくれなくて。だから、ちょっとだけね、寂しいんだ」

言葉どおり、寂しそうに微笑んで夜空を見上げた。

お父さんが、死んでいる。

僕とは事情が違っていた。

僕は幼稚園くらいのときに両親に捨てられた。自宅から遠く離れた児童相談所の前に捨てられたのだ。自分の家の住所も、バスの乗り方も知らない幼い僕を。

もちろん警察の捜査のおかげで家に帰ることはできた。だけどすでにもぬけの殻だった。両親は僕を捨てて夜逃げした。

それ以来、僕は児童養護施設で暮らしている。それが僕の、僕にとっての家族だ。

本当の両親はおそらくどこかで生きている。会いたいとは思わないけど、死んでほしいとまでは思わない。

だけど彼女の、流花のお父さんはもうどこにも居ない。会いたくても、会えない。

「だから寂しくて、いつも夜眠れないの。今日は暑かったからっていうのもあるけど、夜になるとなんか寂しくて。だけどお母さんもさ、頑張ってるから甘えられないし」

「僕が居ます」

とっさに出た言葉に、顔がボンッと赤くなる。

流花さんが「え？」と僕のほうを見る。

顔が近くてまた心臓が跳ね上がった。

「今日は、僕が居るじゃないですか。お父さんの代わり、はムリだけど……いま僕が居るから、その、えっと、寂しく思う必要は……ない、です」

何を言いたいか自分でも分からなくなり、どんどん声量が落ちていく。言葉もしどろもどろになってしまい、中途半端に口を閉じた。

すると流花さんは、クスッと笑って僕に言う。

「そうだね。今日は、寂しくないね。はは、はは。ロマンチックなこと言うじゃん。千尋くん」

「す、すみません」

「謝らないで。面白かった」

面白かったって……。僕は何も言えなくなり黙り込む。

ふと、土の上に置いていた僕の手に、流花さんの手が重なる。

辺りには虫の声が響いていた。

「ずっと、寂しくないでいられたらいいのに」

ずっと。寂しくない。

手に熱が籠る。

心臓の鼓動がどんどん速くなっていく。

ずっと、永遠に、寂しくないように。

今この瞬間が、ずっと。

僕がずっと、傍に居ます。

「流花さん」

「なあに？」

「好きです。付き合ってください」

梅雨

流花と付き合い始めてから一年近くが経った、中学二年の六月の初め。

僕は連日の雨で体調を崩してしまい、二日ほど学校を休んだ。

そしてこの日、雨はまだ鬱陶《うっとう》しく降り続けていたけど、ようやく僕の体調は治り、学校に行こうと思った。だって僕はまだ子どもで、学ばなければいけない、弱い人間だから。

だけど朝、養護施設の先生に止められた。今日の学校は、臨時で休みになったのだと。

そんな話は、僕はもとより聞いてなかった。制服を着て、鞄も背負ったあとのことだったから、僕は一日が台無しになってしまったような気になった。

僕は少しイラついて、「どうして臨時休校になったんですか？」って、不貞腐《ふてくさ》れながら訊いた。

でも、先生は何も答えてくれなかった。風邪が流行《はや》っていて学級閉鎖になったのかもしれない。でも僕だから答えなかったのだと思う。僕はここで、取るに足りない人間なのだ。

僕はまたそれで不貞腐れて、自分の部屋に戻ると、そのあとしばらく部屋で携帯ゲームをしていた。体調を崩している間、先生に隠れて進めていたゲームを、今日でクリアしてしまおうと思った。だって、それ以外やることがなかったから。前もって休みだと分かっていれば、流花と遊びに行けたのに。

そうだ。流花は今頃何してるだろう。毎日、昼休みになったら遊びに行ってたから、この数日はきっと流花も寂しい思いをしているんじゃないかな。流花も僕も友達がいないから、学校でお互いを守り合ってるんだ。

そんなことを考えて、僕はゲームを止めて、目を瞑ったんだ。

僕は流花が好きで、流花も僕が好き。

だけど僕はまだ子どもだから、流花を楽しませるようなデートはできない。

だから僕は頭の中だけで、将来の楽しいことを考えることにしたのだ。

高校生になったら、アルバイトをして稼いだお金で、毎週デートに行こう。大人になったら、流花と一緒に暮らそう。家族になろう。犬を飼おう。猫を飼おう。幸せに暮らそう。毎年夏はキャンプに行こう。海に行こう。花火を見よう。バーベキューをしよう。

きっと流花と一緒だったら何でも幸せに思えるだろうな。

きっと流花と一緒だったら何でも上手くいくんだろうな。

そんなことを考えていたとき、窓から音が響いてきた。

僕の部屋の窓をコッコッと叩く音がして、僕は目が覚めた。

目が覚めて、僕は窓を開ける。

そこに流花が立っていたんだ。

僕は奇跡が起きたと思った。流花のことを考えながら眠っていたら、本当に流花が来てくれた。これは夢？　と僕は自分のほっぺを抓《つね》る。痛い。夢じゃない。

流花はこれまでも一、二回、先生に秘密で養護施設に忍び込んできたことがあったから、僕の部屋を覚えているのだ。遊びに来てくれたのだと思った。

僕は自分の部屋の窓から外の流花に手を伸ばし、彼女の手を触ろうとする。

だけど、それは叶わなかった。彼女がその手を弾いたのだ。

拒絶された。

「流花？」

僕は彼女に言う。

でも、彼女は何も言わなかった。

よく見ると、身体中ところどころ泥で汚れている。傘も差していない。晴れている一瞬の間に外に出て、そしてそれ以降ずっと外に居るということだろうか。僕が覚えている限り、最後に晴れていたのは昨日の昼頃、だったような。

流花は、雨で濡れた長い前髪をよけようともせず、透けた下着を隠そうともせず、小さな声で言った。

「昨日人を殺したんだ」

出発

「何買ったの？」

ホームセンターから、公園の茂みに隠れていた流花の元へ戻ると、彼女は怯えた顔で訊いてきた。

僕は無言で、レジ袋から、護身用に買ったアウトドア専用の大ぶりなナイフを取り出す。

それを見て流花は「うわぁ」と呑気な声を漏らした。

「警察が捕まえにきたとき用に、要るかなって」

「殺すの？」

「そんな度胸ないけど、威嚇《いかく》にはなるでしょ。ほら、万が一のこともあるし」

そう気弱なことをつぶやくと、流花は表に出てきて、僕の手を握りながら言った。

「もし捕まえにきたら、私が殺す。大丈夫。もう、一人殺しちゃってるから」

その言葉で、フラッシュバックする彼女の告白。

〝人を殺した。私はもうここには居られない〟

僕はフフッと笑って、彼女の手を握り返す。

「そんなことが起きないように、祈ってるよ」

すると彼女は安心して僕から離れ、茂みに隠れていたときに拾ったであろう細い木を地面に立てる。バランスを保っている手を離すと、コトンと右方向に倒れた。

「まずはあっち。気が済むまで、行こうかな」

流花は右を指差して、僕はナイフをリュックサックに入れて背負う。そして公園の出口に向かって歩き出す、と思いきや、流花は立ち止まって動かない。

「流花？」

「最終確認。本当に、いいんだよね？」

人を殺したことを告白したときと同じように、身体を震わせながら、少しだけ涙を流し、僕に問いかけてくる。

僕は彼女に向き直り言った。

「去年告白したとき言ったろ。僕が一緒だ。もうずっと、寂しい思いはさせない」

それだけ。あとはもう、何も要らない。

すると、流花はようやく笑った。いつもどこか憂いを帯びた彼女の、初めて見る心からの笑顔だった。

流花は僕の手を握る。僕も手に力を込める。僕たちは、ずっと一緒だ。

これから長い旅をする。ここじゃない遠いどこかで一緒に死ぬ。そう約束をした。

流花はイジメっ子を殺したという理由で。僕は流花が居なくなったら悲しいからという理由で。お互い、誰も気に留める人はいない。僕たちが死んで悲しむ人はきっといないだろう。だから僕たちは、ここじゃないどこかで、二人きりでひっそりと死のう。そう約束したのだ。

どこまで行けばいいかは分からない。

でもずっと、僕たちは一緒だ。

ここじゃないどこかへ。溶けて消えてしまうそのときまで。

さあ、行こう。

世界

「友達、一人もできなかった」

今まで来た道を振り返りながら、僕はポツリとそうつぶやいた。

すると、流花が砂利を踏む音が止まる。

うつむいた顔を上げると、流花は立ち止まりフフッと笑っていた。

「友達作る前に、殺しちゃった」

そう言う彼女の姿を見て驚いた。彼女は、横断歩道の真ん中に立っていたのだ。

「あ、危ないよ！」

僕は思わず彼女に駆け寄り、手を引いて横断歩道を渡り切る。

いや、こんな田舎道、信号なんてあっても車は滅多に通らない。心配は無用だったのかもしれないけど、とにかく動かずにはいられなかった。

ハアハアと息切れを起こす僕に、流花は「馬鹿みたい」とデコピンする。

「いたっ」

「死にたいんだよ。忘れた？」

そう言う彼女を僕は、ただただ見つめることしかできない。

「千尋、死んでもいいって思ってついてきてくれたのは嬉しいよ。でもさ、生きたいっていう思いが残ってるようじゃ、私たち上手くいかないよ」

皮肉のように笑いながらそう言って、彼女はまたとっとと歩き始める。

僕はリュックを背負い直して彼女のあとを追った。

もう何日、風呂に入ってないだろう。身体中汗臭くて、服も着替えてないから気持ち悪い。それは流花も同じ。それでも僕らは歩き続ける。当てもなくただひたすらに、死ぬ場所を探してる。

「世界にさ、二人だけみたいだね」

彼女はそう言って、クルクル踊りながら前へと進んでいった。時々見える彼女の顔は楽しそうだ。

いきなりの彼女の言葉に、確かにそうだなぁと僕は周りを見渡した。

僕らが住んでいる柱山市街だって、電車もほとんど通らないような田舎だけど、何日歩いても景色が変わらないのは、この地域がいかに広くて過疎化しているかを表している。学校もここら辺にはないのだろうか。少し前までは畑仕事をする老人を見かけたけど、田んぼ道を通り過ぎると人っ子一人見られなくなった。平日の昼間ということもあるだろうけど、世界に二人だけみたいと流花が言うのもうなずける。

「千尋」

辺りを見渡していると突然名前を呼ばれ、僕は顔を上げる。

するといつの間に近寄っていたのか、彼女はすぐ目の前に立ってニヤッと笑った。

「はい。これ――」

流花の手の平には、近くの草を引きちぎって作ったのだろう、歪な形の草の輪っかが二つあった。

「何?」

「結婚指輪」

「は？」

僕が訳も分からずポカンとしていると、流花が僕の左手を摑み、強引に僕の薬指に指輪を模《かたど》った草を嵌《は》める。輪っかは僕の指よりずいぶん大きくて、簡単に取れてしまいそうだ。

「はい、私にも」

と、流花は同じような草の結婚指輪を僕に渡してくる。

僕は溜息をついて彼女の左手を取り、同じように大きく作られた草の指輪を彼女の細い薬指に嵌めた。

「ふむ！」

流花は満足そうにその指輪を太陽に掲げて観察する。

「あ、忘れてた」

そう言うと、彼女は突然僕の頭を摑む。そしてそのまま顔を近づけた。そして――

「いったあい！」

彼女の唇と僕の歯が当たり、彼女は痛そうに自分の口を手で塞ぐ。

いや、僕も痛いんですけど。

「信じられない。初チューだったんだけど」

「そんなこと言われても」

流花は溜息をついて、舌先で唇を舐めた。そして僕の手を取り隣に立つ。

「私たちさ、誰にも愛されなかったから――」

彼女の手はかすかに湿っていたけど、もともと汗っ掻きな体質の上に、緊張と恥ずかしさで溢れている僕ほどじゃない。

彼女は笑いながら続けて言った。

「そんな私たちで、愛し合っていこ。これから、最期まで」

僕は「うん」と言って小さくうなずく。

そのときだ。一台のトラックがやって来て、僕たちのすぐ横の道路を走っていく。

それを見た瞬間、流花は僕の手を離して走り出した。まさか、飛び出す気⁉

僕は焦って彼女を追いかけたけど、彼女はすぐに立ち止まった。

「私たちの世界に入ってくるな！　良いとこだったのに！」

トラックに向かって叫んだ彼女の声は、遠くの山にこだまして、呑気に響き渡った。

線路

「『スタンド・バイ・ミー』って知ってる？」

線路の上に寝転がって空を眺めていた流花は、同じく隣で寝転がる僕に向かって言った。

「タイトルだけ」

「内容は？」

「よく知らない」

「四人の少年たちがさ、旅に出る映画なの。その中に、列車に追いかけられて線路を走るシーンがあるんだよ」

流花は空を見上げたまま、僕のほうを見ずに言う。

僕も同じように、相槌《あいづち》も打たず、ボーッと空を眺めていた。

「こうやってさ、いつ来るか分からない列車を待ちながら、線路の上に寝転んでるのって、まるで映画のワンシーンみたい。もしこれが全部全部作り物でさ、私たちが今まで歩いてきた道も、私が階段から突き落としたあいつも、全部映画の中の話……それかドッキリだったら本当笑えるのにね」

「ドッキリなんかじゃない」

僕は思わず強い口調で否定した。

すぐに否定されると思わなかった流花は戸惑い、僕のほうを見る。

僕は寝転びながら彼女の手を取り、優しく握って答えた。

「君との旅が、全部映画だなんて、全部作り物だなんて、全部ドッキリだなんて、僕は認めない。だってこんなに幸せだ。生きてるって、実感してるんだ。この気持ちがドッキリだなんて、僕は認めない。許さない」

　すると、彼女は突然吹き出した。

「は、はは。ははは。はははは」

「なんだよ」

「バカみたい」

　そう言って、彼女は片手を繋いだまま、僕の上に馬乗りになり顔を近づける。目を見開いて、バカにしたように口角を上げて、僕を見ている。

　思い違いだろうか。彼女の表情にかすかな怒りの色を感じて思わず身震いをした。

「全部ムダなのよ」

　片手で僕の手を握り、そしてもう片方の手で僕の胸ぐらを摑む。ググッと力を入れて、Tシャツの胸元に皺が寄る。眼鏡をしていなくても、彼女の表情がよく見える距離。

「認めないって何？　許さないって何？　死んだら何も残らない。この景色も、この気持ちも、全部、全部消えるの。分かる？　消えるんだよ。死後の世界なんてないよ。ただ死んで、消えるだけ。私だって、私だって認めないよ。この旅に、ハッピーエンドなんて認めない。いま感じてる幸せが、最期の最期まで続くなんて、私は絶対に、絶対に、認めない。許さない！」

　ピピピ。ピピピ。ピピピ。ピピピ。

彼女が言い終わったと同時に、僕の腕時計のアラームが鳴り響く。

その音に彼女は笑顔をやめた。

代わりに僕がニヤリと笑い、僕の胸元を掴む彼女の手を、空いている片手で掴んで言った。

「僕だって同じ気持ちだ。だけど、この賭けは僕の勝ちだ」

そう言って彼女の腕を優しくどける。

彼女は何も抵抗せず、あっさりと僕の胸ぐらから手を離すと、溜息をついて立ち上がった。

僕も、胸元の皺を伸ばしながらゆっくりと立ち上がり、腕時計のアラームを止める。

「もうちょっとだけ……」

彼女は不貞腐れて、うつむいたまままつぶやく。

だけど僕は構わず、線路の外側、安全な場所に置いたリュックサックを背負って言った。

「ダメだよ。三十分だけって言っただろ。列車は来ないって賭けた僕の勝ち。流花の罰ゲームは牛乳一気飲みだから。忘れたとは言わせない」

「うぇ……」

想像して気持ち悪くなったのか、彼女は吐く真似をした。

三十分。偶然線路を見つけた僕たちの、簡単な賭け。線路に二人で寝そべって、三十分の間に列車が来て僕たちが轢死《れきし》するか、もしくは列車は来ないでもう少し旅を続けることになるか。

列車が来るに賭けたのは流花。列車が来ないに賭けた僕の勝ち。

「言っとくけど、牛乳を万引きするのも流花だから」

「ええ⁉ 飲みたくない物を万引きする気なんて起きないよ……。もう、最悪。つまんないの」

言いながら、流花は線路を離れて安全な道を行く僕の後ろをついてくる。

とりあえず街に出よう。そして適当なスーパーを見つけたら流花に万引きさせよう。あ、もうそのスーパーの中でそのまま封を開けて一気飲みさせるのもいいな。ふふ。

「ねえ」

流花を痛めつけるこのあとの計画に思いを巡らせていると、彼女が突然僕を呼び止めた。

僕が後ろを振り向くと、彼女は僕と少しだけ距離を置いている。

そして、今までずっと笑っていた彼女が、久しぶりに真剣な顔で、真っ直ぐに僕を見て言った。

「千尋、本当に一緒に死んでくれるんだよね」

ちょうどそのとき、警笛が遠くで鳴り響く。列車が来たのだ。

笑える。僕が賭けに勝ってから来るなんて。まるで運命の悪戯みたいだ。

列車はどんどん同じ速度で近づいてくる。ガタンゴトン、ガタンゴトン、ガタンゴトン。

「ああ、僕は君と一緒に死ぬ。君が望んでることを、僕は裏切らない」

僕がそう言うと、彼女はまた無邪気に笑ってくれた。

それと同時に、けたたましい音を立てて、列車は僕たちの横を通り過ぎていった。

神様

「神様なんていない」

そう言い放つ流花をよそに、僕は神社の境内に深くお辞儀をした。

それにちょっとだけイラついたのか、流花はフンッと鼻で息をして、その場にあった石を蹴飛ばしていた。

そこは偶然見つけた場所だった。

当てもなく、ただ好きな方角に向かって歩いていた。歩いて、歩いて、気づけば街を過ぎ、僕たちは山林を歩いていた。と言っても、一応人が歩くための道は整備されていて、ハイキングコースなのか、所々の木に、正しい道だという目印の青いビニールテープが巻かれていた。

ビニールテープが巻かれた木を見た流花は、「私は誰の指図も受けない」と、なんともロックな生き様を表す一言をつぶやき、ビニールテープが巻かれた木の反対側の方向、もはや道とは言えないほうへと歩き出す。

枝先に肌を引っ掻かれ、よく分からない虫に叫び、歩いて、歩いて、登って、歩いて、登って。そして、それはそこにあった。

廃神社、だと思う。一応鳥居みたいな物が佇んでいるけど、その先にある僕の身長と同じくらいの小さな社《やしろ》は、壁が崩れ落ちてボロボロだった。

誰かが管理しているのだろうか。鳥居の近くには土埃で汚くなったカラーコーンが置かれていた。鳥居が朽ちて倒れたら危ないからと、立ち入り禁止のつもりだろうか。

「秘密基地みたいだね」とつぶやく流花に、僕もそのとおりだなと思いながらも、せっかくだからお祈りのつもりで境内に向かって深くお辞儀をする。

その様子を見て、流花は鼻で笑いながら言い放った。

「神様がいたら、階段から突き落としたときあいつは死ななかったよ」

僕は顔を上げて、流花のほうを向く。

悲しい顔はしていなかった。悟ったかのように微笑んでいる。

「ねえ、今さらだけど、ごめん」

「何が？」

「僕が、助けてあげられなくて」

自然と声量が小さくなってしまう。

流花は枯れ木を踏んで僕に近づき、顔を覗き込んできた。

「僕が流花を、イジメから救ってあげられたら、こんなことにはならなかったんだよ」

「千尋のせいじゃないよ。だって、私のイジメを知ったのって、私があいつを突き落としたあとじゃない。なんもかも、仕方ないことだったんだよ」

その言葉どおり、彼女はただ微笑んでいた。

「一年生の頃は同じクラスだったけど、二年生になってからは別のクラスになっちゃったじゃん。だから、私がイジメられてたの、千尋が知らなくて当然だよ」

「そうだけど、でも……」

「私は後悔してない」

彼女は僕の下を離れ、カラーコーンを蹴飛ばして倒し、鳥居に寄りかかりながら、草木ばかりの山林の景色を眺めていた。

「あいつが死んだとき、笑ってたの、私。やっと解放されるとか、もう我慢しなくていいんだとか、そういう気持ちで笑ったんじゃないの。ただなんとなく、コメディみたいって思ったの」

「コメディ？」

「ポンと押しただけで、呆気なく死んだんだよ。今まであんなに私を傷つけてたのにさ。

私が、たった少しの力で、ポンッて。ポンッて押しただけでさ。簡単に死んじゃうんだから。あまりに呆気なくて、シーンチェンジしたら勝手に生き返るんじゃないかなって」

初めて語る、彼女が人を殺した瞬間の気持ちに、僕は何も言えない。人の死に、コメディって。笑う彼女に伝えるべき正解ってなんだ。

「今だってそう」

僕が何も言えずにいると、彼女は景色を眺めるのをやめて僕を見て言った。

「私、人を殺したんだよ？　殺したの。だから償わなくちゃって。でも最後に恋人に別れを告げようって。そう思ったらこれだよ。なんで私、こんな旅して、蚊に刺されまくってんだろう。本当、本当笑っちゃう。でも、すごく楽しいの、この旅。今までの辛かったこと全部、この旅のためにあったんだよきっと。今この瞬間、笑うためにあったんだよ。この気持ち全部、死んだらムダになるって分かってるのに。本当笑っちゃう。だから私、後悔してないよ」

そこまで言ってようやく、今の告白が全て、僕を励ますためだと気づく。

僕はうつむくのをやめて笑う。

それを見て、彼女も満面の笑みを浮かべた。

「神様なんて、空虚なもの信じてない。でも、それでも神様がいるって言うなら、それは君だよ。人を殺したことを捨て置いて、私に幸せを教えてくれる。そんな奇跡、本当は私に許されるわけないんだよ。それを叶えてくれた君こそ神様。それ以外全部ゴミ、ゴミクズだ。神様は君だけだよ」

そう言って、彼女は道のない山林の中をまた歩き出した。はは、はは、はは、はは。不思議な笑い方をしながら、木々を避けて、どんどん進んでいく。僕よりも身長は低いのに、その後ろ姿はどことなく勇ましい。

僕もまた彼女の後ろを歩いていく。

だけどなんとなく、しばらく話すことはなかった。

後ろめたかったからじゃない。僕だって、君と居ると幸せだ。君だけが神様だ。

そう頭に湧いてきた言葉が、告白よりも恥ずかしく思えて、呑み込んでしまったのだ。

その言葉を、僕は結局、彼女に最期まで言えなかった。

少女

なぜ、僕たちは走っているのだろう。

なぜ、僕たちは逃げているのだろう。

息も絶え絶えになりながら、僕の手を握り流花は走る。走って、走って、走った。

チラリと後ろを見る。僕たちを追う警官の姿は見えない。この人混みの中に逃げ込んで良かった。

と思ったけど、服は所々ボロボロで、穴も開いている不恰好な僕たちを、通り過ぎる人たちは怪しい目で見ていた。

「流花、もうダメだ。諦めて違う所に逃げよう」

「嫌だ！」

僕の一言に立ち止まった流花は、人混みを気にせず叫んだ。祭囃子や人の声の中に、突き刺さるように響く流花の甲高い声。嫌だと、僕に向かって言うのは初めてだった。

ヤバいと思ってまた振り向くと、一度は僕たちを見失った警官たちが、流花の声を聞きつけて近づいてくるのが見えた。

「あと、あともう少しなのに！」

流花も警官の姿が見えたのか、怒りに満ちた声で言う。

あと、もう少し。

流花は僕の手を引いてまた走り出そうとする。

悔しそうな彼女の顔に、僕はただひたすら走って応えるしかない。

そう思い僕も足を一歩踏み出す。

しかし、そこでハプニングが起きた。

「あっ……」

思わず声が漏れる。踏み出した足に通りすがりの人の足がぶつかり、僕は流花の手を放ってその場に転んだ。

「千尋！」

流花が僕に近寄ろうとする。

しかしすぐに歩みを止めた。

すぐ後ろに迫っている男女二人組の警官の姿。僕が転んでしまったことを確認した警官が駆け寄ってくる。

そしてとうとう追いつかれ、男の警官が転んだ僕の肩に手を触れた。

「君が千尋くんだね。大丈夫かい？」

優しそうな警官の言葉に反吐が出た。

そしてもう一人の女の警官が流花にジリジリと近寄っていく。

ダメだ、ダメだダメだダメだ！　僕たちの終わりは今じゃない！

男の警官の顔を見る。心配そうな顔で僕を見ている。まだ油断している。僕が抵抗して、二人を押さえ込むしかない。その隙に流花一人だけでも！

僕は立ち上がろうとして、地面に手を置き、グッと力を込める。そして叫んだ。

「逃げ――」

バァン。

ところが、「ろ！」に重なって辺りに響き渡る爆音。

その音にハッとして僕は河川敷のほうを見上げる。

するると、その先の空に花が咲いていた。

「はは」

流花はその光景を見て笑った。

そして、僕の代わりに持っていたリュックサックに手を入れる。

そこからはとても綺麗だった。

リュックサックに手を入れながら、女の警官のほうに笑顔で近づく。リュックサックから取り出したアウトドア用ナイフで、警官に向かってナイフを振った。

悲鳴。悲鳴、悲鳴、悲鳴、悲鳴。

「はは！　はは！　はは！　はは！」

その光景を見ていた観客の悲鳴を、まるで拍手を浴びているかのように笑って聞いている流花。

僕はその光景を理解し、勢い良く身体を起こすと、男の警官を全力で殴りつける。

僕は力が弱いから、決定打とはいかないものの、警官は後ろによろけて人にぶつかり、バランスを崩して倒れた。

そして振り返ると、すぐ目の前に流花が居た。

花火の明かりに照らされた彼女は、頬の辺りに血がついている。拭ってあげようと手を近づけると、その手を摑まれて、流花は僕を連れてまた走り出した。

後方を見ると、男の警官が切られた女の警官に近づき、何やら無線に向かって大声を出している。

一部始終を近い所で見ていた人たちは、逃げ出す僕たちを避ける。通り道ができた。

血の付いたナイフを持ちながら走る流花と、僕。そして、花火。

「間に合った！　ちゃんと恋人と花火を見れた！　もういいや！　思い残すことないよ！　いつだって死ねる！　いつだって！　はは！　はは！　はは！」

彼女は走りながら河川敷の花火を見上げて、そんなことを言っていた。

もういいやと言いながらも、僕たちはなぜ走ってるんだ。なぜ逃げているんだ。

僕も同じ。いつだって死ねる。後悔はない。

だけどなぜ、僕たちはこんなにも笑いながら、走って、逃げているのだろう。

永遠

「楽しいからだよ」

目が覚めてすぐに彼女に問いかけると、返答はすぐに帰ってきた。

万引きをした。キスもした。エッチもした。空き巣もした。昨日は一緒に花火を見ることができた。やりたいことをやりきった彼女は、警官たちから逃げる途中に確かに言った。『いつだって死ねる』

それでも今こうして、警官から逃れるために、人の居ない地下横断歩道の入口横の、草が生い茂っている場所で、息を殺して、隠れて一晩を過ごし、そこからまた昨日と同じように旅を続けようとするのはなんでなのか。

そう問いかけると、なんとも単純な答えが返ってきたのだ。

「そういやさ、私たち結局、どこで死ぬか全然決めてなかったね。強《し》いて言うなら、どこに向かうかも。適当に進むだけ」

彼女はごく自然と歩き出す。その後ろを僕はついていく。

長い長い歩道が真っ直ぐ続き、遠くに見える山の麓でトンネルに繋がっていた。

気が遠くなりそうな長い道。後ろから警官が追ってくる気配はないけれど、休憩する所がなさそうだなと、僕は溜息をついた。

「私たちが決めてたのなんて、ちゃんと最後には死のうねってことだけ」

「いいじゃないか。ルールなんてそれだけで。たくさんルールを作ったら、それこそ楽しくなくなっちゃうよ」

「それもそうだね……」

元気のない返答をして、ゆっくりと、ゆっくりと歩くペースが落ちて、ついに彼女は立ち止まる。

「どうしたの、流花」

「覚えてる？　線路の所で言ってくれたこと」

「線路の所って、ああ……」

「君の望んでることを裏切らないって」

「うん、覚えてる」

「私のこと、忘れないで」

真剣な表情で流花は言った。昨日はあんなに笑って楽しそうにしてたのに。

僕は彼女に近づいて、何も言わずギュッと抱き締める。

「千尋、臭い」

「君も十分臭い。お風呂入りたい」

そう返すと、フフッと笑ってくれた。

身体を離して、彼女の両肩に手を触れて言う。

「忘れるも何もさ、一緒に死んじゃうんだから」

「一緒に……、じゃ、じゃあ。生まれ変わったら？　生まれ変わっても、私のこと忘れないでくれる？」

「え？　神様は信じてないくせに、生まれ変わりは信じるの？　それに、死んだら全部ムダになるって言ってたくせに」

皮肉たっぷりに返すと、流花は顔を赤くして僕の手を払いのけ、歩き出す。

思わず笑みが零れて、僕は彼女の後ろを駆け足でついていく。

「流花、ごめんって」

「もういいもん。千尋のことなんて、全部忘れちゃうんだから。生まれ変わったら他人だから」

「僕は忘れないよ」

そう言うと、彼女が急に止まった。

「本当？」

「うん、本当。たとえ生まれ変わっても、流花のこと忘れない。流花とキスしたことも、花火を見たことも、一緒に旅をしたことも、全部忘れない。絶対に忘れない」

「本当？　本当に本当？　私が悪者でも、私のこと覚えていてくれる？」

「ああ。たとえ悪者だって、僕は君のことを忘れない。それどころか生まれ変わったら必ず会いにいく。僕たちは、死んだあともずっと一緒だ」

そう流花に告げると、今度は彼女から僕の肩を摑んでキスをしてきた。

すぐに離して彼女は笑う。

「キス、やり方も覚えたから。忘れないでね」

その一言で、初めてキスしたときに唇と歯をぶつけたことを思い出して、失笑してしまった。

「何？」

「流花のほうこそ忘れないでよ。ぶつけると痛いんだから」

すると、彼女も初めてのキスを思い出したのか、「バカ！」とまた歩き出してしまった。

「ごめんって」と、また同じように後ろをついて歩く。

歩く、歩く、歩く。

僕たちが死ぬのはいったいいつなのか、二人とも分からない。

それでも、ただひたすら、歩く。

この道が、この旅が、永遠に続いてほしいと、ただそれだけを願いながら。

この物語はフィクションです。実在する個人、組織、事件等とは一切関係ありません。

初出
・私家版『獣』
　二〇二〇年二月に発表
・単行本『あの夏が飽和する。』
　二〇二〇年九月に『獣』に大幅な改稿を施して改題のうえ小社より刊行
・スピンオフ「告白」「出発」「世界」「線路」「神様」「少女」
　二〇二〇年八月～九月にｗｅｂ河出にて公開
・スピンオフ「梅雨」「永遠」
　文庫化にあたり書き下ろし

あの夏《なつ》が飽和《ほうわ》する。

二〇二四年 六 月三〇日 初版発行
二〇二四年 七 月一〇日 2刷発行

著 者 カンザキイオリ
発行者 小野寺優
発行所 株式会社河出書房新社
〒一六二-八五四四
東京都新宿区東五軒町二-一三
電話〇三-三四〇四-八六一一（編集）
〇三-三四〇四-一二〇一（営業）
https://www.kawade.co.jp/

ロゴ・表紙デザイン 粟津潔
本文フォーマット 佐々木暁
本文組版 KAWADE DTP WORKS
印刷・製本 中央精版印刷株式会社

Printed in Japan ISBN978-4-309-42110-0

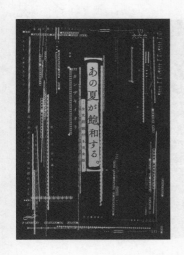